D1394821

Hier gebeurt niets

Chris Rippen

Hier gebeurt niets

DE GEUS

© Chris Rippen, 2011
Omslagontwerp Berry van Gerwen
Omslagillustratie © Hans van Rhoon/Hollandse Hoogte
ISBN 978 90 445 1686 9
NUR 301

voor Finn en Sacha

Iemand toch zal toe moeten zien dat alles voorbij gaat

Rutger Kopland
Al die mooie beloften

Inhoud

I

Zesenvijftig

Midden in het leven

Dit is een situatie waar hij niet om gevraagd heeft. Het is een beeld uit een film, iemand ligt in een kuil en je kijkt met hem mee naar hoofden die zich over de rand buigen. Daarboven is de lucht. Kuil, ravijn, graf. Whatever. Een trompe-l'oeil in de plafondschildering van een Siciliaans palazzo, doorvoede engeltjes leunen over de rand en kijken naar de sterveling beneden, daarachter het azuren uitspansel van de eeuwige zaligheid. De omhoogkijkende figuur is in het nadeel, de hoofden hebben het over hem, wat hem mankeert, hoelang het al duurt of nóg duurt, wat ze met hem zullen doen. Vier hoofden in zijn geval, in een halve cirkel, waarvan twee vertrouwd en twee vaag bekend, hij kan even niet op namen komen maar dat betekent niets. Boven hun hoofd welft zich een koepel, niet van een kerk, dat weet hij zeker, hij is al in geen jaren in een kerk geweest. Grapje, Marina, zegt hij tegen de ernstig kijkende vrouw die het dichtst bij hem staat. Zie je wel, hij kent haar.

'Wat zegt hij?' Een van de vaag bekende hoofden.

'Ik kan hem nog steeds niet goed verstaan.'

Waarom hij hier ligt en hoe hij hier terechtgekomen is, weet hij niet, maar ook dat staat te dringen aan de rand van zijn bewustzijn. Iemand heeft het woord 'TIA' laten vallen, dat heeft hij duidelijk gehoord. Of daar enig medisch gezag achter steekt, betwijfelt hij.

Hij beweegt zijn vingers. Hij ligt op gevlochten materiaal, een rustbank van rotan of iets dergelijks met een flinterdun kussentje, zijn botten doen nu al pijn. Deze gelegenheid mag weleens een comfortabeler meubelstuk gereedhouden voor als een gast onwel wordt. Mooi woord. Onwel. Dat is het. Hij was onwel. En nu niet meer. Hij gaat overeind zitten en zet zijn voeten op de vloer.

'Zou je dat nou wel doen, Wolter? Je kunt beter nog even blijven liggen.' Het bezorgde gezicht van zijn geachte collega Simon Anslo. Sneaky Simon, die er belang bij heeft dat hij nog blijft liggen. Reden te meer om de aanbeveling te negeren. Alleen werken zijn knieën nog niet erg mee.

'Ik wil zitten', zegt hij. Zijn tong is traag, maar de boodschap komt over, want iemand zet de bank in zitstand en duwt een kussen in zijn rug. Hij leunt achteruit en trekt zijn benen op. In de verte klinkt applaus.

De vrouw die Marina heet kijkt op haar horloge. 'Ik moet zo terug', zegt ze. 'Jullie trouwens ook. Nu komt er muziek en daarna nog iets en dan ben ik aan de beurt. Waar moet die arts vandaan komen?'

'Uit Bloemendaal', antwoordt een vrouwenstem. 'Ik kan anders wel even een oogje op meneer houden. Dan kunt u naar hiernaast gaan.'

Opeens weet hij weer waarvoor ze hier zijn, wat hij hier doet. 'Ja, gaan jullie terug alsjeblieft. Ik red me wel.' En om het geheel wat luchtiger te maken, voegt hij eraan toe: 'The show must go on.'

Iemand schudt zijn hoofd. Marina buigt zich naar hem toe en streelt zijn wang. 'Weet je het zeker? Geen rare dingen doen, hè?' Ze knikt naar de vrouw die bij zijn voeten is komen staan. 'Als er iets is …'

Als ze weg zijn, zegt de vrouw: 'Blijft u nog maar even lekker zitten. Ik haal een glas water voor u en daarna ben ik hier achter bezig met het buffet.' Ze is van zijn leeftijd, iets jonger misschien, met donkere, warme ogen in een lichtgetint gezicht. Strak donkerblauw mantelpakje, witte bloes met ruches. De bedrijfsleidster?

Muziek drijft de ruimte binnen. Dwarsfluit en piano. Een van die vrolijke Fransen uit de eerste helft van de eeuw. Hij sluit zijn ogen. *The show must go on*, de Ludo Prinsen-show voor dertig jaar uitgeverschap, alles uit de kast voor de algemeen directeur, en dan neem je zijn altijd boven haar macht grijpende dochter met haar schrille fluit, niet te negeren hartenwens van de jubilaris, op de koop toe. Ludo heeft nu eenmaal zijn voorkeuren. Ludo is de baas.

Maar er was iets. Hij probeert bij zichzelf na te gaan waarom hij zich niet onder het gehoor van de vreselijke fluit bevindt, bij de anderen, de collega's, de uitgevers, de bladenmakers.

Er is iets gebeurd. Hij zat te wachten tot hij aan de beurt was om Ludo toe te spreken, op de tweede rij, tussen Marina en … dat is hem even ontschoten. Toen moet er iets gebeurd zijn.

Hij voelt een hand op zijn arm en doet zijn ogen open. 'Misschien moet u even wat drinken', zegt de vrouw. Het glas dat hij aanpakt is beslagen. Hij drinkt. Een black-out, denkt hij. Ik heb een black-out gehad.

Dan staat hij op en loopt met het glas in de hand naar het raam. Een winterlandschap zonder sneeuw, bruinig grasland in een omarming van kale bomenrijen. Een beekje. Links achteraan glooit het. Een naam komt in hem op. *Hartenlust*. Alles komt terug. Het landgoed aan de voet van de duinen. Het gewelfde glazen dak waaronder hij staat is van de wintertuin. Ergens achter dit uitzicht begint het oude visserspad naar Zandvoort. Als ze er geen golfterrein overheen gelegd hebben. Rechts, buiten zijn gezichtsveld, moet het Ramplaankwartier liggen, de Haarlemse enclave die hij op de heenweg zag liggen, met het Hervormde kerkje aan de rand en het koeienpaadje tussen de weilanden, verrassend ongeschonden de tijd doorgekomen. En daarachter de nieuwe Bavo en de oude. Nooit geweten dat je die van hieraf tegelijk kon zien, had hij gedacht toen ze door de Hartenlustlaan reden. Of wel geweten misschien maar kwijtgeraakt in de herinnering. Daarna stuiterde die bal over de weg. Nee, dat was eerder, ergens in een bollendorp. Hij herinnert zich zijn schrik toen dat jongetje de bal achternarende. Had dat iets met hem gedaan, met zijn hoofd? Het moet iets anders geweest zijn. Of niets. Het kan ook uit het niets ontstaan zijn. Hij had hoofdpijn, dat herinnert hij zich, splijtende hoofdpijn. Nu is die weg.

Het muzikale intermezzo is voorbij. Hij zou terug kunnen gaan naar de zaal, nu hij zich weer beter voelt, de rest van het programma volgen, de receptie meemaken, dan het buffet.

Maar iets weerhoudt hem. Hij voelt in zijn zak naar het programma, komt de dubbelgevouwen A4'tjes met zijn toespraak tegen en vouwt ze open. Boven de aanhef staat een krabbel in zijn handschrift. *Vertrouw niet op mensen met macht.* Hij laat zijn ogen over de eerste zinnen van de toespraak gaan. Hij kan zich niet herinneren dat hij die uitgesproken heeft.

De vrouw is met drie anderen bezig met de opstelling op de buffettafels. Als ze hem ziet, zegt ze iets tegen de man naast haar en komt hem tegemoet. Haar rok heeft een split aan de zijkant.

'Bent u weer wat opgeknapt?'

Hij knikt. 'Weet u wat er met mij aan de hand was? Is er iets gebeurd?'

Eerst veronderstelde ze dat hij flauwgevallen was, ze was achter bezig en kwam op de stemmen af. Hij werd ondersteund door de twee heren, hoewel hij op eigen kracht liep. Hij was een beetje afwezig, verward, zeiden de anderen, maar er was weinig aan hem te zien. Toen ze het gezondheidscentrum belde, heeft ze gewoon gezegd dat er iemand niet goed geworden was. Zijn vrouw vond het alarmnummer een beetje overdreven.

Marina. Dat past wel bij haar. Nu moet hij zeggen dat zij niet zijn vrouw is, maar iets anders, iets complexers, Niet van belang nu. De vrouw kijkt hem onderzoekend aan. Houdt ze iets achter, weet of vermoedt ze iets wat ze niet uitspreekt? Iemand heeft het woord 'TIA' laten vallen. Wie?

Het lijkt haar het beste als hij nog even in de serre gaat zitten, zegt ze. 'Ik loop wel even met u mee.' Hij voelt de zachte drang, het mankeert er nog aan dat ze hem een arm geeft. Ze verzekert hem dat de dokter zo zal komen, biedt aan om iets voor hem te halen, ze hebben een heerlijke verse fruitcocktail staan, dat is vast wel goed voor hem en ze wenkt al een van de medewerkers.

Hij laat het zich welgevallen. Ze heeft een warme stem, een beetje hees, wat hij zowel erotisch vindt als vertederend. Meisjesachtig. Zoals ze naast hem loopt op kordate hakken, haar kastanjebruine haren met vlammetjes grijs op gelijke hoogte met zijn schouder, is ze ondanks die hakken een hoofd kleiner dan Marina. Een kleine, solide vrouw met vertrouwenwekkend zachte borsten, ziet hij als ze vooroverbuigt om het kussen op de stoel recht te leggen. In de zaal wordt gelachen, golfjes hilariteit, steeds luider. Salvo's. Iemand werkt naar een climax toe. Hij voelt zich opeens buitengesloten.

'Mag ik u iets vragen?' zegt de vrouw. Hij kijkt haar aan. 'U heet Greve, is het niet? Hebt u familie in Haarlem?'

'Ik kom uit Haarlem. Ik bedoel, ik ben er geboren.'

'In welk deel?'

'Zuidwest. Achter de nieuwe Bavo.'

Ze knikt. 'Ik ook. Ik kende een Wim Greve. Daar speelde ik wel mee.'

'Dat is mijn broer. Willem. Wim. Hij was drie jaar ouder dan ik.'

'Leeft hij niet meer?'

'Nee.' Hij schudt zijn hoofd alsof hij het feit kracht bij wil zetten. 'Hoe heet u?'

'Trudy Hasselbrink. Dat is mijn meisjesnaam.' De naam zegt hem niets, maar hij doet of hij nadenkt. 'Op straat noemden ze me Hassie', zegt ze.

'O ja', zegt hij. 'Hassie. Die ken ik.' Hij kijkt naar haar. Een stevig meisje, dik sluik haar, breed gezicht, haar gebogen armen wijd om de bal af te schermen voor de anderen. Ze voetbalde als een jongen, hoorde altijd bij de eersten als ze partijtjes kozen. Hij niet. 'Je woonde om de hoek in de Jan Stuytstraat. Toch?'

Ze knikt. 'Nummer 28.'

'En wij in de Plebaan Agteropstraat.'

'Dan had ik het toch goed', zegt ze. 'En wat is uw voornaam?'

'Wolter.'

Ze herhaalt zijn naam, schudt dan met een lachje van spijt het hoofd. Hij is nog teleurgesteld ook. Hij zou haar willen helpen, zou ook graag deel willen uitmaken van de herinnering van deze vrouw.

'O, wacht … Wollie?'

'Nou, vooruit.' Hij trekt met zijn mond. 'You Hassie, me Wollie.'

Ze lacht niet mee. 'Je ouders herinner ik me ook, geloof ik', zegt ze. 'Ernstige mensen, klopt dat? Lang, je vader tenminste, met een donkere bril. Ik kan me vergissen, hoor, het is lang geleden, een mensenleven zo'n beetje.'

'Je hebt een goed geheugen.' Hij glimlacht. 'Ben je altijd in deze omgeving blijven wonen?'

Ze hebben overal gewoond, zegt ze, tot in Duitsland toe. Haar man zat in het leger. Na zijn dood is ze weer naar het westen getrokken, de kinderen wonen hier. Een van haar schoonzoons beheert de oranjerie en bij bijzondere ontvangsten springt zij bij. Als een serveerster de beloofde fruitcocktail komt brengen, verontschuldigt Trudy Hasselbrink zich. Er is nog veel te doen. Zodra ze weg is, zet hij de coupe op een tafel. Hij is niet ziek.

In de ontvangstzaal wordt een lied ingezet. Een of ander musicaldeuntje, dat de helft van de zaal kent en de rest bromt maar wat mee, de tekst laat zich raden, krom en kreupel, uitgevers kunnen beter lezen dan schrijven. Vergeefs probeert Wolter zich ervoor af te sluiten, de deun drenst door in zijn hoofd. Hij voelt zich volkomen misplaatst.

De garderobe ligt rechts van de uitgang. Terwijl hij zijn jas aantrekt, kijkt hij door een opening in de gordijnen achter de glazen tussenwand recht in het gezicht van Cees Kamperman, die met een lach om zijn dikke lippen de woorden meemummelt. Hij heeft de vorige maand drie dagen met die man op de hei gezeten en heeft nog geen idee wat er in hem omgaat. Steeds dat half verrukte gezicht, zelfs tijdens de bespreking van de zwartste fusiescenario's. Als zijn collega opkijkt van het papier, wendt Wolter zich snel af.

Druk pratend en lachend komt een gezelschap binnen, drie mannen en een vrouw. Direct dempen ze hun stemmen. 'Hé, Wolter!' zegt een van de mannen en hij komt met uitgestoken hand op hem af. 'Hoe is het? Wat denk je, kunnen we nog naar binnen?'

Wolter probeert ontspannen te lachen. 'Ga maar gauw, Henk, ze zijn al bijna door het programma heen.' Henk, van Spectra, hij kent hem al jaren. Alleen wil zijn achternaam hem nog even niet te binnen schieten.

Bij de deur kijkt Henk om. 'Wat een ontwikkelingen opeens, Wolter! Duitsland én Italië nota bene. Jullie zijn wel goed bezig!'

'Dat kun je wel zeggen!' Het komt aan op de mimiek.

'Kom anders eens praten!'

Hij knikt. 'Dat zal ik onthouden.'

'Ga jij al weg?'

Hij trekt een bezwerend gezicht. 'Even iets uit de auto halen. Zie je straks wel.'

Trudy verschijnt in de deuropening achter het buffet met een schaal in haar handen en kijkt naar hem. In de zaal gaat het lied over in applaus en dan klinkt Ludo's stem, luid, alsof hij naast hem staat.

'Beste vrienden,' zegt de stem, 'collega's. Dit is een bijzondere dag.'

Wolter drukt de koperen deurkruk omlaag en loopt het bordes op. 'Ik ben jouw vriend niet', mompelt hij. 'Vest op Prinsen geen betrouwen.' Waar komt die regel vandaan? Het lijkt of er iets oplicht in zijn hoofd. Duitsland en Italië, zei Henk. Er is sprake van een overname, een overval. Na jaren laat Ludo hem vallen als een baksteen.

De koude winterlucht is een verademing. Achter hem gaat de deur open. 'Waar ga je heen?' vraagt Trudy Hasselbrink.

'Even een ommetje', zegt hij.

'Maar de dokter kan elk moment komen.'

'Ik blijf in de buurt.'

Op het toegangslaantje tussen de boomgaarden voelt hij de ogen van de zaal in zijn rug. Het kost hem binnendoor vijf minuten om het poortgebouw te bereiken. De man achter het loket knikt naar hem als hij passeert. Op weg naar het parkeerduin klopt hij op de zakken van zijn colbert. Marina reed op de heenweg. Heeft ze de sleutels teruggegeven? Hijgend staat hij stil voor de rijen geparkeerde auto's en aarzelt. Voor de poort onder aan de helling stopt een auto. De lokettist komt naar buiten en buigt zich naar het portierraampje, beschrijft dan met zijn arm een halve cirkel en wijst. Vochtige kou komt aanwaaien uit de richting van de zee. Een rilling trekt door zijn lichaam. Hij zet zijn kraag op, loopt dan met zijn handen diep in zijn zakken terug de helling af en steekt de Hartenlustlaan over. Ze moeten niet denken dat hij wegloopt. Een ommetje, heeft hij gezegd. Even uitwaaien, goed voor zijn hoofd. Omdat hij om redenen die hij nog ontloopt even niets moet hebben van datgene wat het gezelschap op het landgoed bijeenhoudt.

Halverwege het koeienpaadje voelt hij zijn mobiele telefoon trillen. MARINA BELT, staat op het schermpje. Is Trudy Hasselbrink haar nog tijdens Ludo's speech komen waarschuwen? De stemming zal er nu wel goed in zitten. Dokter geïrriteerd, Marina nijdig, Trudy gegeneerd. Hij kijkt een paar seconden naar het vibrerende apparaat in zijn hand en drukt dan de oproep weg. En Ludo? Ludo zal begrip tonen, zoals immer. Maar intussen.

Hoewel hij weet wat er nu gaat gebeuren, zet hij zijn toestel niet uit. Zo ver wil hij het ook niet laten komen. Even overweegt hij zelfs om terug te gaan. Gewoon een ommetje. Alleen strekt recht voor hem de Ramplaan zich uit, de diepe voortuinen die 's zomers de huizen aan het zicht onttrekken zijn zelfs in de winter parkachtig. Het zou jammer zijn om niet even verder te lopen, de laan uit en dan voor Brouwerskolkje terug, een klein half uur, minder nog. Want wanneer komt hij hier nou weer?

Het kan wel wéér dertig jaar duren.

Daar is het sms-bericht. Hij draait zijn rug naar het landgoed en kijkt naar het oosten. Het zicht op de stad Haarlem is hier minder onbelemmerd dan vanaf de Hartenlustlaan. Kassen en tuindershuisjes vullen het niemandsland tussen duinen en randweg, en de Sint Bavo, de nieuwe, gaat nu grotendeels schuil achter een groene loods en gestapelde pakken stro. De wijzerplaat op de linkertoren is al verlicht, maar de afstand is te groot om te kunnen zien hoe laat het is.

Het voordeel van sms-berichten is dat je het kennisnemen ervan onbeperkt kunt uitstellen zonder de afzender voor het hoofd te stoten. Het nadeel dat de wetenschap dat iemand je iets wil zeggen je aan je plaats nagelt, vooral als je toch al niet weet waarom je daar bent. Hij leunt tegen de post van een hek en haalt de telefoon tevoorschijn. Over de Ramplaan nadert een fietser.

Marina. WAAR BEN JE?

Het bericht ontroert hem. Ze is hem kwijt.

'Ondingen', zegt de fietser die hem op dit moment passeert, een zwarte labrador in zijn spoor. 'Ze laten je geen moment met rust.'

Verbluft kijkt Wolter hem na. Dan ziet hij dat de man een telefoon tegen zijn oor gedrukt houdt. De hond houdt even in ter hoogte van zijn schoenen, maar bedenkt zich na een fluitje van zijn baas.

Hij staart naar het schermpje. WAAR BEN JE?

Goeie vraag. Aan de uiterste westgrens van Haarlem, op de hoek van de Ramplaan en een straat waarvan hij de naam vergeten is. Hij steekt over om het naambordje te kunnen lezen. Leendert Meeszstraat. Juist. Rechts ligt het ruw verharde koeienpaadje, nu Koepad en in beheer bij Staatsbosbeheer zoals het bord ernaast vermeldt, waarover een zwarte labrador zich verwijdert na in de berm met gekromde rug en geheven staart in de verte getuurd te hebben. Het pad van de landerige zondagmiddagwandelingen, die eindigden in de kerkdienst van vijf uur, waarop zijn broer en hij aan elkaar liepen te plukken tot het fout ging en zijn vader bestraffend omkeek. Onder de bomen aan het eind was de slootkant breed en welig. Hij herinnert zich uit later jaren zelfs een dichte rietkraag en hoog bloeiend gras, waartussen hij in de schemering zijn jack uitspreidde ten behoeve van de onbevlekte Geertje Imhoff, voor zijn hand begon aan de schuwe, steeds onderbroken tocht naar haar borsten. Daar dus, Marina, daar ben ik. Heb je daar iets aan? God, wat is dat lang geleden.

Of verwart hij dit paadje met het Manpad, ook zo'n verbindingswegje tussen laagland en duinen met veelbelovende bermen, maar dan vijf kilometer zuidelijker? Dat zou beter kloppen, Geertje woonde daar niet ver vandaan. Wie was het dan hier? Wie heeft met hem in onhandige nieuwsgierigheid en in het volle besef van alle geboden die daarmee overtreden werden, de bloeiende slootkant geplet? *Eeuwige schede van bevrediging.* Veelbetekenend dat hem op zulke momenten alleen dichtregels van anderen te binnen schieten.

Hij drukt op 'opties' en dan op 'beantwoorden'. Wat wil Marina met haar vraag en zijn antwoord? Naar hem toe komen? Hulpdiensten activeren? Hij is tenslotte lopend patiënt. Even een ommetje. Of wil ze alleen dat hij terugkomt, naar haar? Maar zij is waar de anderen zijn. In de oranjerie van het landgoed Hartenlust, waar de onder- en bovenbazen van Capitol Press eerbiedig of verbluft toekijken hoe hun jubilerende opperbaas een Europees fusiegedrocht uit zijn hoge hoed manipuleert dat al die zorgvuldige sonderingen en afwegingen van het laatste jaar in één klap tot lachertjes maakt. Hij gaat niet meer terug. Hij wil niet meemaken dat er geapplaudisseerd wordt voor een akkoord dat de afstoting van het educatieve fonds impliceert. Het mes in zijn rug. Neutraal terrein heeft de voorkeur.

De lantaarns van het Ramplaankwartier flitsen aan. Hij kijkt op zijn horloge. Half zes. Vroeg donker, maar de avond is nog lang. Met verkleumde vingers toetst hij het antwoord: OM ZES

22

UUR IN CAFÉ VEENENDAAL. Trudy Hasselbrink zal wel wijzen hoe ze moet rijden.

Hij weet niet eens of Veenendaal nog bestaat. De naam schoot hem zomaar te binnen, hij herinnert zich van lang geleden een diner, maar ter gelegenheid van wat of in gezelschap van wie weet hij niet meer. Alles is lang geleden. Het is dus op zijn minst *café-restaurant*. Hooguit een kwartier lopen hier vandaan, met zijn huidige conditie misschien twintig minuten, hij zou zich dus zelfs een kleine omweg kunnen permitteren, langs het gereformeerde schuurkerkje van Overveen bijvoorbeeld, als dat toevallig niet al lang geleden gesloopt was. Iets anders weet hij zo gauw niet te bedenken. Dus volgt hij de rechte lijn, over de Ramplaan, in rustig tempo want zijn benen zijn wat onzeker en zijn hart aarzelt ook. De maat van zijn stappen maakt muziek los in zijn hoofd, hij kent het stuk, kan het alleen nog niet thuisbrengen. Dat komt wel, hij heeft dit altijd. Alles wat aan, binnen in hem of om hem heen in regelmatige beweging is, roept muziek op. Voeten, handen, banden op de weg, de cadans van treinwielen, zijn hartslag 's nachts als hij wakker ligt. Een metronoom met syncopen. In zijn hoofd is het vaak een herrie van jewelste.

Bij het rijtje winkels tegenover de Rollandslaan houdt hij even in. Vanaf deze bocht met de ongelijke klinkers was het op de fiets verder één rechte lijn naar huis met aan het eind de haakse spurt over het kippenbruggetje, hoek links, hoek rechts, laatste blik op de torenklok, thuis. Waar kwam hij dan vandaan? Overal, hij fietste wat af langs de duinstreek, vriendjes, school, sport. Het strand natuurlijk, zomer en winter. Als die afspraak met Marina er nu niet was, zou hij die hele weg weleens willen uitlopen tot waar hij woonde, om de hoek bij hoe heette ze, Hassie, pal onder de torens van de roomse Bavo. Nooit meer geweest sinds zijn ouders in de jaren zestig, toen alle kinderen het huis uit waren, verhuisden naar een andere wijk.

Voor de brug van het Brouwerskolkje gaat hij ondanks de kou

even op een bank zitten omdat hij daar vroeger ook wel gezeten heeft en om nog een andere reden die hij zichzelf niet bekennen wil, maar die te maken heeft met Marina.

Veenendaal bestaat nog, heeft er zelfs de aanduiding 'brasserie' bij gekregen, wat dat ook moge inhouden. Autodaken op het parkeerterrein weerkaatsen de lichtletters aan de gevel. Het kruispunt waaraan het ligt is een soort driesprong geworden, de verkeersstromen zijn verlegd, waardoor hij niet meteen ziet van welke kant hij gevaar te duchten heeft. Haastig steekt hij over. Een auto die met grote vaart uit de richting van Bloemendaal komt aanrijden, geeft een lichtsignaal en zwenkt naar de kant van de weg. Op weg naar de ingang van het restaurant versnelt Wolter onwillekeurig zijn pas als de auto met twee wielen op de fietsstrook en verblindende lichten recht op hem af lijkt te komen. Geïrriteerd kijkt hij om als deze vlak achter hem tot stilstand komt. Het rechterportierraam daalt tot halverwege en blijft dan met een vertrouwd knarsend geluid steken. Dan herkent hij de auto en daarna de vrouw achter het stuur, die opzij leunt waardoor er licht op haar gezicht valt.

'Wolter, gelukkig, je bent er nog', roept Marina. 'Stap gauw in. Ik was verkeerd gereden.'

Hij loopt naar de auto toe en buigt voorover terwijl hij met zijn hand op het dak steunt. Het voelt vertrouwd. Goeie ouwe Thema.

'Deze auto is nauwelijks jonger dan zijn eigenaar', zegt hij. 'Hou je daar wel een beetje rekening mee?'

Een snelle, wat ongeduldige lach flitst over haar gezicht. 'Dat weet je heus wel. Ga je mee?'

'Waarheen?'

'Stap nou eerst in. We moeten even overleggen.'

Overleggen. Hij richt zich op en kijkt om zich heen. 'Je mag hier niet staan. Zet hem zolang maar om de hoek, er is plaats genoeg.' Hij stapt terug op het trottoir voor ze kan antwoorden.

Valt er iets te overleggen? Hij kijkt de auto na als die het parkeerterrein op draait. Als ze ergens samen naartoe moeten, is het bijna altijd Marina die achter het stuur zit. Zij rijdt graag en hij is op dat punt wel de grootste hartstocht voorbij. Zó complementair zijn we nou, zei Marina in het begin. Wel heeft hij het gevoel dat hem de laatste tijd meer uit handen genomen wordt dan goed voor hem is.

Als het lang duurt voor Marina verschijnt, slentert hij terug naar het parkeerterrein. Ze staat naast de auto met haar mobieltje tegen haar oor. Heeft ze hem opgemerkt? 'Moest even', zegt ze terwijl ze het toestel dichtklapt. Dan kijkt ze hem onderzoekend aan. 'Je weet niet hoe blij ik ben dat ik je zie. Hoe gaat het?'

Ze legt haar handen tegen zijn schouders en draait hem naar het licht. Dan gaat ze op haar tenen staan en kust hem licht op zijn wang.

'Naar omstandigheden', antwoordt hij.

'Geef eens een direct antwoord.'

'Draaglijk', zegt hij. 'Koud, maar draaglijk.'

Ze schudt haar hoofd. 'Wil je dat nooit meer doen?'

Haar ogen zijn hem te dichtbij. 'Wat?'

'Zomaar verdwijnen. Dat is toch idioot. Het ene moment ben je nauwelijks bij kennis en het volgende loop je gewoon de deur uit. Volslagen onverantwoordelijk. Je kunt je misschien wel voorstellen dat iedereen zich grote zorgen maakte. Laten we maar gauw teruggaan.'

'Waarheen?'

'Naar Hartenlust natuurlijk. Het buffet is allang open.'

Hij kijkt om naar de brasserie. Marina trekt het portier open en stapt weer in. ''t Is mij te koud zo, Wolter. Kom je mee?'

'Laten we hier iets gaan drinken', stelt hij voor, maar het portier is al dicht.

Terwijl hij achter de auto om loopt, wordt de motor gestart. Het rechterportier schiet uit het slot, Marina's hand duwt het verder open. 'Kom.'

Het maakt hem nijdig. Hij ploft neer op de passagiersstoel en draait zich naar het midden juist als Marina over haar schouder kijkt om achteruit te steken. Hun gezichten zijn vlak bij elkaar, hij ziet hoe ze haar lippen spitst voor een kus. Hij ontwijkt haar, strekt zijn arm en draait het contactsleuteltje terug. De motor slaat af.

'Ik ga niet terug naar Hartenlust', zegt hij.

'Waarom niet?'

Hij antwoordt niet. Het ligt allemaal zó voor de hand.

Het is even stil. Marina omklemt het stuur met beide handen, haar hoofd gebogen. Dan zegt ze: 'Ik had het kunnen weten. Goed. Zeg dan maar wat je wel wilt.'

'Wat ik net zei. Hier iets drinken, misschien ook wat eten. Ik ben moe, ik heb het koud, ik voel me leeg, dat soort dingen.'

'Hier? Waarom hier dan wel?' Ze kijkt op haar horloge en dan naar de brasserie. 'Heb je híér soms geboekt?'

Hij zegt niets.

'Je maakt het wel moeilijk voor me, weet je dat?' Een mobiele telefoon piept twee keer. 'En je hebt ook een bericht.'

'Ben ik dat?' Hij begint zijn jas los te knopen, stopt dan. 'Ik kijk straks wel.'

'Oké', zegt Marina. 'Ik ga mee, op één voorwaarde. Dat we daarna bij de dokter langsgaan. Hij woont hier niet ver vandaan en je kunt tot negen uur bij hem terecht.'

'Dat zal ik nog wel zien', zegt hij terwijl hij uitstapt.

Over het autodak heen kijkt ze hem aan. 'Zo vrijblijvend bedoel ik het juist niet. Die arts vond het idioot dat iemand met het vermoeden van een TIA 'm zomaar smeert.'

'Het vermoeden van een TIA', zegt hij als ze naar de ingang lopen. 'Kun je dat ook hebben? Wat is dat voor onzin?'

'Hoe zou jij het dan noemen?'

Hij houdt de deur voor haar open, maar zij duwt hem voor zich uit. 'Meer dan een black-out was het niet.'

'Ja, vanuit jouw beleving klopt dat wel. Je was er even niet.

En dat kan veroorzaakt zijn door een TIA. Vermoedt de dokter. Vandaar.'

'"TIA" is een modeterm', zegt hij. 'Opeens heeft iedereen een TIA. Of een CVA. Vroeger kregen de mensen een ordentelijke beroerte of een attaque of zo.'

'Wat je zegt. Mijn oma kreeg een beroerte. Dat zag er alleen wel heel anders uit.' Ze kijkt naar hem in de spiegel van de garderobe. 'Een ordentelijke beroerte met halfzijdige verlamming en al.'

'Je weet wel wat ik bedoel', zegt hij.

Ze haalt haar schouders op. 'Natuurlijk weet ik dat. En mijn oma is ook al twintig jaar dood. Waar ik alleen niet tegen kan, is luchtigdoenerij over dingen waar je niets vanaf weet. Zullen we naar binnen gaan?'

'Ga jij maar vast', zegt hij. 'Ik moet verschrikkelijk nodig plassen.'

Op het toilet staat hij even voor de spiegel. Wat hij ziet verschilt niet van het gebruikelijke. Het zit van binnen. Dit wordt niets, denkt hij. Ze moet maar teruggaan, ik ga mijn eigen gang wel. Zijn hoofdpijn komt ook weer opzetten. Is het de warmte? Hij slikt een paracetamol met te weinig water en voelt de tablet in zijn slokdarm steken. Voor de ingang van het restaurant blijft hij even staan. Marina zit achterin bij het raam. Haar donkerblonde haar, vanmiddag nog los en warrelig, heeft ze opgestoken, wat haar ouder maakt en haar profiel scherper, streng bijna. Zo ziet hij haar het liefst de laatste tijd, dit kan hij beter aan dan haar meer meisjesachtige gedaanten. Marina Moorland, drie jaar geleden binnengekomen als assistent-uitgever, zíjn assistent-uitgever, met een cv dat even onberispelijk was als haar uiterlijk om met Ludo te spreken, binnen het jaar bevorderd tot redacteur, algemeen beschouwd als de rijzende ster van Capitol Press. Haar kracht is dat ze niet met haar ambities te koop loopt, haar kwetsbaarheid dat dit niet opgaat voor haar gevoelens. Toch wist hij niet wat hem overkwam. Ludo wel.

'Je moet me toch eens vertellen, Wolter, is er iets tussen dat meisje van Moorland en jou?'

Dat meisje van Moorland, voor de vrouw die hij kort daarvoor een directieplaats in het vooruitzicht had gesteld. Ludo's manier om de wenselijkheid van afstand tussen hen te benadrukken. Marina was achtendertig, hij ruim zeventien jaar ouder, Ludo meer dan twintig jaar. Alleen had leeftijd er niets mee te maken.

'Niet dat ik weet', had hij geantwoord, 'maar je brengt me wel op een idee.'

Was hij gevleid door de vraag of juist niet? In ieder geval was zijn onbevangenheid verdwenen. Drie jaar waren Marina en hij in elkaars nabijheid geweest, op de redactie, op beurzen, bij vergaderingen en presentaties, zonder enige bijgedachte van zijn kant. Hij zou niet geweten hebben wat hem overkwam. Daarna wel.

'Heb je al iets besteld?' vraagt hij als hij bij haar tafeltje staat.

Ze schudt haar hoofd. 'Ik neem alleen koffie, want ik blijf niet lang. Als je niet meegaat, neem ik een taxi.'

'En die arts dan?'

Ze kijkt hem spottend aan. 'Ik geef je straks zijn adres wel.'

Wolter wenkt een ober. Aan enkele tafeltjes om hen heen wordt gegeten. Eigenlijk zitten ze verkeerd.

Hij voelt Marina's hand op de zijne. 'Wat bezielde je eigenlijk?' vraagt ze.

'Wat bedoel je?'

'Om zomaar te verdwijnen.'

Hij kijkt naar haar hand, die de zijne aan de tafel nagelt. Hij voelt zich gecontroleerd. Dat vroeg zijn vader als het gedrag van de zoon hem weer eens voor raadsels stelde. Wat bezielt je, jongen? Antwoorden was niet de bedoeling.

'Wat mij bezielde? Niets. Hoogstens een soort anti-bezieling. Ik wilde heel erg graag heel erg weg.'

'Een vlucht dus.'

Hij antwoordt niet. Marina schudt haar hoofd. 'En waar kom je nu vandaan?'

'Ik heb een eindje gewandeld. Ik ken de omgeving hier goed, dit is het landschap van mijn jeugd, zal ik maar zeggen, en tot mijn verrassing is hier weinig veranderd, wat voor de Randstad nogal …' Haar blik brengt hem van zijn stuk.

'Het landschap van je jeugd!' zegt ze langzaam. 'Je weet dat je mij dat vanmiddag op de heenweg al verteld hebt? Letterlijk. De vaarten, de duinwallen, de wisselende gezichten op Haarlem. Het hele traject jeugdsentiment.'

Als zij het zegt. 'O, dat kan. Ik vertel weleens vaker dingen twee keer. Dat is helemaal niet erg.'

Marina's ogen laten zijn gezicht niet los. 'Weet je nog wat er gebeurde daarstraks?'

'Je bedoelt met mij, op de bijeenkomst?'

Ze knikt. Dan graait ze onder tafel naar haar tas, want vanuit de diepte ratelt metalig de Turkse mars. Als ringtone heeft die nog wel wat. Marina kijkt op het schermpje.

'Ogenblikje', zegt ze en ze loopt met haar mobieltje voor zich uit naar de deur. Als de koffie gebracht wordt, vraagt Wolter om een glas bier. Hij heeft vreselijke dorst. Bij nader inzien had hij haar sms'je nooit moeten beantwoorden. Dan herinnert hij zich dat er bij hem ook iets binnengekomen is en haalt zijn toestel tevoorschijn. Twee berichten van Heleen. Ook dat nog. Moet hij dat opvatten als een teken? Het eerste bevat het verzoek om haar z.s.m., maar in ieder geval voor elf uur terug te bellen, het tweede luidt: VERGEET NIET LUDO VAN ME TE FELICITEREN. LFS. Dat heeft hij al gedaan, kort na binnenkomst in Hartenlust, hij herinnert zich het toneelstukje woordelijk. Er is heus niets mis met zijn geheugen.

Halverwege het zaaltje ontmoetten ze Ludo Prinsen, die en route was, zoals hij zei, hij hield niet van staande recepties, vooral als die hemzelf betroffen. Marina kuste haar algemeen directeur driemaal voor dertig jaar uitgever- en ondernemerschap en deed daarna een stap opzij.

'Wolter!' zei Ludo met zijn volle warme stem. 'Goed dat je er bent!'

'Ja, vind je niet', antwoordde hij. 'Mijn gelukwensen, Ludo.'

'Dank je, dank je. Is Heleen niet meegekomen?'

De vraag was hoofdzakelijk retorisch, maar Marina mocht hem zich ook aantrekken. Heleen kwam nooit meer mee. Er was een tijd dat ze met z'n vieren optrokken, Ludo en Cécile, Heleen en hij. Cécile was echter jaren geleden weggelopen en van Heleen wist hij niet beter of zij benijdde haar vroegere vriendin soms haar moed.

'Ze heeft een driedaagse conferentie in Brussel. Mijn gelukwensen zijn ook de hare.'

Het laatste kwam er zo geforceerd uit dat Marina even opzijkeek, maar Ludo merkte het niet, die keek en lachte al over Wolters schouder heen naar de volgende bezoeker.

Als hij Marina weer ziet binnenkomen, besluit hij het telefoontje naar zijn vrouw nog even uit te stellen.

'O lekker, een biertje', zegt Marina als ze tegelijk met de ober bij het tafeltje komt. 'Wilt u er mij ook een brengen?' Dan buigt ze zich naar hem toe. 'Vertel nu eens, Wolter, wat gebeurde er met je vanmiddag?'

Hij haalt zijn schouders op. 'Ik werd gewoon niet lekker. Kreeg een black-out en kwam weer een beetje bij toen jullie me naar de serre hadden gebracht.'

'Kun je je herinneren wat je aan het doen was toen je die black-out kreeg?'

Hij kijkt opzij. Door de weerkaatsing van het interieur loopt het glimmende wegdek van de Bloemendaalseweg met de booglampen erboven. Hij ziet Marina zoals ze naar hem kijkt, en profil, met een gespannen blik.

'Wolter?'

Hij houdt zijn ogen op haar spiegelbeeld gericht. 'Ik zat te wachten tot ik aan de beurt was om Ludo toe te spreken. Op de tweede rij, naast jou. Werd ik al aangekondigd …? Ik geloof het wel. Dat deed Martin toch?'

Ze knikt. 'En toen?'

Niets. Het lijkt of er matglas geschoven wordt tussen hem en zijn herinnering. Daarachter gebeuren dingen waar hij geen toegang toe heeft. Hij haalt weer zijn schouders op.

'Heb geen vertrouwen in prinsen ...' Marina zegt het voor zich uit, terwijl ze hem aankijkt.

'Wat zeg je?'

'Toen Martin jou had aangekondigd, bleef je nog even zitten. Je had net iets genoteerd bij de tekst van je toespraak, de pen had je nog in je hand. Ik stootte je aan en toen je naar de katheder ging, liep je anders dan normaal, moeilijk om te zeggen hóé precies, maar er was iets, een hapering. Achter de microfoon vouwde je het papier van je toespraak open, je ogen gingen van de tekst naar het publiek, en weer terug. Ik vond dat je er grauw uitzag. En toen, zonder aanhef, terwijl je het papier weer in je zak stopte, begon je erover dat je prinsen niet moest vertrouwen en machthebbers, je haalde er de Statenvertaling bij en iets over gereformeerden, en toen kwam er weer een hapering. Je hield abrupt op, draaide je hoofd weg en als Martin je toen niet vastgegrepen had, was je denk ik gevallen. We hebben je toen naar buiten gebracht en de dokter gebeld.'

Hij voelt dat hij rood geworden is. Hij haalt de toespraak uit zijn binnenzak en vouwt hem open. De krabbel boven de getypte tekst, in zijn handschrift. Het waas in zijn hoofd lost op, hij ziet zichzelf zoals Marina hem beschreven heeft, hij weet weer wat eraan voorafging. Alleen wat er volgde, blijft een leeg vlak. Hij wrijft over zijn voorhoofd. Voor het oog van de hele club. Ze moeten gedacht hebben dat hij het al stevig op een drinken had gezet van tevoren. Hij vraagt het aan Marina.

'In het begin reageerden ze lacherig. Voorpret. Ze kennen je, de meesten althans, ze rekenden erop dat er weer wat ging komen natuurlijk, maar ik geloof dat ze al snel doorhadden dat er iets niet klopte.' Ze strekt haar hand uit. 'Mag ik je toespraak eens zien?'

Haar ogen vliegen over de pagina's, dan bladert ze terug naar

31

de eerste. 'Leuk. Een echt Greve-verhaal. Daar zou Ludo blij mee geweest zijn. Iedereen trouwens, want de meeste toespraken waren zozo. Maar jij gaat opeens improviseren en je loopt vast. Ik begrijp het niet, Wolter. Ik begrijp jóú niet. Wist je toen echt niet meer wat je deed of kun je je het alleen niet herinneren? Die zinnetjes heb je op het laatste ogenblik pas opgeschreven. Waarom?'

Eigenlijk legt hij het liever niet uit. 'Ze waren voor Ludo bestemd. Die kent de context, hij komt uit hetzelfde nest als ik. Een flauw gereformeerd grapje met een eindeloze baard. 'Vest op Prinsen geen betrouwen', psalm 146. Vroeger hadden we thuis een melkboer die Prinsen heette, nu heb ik dus een baas met dezelfde naam. Toevallig had ik onlangs gelezen wat de nieuwste bijbelvertaling ervan maakt, en dat snijdt veel dieper. *Vertrouw niet op mensen met macht.* Toen ik hoorde wat Verschueren in zijn toespraak liet doorschemeren over de uitkomst van de fusieonderhandelingen, kwamen die teksten spontaan in me op. Ik was witheet. Blijkbaar is die gedachte in mijn hoofd een eigen leven gaan leiden.'

'Had het maar bij die melkboer gehouden. Dit vind ik geen flauw gereformeerd grapje, Wolter, maar een stoot onder de gordel. En dan gebeurt er iets in je hoofd waardoor je in de war raakt. Heeft dat fusiegedoe je dan zo geëmotioneerd? Vanmiddag op de heenweg deed je ook al zo vreemd.'

'Wat deed ik dan?'

'Moeten we daar nu weer over beginnen? Je was heel onbeheerst, schreeuwde tegen me. Je bent dat toch niet ook vergeten, hoop ik? Toen dat jongetje de weg op rende om zijn bal te pakken.'

'O, dat. Mag ik alsjeblieft? Jij had niet in de gaten wat er gebeurde.'

'Ik stond niet boven op de rem, dat is wat anders, maar ik had hem wel gezien.'

Hij trekt een gezicht. 'Wat heeft dit trouwens in godsnaam

te maken met de rest? We hadden het over de draai van honderdtachtig graden die Ludo gemaakt heeft.' De hoofdpijn komt opzetten.

'Daar had jíj het over. Soms, Wolter …' Marina's ogen draaien van hem weg, terwijl ze doorpraat. Hij kijkt naar haar, de blos die verleidelijke toetsen aanbrengt in haar expressieve gezicht, de accolade van haar gefronste wenkbrauwen, haar prachtige mond die zegt dat hij ziende blind geweest moet zijn, dat iedereen toch wist waar het op uit zou lopen, drie opties waarvan twee onhaalbaar, tenzij partijen de krachten zouden bundelen, wat nu ten slotte gebeurd is. Synergie, zegt ze ook, synergie. Toverwoord. Hij ziet zichzelf naar haar kijken, meer dan middelbare heer, tamelijk vermoeid, hij ziet hoe ze zich langzaam van hem verwijdert en stelt zichzelf de vraag waarom hij geen hand uitsteekt. Want dit gaat niet meer alleen over een fusie.

Hij verwondert zich erover dat ze zo op de hoogte is. Gisteren tijdens de lunch had Simon gezegd dat alles nog sub rosa was en daar had hij zich aan gehouden, hoewel Simon graag gewichtig deed. Ludo had hem opgedragen om Wolter op de hoogte te brengen van het ophanden zijnde akkoord met Buchstabe Verlag en Lipardi, vanwege de precaire positie van het educatieve fonds hierbij. 'Ludo wil je graag voor de uitgeverij behouden, Wolter, dat heeft hij met nadruk gezegd.' Hij had zijn collega over tafel zitten aanstaren. Wat zat er voor Sneaky Simon zelf in? Niets voor Ludo Prinsen om terug te vallen op Simon voor zo'n boodschap. Tenzij hij zelf geen zin had om zijn ommezwaai te verantwoorden. Voor de uitgeverij behouden. *My ass.* Terwijl het hele fonds afgestoten werd. En wat gisteren nog sub rosa lunchpraat was, bleek vandaag al in de jubileumtoespraak van de bestuursvoorzitter zo goed als een feit en was zelfs bekend bij de buitenwacht. Was hij dan overal buitengehouden?

Hij leunt achterover. 'Als je eens wist wat er de afgelopen maanden over tafel is gegaan in de besprekingen met Ludo.'

Marina kijkt hem aan. 'Alsjeblieft, Wolter, nu niet. Goed?

Zullen we om de kaart vragen? Ik heb toch eigenlijk wel trek in iets.' Voor hij iets kan zeggen, wenkt ze de ober.

'En je wilde terug naar Hartenlust?'

'Ach … dat zal nu toch wel op z'n eind lopen.'

'Dat is ook niet leuk voor Ludo', zegt hij in een gratuite opwelling van edelmoedigheid.

Marina buigt zich over de kaart, kijkt vragend omhoog naar de ober, die daarop iets aanwijst op de volgende pagina. 'Ludo vindt het niet erg', zegt ze terloops.

Wolter kijkt naar haar terwijl ze met de ober overlegt. 'Dan neem ik de carpaccio', zegt ze. 'En jij, Wolter? Wat wil jij?'

Hij slikt. 'Brengt u mij nog maar een bier', zegt hij.

Ze legt haar hand op de zijne. 'Je moet wel wat eten, hoor.'

Hij schudt zijn hoofd tegen de ober en trekt zijn hand terug. 'Dat was Ludo dus die daarnet belde. Dat hadden jullie zeker afgesproken?'

'Ja, natuurlijk. Iedereen maakte zich zorgen, hij helemaal.'

'Natuurlijk maakt hij zich zorgen. Alleen niet om mij. Om zichzelf. Ludo wil graag dat iedereen hem aardig blijft vinden, ook al laat hij ze vallen als een baksteen.'

'Ik heb al gezegd dat ik het daar nu niet over wil hebben, maar je vergist je heel erg.'

Er laait iets in hem op. Dit wordt niets.

'Met betrekking tot onze algemeen directeur vergis ik me zelden', zegt hij. 'Ondanks z'n roomse voornaam is die het schoolvoorbeeld van wat Reve een gereformeerde gluiperd noemt.'

'Waarom ga je nou toch door?'

Omdat ik niet anders kan, denkt hij. Omdat ik soms niet kan of wil ingrijpen als ik bezig ben iets kapot te maken. Ik laat iets onherstelbaars gebeuren, ik zie het, ik weet hoe het gaat aflopen, ik vind het aan één kant vreselijk, maar ik doe er niets tegen.

Hij haalt zijn schouders op. 'Waarom niet?'

Het is even stil. Dan schuift Marina haar stoel achteruit. 'Hier heb ik geen zin meer in, Wolter', zegt ze. 'Het lijkt me beter als we afzien van ons plan voor … vanavond. Dit is zo absurd.'

Hij kijkt naar haar zonder iets te zeggen.

'Mee eens?'

Hij knikt langzaam.

'Dit is zó absurd', herhaalt ze. 'Hoe kan dit nou? Alsof we opeens vreemden zijn voor elkaar.' Met een bezorgd gezicht schudt ze haar hoofd. 'Wat is er met je?' Ze duwt haar handen onder haar kin en kijkt naar buiten. Dan zegt ze: 'Ik weet niet of er nu een probleem ontstaat. Jij zult misschien iets moeten annuleren. Als dat geld gaat kosten, neem ik uiteraard de helft voor mijn rekening.'

'Dat komt wel goed', zegt hij.

'Nee, ik sta erop, Wolter. Echt. Anders geeft dat achteraf een extra vervelend gevoel.' Ze steekt haar hand uit en raakt zacht zijn wang aan. 'Hé, goed? Ga anders meteen even bellen, dan is het maar gebeurd.'

Hij kan dit negeren. Of beloven dat hij het straks wel zal doen, maar hij zegt: 'Er valt niets te annuleren.'

'Nee? Je had toch niet op de bonnefooi ergens naartoe willen gaan?'

Hij antwoordt niet. Ze kijkt hem secondenlang recht in de ogen alsof ze hem de gelegenheid geeft zijn mededeling te rectificeren. Dan grijpt ze haar tas en staat op. 'Mijn koffertje staat nog in jouw auto. Wil je zo goed zijn het even te halen?'

Als hij terugkomt, staat Marina met haar jas aan bij de receptie. De taxi komt eraan, antwoordt ze op zijn vraag. Hij hoeft niet te wachten, ze redt zich wel. Haar ogen ontwijken de zijne voortdurend. Om haar niet helemaal aan haar lot over te laten gaat hij buiten voor de deur staan. Wanneer de taxi eindelijk arriveert, is hij verkleumd. Voor Marina instapt, draait ze zich naar hem om.

'Boulevard Zandvoort. Ontbijt met uitzicht op zee', zegt ze. 'Je bent het nooit écht van plan geweest, Wolter. Een beetje spelen met de gedachte, een beetje dromen, verder ben je niet gegaan. Je was alleen te laf om daarvoor uit te komen.' Ze aarzelt, stopt dan iets in zijn hand. 'Dit is het adres van die arts. Ik verwacht niet dat je er gebruik van maakt, maar zo ben ik er tenminste vanaf.'

Terwijl ze het portier dichttrekt, hoort hij haar 'Hartenlust' zeggen. 'De oranjerie.'

Of het daarvoor niet te laat is, wil hij nog vragen, maar de taxi rijdt al weg. Dat is zijn zaak ook niet. De klok boven de receptie wijst twaalf voor half acht. Het buffet zal wel een nazit hebben. En naar alle waarschijnlijkheid heeft ze net nog contact gehad, misschien wel met Ludo zelf. De lijnen zijn kort vandaag de dag. Hij voelt een steek van jaloezie, al weet hij niet precies wie die geldt. Over de gevolgen voor het dagelijks verkeren op de uitgeverij wil hij nog niet nadenken.

Op weg naar het buffet om af te rekenen, bedenkt hij zich. Hij kan best nog even blijven natuurlijk. Hij pakt een krant van de leestafel en keert terug naar hun tafeltje, zijdelingse blikken van belendende tafels negerend. Onaangeroerd staat Marina's carpaccio voor haar lege stoel. Hij trekt het bord naar zich toe en ruilt bij de ober het verschaalde bier voor een glas Margaux. Onder het lezen prikt hij nu en dan een stukje vlees van het bord en drinkt hij van de wijn, tot hij werkelijk trek begint te krijgen en de faux filet bestelt die hij zich van het menu herinnert, met nog een Margaux. Hij verdeelt zijn aandacht tussen het gerecht en het nieuws, de krant dubbelgevouwen naast zijn bord, als een vrijgezelle stamgast met aparte gewoonten. Gaandeweg vervagen de gedachten aan Marina. Hij is opgelucht. De vreemde vibraties zijn uit zijn lichaam verdwenen, hij voelt zich voor het eerst sinds het voorval in Hartenlust weer een beetje in normale doen en gewoon te goed om welke arts dan ook in de avonduren lastig te vallen met een onduidelijke klacht. Hij heeft helemaal niets te klagen.

'Eet u goed, meneer Greve?' 'Zeker, dokter.'

Als hij echter halverwege de eerste katern terug moet bladeren naar de voorpagina omdat hij zich niet herinnert wat er in de eerste helft van een artikel stond, vraagt hij zich toch af of hij dat vaker heeft.

Hij ziet af van een glas cognac naast de koffie, omdat hij nu zelf achter het stuur moet. Dat zal even wennen zijn. Het nummer van badhotel Atlantic zit nog in zijn mobiele telefoon. Hij zoekt het op, aarzelt dan. Waarom vanavond nog dat hele eind terugrijden naar Heusden? Er is niemand die op hem wacht. Heleen zit tot morgenavond op haar vrouwenconferentie, de hond is vorig najaar een zachte dood gestorven en de kat kan zichzelf met hulp van de buurvrouw voor die nacht extra ook wel redden. Er is in Zandvoort een kamer met alle comfort beschikbaar en strandwandelingen laten zich ook heel goed alleen maken. De gedachte om morgen in Haarlem rond te lopen in plaats van op de uitgeverij, trekt hem opeens sterk aan. Traject jeugdsentiment, zei Marina spottend. *Arrangement du temps perdu* klinkt beter. Zichzelf verlof geven van het heden. Het zal tijd worden. Hij stopt de telefoon weer in zijn zak en wenkt de ober.

Bijna twintig jaar heeft hij er geen voet meer gezet. De laatste keer was bij dat verregende bloemencorso. Half acht van huis gegaan voor hun eerste en laatste corso – zo'n leuke Haarlemse traditie! – de helft gemist door de drukte op de weg, daarna ruzie omdat Heleen toch nog langs haar vader in Leimuiden wilde, terwijl ze 's avonds in Leeuwarden bezoek kregen. Toen ze in de auto stapten, vroeg Aart waar papa gewoond had. Of ze dat mochten zien. Alsjeblieft niet, had hij gedacht. Niet met een geergerde Heleen naast me een gevoelig rondje Haarlem Zuidwest doen. Bovendien, wat viel eraan te beleven? Alleen zei je zoiets niet tegen je zoontje van acht, die toch al niet begreep waarom het niet gezellig was. Dus had hij de dooddoener uitgesproken waarmee opvoeders de beste kansen om zeep helpen. 'Een andere keer, Aart. Als we meer tijd hebben. Goed?' Waarom schiet hem dat nu te binnen? Omdat het van die andere keer nooit gekomen is. Omdat hij nu zeeën van tijd heeft. Maar nu is Aart er niet bij. Aart is ver weg. Ver heen, zou hij ook kunnen zeggen. Het is beter om daar nu niet aan te denken.

Hij rijdt de Zeeweg omdat die het dichtst bij is, langzaam, om de bochten te voelen, de flauwe helling op driekwart, waar de zilverpopulieren in de berm het opgeven tegen de zeewind. Over de Zeeweg fietste je vroeger naar het eind van de wereld. Hij is er voor hij er erg in heeft. Dan rijdt hij langs de zee naar Zandvoort.

Atlantic blijkt inderdaad de nieuwe naam te zijn van een hotel dat hij van vroeger kent, een doos op een duin, gerenoveerd en via opname in een keten opgewaardeerd tot hoog in de sterrenhemel. De receptionist heeft geen enkel bezwaar tegen het halveren van zijn reservering, maar Wolter krijgt de indruk dat de kamer dezelfde blijft. Buiten het seizoen maakte het waarschijnlijk niets uit. Op zijn kamer zet hij direct de televisie aan, een hotelreflex die hij het volgende moment tenietdoet. Hij dwingt zichzelf de minibar te inspecteren en daarna het uitzicht. Het een is toereikend voor één nacht, voor het andere zal hij moeten wachten tot morgen. Hij staart een tijdje naar zijn beregende spiegelbeeld terwijl hij de overige mogelijkheden nagaat van een onverwacht eenpersoons verblijf in een strandhotel van iemand die verzuimd heeft een boek mee te nemen en verder ook nog niet helemaal zichzelf is. Zijn stemming zakt in. Dus vlucht hij toch in het journaal van tien uur. Maar na twee items die hij al uit de krant kent, houdt hij het voor gezien en pakt zijn jas. Het is slechts acht kilometer naar Haarlem. Hij kan best een voorschot nemen op de dag van morgen en een kleine verkenning uitvoeren. Het centrum bewaart hij voor later, maar zijn eigen buurt, die hij vanmiddag vanuit de verte al gezien heeft, is precies geschikt voor zo'n avondritje. Dit wordt dan zijn tweede ommetje vandaag. Alleen loopt hij nu niet ergens voor weg.

Zandvoort heeft zich ingegraven voor de winterslaap. Het schaarse verkeer op de Zandvoortselaan beweegt zich dan ook voornamelijk landinwaarts. Wegopbrekingen in Aerdenhout dwingen hem naar een omleiding over de Haarlemse rondweg, zodat hij niet de oude fietsroute kan rijden die hij zich tijdens zijn wandeling voor ogen stelde. Hij volgt hem pas vanaf de kruising met de Vlaamseweg en rijdt dan langzaam over fluweelzacht asfalt in de richting van de spoorwegovergang. Hier begint de eigenlijke stad pas. Autolichten naderen van rechts en terwijl hij afremt herkent hij de straatpoort midden in de huizenrij van het De Ruijterplein, zien is herinneren. Is hier meer? Het zwembad natuurlijk, aan zijn linkerhand, het Houtvaartbad, dat ze nooit zo noemden omdat die naam niet paste bij de bakstenen bunker. Het stenen bad. Hoge, blinde muren met de grimmige symmetrie van het gescheiden zwemmen. IJskoud water tot ver in het seizoen. Het ligt te ver naar achteren om het te kunnen onderscheiden. Of is het gesloopt? Er is zo veel verdwenen de laatste decennia.

Alsof er op hem gewacht is, gaan dertig meter voor hem de lichten van de spoorwegovergang knipperen. Zo hoort het. Halve slagbomen beginnen de overweg te versperren, stijve robotarmpjes vergeleken bij de lange spoorbomen van vroeger met het losse spijlenhek eronder, dat zich uitvouwde als de boom daalde. Ging er toen ook een bel? Hij weet het niet meer. De trein die van station Haarlem vertrokken was, kon je in de verte zien aankomen, een trage groene rups in de bocht bij de Brouwersvaart, geleidelijk versnellend om ter hoogte van de overweg alweer af te remmen voor het volgende station. De sneltreinen uit het zuiden – Leiden, Den Haag, Brussel – overvielen je. Vlak achter de neergelaten spoorboom wachtte hij dan met halfgesloten ogen op de overweldigende dreun waarmee ze achter de huizen vandaan plotseling langs de overweg raasden. Wervelende lucht sneed zijn adem af, het ritmische geweld van metaal op metaal liet hem verdoofd achter in de plotselinge stilte als hij de overkant weer kon zien en de spoorbomen omhooggingen. Tenzij de kleine rangeerlocomotief intussen vanaf het emplacement de baan was komen oprijden met een sleep wagons achter zich aan.

Er wordt op de zijruit getikt. Door de druppels heen ziet Wolter een gezicht en hij laat het raampje zakken tot halverwege.

'Uw achterlicht brandt niet. Rechts.' Een keurige Haarlemse stem. 'Ik denk ik zeg het maar even.'

'Dank u.' Wolter knikt nadrukkelijk, laat zijn stem meebuigen. 'Erg attent van u.'

Vorige week had hij dat ook al. Of was dat links? Als achter hem een claxon klinkt, ziet hij dat de bomen inmiddels open zijn. Is de trein dan al geweest? Hij houdt in tot de vriendelijke fietser de overweg gepasseerd is en stuurt dan achter hem langs naar de kant. Een oudere man met een alpinopet en een zijtas aan zijn bagagedrager. Oudere man. Hoeveel zullen ze schelen in leeftijd? Misschien hebben ze vroeger wel naast elkaar staan blauwbekken op de betonnen rand van het stenen bad. Misschien ook niet. Misschien is deze vriendelijke man vijf jaar geleden vanuit Musselkanaal hiernaartoe verhuisd. Alles kan. Hoewel, die stem.

De klap tegen het achterspatbord helpt deze keer niet. Er moet ergens een lampensetje liggen, alleen heeft hij geen zin om er nu naar te zoeken. Het is donker, het is nat en op dit uur heeft de politie vast wel wat nuttigers te doen dan achterlichten controleren. Hij kijkt om zich heen.

Dit was dus de Westergracht. Grof klotsende stroom, die voetballen meesleurde naar de ondergang. Slopen en dempen, dat kunnen ze, maar hij stinkt nog steeds, natte steenkool met een metalige ondertoon, hij herkent de geur onmiddellijk. Een beetje gracht laat zich niet zomaar onder de grond stoppen, zelfs al was het in later jaren meer een dumpplaats voor fietswrakken en matrassen dan een waterweg. Waar hij staat, iets verder, lag vroeger een plezierjacht met een groene kap. Het kwam nooit van zijn plaats. Als hij nadenkt, weet hij de naam nog wel, maar hij gaat niet nadenken. Boven de bomen en de bebouwing torent de donkere massa van de katholieke Sint Bavo met de verlichte wijzerplaten op de noordelijke toren. Tien over half elf.

Hij stapt weer in en rijdt stapvoets verder. Hij zou nu rechtsaf moeten, maar met het dempen van de gracht en het verdwijnen van de kwakel is de verbinding tussen de straten veranderd. Voor hij het weet is hij de Plebaan Agteropstraat voorbij en kijkt hij rechts tegen huizen aan die er niet zouden moeten staan. Recht vooruit volgt een verkeerslicht. Eigenlijk moet hij dit bij daglicht doen en dan liefst zonder auto. Het duurt even voor hij beseft dat hier de Westerbrug lag. Ja, geen water, geen brug, de logica ontgaat hem niet, maar toch. Hij wordt er balorig van. Was het Ludo die ooit zei dat hij eigenlijk tegen elke verandering was? Ludo zegt wel meer wat. Met de Sint Bavo als ankerpunt zoekt hij rechtsom zijn weg naar zijn oude straat en ten slotte rijdt hij vanuit oostelijke richting recht op zijn geboortehuis aan. Dertig meter voor de hoek zet hij zijn auto langs de kant. Hij leunt naar achteren.

Het is te donker voor details, maar hij weet waar hij naar kijkt. Een huizenrij uit de jaren dertig, afwijkend van het doorsneetype door de variatie in de voorgevel. Diep gevoegd metselwerk van grauwe steen op de begane grond, met tuinmuurtjes en bloembakken in dezelfde uitvoering, dan een betonnen luifel die boven erkers en voordeuren doorliep over de hele lengte van de straat, met als enige onderbreking de uitbouw boven de poort halverwege. Op de eerste verdieping een buitenmuur van lichtgrijze stuc en boven het ruime overstek een hoog, donkergrijs pannendak met een dakkapel. De kleur moest van buiten komen.

Vroeger was hier alles open. Tussen hun straat en het Emmaplein strekte zich een halflandelijke wildernis uit als een slordige garnering van de statige kathedraal. Allemaal eigendom van de Kerk, zei men. Van de speeltuin Mariagaarde en de hoog omheinde kerktuin, waar de brandnetels opschoten zodra het processieseizoen ten einde was, nam hij dat direct aan. Wat de Kerk echter aan moest met een aardappel- en koollandje, mulle stukken vlooienzand en op niets uitlopende bestratingen, onderling verbonden en gescheiden door een breiwerk van afrasteringen, begreep hij als kind niet. Nu wel, kijkend naar het onroerend goed voor ouderen en alleenstaanden dat hem omringt. De woestijn is gaan bloeien.

Hij moet het voornamelijk met zijn herinnering doen. Op de weinige buitenfoto's uit de albums van zijn moeder ligt niet geheel toevallig meestal sneeuw, een dikke laag die alles inclusief de afrasteringen verdoezelt, en staan en liggen de kindertjes Greve in wisselende opstellingen bij en op de slee. De achtergrond wordt gevormd door een witte vlakte met daarachter het onderste deel van een sneeuwbestoven neogotische steenmassa met romaanse trekjes. Het brownieboxje waarmee mama ze nam, moet nog ergens in de familie zijn.

Soms is het nog oorlog op die foto's, soms niet meer, maar dat kun je alleen afleiden uit wie het voor twee jaar en iets ouder geschikte slobpakje van witte scheerwol draagt. Als híj het draagt, is de oorlog voorbij.

Het is de vraag of er op nummer 9 iemand thuis is. Beneden lijkt licht te branden, maar het kan ook de weerschijn van de straatlantaarn zijn. Boven is alles donker, terwijl in de huizen ernaast overal nog lampen branden en hier en daar een kamer van kleur verschiet door een beeldscherm.

Ze woonden er met z'n zevenen, als hij oma Woudstra meerekent, die paar jaar voor ze naar het verpleeghuis ging. Een huis van normale vooroorlogse afmetingen, die hij nu ontgroeid is.

Het moet er vol geweest zijn als iedereen thuis was, alle kamers bezet, inclusief de zolder. Vreemd dat het beeld van een vrijwel leeg huis bij hem veel meer is blijven hangen. Zijn ouders zijn er en hij. Er hangt een loden stilte. Als hij nuchter nadenkt, weet hij dat het onzin is.

Hij stapt uit en loopt naar de hoek van de straat, van waar hij de andere huizen van de rij kan zien, tot aan de poort van het achterom. Hij kijkt weer naar nummer 9. Hier woonde hij. Negentien jaar lang. Oneindig lang. Hij probeert iets van verbondenheid met dit huis te voelen, maar de late avond van een vochtige januaridag is misschien daarvoor niet het geëigende moment. Er valt ook nergens aan te zien dat hij hier gewoond heeft. Op weg naar school kwam hij altijd langs het huis met de

gevelsteen HIER WOONDE EN WERKTE LORENTZ. Dat was tenminste duidelijk, al wist hij toen niet wie dat was.

Een deur wordt dichtgetrokken. Uit het tuinhekje van nummer 5 komt een man met een hondje. Hij steekt de straat over
naar de enig aanwezige boom, wacht tot de hond klaar is en
komt dan recht op hem af.

'Goedenavond', zegt hij. 'Zoekt u iets?'

'Nee', antwoordt Wolter. 'Ik keek even.' Hoewel hij geen zin
heeft in een toelichting, vindt hij dat hij hem toch maar moet
geven. 'Ik heb hier vroeger gewoond.' En u woont in het huis
van Warmerdam, denkt hij. Bevalt het?

'Is het werkelijk', zegt de ander. Hij kijkt met een onbewogen
gezicht van Wolter naar de auto. Probeert hij het nummer te
onthouden?

Als er een gevelsteen was, kon Wolter hem daarop wijzen om
aan te tonen dat hij geen verhaaltjes vertelt. Een gevelsteen met
HIER GEBEURDE HET bijvoorbeeld. Zo'n Winnie the Pooh-op-
schrift. HIER GEBEURDE NIETS. Onwillekeurig moet hij glimlachen. Hij knikt naar de man met de hond en loopt terug naar
de auto. HIER GEBEURDE HOEGENAAMD NIETS. Hier zat Pooh
te hopen dat het gebeurde, maar het kwam niet. Hij voelt een
lachkriebel opkomen. Jaren van ledigheid, somberte, knersing
der tanden. Met zijn hand aan de greep van het portier kijkt hij
omhoog naar de reusachtige kerk. God was mijn getuige, die
jaren, althans de god van de katholieken, de zichtbare god. En
Hij zag dat het niet goed was. De met lichten bezette wijzers van
de torenklok staan op tien voor half twaalf. Er was iets, denkt hij.
Heleen. Hij moest Heleen terugbellen voor een bepaalde tijd.

Terwijl hij in de auto het bericht op zijn mobiele telefoon opnieuw leest, vraagt hij zich af wat ze hem wilde zeggen of vragen.
Het kan alles zijn. Bijna half twaalf. Kan hij haar nog bellen? Als
hij haar uit haar eerste slaap haalt, ligt ze de rest van de nacht
wakker. Niet doen dus. Als het dringend was, had ze het nog
wel een keer geprobeerd. Hij stopt de telefoon terug in zijn zak.

Misschien zakt ze wel zachtjes door aan de hotelbar met haar mededames, hoe verhevener het onderwerp, hoe dieper men kan vallen, en is ze haar sms'je al vergeten.

Hij vraagt zich ook af of hij deze verkenningstocht nog zal voortzetten. Hij heeft geen plan, er is geen bestemming, dit is alleen een nachtelijk intermezzo. Maar voor hij doorrijdt naar het hotel, zou hij nog wel even om de Bavo heen kunnen lopen. Wellicht komt het daar morgen niet van en dan zou hij het achteraf betreuren. Met de deurhendel al onder zijn hand blijft hij stil zitten. In het donkere huis tegenover hem is het vage schijnsel veranderd. Staat er iemand voor het raam? Hij knijpt zijn ogen half dicht. Die donkere vorm, is dat een gestalte, die lichte plek een gezicht met grijs haar, dicht achter de ruit? Staat er al die tijd iemand naar hem te kijken? Terwijl hij uitstapt en de auto afsluit, houdt hij zijn ogen gericht op het raam. Zonder dat hij een beweging heeft gezien, verdwijnt de donkere vorm op het moment dat hij de straat oversteekt. Gezichtsbedrog. Hij ziet wat er was, niet wat er is.

Met zijn handen diep in de zakken van zijn jas loopt hij langs de noordelijke zijbeuk van de kathedraal. Een muurtje houdt hem op afstand. Er kan dus niet meer gevoetbald worden tegen de zijmuur met de steunberen en de geheimzinnige verticale sleuven, waarin voetballen klem raakten of verdwenen naar de donkere krochten erachter. Het maakte deel uit van de geheimen van deze kolossale kerk, in de gewelven eronder moest een schat aan ballen verborgen liggen, waar niemand bij kon komen. Kleine, magere jongens, zoals die ondervoede tweeling van Oudmans, konden zich als ze zich nog dunner maakten, met slangachtige bewegingen een eind naar binnen wringen, maar stuitten dan ook op nieuwe barrières; de sleuf splitste zich en beide helften waren te nauw. Als hij zich bukte en naar binnen keek, kreeg hij altijd een raar gevoel onder zijn stuitje.

Op de hoek van de Leidsevaart blijft hij staan en kijkt omhoog naar de kerk die zijn fysieke horizon zestien jaar domineerde voor hij er een voet in zette. Ook in een donkere nacht lijkt het onnavolgbare silhouet van koepelrondingen, minaretachtige spitsen, torentjes en daklijnen wel van een andere kerk te zijn dan het strakke, statige front aan de westkant. Als jongen zag hij dat niet. Hij zag alleen de lage deur aan de oostkant met het bord MARIAKAPEL en het hek ervoor waar hij elke dag langs moest op weg naar school. Als de deur naar de kapel openstond, hield hij zijn adem in, het liefst tot hij kon oversteken naar de Emmabrug, maar vaak haalde hij dat niet. Een tijdlang deed hij dat ook als hij op straat geestelijken tegenkwam, zijn gezicht afwenden en zijn adem inhouden tot ze voorbij waren, nonnen, mannen met rokken of in een zwart pak, mannen in een pij. Waar deze antikatholieke smetvrees vandaan kwam weet hij niet meer, er is alleen een hardnekkige associatie met een pater die met fladderende rok het pad naar de kapel inslaat en voor hij in de donkere opening verdwijnt naar hem glimlacht, waarbij grijszwarte tanden griezelig afsteken in het bleke gezicht. Hij komt er nog wel op.

Langzaam loopt hij terug. Je zult maar gereformeerd zijn en tegenover zo'n kerk opgroeien.

Alles en iedereen in hun buurt was rooms-katholiek, inclusief de bakker, de groenteboer en na de sanering ook de melkboer. Voor minder bederfelijke waar bestonden er afspraken met elders gevestigde leveranciers uit de eigen kerkelijke kring. Scholen, koorverenigingen, voetbalclubs heetten Sint Josef, Sint Bavo, Geel-Wit, en in hun straat woonde slechts een handjevol niet-katholieke gezinnen. De kinderen met wie hij op straat speelde, vormden daarvan een afspiegeling. Niemand deed het erom, maar er was een wereld van termen en rituelen waar zij, de niet-katholieken, buiten stonden. Zij, dat waren zijn broer en hij, Henk Harinck, wiens vader Partij-van-de-Arbeidman was zoals pa zei, en Roddy, die niks was. En die jongen van De Vries, die bij de Pinkstergemeente hoorde. Er bestond een stelsel waar als vanzelfsprekend naar verwezen werd en waar zij geen deel aan hadden. De Sint Bavo, veel te groot voor de stedelijke omgeving, was er het symbool van en tegelijk ook weer niet. De kerk stond er gewoon. Op hoogtijdagen en in heilige nachten werden ze uit hun bed gebeierd door drie klokken tegelijk.

Als jongen tilde hij niet aan het verschil tussen de meer dan monumentale Kathedrale Basiliek en de aula van de school waar zij kerkten, zoals dat heette. Zij waren tenminste behouden. Had iemand ooit het woord 'Gideonsbende' in de mond genomen als zij op zondag tegen de roomse stroom in naar hun kerk liepen of bedacht hij dat zelf? Hoogmoed was voor gereformeerden een zonde uit lijfsbehoud, waarvoor dagelijks gretig om vergeving gebeden werd. Overigens bezocht zijn vader wel bijeenkomsten voor rooms-katholieken en andersdenkenden, zoals het op de aanplakbiljetten heette. En nu hij daar zo loopt, schiet hem te binnen dat ze tot hun negende of tiende jaar lid waren van de rooms-katholieke speeltuin tegenover hun huis, met als bijkomende verplichting dat ze aan het eind van de dag in een kring het Wees gegroet Maria meemummelend moesten doorstaan. Als onder het *nu en in het uur van onze dood* de spurt naar het hek al ingezet werd, bleef hij altijd staan – meer uit beleefdheid dan uit vroomheid.

Terug bij de auto ziet hij in zijn huis op alle verdiepingen licht branden. Beneden lopen mensen, een drukte van belang op dit uur van de dag. Het is bewoond. Er huizen geen schimmen, er wonen mensen, misschien wel een gezond rooms gezin met dertien kinderen, waarom niet. Als hij de motor start, kijkt iemand in de kamer om, een vrouw, de lichten hebben haar aandacht getrokken. Misschien belt hij er wel aan morgen, want het staat voor hem vast dat hij nog teruggaat. Vindt u het goed als ik even rondkijk, mevrouw. Ja, vanaf 1944. Inderdaad, hoe kom ik erbij. Hij moet er niet aan denken.

Hij wacht tot een fietser hem gepasseerd is en rijdt dan weg. Bij de hoek kijkt hij naar rechts en houdt even in. Aan het eind van de straat loopt iemand, een rechte gestalte met een hoed midden op het hoofd, hij slaat de hoek om in de richting van

46

de Leidsevaart. Wolter schudt zijn hoofd en geeft gas. In de Jan Stuytstraat denkt hij even aan Trudy Hasselbrink, die hij eigenlijk nog weleens zou willen ontmoeten, alleen komt het daar nooit meer van natuurlijk. Twee straten verder wil hij alweer terug. Was dit het nu? Alles ontglipt hem, de straat, het huis, zijn kindertijd. Hij is geen stap dichterbij gekomen. Zelfs aan weemoed is hij niet toegekomen, daar was het te donker voor of wat anders. En daarom rijdt hij ook door, het is laat, hij is moe, het is welletjes voor vandaag.

Weer stuit hij in Aerdenhout op de wegafzetting die de verbinding met Zandvoort blokkeert. Lijdzaam laat hij zich in noordelijke richting omleiden. Donkere lanen met hoog geboomte, aangenaam asfalt en op dit uur is er geen mens meer op straat. De motor bromt en hij stuurt met twee vingers. Hij realiseert zich dat zijn traject van deze avond grotendeels samenvalt met hun vroegere zomerse zondagmiddagwandeling, zij het in tegengestelde richting, en die ontdekking maakt hem zowaar alsnog weemoedig. Pa beschikte over een klein repertoire aan routes die net tussen zondagmiddagslaapje en kerkdienst afgelegd konden worden. Als Wim of hij wilden, konden ze eronderuit, maar om een complex van redenen kon hij altijd moeilijk weigeren, waarvan de uitdrukking op zijn vaders gezicht – teleurstelling, onbegrip – er een was en het weinig aanlokkelijke alternatief, thuis rondhangen tot het kerktijd was, een andere. Maar echt ontspannen was het nooit. Ongemakkelijke gesprekken, het vooruitzicht van een dorre catechismuspreek in een halflege kerk, waar zijn benen aan de bank plakten van de warmte, terwijl hij stiekem door de glas-in-loodramen keek naar de mensen die op de fiets terugkeerden van het strand. En daarna wachtte de onheilspellende zondagavond.

Hij moet een omleidingsbord gemist hebben, want hij staat opeens op de Oosterduinweg, niet ver voor Hartenlust. Of de duvel ermee speelt, maar nu maakt het toch niet meer uit. Dan neemt hij direct gewoon weer de Zeeweg. Als hij over de holle verbindingsweg afdaalt naar het vlakke deel, zijn er opeens meer auto's op de weg. Uit de hoogte links naderen lichten, aan de kant van de weg staan er twee achter elkaar, mensen ernaast, een derde is aan het keren en de lichten schijnen recht in zijn ogen. Wat een gedoe op de late avond. Uit voorzorg mindert hij snelheid. Een groepje mannen en vrouwen staat half in het licht van de voorste auto, ze hebben het erg gezellig, er wordt afscheid genomen zo te zien, een vrouw loopt met haar armen vol boeketten naar de andere auto, waar iemand gebogen staat over de kofferruimte en op hetzelfde moment ziet hij wie het zijn. Jezus christus. Die zijn toch allang naar huis? Als hij het gaspedaal abrupt intrapt, kijkt de vrouw met de bloemen in zijn richting en het kan niet anders of hij blijft naar haar kijken. Zijn rechterwiel haakt in de berm en het stuur wordt bijna uit zijn handen gewrongen. Met een ruk naar links weet hij een boom te ontwijken en daarna is hij terug op de weg en raast door tot bij het Brouwerskolkje, waar hij een auto van links voorrang moet geven. Hij trilt over zijn hele lichaam. Godverdomme. Hoe is het mogelijk dat er zoiets stompzinnigs kan gebeuren?

Op een parkeerstrook ter hoogte van de watertoren zet hij de auto even aan de kant. Er is niets aan de hand, houdt hij zichzelf voor, in ieder geval niet meer dan een paar uur geleden. Hij is gestuit op een staartje feestgangers, de bezemploeg. Wie heeft hij gezien? Hij doet zijn ogen dicht en roept het beeld op. Slecht licht, een aantal stond met de rug naar de weg, er was iemand met een hoed, dat kan die rare Cees Kamperman zijn, hoeft niet. Ludo? Niet gezien, maar hij was er ongetwijfeld bij, die wil altijd zelf het licht uitdoen en laat zijn cadeaus vast niet door een ander thuisbrengen. De anderen … hij weet het echt niet. De enige die hij werkelijk herkende, is Marina. Of zij hém herkend heeft? Hoe groot is de kans dat je in het donker de bestuurder van een passerende auto herkent? Want het was daar echt donker, op de lichten van de auto's na. Een vlek, meer zie je niet. Het enige is dat hij ook naar haar keek, recht in het gezicht zelfs, en vervolgens reed hij bijna tegen een boom. Hij heeft zo'n beetje alles gedaan om haar aandacht op hem te vestigen. Ze moet de auto herkend hebben. Oude Thema's zijn dun gezaaid.

Is het erg? Tegenover Marina hoeft hij zich nergens meer voor te generen, na vanavond weet ze hoe het ervoor staat. En zij houdt haar mond wel, ook al begrijpt ze hier niets van. Als een van de anderen hem gezien heeft, is dat vervelender. Dat valt achteraf niet uit te leggen, zelfs niet aan uitgevers, die toch wel wat gewend zijn. Maar ze hebben hem niet gezien, dat weet hij vrijwel zeker. In het donker, om twaalf uur 's nachts, met de nodige drank op natuurlijk, kom nou. Tenzij Marina ook niet helemaal fris meer was en het gezelschap nu vrolijk laat raden wie ze daarnet zag langsrijden. Hij vertelt zichzelf dat Marina zo niet is, in ieder geval waar het hem betreft. Marina heeft zichzelf onder controle. Iemand die zo discreet is omgegaan met de voorgeschiedenis gaat nu niet achteraf hem en zichzelf onmogelijk maken. Hoewel, Ludo wist het, misschien dan niet van haar, maar wel door wat ze onbedoeld liet blijken. Hij start de motor.

Op zijn hotelbed, met een lauwe whisky in de hand, dringt het pas tot hem door dat er iets veel pijnlijkers aan de hand kan zijn. Dat is als Marina denkt dat hij daar met opzet was. Dat hij is gaan rondhangen in de buurt van het feest zonder dat hij durfde binnen te komen. Zij weet niet wat hij vanavond gedaan heeft, is niet op de hoogte van zijn plannen en denkt nog steeds te maken te hebben met iemand die rijp is voor medisch onderzoek of erger. Die gedachte verontrust hem zo dat hij zijn glas in één keer leegdrinkt en direct een tweede miniflesje J&B uit de koelkast pakt. Dit is het laatste, ziet hij, daarna zal hij de koers moeten verleggen naar exotische mixdrankjes. Om half twee doet hij het licht uit.

Hij wordt wakker van orgelspel. Diep en machtig golft de muziek om hem heen, alles in hem resoneert op de aangehouden bastoon, de nagalm spoelt door een immense ruimte, ebt weg.

Bach. Geen twijfel mogelijk. Overweldigende schoonheid. In de stilte voor de nieuwe inzet hoort hij zijn hartslag, zwaar maar zonder overslag, wat hem geruststelt. Wie speelt er? Het is de Grote Kerk, het Müllerorgel, ook daar is hij zeker van. Zijn vader? Hij ziet de gekromde vingers met de blonde haartjes boven het klavier, ze dalen, slaan zich in het akkoord vast, verplaatsen zich als de poten van een krab. Nagels tikken op de toetsen. Hij zit ernaast, ineengedoken, en moet een register uittrekken als zijn vader knikt, alleen is hij vergeten welk. Langs de arm naast hem kijkt hij omhoog, maar zijn vaders gezicht valt buiten de lichtkring van de orgellamp, hij zal het op goed geluk moeten doen. Dat is hachelijk, hij weet dat hij daarmee alles kan bederven. Nu zijn ook de registers in duister gehuld. Hij kijkt omlaag. De schoenen van zijn vader bewegen op en neer met de trappers, een knie duwt tegen de haak van de zwelkast en opeens herkent hij hun oude harmonium dat in de hoek van de kamer staat. Nu weet hij ook welk register het moet worden, de Bourdon, hij strekt zijn arm, maar hij is te laat, een driftige hand is hem voor. Dan wordt hij voor de tweede keer wakker. Zijn gezicht is nat.

Hoewel het donker is, weet hij direct waar hij is. Hij tast rond tot zijn hand een rand raakt, hij voelt een vlak, een schakelaar, en hij drukt. Zacht licht, zachte tinten, hotel hoe heet het ook alweer. Zijn horloge wijst kwart voor vier. Het shirt waarin hij is gaan slapen bij gebrek aan pyjama plakt aan zijn lichaam. De droom zit nog in zijn hoofd, het lijkt alsof hij hem zo zou kunnen oproepen, maar als hij het probeert, trekken de beelden zich terug als een uitgelopen golf in het zand. Hij voelt zich ellendig. Plassen. Moeizaam komt hij uit bed. In de badkamer drinkt hij een glas water en houdt daarna zijn polsen onder de koude straal.

De droom werkt nog na, er ligt iets als een steen op zijn maag, maar het gevoel laat zich slecht benoemen. Alsof er dringend iets goedgemaakt moet worden en hij nu al weet dat hij er niet toe in staat is. Teruglopend naar het bed raakt hij met zijn voet een voorwerp, dat met een klap tegen de radiator vliegt. Hij laat zich door zijn knieën zakken en raapt het op. J&B, inhoud 4 cl, leeg. Er moet er nog een zijn, ergens. Daar, op het tafeltje. Dat was me het drinkgelag wel vannacht. En toch een gevoel alsof er een magnum geleegd is.

Hij blijft even op de rand van het bed zitten. Bezwaard gemoed. Het typerende schuldgevoel. Dat keert zijn hele leven al met tussenpozen terug. Heeft met zijn opvoeding te maken, is wetenschappelijk vastgesteld, hoewel niet uitsluitend. Hij kent voormalig calvinisten die daar helemaal geen last van hebben. Hij wel. Hij heeft zich op tal van fronten onmogelijk gemaakt en dat vreet nu aan hem. Door eigen toedoen staat hij nu helemaal alleen. Dat schrijnt, maar daar zit ook wat zelfkwelling bij. En door eigen toedoen klopt ook niet helemaal, al wil hij best meer schuld op zich nemen, voor wat dan ook. Ludo gekwetst, afstand genomen van collega's, Marina van zich vervreemd, Trudy Hasselbrink in verlegenheid gebracht. Iemand vergeten? Heleen bedrogen. Dat ook, al is het bedrog halverwege gekeerd. Verder gaat het wel. Het had ook erger gekund. Hij moet er nu niet aan denken bijvoorbeeld dat hij hier naast Marina wakker geworden was. Hij huivert, maar dat is van de kou, dus gaat hij weer liggen en trekt het dekbed op. Mag het licht aanblijven? Voor deze keer.

Na een paar minuten doet hij toch het licht uit, want het houdt hem uit de slaap, maar in het donker lukt het hem nog minder om zijn hoofd leeg te maken. Achtereenvolgens probeert hij zich te verliezen in een zweefvlucht boven de Colorado, de zonsopgang bij Cap Chevalier en een voortglijdende roeiboot in de kreken van de Eilandspolder, keuze uit een beproefd repertoire, dat hiermee nog lang niet uitgeput is. Alleen krijgt elk rustgevend beeld bijna dwangmatig een tegenhanger in nerveuze pop-ups in de hoeken van zijn geest. Allemaal voortkomend uit de gebeurtenissen van de dag die nog maar net drie uur geleden eindigde. Hij drukt ze weg, forceert voor zichzelf een terugweg naar de boot, strekt zich uit op de voorplecht, armen buitenboord, de stroming trekt hologrammen in het water, alles vloeit, wieren, wieren, afhangend kruid. Een deur valt dicht, er passeert iemand over de gang. Hij móét gewoon nog een uur of wat slapen, anders redt hij het niet. Waarom is hij niet gewoon naar huis gegaan?

In zekere zin ís hij thuis natuurlijk, eindelijk, na jaren, en het begin is alweer veelbelovend. In zijn streek van herkomst probeert hij in het holst van de nacht wanhopig om in slaap te komen, zoals hem dat lang geleden een klein stukje landinwaarts geregeld overkwam. Ook toen knaagde het van binnen. Alles knaagde toen, kun je wel zeggen. Om kwart voor negen lag hij in bed. Buiten sloeg de Bavo de hele en de halve uren, en als het in huis helemaal stil was, kon hij ook de pendule op de schoorsteenmantel horen. Bij het goederenstation zette de rangeerlocomotief steeds sneller puffend een lange rij wagons in beweging. Klokslag tien uur hoorde hij zijn broer zijn stoel achteruitschuiven en de trap af gaan. Korte tijd later kwam Wim terug, de deur van zijn kamer aan het andere eind van de gang piepte in de scharnieren, dan was het stil. Meestal wachtte hij tot hij het half elf hoorde slaan.

'Alweer, kindje?' zei zijn moeder als hij de huiskamer binnenkwam. 'Is er soms iets? Op school misschien?'

Nee, niets, er was niets. Zijn ouders wisselden een blik.

'Neem maar even een slokje water. En daarna moet je het gewoon weer proberen.'

'Mag het licht op de gang aanblijven?'

'Voor deze keer.'

Kort na elf uur, als zijn ouders boven kwamen, ging het licht op de overloop uit. Dan was het verlichte hoekje in het matglas boven zijn deur, de weerschijn van het bedlampje van zijn moeder, zijn laatste houvast. Als dat ten slotte verdween, sloeg in het donker de paniek genadeloos toe.

De herinnering benauwt hem. Dit wordt niets. Hij gooit het dekbed van zich af, knipt de lamp aan en spreidt zijn armen en benen. Zo blijft hij een ogenblik liggen. Daarna neemt hij een hete douche, pakt een trui en de ribbroek uit zijn koffertje en kleedt zich aan. De wandelschoenen liggen als het goed is achter in de auto. Hij was tenslotte op alles voorbereid.

Het strand voor het hotel is hem te prozaïsch. Hij haalt de auto uit de parkeergarage en rijdt naar de kop van de Zeeweg, waar hij hem achterlaat op een ruw betegelde vlakte. Kolossale borden in de zanderige berm, die hij op de heenweg gemist moet hebben, vertellen een verhaal waarvan bij nacht alleen het opschrift RECONSTRUCTIE leesbaar is. Onvergeeflijk. Het eind van de wereld wordt op de schop genomen. Je moet maar durven. Laten ze dan in godsnaam de fijngevoeligheid opbrengen om de historische minimumvoorwaarden in acht te nemen. In de laatste, hellende bocht van de Zeeweg moeten de vlaggen zichtbaar worden en smaakt de wind zilt. Recht vooruit houdt het land op terwijl de zee nog onder de horizon ligt. De lucht is bleekblauw. Belofte van een volmaakte zomerdag. Aan elk eind van de wereld dienen ten minste een haringkar, een ijsboer en een reddingspost te staan. Zo staat geschreven. En fietsen mogen gewoon tegen het prikkeldraad naast de afgang.

Hij steekt over. De lucht is koud en vochtig en er staat nauwelijks wind. De zee is onzichtbaar aanwezig. Hij neemt de noordelijke afgang, recht op het noorderlicht van de Hoogovens af. Het is laagwater, het strand is breed met hier en daar kleine glinsterende poelen. Hij zoekt het harde zand op en loopt een eind langs de zee. Hier, hoger op het strand, waar het zand je voetzolen schroeide, lag hij met Abel Vos hele middagen te bakken. Onder hun armen door loeren naar meisjes, commentaar geven op de jongens die er rondhingen, hun broeierige jaloezie verbergend achter stoere onverschilligheid. Loodrecht stond de zon tussen hun schouderbladen. Waarom denkt hij op dit soort plaatsen vooral aan zijn eigen jeugd? Hij is hier toch ook wel met Kitty en Aart geweest. Is de vroegste indruk de sterkste?

Het is geen echte vorstnacht. De koude luchtstroom uit het noorden bijt niet en aan de lichtvlek boven de IJmond is te zien dat de bewolking laag hangt. Waterkou. Het maximale waartoe de Hollandse winter tegenwoordig in staat is. Het is waterkoud, jongen. Oma Woudstra die de rug van haar hand langs haar neus haalt en rillerig de omslagdoek om haar schouders optrekt. Alleen boven zee is het nagenoeg donker, met kleine rusteloze reflecties. De zandplateaus van de strandpaviljoens, aangevreten door de golven en verstoven in de najaarsstormen, doen in de duisternis denken aan de bunkerresten die nog lang na de oorlog op en tussen de duinen zichtbaar waren. Hoekige vormen vervaagd door opgestoven zand. Hij haalt diep adem en houdt onder het lopen de koude lucht lang vast. Dit ongeveer had hij zich voorgesteld van de wandeling met Marina, kort na zonsopgang, vóórdat ze uitgebreid zouden ontbijten in de serre van het hotel met uitzicht op zee. Verbeeldingswereld zijn geen grenzen aangewezen.

Enkele weken na Ludo's vraag naar zijn verhouding tot dat meisje van Moorland, zette Wolter op een ochtend een stapel boeken met een klap boven op Marina's leesbril. Het was een brilletje van niks, dat je overal voor een paar euro kon kopen, zei ze toen hij over schadevergoeding begon, maar als hij erop stond, kon hij tussen de middag beter even meegaan. Een bril moest je nooit alleen kopen. Dat was hij roerend met haar eens. Na een snelle lunch, die hij ook voor zijn rekening nam, paste ze in een drogisterij het ene na het andere montuur en ze werden steeds uitgelatener. Zo'n vlinderige stemming waarin alles leuk is. Bij het zoveelste montuur stonden ze dicht bij elkaar, hij schuin voor haar met zijn rug naar de spiegel.

'Hoe vind je deze dan?' vroeg Marina. Het merkje van de fabrikant hing voor haar neus.

'Geen gezicht', zei hij. 'Kom eens hier.'

Marina draaide zich naar hem toe en sloot haar ogen. Toen hij het montuur optilde, leek het alsof hij haar gezicht in zijn handen nam. Met trillende oogleden leunde ze naar voren, hun wangen raakten elkaar, toen, een vluchtig moment, hun monden. Hij voelde haar dijen tegen de zijne en een zachte gloed verspreidde zich in zijn onderlichaam.

'Deze dan maar?' vroeg ze.

Een week lang draaiden ze om elkaar heen. Toen volgde er op de terugweg van een beurs een heftige vrijpartij in de auto, die hij achteraf nogal gênant vond, zonder dat aan Marina te laten merken. Hij was te oud voor een rendez-vous met beslagen ramen op een parkeerplaats langs de snelweg. Achteraf was hij altijd op zijn sterkst.

Vreemd was dat toch. Hij liet zich maar al te graag verrassen, overrompelen, ook door zichzelf, later kwam datgene wat je vroeger inkeer zou noemen. En het bezwaarde hart. Het had iets lafs, vond hij. Zoals het idee om na de training in Noordwijkerhout en Ludo's jubileumpartijtje samen achter te blijven in een hotel aan de kust. Landschap van vroeger, dromen van weleer, o ja. Achteraf kwamen de ontnuchterende bedenkingen, maar toen hij het hardop dromend ontvouwde, voelde hij geen twijfel. Hij had weinig nodig om boven zichzelf uit te stijgen, een paar glazen, een sfeer van intimiteit, Marina's glanzende ogen. Het duurde enige tijd voor hij zichzelf durfde toegeven dat hij hoofdzakelijk verliefd was op haar verliefdheid.

Had het incident met de bal de doorslag gegeven? Hillegom, een van die uitgegroeide bollendorpen, ze waren verkeerd gereden en kwamen vanuit het centrum langs een groot grasveld met oefendoelen tussen de bomen, waar ondanks de kou kinderen speelden. Hij staarde naar buiten, in beslag genomen door opkomende hoofdpijn. Afwezig volgde hij de bewegingen van een paar voetballertjes en hun bal, die alle kanten op stuiterde tussen benen en boomwortels. Terwijl ze op de hoek voor een oversteekplaats wachtten, zag hij de bal van dichtbij, zo'n springerig rubberen geval dat zingt als je hem hard laat stuiten. Had hij vroeger ook. Onder zijn dromerige staren was hij waakzaam. Kwestie van ervaring, had hij later gedacht. Op alles bedacht. Daardoor ontging hem de wilde trap niet, voorzag hij al waar de hoge bal het eerst zou opstuiten en volgde hij de grillige sprongen het veld over en de straat op. Hij greep in voor Marina zelf iets kon doen. Zijn luide waarschuwing en zijn ruk aan het stuur brachten haar zo van haar stuk dat ze de motor liet afslaan. Nog voor de bal in de goot aan de overkant van de weg trillend tot stilstand kwam, rende een jongen zonder te kijken de weg over. Hij raapte de bal op, klemde hem onder zijn arm en begon aan de terugweg. Toen zag hij de auto. Hij hield in, keek naar de gezichten achter de ruit en lachte verlegen voor hij doorliep.

'Sorry,' had hij gezegd, 'ik zag hem aankomen.'

'Wil jij het liever overnemen?'

Hij keek het jongetje na. Nat piekhaar, knokige blote benen in voetbalkousen, die nu aan een huppeltje begonnen. Tien jaar, niet ouder. Zijn eigen bal waarschijnlijk. De onschuld.

'Wolter?'

Hij draaide zich naar haar toe. 'Je rijdt heel goed. Ik zal het niet meer doen.'

Boosheid stond haar goed, net als verwondering, opstandigheid, verlegenheid, al die emoties die van haar gezicht te lezen waren, alleen kon het hem niet meer vertederen. Steeds sterker werd het gevoel dat hij dit niet meer wilde. Hij was er te oud voor, en als het dat niet was, te gemakzuchtig. Hij had het allemaal al eens meegemaakt, alles, en een reprise kwam hem nu onuitsprekelijk vermoeiend voor. Hij moest er maar van afzien, had hij gedacht.

Het zand loopt zwaar. Als hij nog lager op het strand gaat lopen, staat hij opeens tot zijn enkels in een zwin. Na een paar minuten trekt hij zijn schoenen en sokken uit. Zijn blote voeten klauwen het zand weg, bij elke stap glippen koude zandstroompjes tussen zijn tenen door. Het is van vroeger, dit gevoel. Alles is van vroeger. Alles heeft hij al meegemaakt, maar hij is er weinig wijzer door geworden. Wat doet hij hier in het holst van de nacht? Waarom doet hij alle mogelijke moeite om op iemand te lijken die in een crisis verkeert en dan langs het strand gaat lopen?

Ter hoogte van Parnassia begint hij de klim naar het paviljoen. Halverwege bedenkt hij zich. Liever langs de zee hetzelfde stuk terug dan over het stikdonkere duinpad achter de zeereep zijn weg zoeken. Hij is alweer moe. Of nog steeds. Misschien toch goed om de komende week een afspraak te maken met zijn huisarts. Niet dat hij daar veel van verwacht, maar dan heeft hij tenminste wat ondernomen. Als hij onder aan de helling de schoenen met zijn rechterhand wil overpakken, ontdekt hij dat hij er nog maar één vasthoudt. De vingers van zijn linkerhand zijn zo verstijfd dat hij er niets van gemerkt heeft. Zichzelf vervloekend klimt hij weer tegen het duin op en loopt dan langzaam terug terwijl hij met zijn ogen het zand aftast. Hij probeert de koers van de heenweg te volgen, maar kan zijn eigen voetstappen nauwelijks onderscheiden. Bovendien heeft hij de stellige indruk dat het water hoger staat dan daarnet. In de auto ligt een zaklantaarn voor noodgevallen. Gewoonlijk rekent men strandwandelingen en ommetjes daar niet toe, maar voor hem loopt dit etmaal elk uitstapje uit op iets rampzaligs. De afkeuring in de ogen van Trudy Hasselbrink toen hij zei dat hij even een ommetje ging maken. Zo begon het. Had hij zich er maar wat van aangetrokken. Bijzondere vrouw. Iemand van wie je je normaal gesproken iets aantrekt, alleen moest hij zo nodig even een ommetje. En nu loopt hij in het holst van de nacht met één schoen over het strand. Doodzonde ook nog, het zijn solide wandelschoenen, hij was er best aan gehecht. Als hij de andere niet terugvindt, keilt hij deze de zee in. Alles of niets. Teruggaan met een lampje verdomt hij. Een fijne neerslag, waarvan hij niet kan uitmaken of het regen is of motsneeuw, haalt hem vanuit het noorden in. Hij voelt zijn voeten inmiddels ook niet meer. Wat een nacht.

Maar het is opmerkelijk hoe duidelijk je in het aardedonker een schoen kunt zien staan. Daar, een paar meter voor hem. Hij bukt zich. De zee neemt en de zee geeft. Goeie ouwe schoen. Eindelijk zit het hem een keer mee. Zelfs de sok zit er nog in.

Weest blijde met mij, denkt hij, want ik heb gevonden wat verloren was.

Bij de auto probeert hij ze vergeefs aan te trekken. Alles wringt en schuurt. Ten slotte gooit hij ze achterin. Hij zit een tijd achter het stuur voor zich uit te kijken. Om de zoveel seconden schuift de wisser de aanslag van de voorruit. In het oosten wordt de lucht langzaam lichter. Honderd meter verderop staat nog een auto. Stond die er al toen hij aankwam?

Wat een troosteloze vlakte. Hoe komt een mens hier terecht, om twaalf over zes in de morgen?

Dat is niet zo eenvoudig uit te leggen voor leken. Beschouw het voor nu als het voorlopige sluitstuk van een jarenlange reeks half afgemaakte bewegingen, dan zien we morgen verder. Hij tast naar het sleuteltje, trekt dan zijn hand weer terug. Nu gaan rijden heeft weinig zin, als je niet weet waarheen en wat je zult gaan doen.

Muziek. Hij pakt het mapje met cd's. Dit stapeltje schijfjes heeft hij al maanden in de auto omdat hij telkens vergeet ze te vervangen. Ouwe favoriete zooi, hij kan niet eens meer een keus maken, zo voorspelbaar is alles geworden. En als je denkt dat je *Das Musikalisches Opfer* hebt doodgedraaid, om maar eens wat te noemen, ben je inderdaad ver heen.

Hij drukt de knop van de cd-speler in. Er gebeurt niets. Hij staart een tijdje naar de blinde display, draait dan de contactsleutel een tik verder. Het schermpje licht op. Precies. Achter elk probleem schuilt de oplossing. Er zit nog een cd in, ziet hij, en hij wacht af. Piano. Kalme, bijna voorzichtige akkoorden, een ondertoon van berusting. Schubert. De laatste pianosonate. Opus postumum. Hij wordt altijd een beetje treurig van die aanduiding. Een leven dat te kort was voor dat oeuvre.

Hij luistert. Ook dit stuk kan hij dromen, eergisteren nog gedaan, maar het is wel een droom die nog een tijdje meekan. Het tastende openingsthema dat steeds weer terugkeert naar het beginpunt in de aanloop naar de hogere vlucht, de versnelling. Pogingen, aanzetten, afgebroken lijnen die ten slotte een keerpunt voorbij zijn, het onvoltooide begint vorm te krijgen, deze keer zullen ze slagen en anders de volgende keer. Een compositie als een leven. Parallellen te over dus. Er is nog hoop. Hoogdravende lulkoek. Alsof hij een covertekst voor een van zijn prachtuitgaven in elkaar draait. Of een tafelgesprek voert over de smaaksensaties van Bourgogne wijnen. Alleen, van dat vermoeide, berustende openingsthema krijgt hij wel een beetje tranen in zijn ogen en dat is een teken. Natuurlijk, dat is ook vermoeidheid, en op zijn mindere momenten is hij gemakkelijk ontroerbaar, maar toch.

En vergeet ook de kou niet. Drie graden, zegt de thermometer en in de auto is het niet veel warmer. Hij schurkt zich in zijn jas, duwt zijn sjaal hoger, wriemelt met zijn tenen om de bloedsomloop daar beneden te herstellen. Hij moet toch maar eens in beweging komen. Terug naar het hotel. Hoe ziet het programma voor de dag eruit? Om te beginnen een ontbijt. Een uurtje slapen zou ook wel lekker zijn, ervoor of erna. En dan Haarlem in. Gisteravond leek dat een heel aantrekkelijk plan, maar nu vraagt hij zich af of een beetje vrijblijvend sightseeën nog wel zo leuk is. Áls hij nog iets wil doen, is het beter om een van de oude routes te lopen. Die naar school bijvoorbeeld. Dan zou hij tegelijk de Agteropstraat bij dag kunnen zien, want hoe meer hij zich de vorige avond voor de geest probeert te halen, hoe schimmiger alles wordt. Er was echter nog iets anders. Hij ziet iets over het hoofd, iets essentieels.

Er naderen autolichten over de Zeeweg. Hij voelt het als een inbreuk op zijn eenzame aanwezigheid, maar de nacht is bijna ten einde, vanuit het oosten sluipt het licht naderbij. Het is half zeven geweest, verderop in de Randstad hebben zich allang files gevormd, alleen hier aan het eind van de wereld, waar niemand iets te zoeken heeft, begint alles later. Nu schieten hem ook dingen te binnen die buiten het rijk van de nacht vallen. Hij moet in zijn agenda kijken, die hij op zijn kamer heeft laten liggen, of die afspraak met de VadGesch-redactie voor vandaag staat of de volgende week, want anders moet hij zijn secretaresse laten afbellen. Hij zal trouwens toch even iets van zich moeten laten horen. En Marina. Misschien even bellen, iets uitleggen of rechtzetten, al weet hij niet meteen wat. Zij zou deze Schubertsonate ook mooi gevonden hebben. Zoals zoveel mensen eigenlijk. Heleen houdt hier ook van. Zacht bromt er iets in zijn keel mee, het molto moderato is bijna afgelopen. Heleen. Shit. Hij slaat op het stuur en schudt zijn hoofd. Dát was het dus.

Er flitst iets in zijn spiegels. Een auto. Hij kijkt opzij. Een man kijkt naar hem op gelijke hoogte, de auto waarin hij zit staat op nog geen meter naast de zijne, als hij zijn raam opent, zou hij hem kunnen aanraken. De carrosserie vertoont een vrolijk streepdessin, de twee mannen voorin zijn in stemmig donkerblauw. Hij ziet het raampje van de andere auto dalen en volgt het voorbeeld. De politieman kijkt hem aan.

'Goedemorgen, meneer.'

'Goedemorgen.'

'Alles in orde?'

'Alles in orde.'

Nog geen Beckett, maar met enige oefening zouden ze een heel eind komen. Akte voor drie heren. Wolter Greve als Wolter Greve, eerste agent, tweede agent. Hij merkt nu hoe hard de muziek staat en draait hem weg. De ogen van de agent laten de zijne los en gaan rond in zijn interieur. Het lijkt Wolter nog te donker om iets te kunnen onderscheiden.

'Kunt u zich legitimeren?' Eerste agent.

Wolter Greve (knikt): 'Stelt u daar prijs op?'

Nog voor hij zijn portefeuille heeft kunnen pakken, staat de agent naast de auto. Hij schijnt met een zaklantaarn op de vloer en de achterbank, buigt zich dan naar het raampje en pakt het rijbewijs aan. 'Waarom bent u hier op dit uur, als ik vragen mag?'

Wolter Greve: 'Uitblazen van een strandwandeling.'

Eerste agent: 'Wel een ongewone tijd daarvoor. Komt u van een feestje?'

Wolter Greve: 'Zo zou ik het niet willen noemen.'

Eerste agent: 'Hoe dan wel?'

Wolter Greve: 'Ik kon niet slapen.'

De agent kijkt van het rijbewijs naar hem en terug. 'Woont u nog steeds in Heusden?'

Wolter Greve: 'Ja.'

Eerste agent: 'Wilt u even uitstappen?'

Hij wil tegenwerpen dat het verband hem ontgaat, maar het portier wordt al geopend en hij ziet ervan af. Het uitstappen kost hem moeite, over zijn hele lichaam is hij stijf en zijn voeten lijken te slapen. Ze hebben allang gezien dat hij geen schoenen aanheeft. Zwijgend leunt hij tegen de auto in afwachting van wat er zal gebeuren. Nu is het niet leuk meer.

Ze vragen of hij gedronken heeft, wát hij gedronken heeft, of hij medicijnen gebruikt. Dat laatste gaat hun geen zak aan, vindt hij, en dat zegt hij ook. Pas op mannetje, zeggen hun ogen. Of hij van plan is nu terug te rijden naar Heusden, vragen hun monden. Als ze horen van zijn hotel, vragen ze naar de naam, knikken alsof ze eindelijk een antwoord hebben gekregen waar ze iets mee kunnen en wensen hem welterusten. Terwijl hij niets gezegd heeft over slapen. Ze wachten tot hij wegrijdt. Als hij de garage van het hotel binnenrijdt, flitst de politieauto langs in zijn spiegel.

Het is bijna zeven uur. Op zijn kamer stuurt hij een sms'je naar Heleen met de vraag of ze hem om half negen wil bellen. Daarna trekt hij zijn kleren uit en laat zich voorover op bed vallen. Terwijl hij toegeeft aan de krachten die hem de diepte in zuigen, buigt tot zijn intense voldoening Trudy Hasselbrink zich over hem heen. Haar borsten bevinden zich vlak voor zijn gezicht, hij hoeft zijn hand maar uit te steken.

Als zijn mobieltje hem stukje bij beetje uit zijn slaap trekt, ligt hij nog in dezelfde houding. Het is tien voor half negen. Als verdoofd neemt hij op. 'Eindelijk', zegt de stem van zijn vrouw. 'Waar zat je toch? Maak ik je wakker?'

'Ja.' Hij rolt zich om en trekt het dekbed over zich heen. 'Maar daar had ik om gevraagd, geloof ik.'

'Zeker laat geworden gisteren? Was het geslaagd?'

Gisteren. Hij knijpt zijn ogen dicht. 'Ja', zegt hij. 'Ja, laat en geslaagd. Ludo kan tevreden zijn.'

'Waar ben je eigenlijk?'

'In een hotel in de buurt van Haarlem. Dat leek me beter dan terugrijden. Ik ga vandaag de stad nog even in.'

'Maar je was toch met Marina?'

'Die is met een ander teruggereden.' Het geeft een comfortabel gevoel niet te hoeven liegen. 'En hoe is het met jou daar in het zuiden?'

'Heel erg naar mijn zin. Een zinnige conferentie, leuke contacten en Brussel, ja, erg veranderd maar nog altijd de moeite waard. Daar bel ik voor. Ik wil eigenlijk een dag later naar huis komen.'

'Zo. Wat ben je van plan?'

'Ze hebben een historische excursie aan het programma toegevoegd, vrijdagmiddag met een uitloop in de avond. Lijkt me erg leuk.'

'Altijd doen!' zegt hij. 'Ik red me wel.' Het is prettig om genereus te zijn. En hij is nu wakker genoeg om er iets aan toe te voegen over het belang van historische kennis in het sterk veranderende Europa, maar hij merkt dat het niet echt aanslaat.

'Er is nog iets anders', zegt Heleen. Ze wacht even. 'Het is hiervandaan maar een uurtje naar Sommière.'

Hij gooit het dekbed van zich af en loopt naar het raam.

'Hoorde je wat ik zei?' vraagt Heleen.

'Ja.' Het uitzicht staat in geen verhouding tot de prijs van de kamer. 'Is dat wel verstandig?'

'Waarom niet?' Ze heeft het al helemaal uitgestippeld. Om zes uur stapt ze uit de excursie, klaar of niet klaar. Tegen achten kan ze dan in hun vakantiehuisje zijn, mooi op tijd om ergens nog wat te gaan eten.

'Ik vroeg of het verstándig was.'

Even is het stil. 'Ja. Ik vind het verstandig. Het is wel mijn zoon, hoor. Drie weken zit hij daar nu al in zijn piere eentje en het leek me goed om eens even langs te gaan.'

Goed voor wie, wil hij vragen. In plaats daarvan zegt hij: 'Ik hoop dat Aart daar net zo over zal denken.'

'O, dat doet hij! Ik heb hem gisteravond gebeld. Mijn bed is al opgemaakt.'

Wolter draait zich op zijn hielen om. Een vreemd soort opluchting maakt zich van hem meester. 'Je hebt alles al geregeld! Wie ben ik dan om er bezwaar tegen te hebben?'

'Jij?' Ze lacht nu. 'Jij bent degene die dan vanavond op de kleine Dorothée moet passen. Ik wilde dat gisteren met je bespreken, maar je was onbereikbaar.'

'Ja ja.' Nu is het de kunst om dat gevoel van opluchting vast te houden. Het liefst had hij er een kop koffie bij. 'Vanaf wanneer?'

'Vanavond om zeven uur wordt ze gebracht. Ze blijft het hele weekend, maar ik ben morgenmiddag natuurlijk gewoon weer thuis. Kitty heeft weekenddienst.'

'Heeft ze geen man?'

'Niet flauw doen, Wolter. Bart heeft die weekends hard nodig. Je weet hoe opgelucht Kit is dat hij zijn studie weer heeft opgepakt. Nog anderhalf jaar, als het meezit.'

Als wát meezit, wil hij vragen, maar het is nog te vroeg voor zo'n vraag. Hij zal dus zijn plannen voor vandaag moeten bijstellen. De kleine Dop. Alleen voor haar dan.

'Laat haar maar komen', zegt hij. 'Een beetje grootvaderlijk tegenwicht af en toe kan geen kwaad.'

'Zo is het. Ik bel vanavond nog wel voor wat instructies.'

'Heb ik die dan nodig?'

'De vraag alleen al.'

Als ze wil ophangen, zegt hij: 'Luister eens, lief. Aart is ook mijn zoon.'

'Ik weet het.'

'Wil je wel voorzichtig zijn?'

Voor de tweede keer deze dag gaat hij onder de douche, nu uitgebreid en koud na, maar het helpt niet veel. Met een royale bloemlezing uit het ontbijtbuffet gaat hij aan een hoektafeltje zitten met uitzicht op een partje zee. De lucht is hoog en de einder een glasheldere streep. Vreemd wisselend weer is het toch.

Zo begon het gisteren in Hartenlust ook, herinnert hij zich, het heldere licht door de hoge ramen van de oranjerie. Later dreef de zeedamp binnen. Hij was somber, zijn hoofdpijn zeurde door en hij had totaal geen zin om de collega's van het management-team tegen te komen. Even zelfs speelde hij met de gedachte om ervandoor te gaan. Dat was ook iets van vroeger. Lang geleden was hij een erkend spijbelaar, een meester in het niet verschijnen op plaatsen waar men hem verwachtte. Marina week niet van zijn zijde.

'Rode wijn? Of liever een sapje? Daar komt net een blad aan, dus zeg het maar.' Haar opgewekt plagerige stem. Het incident met de bal en het jongetje leek vergeten. Ze voelde zijn stemming aan zonder precies te willen weten waar die vandaan kwam, was tegelijk gesprekspartner en intermediair en leidde hem zo vaardig door het converserend gedrang dat hij zich bijna behaaglijk voelde in zijn rol van afwezige, licht knorrige sidekick. Af en toe voelde hij haar ogen op zich gevestigd, onderzoekend, zo kende ze hem niet. Maar als hij terugkeek, lachte ze naar hem. Ze had een nieuwe kleur lipstick, receptieroze noemde ze het. Een erotiserend kleurtje. Stond haar veel te goed. De twijfel keerde terug.

Boven het duintje voor zijn raam hangt een meeuw, de kop gekeerd naar de ontbijtzaal. Is het voedertijd? Vandaag moet hij Marina bellen. Hij heeft zich onmogelijk gedragen.

Hij moet nog meer. Met zijn agenda naast de resten van het ontbijt bekijkt hij wat hem te doen staat. Zie je wel. Half twee bespreking met VadGesch. Die moet Yvette zo even verplaatsen. Zakelijk is er verder niets, want de rest van de middag is vrijge-houden voor zijn maandelijkse bezoek aan Ys. Dat is vreemd.

Hoe komt het dat hij daar niet aan gedacht heeft toen hij gisteravond besloot om hier te blijven? Dat is iets waar je niet aan tornt. Ys' tijd is schaarser dan de zijne. Wanneer heeft hij hem dan zijn laatste zet gemaild? Vóór half vier kan hij daar beter niet aanbellen, weet hij, terwijl hij uiterlijk om kwart voor zeven thuis moet zijn voor Dorothée. En de vrijdagmiddagspits rond Utrecht is niet mals. Het is krap allemaal. Hij heeft hier nu nog wel een uur of drie, vier, maar van de wandeltocht door Haarlem zal niet veel komen. Als hij zoiets wil, moet hij er royaal de tijd voor nemen.

Op zijn kamer belt hij de secretaresse. Die afspraak staat niet in de computer, zegt ze, maar ze zal ze wel even mailen. Of bellen, dat is nog beter, anders zijn ze misschien al onderweg. Gewoon een week opschuiven? De vraag wie van de directie en de redacteuren al op kantoor zijn, slikt hij nog net in. Niet van belang. Hij kijkt veel op zijn horloge, merkt hij, terwijl hij steeds vergeet hoe laat het de laatste keer was. Tegen half tien zet hij zijn koffertje achter in de auto, naast de uitgebeten wandelschoenen. Via Bentveld rijdt hij nu, waar hij linksaf doorsteekt om de omleiding te vermijden. Vanaf de randweg neemt hij dezelfde route als de vorige avond. Als hij de Plebaan Agteropstraat in rijdt, blokkeert halverwege een verhuiswagen de doorgang. Hij rijdt achteruit terug en parkeert de auto op het Emmaplein. Achter de Bavo langs loopt hij naar de plaats waar vroeger de Westergracht uitkwam in de Leidsevaart. De torenklok staat op vijf over tien. Op de hoek bij het gedenkteken blijft hij staan. Hier was hij gisteravond ook, maar nu is het anders.

Vanaf dit punt scheert zijn blik precies langs de gevels van de twee rijtjes rode huizen aan de Westergracht. De Plebaan Agteropstraat gaat in haar geheel schuil achter de nieuwbouw. Hij vult het beeld in vanuit zijn herinnering en de foto uit oktober 1944 die hij dertig jaar na de oorlog, vele jaren na zijn vertrek uit Haarlem, in een gedenkboek tegenkwam en die hem nog vaak voor de geest komt. In de goot van de Westergracht ligt het lichaam van de SD'er K. De rechterelleboog steunt op de stoeprand, zijn pols en hand hangen omlaag, alsof hij rust. Een fiets staat tegen het hekje van het plantsoen, op enige afstand kijken een politieman en enkele mannen in burger toe, onder wie een man in een witte regenjas. Achter de hoge dubbele glijbaan van de speeltuin Mariagaarde is een rij huizen te zien, bouw jaren dertig, niet het doorsneetype. Grijs zijn ze, grauwgrijs, maar dat geldt voor de hele foto. Het heeft ook net geregend, de stoeptegels glimmen. Een foto die blijvend diepe indruk op hem maakte door de onthutsend alledaagse nabijheid van de gebeurtenis. Hij kon zijn huis aanwijzen, zelfs het raam van de voorkamer boven, waar zijn moeder hem vermoedelijk juist uit de wieg heeft gehaald, dat was nog voor de Duitse soldaat de straat in kwam en iedereen de gordijnen moest sluiten, hij heeft navraag gedaan. Het grasperk links op de foto is dan nog een plantsoen en een dag later een fusilladeplaats. Nog jaren na de oorlog hadden zijn ouders het over de man in de witte jas, en over de weduwe R. bij wie hij en K. inwoonden en die na de bevrijding geboeid door hun straat gevoerd was. Ze woonden net om de hoek in het midden van het eerste rijtje rode huizen van de Westergracht. Dat moet dus naast Fonsje de Raet geweest zijn. Daar heeft hij destijds nooit bij stilgestaan. En aan de andere kant, in de Allanstraat, woonden NSB'ers, herinnert hij zich, een timmerman met zijn gezin, die jarenlang nagewezen werden en die echte NSB-gezichten hadden, vonden ze thuis. Het is allemaal mondelinge overlevering, hij heeft het moeten doen met kennis uit de tweede hand, omdat hij voor de grote geschiedenis te laat geboren is.

De groene koepel van de Sint Bavo glanst in de zon. Waar was zijn vader op het moment van de foto? Op kantoor. Brandden de huizen aan de overkant van de gracht al toen hij tussen de middag op de stoep voor de bank zijn paraplu opstak? Zusje Gerdien zag de magirusladders vanaf het kippenbruggetje, toen ze terugkwam uit Elswout, waar ze hout gesprokkeld had. Stuurde Wim met de zak naar huis en ging zelf van dichtbij kijken.

66

Dat is het verhaal dat hij onthouden heeft, maar Wim was nog geen vier jaar toen, dus dat laatste is onwaarschijnlijk. En zijn vader heeft toen hij van de afzetting bij de Westerbrug hoorde via een omweg over de Koninginneweg, die toen natuurlijk anders heette, thuis weten te komen. Hetzelfde verhaal wil dat hij misschien wel door die omweg het leven behouden heeft, omdat de Duitsers toen willekeurig voorbijgangers oppakten voor de verschrikkelijke represailles die volgden. Naderhand bleek dat voor de executie van de volgende dag tien verzetsmensen uit de cellen van de Haarlemse gevangenis gehaald waren, maar dat was niet noemenswaard van invloed op het verhaal. God had hem bewaard. De engel des Heren stond in de gedaante van een goede politieman ter hoogte van de schouwburg en wees degenen die geloofden en een enkele andersdenkende de veilige omweg.

Wolter heeft zichzelf weleens de vraag gesteld hoe zijn leven gelopen zou zijn als de engel des Heren juist toen zijn vader naderde even afgeleid was geweest door een passerende fietster. Een engel des verderfs met wapperende rode haren bijvoorbeeld. Hij wist nooit of hij zich om zo'n gedachte schuldig moest voelen.

Hij had zijn vader de foto willen laten zien, het verhaal weer laten vertellen, alle verhalen, maar hij was te laat. Hij vond het gedenkboek in zijn vaders boekenkast toen ze na zijn dood het huis uitruimden.

Hij loopt naar het beeld van de treurende vrouw. Eerst stond er een kruis, net als op de Dreef, herinnert hij zich, ter markering van de plaats waar het gebeurde. De graven bevinden zich op de erebegraafplaats aan de Zeeweg. Twee keer langsgekomen vannacht. Hij leest de namen aan de voet van het beeld, tien in getal. Nu schiet hem te binnen wat hij vannacht over het hoofd zag. Iets essentieels. Groenendaal. Het graf van zijn ouders. De wandeling naar school zal hij moeten bewaren voor een volgende keer.

Maar hij kan het niet over zijn hart verkrijgen om zo weg te gaan. Hij loopt de Westergracht af tot de hoek van de Plebaan

Agteropstraat. Er staan veel minder auto's langs het trottoir dan de vorige avond, tot aan de verhuiswagen kan hij de straat nu goed overzien, de knik naar links halverwege, de muurtjes met de metalen buizen ertussen. Langzaam loopt hij naar nummer negen. Als je mild kijkt, de kleuren filtert, raamdecoratie en tuinkunst wegdenkt, is er weinig veranderd. Niets. De ruwe trottoirtegels onder zijn voeten zijn dezelfde, de stoepranden waartegen de bal steil opstuitte als je die onder de juiste hoek gooide. Voor nummer negen staat hij stil. In de verte loopt een vrouw achter een wandelwagentje. Hij kijkt naar het portiek, draait zich dan om en gaat op het muurtje zitten. Met zijn blik schuin omlaag kan hij de nieuwbouw aan de overkant wegdenken. Zo was het. Links de zwarte regenput naast de goot, ertegenover in het midden van het wegdek het vierkante deksel van de rioolput dat diende als buutplaats, thuishonk, doelpaal. Hier zat hij, zijn benen opgetrokken, zijn hakken op de rand van het muurtje. De herinnering aan een vroege junimorgen dringt zich onweerstaanbaar op. De zon staat pal op het huis. De halfronde markiezen zijn al neer en door de groenige schemering loopt hij achter zijn moeder aan naar buiten, het helle licht in, en gaat op het muurtje zitten. De wind ruikt naar zomer, zegt juffrouw Greet door het open raam. Het wordt een stralende dag. Voortaan zal hij die geur altijd verbinden met de ruwe warmte van stenen, glinsterende druppels op de Oost-Indische kers en de belofte van een eindeloze zomerdag. Zijn moeder komt terug van de bakkerskar met een zak vol kadetjes. Ze gaan vandaag naar het strand.

Hij vermoedt dat er enkele beelden over elkaar heen schuiven, maar dat doet niets af aan de herinnering. Even sluit hij zijn ogen. Als nu bijvoorbeeld de zon zou kunnen doorbreken. Of is dat te veel gevraagd?

Er wordt vroeg begraven op de Algemene Begraafplaats Heemstede. Hoewel het nog geen half elf is, kan Wolter zijn auto nog maar nauwelijks kwijt. Op weg naar de ingang passeert hij krin-

getjes van wachtenden, die hem aankijken met onderzoekend
medeleven, voor het geval hij er ook bij hoort. Hij doet geen
moeite om iemand te herkennen, Heemstede ligt te ver achter
hem. Hij is slechts op bezoek, voor het eerst sinds vijf jaar, en hij
ergert zich aan het gemak waarmee hij de tijd heeft laten verstrijken. Langs de aula loopt hij het grindpad tot de eerste splitsing,
een vork waarvan hij de rechtertand neemt naar een vijfsprong.
Weemoedige berusting neemt bezit van hem en als vanzelf regelt
hij zijn pas ernaar, kalm, tijd telt hier niet meer. Toch staat er zo
direct iets te gebeuren, hij kijkt uit naar het ogenblik waarop hij
voor het graf zal staan. Op de vijfsprong gaat hij schuin links, vijf
voor twee heet dat in rotondetaal. Na korte tijd constateert hij
dat dit niet de goede weg is. Hij zou nu een groepje hoge beuken
moeten zien, waar het kleine zoeken in paadjes en zijpaadjes begint dat altijd even tijd kost. Op goed geluk gaat hij naar rechts
en raakt in een wirwar van paden direct het overzicht kwijt. Hij
loopt terug naar de vijfsprong en begint opnieuw, maar hij komt
niet uit bij waar hij zijn moet, de kleine grijsbruine grafsteen met
de namen van zijn ouders en in de rechterbovenhoek WELZALIG
DE MENS DIE OP U VERTROUWT, twee plaatsen naast dominee
en mevrouw Venema. Het zit hem waarschijnlijk in de beuken,
die overal staan maar nergens in groepsverband. Is er gekapt? Hij
probeert zich een ander, duurzamer baken te herinneren. Stond
er niet een koepeltje tegenover het pad naar het graf, zo'n prieel-
achtig bouwsel van een plaatselijk regentengeslacht? Het is niet
uitgesloten dat hij dit nu ter plekke verzint, of dat hij het wegge-
haald heeft van een andere begraafplaats. Vijf jaar niet geweest.
Treurig. Nu straft God hem dus met blindheid. Ergens verderop liggen zijn ouders onder een steen en hij is de weg kwijt. De
symboliek is zo opgelegd dat hij er niet eens om kan glimlachen.

Verloren zoon. Verloren ouders. Het is een rijtje van zeven, dat
weet hij nog, het zijn allemaal rijtjes van zeven in dat vak met de
ruggen naar elkaar, als eengezinswoningen in een nieuwbouw-
blok, maar wel op stand, met dominee Venema in de buurt.

Goed gezelschap, al zou zijn vader daar in stilte bedenkingen tegen gehad hebben. Hij haalt zich de twee begrafenissen voor de geest. Zijn ouders overleden anderhalf jaar na elkaar, zijn moeder in het voorjaar van 1974, zijn vader tegen de winter van 1975, onverwacht, hij was gezond, dacht iedereen, maar ze wisten niet alles. Of was het voor allebei een jaar later? Hij heeft vaker moeite om dat te onthouden. Wat hij zich wél scherp herinnert, zijn de weersomstandigheden, de zachte voorjaarslucht met pastelgroene tinten in de struiken en naargeestige natte kou, met paden die zwaar en modderig waren van de voortijdige, buitensporige sneeuwval enkele dagen daarvoor. Allemaal symboliek, Heer. Een regenwoud van paraplu's, de predikant van het verzorgingshuis die psalm 84 leest. *Wie lieblich sind Ihre Wohnungen.* Dat was eigenlijk meer nog mama's tekst geweest dan die van pa. Vanwege Brahms natuurlijk. Een ontroostbare Kitty, die ... nee, dat was ook bij mama. Haar eerste begrafenis, haar laatste oma. Er stond een bank. Oom Gerrit maakte het grootste deel van de teraardebestelling zittend mee, werd overeind geholpen toen de kist ging dalen. Een stenen bank, schuin tegenover de graven. Als hij om zich heen kijkt, ziet hij hem een eind verderop staan, een groen aangeslagen stuk natuursteen met bewerkte armleuningen. Hoewel de ligging geheel beantwoordt aan wat hij zich herinnert, vindt hij het graf niet. Ook dominee Venema is nergens te bekennen. Als hij achter een rododendronperk een werkschuurtje ziet waar een rijtje verweerde grafstenen tegenaan leunt, bekruipt hem een onbehaaglijk gevoel. Er zal toch niet geruimd zijn? Even staat hij stil bij die gedachte, dan zet hij hem uit zijn hoofd. Onmogelijk. Gerdien behartigt de zaken van grafhuur en onderhoud al jaren, eigenlijk al sinds de dood van pa. En zijn gewetensvolle zus zou dat nooit laten gebeuren. Er zit niets anders op dan terug te gaan naar de ingang en navraag te doen.

De uitvaartplechtigheid staat zo te zien op het punt te beginnen. Hij loopt om de lange rij heen die zich voor de ingang van de aula heeft gevormd. Als hij wil doorsteken naar het kantoortje aan de zijkant, rijdt juist de eerste auto van de rouwstoet het voorplein op. Wolter gaat opzij staan naast de coniferenhaag en wacht.

'Wat een belangstelling', zegt iemand naast hem op gedempte toon. 'In mijn lange leven heb ik trouwens nog niet meegemaakt dat de begrafenis voorafging aan de rouwdienst.'

Hij kijkt opzij. Een stokoud maar levendig gezicht, scherpe oogjes die hem vorsend aankijken. 'Wolter Greve, toch? Ik zag het meteen. Dat is lang geleden. Ik wist niet dat jullie nog contact hadden.'

Hoe Wolter zijn best ook doet, hij kan de man naast hem niet thuisbrengen.

'Uw geheugen voor gezichten is beter dan het mijne', zegt hij. 'Helpt u me even op weg.'

'Karssemeijer. Arend Karssemeijer. Zomerkamp Ermelo, 1961. Onder meer, onder meer.'

'Natuurlijk.' Zijn herkenning is niet gespeeld. 'Meneer Karssemeijer. Hoe maakt u het?'

De hand die hij drukt biedt weinig houvast. Terwijl hun gezichten weer in de richting van de rouwstoet draaien, neemt Wolter vanuit zijn ooghoeken de ander op. We worden allemaal oud, denkt hij, maar van sommige mensen ben je verbaasd dat ze nog leven. Alle accenten van de martiale kop die hij zich herinnert, zijn in een soort negatief aanwezig, als een omgekeerd masker. Ondanks de kou draagt Karssemeijer geen overjas. Het zwarte jasje en de grijsgestreepte broek – vast uit zijn ouderlingentijd – zijn niet meegekrompen en zijn hals staat in de overhemdboord als een tak in een fles. Alle vlees is als gras, maar de ogen, één recht, het andere dwalend, en ook de stem zijn uit de tijd van de halflange kakibroek, een dito bloes met fluitkoord, kniekousen en een zakbijbeltje. Zomerkamp Ermelo, kampcommandant Karssemeijer, in de wandeling Kars. De week waarin hij zo gelukkig was als een zeventienjarige zijn kan.

De eerste volgauto is tot stilstand gekomen voor de zijingang. Een zwaargebouwde kale man stapt moeizaam uit en loopt zonder op te kijken achter de auto langs naar het portier aan de andere kant.

'Arme man.' Karssemeijer perst zijn lippen op elkaar. Dan, met een knik naar de slinkende rij voor de hoofdingang: 'Zullen we aansluiten? Als het even kan, wil ik graag kunnen zitten.'

Wolter voelt zich als een figurant die de instructie gemist heeft. 'U moet even iets voor mij ophelderen,' zegt hij, 'want ik ben niet voor deze begrafenis gekomen. Wie wordt er begraven?'

Bevreemding flitst in Kars' ogen. 'Berend Jan Ockeloen', antwoordt hij. 'Neem me niet kwalijk, ik dacht dat ...'

'Berend Ockeloen?' Een gevoel alsof iemand hem in zijn knieholte trapt. 'Van het zomerkamp?'

'Diens zoon', zegt de ander zacht. 'Berend Jan. De oudste. Dát is Berend daar, bij de auto. Zijn vrouw Emmy stapt net uit.'

Even weet Wolter niet wat hij moet doen. De kale man heeft een vrouw ondersteund bij het uitstappen en richt zich nu op. Zijn armen hangen zwaar omlaag, zijn gezicht draait zich naar de rij bij de ingang, hij kijkt alsof hij heel lang op iemand heeft gewacht en nu verstard is in die houding. Dan buigt hij zijn hoofd naar de vrouw die iets tegen hem zegt, en zet zich naast haar in beweging naar de deur. Achter hen loopt een jongere vrouw met een meisje aan de hand. Haar gezicht gaat schuil achter een voile.

Kars staat al op het bordesje van de aula. Wolter loopt haastig naar hem toe. 'Een vraag', zegt hij. 'Ik heb Berend na de tijd van de jeugdvereniging nooit meer gezien. Toen was hij verloofd met Rietje ...'

De oude man vult aan. 'Rietje Scheepmaker. Dat is de moeder van Berend Jan. Ze zijn jaren geleden gescheiden.'

'Hoe oud was zijn zoon?'

'Zesendertig. Firmant van een advocatenkantoor. De ziekte met een K, een half jaar terug ontdekt. Reddeloos.'

Wolter schudt zijn hoofd. Als hij weer uit de rij wil stappen, voelt hij Kars' hand hard op zijn onderarm. Hij buigt zich naar hem over. 'Het hoort niet, Wolter. Het hóórt niet dat een vader zijn zoon moet begraven.' De opgetrokken lip trekt zijn mond in een macabere grimas, om hem heen hangt een lucht van kamfer en mondwater. Iemand kucht nadrukkelijk, mensen dringen voorzichtig langs hen heen. 'Dat is toch de omgekeerde wereld.' De hand glijdt weg.

Hij wil nog vragen of Rietje aanwezig is, maar de oude man is nu meters bij hem vandaan. Eén ogenblik kijkt Wolter zoekend over de hoofden in de aula, dan draait hij zich om en loopt weg.

Naast het kantoortje van de beheerder bevindt zich een digitaal informatiepaneel. Met zijn rug naar het scherm wacht Wolter tot de deuren van de aula gesloten worden. Dan draait hij zich om en tikt de naam Greve in. Als de printer na lang aarzelen de plattegrond met de vakaanduiding prijsgeeft, ziet hij direct waardoor hij het graf niet kon vinden. In plaats van rechts langs de aula is hij linksom de begraafplaats op gelopen, met als gevolg dat hij op de vijfsprong een pad te vroeg afsloeg. Dat komt er van. Als hij de aula voorbijloopt, klinkt binnen muziek. Een mannenstem, piano. John Lennon? De rouwdienst is vanmiddag pas en volgens de oude kampcommandant is dat óók de omgekeerde wereld. Hij had naar de reden kunnen vragen, maar het gaat hem niet aan.

Hij staat hier buiten. Hij heeft Kars in zijn eentje naar binnen laten gaan, omdat hij vindt dat hij daar zelf niets te brengen heeft. Met zijn medeleven kan Beer Ockeloen niets beginnen. Als hij geschokt is door wat iemand overkomt die hij veertig zomers terug een week lang adoreerde, kan hij dat beter voor zich houden. Het gevoel hoeft er niet minder om te zijn. Integendeel. Het beeld van de hulpeloze man naast de auto laat hem niet los. Het is alles bij elkaar. De ontreddering. De ravage die de tijd heeft aangericht in zijn uiterlijk. Beer Ockeloen, de onkwetsbare. Onverstoorbaar, goedmoedig, scherpzinnig. Benijd om wie hij was en vooral om wie hij beminde. De roodharige Rietje. *Parsley, sage, rosemary and thyme.* Het schiet hem zomaar weer te binnen. En dan wordt niet Beer getroffen, maar zijn zoon. Zesendertig jaar. Aart is achtentwintig. De opstandige stem van Karssemeijer. 'Het hóórt niet.' Hoe was het in godsnaam mogelijk?

En als hij dan toch bezig is: hoe is het in godsnaam mogelijk dat de glanzende twee-eenheid Beer Ockeloen en Rietje Scheepmaker niet tegen de tijd bestand bleek?

Het graf ligt waar het altijd gelegen heeft, winters kaal maar duidelijk bijgehouden. De steen is gepoetst en het rechthoekje aangestampte aarde gekamd in een streepjespatroon. Hij zal Gerdien eens bellen, dat is misschien wel aardig. Zijn ogen tasten de steen af. HENRIK WILLEM GREVE. ALIDA WOLTERINA GREVE-WOUDSTRA. WELZALIG DE MENS DIE OP U VERTROUWT. PS 84:13.

Wolter knijpt zijn ogen half dicht en houdt zijn adem vast. Mijn vader en mijn moeder, prent hij zichzelf in. Dit zijn mijn vader en mijn moeder. Dood en begraven. Wat is het al lang geleden. Langzaam laat hij zijn adem ontsnappen. Hij voelt de behoefte om iets te zeggen, maar weet vooralsnog niets te bedenken. Hij gaat op zijn hurken zitten en veegt met zijn wijsvinger een spoortje groene aanslag uit het koppelteken tussen de twee namen. Wat God verbonden heeft. De heer en mevrouw Greve-Woudstra. Dag pa, dag mama, denkt hij.

Kan het nog kaler, had Gerdien gevraagd. Doe dan ten minste iets als 'Rustplaats van', maar de instructie van zijn vader, al geruime tijd voor mama's dood opgesteld, was helder. Geen overbodigheden, geen franje, het ging om de mens en zijn schepper. Terwijl pa zich toch altijd in zaken van geloof en leven bediende van bloemrijke, gedragen formules. Tafelgebeden, nabetrachtingen, heilwensen, zelfs simpele felicitaties. Op zulke momenten schoot hij in een formuleringskramp, waarin zijn eigen woorden plaatsmaakten voor een archaïsche, vaak moeilijk te volgen mix van bijbelse clichés en abstracties uit kerkelijke geschriften. Op familieverjaardagen werden ze nog weleens giechelig geciteerd, al kon Lida dat niet zo goed hebben.

Wolter staart naar de namen. Had pa met de sobere steen

niemand iets willen opleggen? Durfde hij het niet aan, benoemen wat er aan gevoelens bestond? Er werd niet over gesproken. Of vergist hij zich daar nu in? Henk en Alida Greve. Als hij de gezichten probeert op te roepen, vervluchtigen ze voor hij de omtrekken heeft ingevuld. Alsof hij in een familiealbum bladert waarbij het ene beeld het andere opvolgt voor iets zich heeft kunnen vastzetten. Hun stemmen dan. Hij doet even zijn ogen dicht. Mama, onder aan de trap, haar hoge, niet ver dragende stem. 'Oehoe, Woltje, kun je even komen …?' Mama vroeg veel, op een manier die het voor de aangesprokene gemakkelijk moest maken om aan haar verzoek te voldoen, licht, met een subtiel verontschuldigende ondertoon. Weigeren kon niet, ze had steeds meer hulp nodig. De stem van pa was vlakker, gedragen of kort al naar gelang de stemming. Keelschrapen, dat Wolter direct op zijn hoede deed zijn, ging de woorden vooraf, lang en broedend overdacht en toch vaak onhandig gekozen. Hun stemmen achter de kamerdeur als hij even luisterde voor hij naar binnen ging. De stiltes.

Even ziet hij hen scherp, op de rug, het is zondagmorgen en ze lopen gearmd voor hem uit op weg naar de kerk. Mama in haar beige zomermantel met de wafeltjesstof, die hij nog kan voelen tegen zijn wang, pa kaarsrecht onder zijn hoed. Ernstige mensen, herinnerde Trudy Hasselbrink zich. Gearmd was het trouwens niet, zijn vader hield zijn rechterarm voor zijn borst en zijn moeder had haar arm door de aldus ontstane opening gehaakt. Gearmd was arm in arm in de pas lopen, handen in elkaar, soms zelfs de vingers verstrengeld. Innig. Oom Huub en tante To liepen gearmd.

Wolter legt zijn handen op zijn knieën en duwt zich overeind. Onthou de jaartallen nou eens, denkt hij. '74 en '75. Een kwarteeuw geleden inmiddels. Bijna de helft van mijn leven ben ik al wees. Dat is iets waar ik vroeger tranen van in mijn ogen kreeg, weten jullie dat? Iemand die geen vader en moeder meer had. En die andere helft besloeg ongeveer een derde van jullie niet zo heel lange en ook niet zo heel gelukkige leven. Getallen zeggen niets, al word ik er wel stil van. Ik denk te weten wat het geluk allemaal in de weg stond, maar daar hebben we het al over gehad. Het is te lang geleden en ik lijk ook te veel op jullie. Daar ontkom ik gewoon niet aan. Daarbij, jullie zouden nog steeds niet begrijpen waar ik het over heb. Alleen daarom al zou ik het nooit over mijn lippen kunnen krijgen. Deernis drukt zijn keel dicht.

Er landt een mus op de rand van de steen. Kopje schuin, lijfje dik in de veren want het is een kille dag. Mus, zegt Wolter binnensmonds. Luister goed. Ik moet nu weg. Kan ik dit hier aan jou overlaten? Hij loopt langzaam achteruit met zijn ogen gericht op het graf, op de namen, tot hij op het pad staat. Dan draait hij zich om en loopt gejaagd naar de uitgang.

In een café aan de Camplaan, waar hij een kop koffie drinkt, vraagt hij om een telefoonboek. Trudy Hasselbrink staat er niet in. Dan realiseert hij zich dat hij alleen haar meisjesnaam kent. Op de roze pagina's voorin vindt hij ten slotte het nummer van de oranjerie van landgoed Hartenlust.

Het flatgebouw staat in de schaduw van een oude woontoren in het uiterste puntje van Haarlem Zuid en is van zichzelf ook somber. Met een boeket van allseasontulpen in de hand staart Wolter lang naar het verlichte pijltje van de lift voor hij besluit de trap te nemen. Op elke etage werpt hij een blik naar buiten en als hij op de vijfde verdieping de deur in het slot gooit en wacht tot zijn ademhaling weer normaal is, kan hij inmiddels een flink deel van Haarlem Zuid overzien. Hassie is boven haar oude wijk gaan wonen. Haar flat, nummer 39, bevindt zich aan het einde van de galerij. De bel produceert een beschaafde terts, maar er wordt niet opengedaan. Achter het ribbeltjesglas van de deur is geen beweging te zien. Hij drukt weer op de bel. Hoewel van het raam links van de deur de vitrage half opengeschoven is, staat hij zichzelf niet toe naar binnen te kijken. Besluiteloos staat hij op de galerij. Dit was te voorzien. Volgens de man die de telefoon van de oranjerie opnam zou Trudy dinsdag pas weer aanwezig zijn. Na zijn uitleg, met de nadruk op attente zorg en welgemeende dank, kreeg Wolter haar adres en telefoonnummer, maar er werd niet opgenomen.

Hij kan de bloemen met een kaartje bij de buren afgeven, alleen is hij daar niet voor gekomen.

Hij heeft behoefte aan een getuige die kan bevestigen of ontkennen dat het was zoals hij denkt dat het was. Daarvoor moet hij haar zelf zien. Nu. Vandaag. Zien en spreken.

Wat hij in ieder geval níét wil, is een telefoontje uitlokken de volgende week met vriendelijke maar licht bevreemde dankwoorden en een obligate vraag naar zijn gezondheid. Geen vermoeiende weg terug naar het punt waarop hij kan zeggen: ik zou je graag nog eens willen ontmoeten. Het is nu of het is nooit. Hij belt weer aan, draait zich dan om en legt zijn handen op de leuning. Dat is dan duidelijk.

De nieuwe Bavo is nog veel dichterbij dan hij verwacht had. Net als in het hooggebergte vallen afstanden bedrieglijk weg. Ook andere hogere gebouwen die hij kent van vroeger lijken binnen handbereik te liggen. Het lyceum, de Rijkskweekschool, de Nieuwe Kerk. Vanaf de bovenste etage zal het uitzicht vast nog meer herkenningspunten bieden. Alleen staat hij nu hier voor nummer 39 en voorlopig kan hij zich nog slecht losmaken van deze in lelijk donkerblauw geverfde deur. Er is geen naambordje, ziet hij nu. Hij vergist zich toch niet? Heeft hij het nummer wel goed onthouden? Nog één keer drukt hij op de bel, meer om af te ronden dan omdat hij er iets van verwacht. De terts klinkt dof en een tikje onzuiver. Je kunt horen dat er niemand thuis is. Even kijkt hij van de bloemen naar de deur, dan klemt hij het boeket onder zijn arm en loopt terug naar het trappenhuis. De lift is onderweg naar beneden, suggereert het pijltje, maar hij neemt de trap naar de ijle hoogten van de zesde etage. Waarom niet. Hij heeft nu tijd over.

De kathedraal drijft op de zee van daken. Nu is hij hoog genoeg om ín de straten te kijken in plaats van eroverheen. Plattegrond in reliëf. Zó had hij als jongetje de hele wijk voor ogen. Een vanzelfsprekend raster van straten en pleintjes, met op de knooppunten de middenstand, kruideniers, de bakker, een ijssalon. In een schuurtje achter zijn huis zetelde de schoenmaker, de groenteman kwam net als de slager horen. Een besloten wereld. Daarbinnen kon hij feilloos aanwijzen waar de mensen van hun kerk woonden. Als hij door de straten liep, was hij zich van hun aanwezigheid achter de gevels bewust. Zij dienden dezelfde god, lazen dezelfde krant, waren aanwezig in de gesprekken aan tafel, 's avonds als iedereen thuis was. Het was vertrouwd en het was benauwend. Broeders en zusters in de Here Christus. Zelfs de bezorger van *Trouw* rekende hij tot degenen die behouden werden, ook nog nadat hij hem voor een neutraal ochtendblad had zien fietsen.

Op zondagmorgen rond kwart voor negen kwamen ze naar buiten. Voordeuren werden afgesloten, tuinhekjes dichtgetrokken, ouders maanden kinderen, men groette vormelijk, lichtte de hoed. In gezinsverband ging men op, verspreide rijtjes die ineenschoven tot een lint dat eenmaal over de Schouwtjesbrug samenvloeide met de kerkgangers uit Bosch en Vaart en uit de richting van de Wagenweg. *Kom ga met ons en doe als wij*, zongen ze soms ter opening van de dienst, maar dat klonk feestelijker dan het buiten was toegegaan. De dienst in de aula van het lyceum moest vóór kwart over tien afgelopen zijn, want om elf uur kwamen de hervormden en er moest eerst nog gelucht worden.

Hij loopt terug naar het trappenhuis. Van beneden klinken stemmen, dan valt een deur dicht en is het stil. Op de galerij schuin onder hem loopt een jonge vrouw van hem vandaan met aan elke hand een volle boodschappentas. Ze heeft duidelijk haast. De oudere vrouw in een kokervormige wintermantel met een kokette bontmuts op, die een leeg wandelwagentje duwt, doet het kalmer aan. Achter haar scharrelt iets kleins in een gewatteerd pakje. Als de achterste vrouw zich naar het kind omdraait, herkent Wolter Trudy Hasselbrink. Onwillekeurig doet hij een stap achteruit. Heeft ze de beweging gezien? Even ziet hij haar ogen, dan bukt ze zich en tilt het kind op. Zelfs door de glazen wand heen hoort hij het protest. Hij merkt dat hij glimlacht. Hij wacht tot ze alle drie in de flat met huisnummer 39 verdwenen zijn en drukt dan op de liftknop. Tant pis. De lift doet er zo lang over om boven te komen dat Wolter op de terugweg vanaf de vijfde etage gezelschap krijgt van de jonge vrouw. Na een knikje in zijn richting en een blik op het boeket rommelt ze voor de rest van de afdaling ongeduldig in haar tas. Trudy's schoondochter? Ze is te blond en ook wat te spits voor iets anders. Beneden laat hij haar met een volkomen overbodig gebaar voorgaan, wat ze in de haast dan ook niet opmerkt. Op weg naar zijn auto hoort hij roepen. Op vijfhoog laat Trudy het kind op haar arm zwaaibewegingen maken. De moeder, naast een blauw Peugeootje bezig schoenen te verwisselen, wuift terug en roept iets over koud en binnen. Met zijn rug naar het tafereeltje gekeerd opent hij zijn autoportier. Als hij bij het instappen toch even een blik omhoogwerpt, ziet hij Trudy in zijn richting kijken. 'Let niet op mij,' mompelt hij, 'ik ben iemand anders.' Het moment van aarzeling zal vanuit de hoogte niet waarneembaar zijn, maar voor hemzelf is het alsof hij zich over een dood punt heen moet duwen. Doe dan ook niet zo stom, zegt hij tegen zichzelf terwijl hij de bloemen op de passagiersstoel legt. De Peugeot verdwijnt met grote vaart uit zijn spiegel en passeert even later in de parallelstraat. Onder het wegrijden kijkt hij nog een keer omhoog. De galerij van de vijfde etage is leeg.

Om acht over half vier belt hij aan. In een antiquariaat om de hoek heeft hij gebladerd tot het tijd was en toen het dichtbundeltje dat hij al gekozen had alsnog teruggezet in de kast. Hij wil zijn eerste drukken van Gorter wel graag compleet hebben, maar niet tegen elke prijs. Ys zou geen moment geaarzeld hebben. Voor zijn bibliotheek heeft hij de complete stal achter hun

Twentse boerderijtje verbouwd. Het meeste is daar achtergebleven toen Eva en hij vorig jaar de bovenwoning in de Utrechtse binnenstad huurden om dichter bij het Medisch Centrum te zijn. Te zijner tijd, dat wil zeggen na zijn dood, worden de boeken ondergebracht in een educatieve stichting met streekfunctie. Ysbrant Claasz. Volksopvoeder tot over zijn graf. De deur schiet uit het slot.

Vroeger riep hij 'volk', maar de laatste maanden vindt hij dat zelf niet meer leuk. De gang boven aan de trap is leeg. Uit de zijkamer klinkt Eva's stem. 'Ik kom eraan.'

Met een stapel handdoeken op de arm verschijnt ze in de deuropening. 'Wolter!' zegt ze. 'Ben jij het? Wat een verrassing. Ik verwacht de fysiotherapeut, vandaar. Hoe is het?'

Over de handdoeken heen kussen ze elkaar. 'Even dit naar boven brengen.' Ze duwt de deur van de huiskamer open. 'Ga lekker zitten. Als je thee wilt, ik heb net gezet.'

Verrassing? denkt hij terwijl hij de kamer binnenloopt. Uit de boxen op de vloer komt zachte rhythm-and-blues. Eva's muziek. De hoge ramen aan de achterkant laten nog net genoeg daglicht binnen. Hij steunt met zijn knieën tegen de vensterbank en neemt kennis van de binnenkant van het blok. Geen verandering. Hier en daar een poging tot een stadstuin, verder vooral platte uitbouwdaken van zink of bitumen. Een enkele kat. In Denekamp kijken ze uit op een beeklandschap met paarden en rietkragen. Hier wonen de overburen op vijf meter en wordt de voorkamer dus gebruikt voor opslag. Ze slapen op de ruime zolder, waar voor Ys een aparte hoek is gemaakt. Ze vinden de overgang allebei vreselijk, maar spreken er nooit over.

De bel gaat. Wolter loopt naar de gang en luistert even. Dan trekt hij aan de hendel. 'Dat parkeren hier is ook een ramp', zegt de tanige man die met twee treden tegelijk naar boven is gerend. 'Dag, ik ben Theo. Zal ik maar meteen doorlopen?'

'Als u de fysiotherapeut bent', wil hij antwoorden, maar de man is al halverwege de zoldertrap.

'Heb je nog geen thee genomen?' vraagt Eva als ze binnenkomt.

Hij springt op. 'Nog geen tijd gehad. De bel staat geen ogenblik stil. Wil jij ook?'

'Graag.'

Eva ziet er vaal uit. De sweater van onbestemde kleur en het
lange, uitgegroeide haar, dat erg aan een spoeling toe is, vroeger
henna, nu kan het alle kanten op, accentueren de grauwheid van
haar huid. Ze was op een klassieke manier mooi vroeger, ze is het
misschien nog wel, maar het laatste jaar heeft haar gesloopt. Ze
gaat bij het raam zitten, een beetje ineengedoken, haar handen
om de beker.

'Dat was Theo?' vraagt hij. 'Theo de fysio?'

Ze knikt. 'Komt twee keer in de week.'

'Betekent dit dat er vooruitgang is? Ik bedoel, wat doet hij met
Ys? Oefenen?'

'Vooruitgang in wat?'

Hij aarzelt. Ze is niet erg toegankelijk vanmiddag. 'Is er een
positieve ontwikkeling?'

Ze kijkt hem even aan. Dan neemt ze een slok van haar thee.
'Nee, Wolter, er is geen positieve ontwikkeling. Er is ook geen
vooruitgang. Ik dacht dat je dat inmiddels wel wist. Er is alleen
maar sprake van achteruitgang. De laatste maanden is de behan-
deling uitsluitend nog gericht op het vertragen van de achteruitgang. En wat Theo boven doet, is het draaglijk maken van de
achteruitgang, voorzover dat kan. Hij masseert dus, wrijft decu-
bitusplekken weg, dat soort dingen. Ook oefeningen.'

'En dat helpt.' Hij zegt het half constaterend, half vragend,
omdat hij eigenlijk niet weet wat hij moet zeggen. Hij ziet dat
Eva hem zit op te nemen.

'Wat is er?' vraagt hij.

'Kom je zomaar langs, Wolter? Of is er iets bijzonders?'

Hij staart haar aan. 'Hoezo? Ik kom toch elke maand? Al bijna
een jaar. Eind december ben ik voor het laatst geweest.'

Ze knikt. Haar mondhoeken bewegen, geen glimlach, meer iets van ongeduld en ergernis. 'In Ys' agenda staat een notitie voor volgende week vrijdag. Ik heb het nog even gecontroleerd. Je bent een week te vroeg.'

Ongelovig staart hij haar aan. Hij wil tegenwerpen dat het niet kan, dat ze zich vergist. Dan herinnert hij zich zijn verbazing van die morgen, dat hij de afspraak met Ys over het hoofd had gezien. En nog meer dingen. Hij haalt zijn agenda tevoorschijn en bladert naar de derde week van januari. Door drie dagen staat een streep met de krabbel 'Noordw.hout' en op donderdagmiddag de aantekening 'Ludo 30'. De vrijdag is leeg. Hij slaat om. Vrijdag 29 januari 15.30 uur schaken met Ys. Voorafgaand van 12.00 tot 14.30 uur werklunch met VadGesch.red. Verdomme.

Ze merkt zijn ontsteltenis. 'Heb je je vergist?'

Over zijn agenda heen staart hij naar de vloer, met zijn ellebogen op zijn knieën, terwijl zijn gedachten heen en weer schieten. 'Ja, zoiets. Vergist. Misschien niet helemaal het goede woord. Ik geloof dat ik wat ontregeld ben.'

'Is er een week weggevallen? Of heb je gewoon twee blaadjes omgeslagen?'

'Daar zal het wel op neerkomen ja.' Hij probeert het ook nog, of ze met de perforatiehoekjes soms aan elkaar vastzaten. Sul. Maar achter dat verontschuldigende gepruts doemt wel iets op wat meer beangstigend is.

'Wolter?' Eva zit voor hem op haar knieën. 'Kan ik helpen? Is er wat gebeurd?'

Hij schudt afwerend zijn hoofd. 'Niet echt. Een kleine blackout gisteren, maar dat heeft hier niets mee te maken. Weet je wat, ik kom gewoon volgende week terug. Dan mailen we intussen nog wat door. Ys is aan zet.'

'Geen sprake van.' Ze is opgestaan en loopt naar de deur. 'Ik ga even boven kijken. Nee, wacht.' Ze pakt de theepot van het lichtje. 'Neem nog een kop, dan zal ik intussen de stemming boven peilen.'

Hij heeft ook geen zet bij zich, beseft hij. Niets gezien, niets voorbereid, maar dat kan ook niet, hij is al drie dagen van huis. Dit is wel onrustbarend. Kan hij niet meer van zichzelf opaan? Voor Eva en Ys is het gênant, hij heeft ze duidelijk overvallen. Hij moet zo snel mogelijk vertrekken.

Maar daar willen ze niets van weten, zegt Eva als ze terugkomt. Ys wil hem graag zien, desnoods kort, alleen moet hij hem even de tijd geven om op krachten te komen. 'Dit put hem zo uit, Wolter, je kunt het je niet voorstellen. Hij hoeft alleen maar van de ene zij op de andere te gaan liggen, de rest doet Theo. Hij is niets meer waard. De laatste weken zijn we dan ook een beetje streng wat het bezoek betreft. Begrijp je?'

'Wat is dat dan toch snel gegaan', zegt Wolter. 'Een half jaar geleden kon hij toch nog van alles? Jullie zijn zelfs nog weg geweest, naar Berlijn.'

Ze schudt haar hoofd. 'Dat was ook geen succes, zoals je misschien weet. En na z'n derde chemo was zijn weerstand helemaal weg en dat is zo gebleven. Ach, snel. Ze hebben het pas laat ontdekt. Drie jaar geleden kreeg hij de eerste klachten. Als we toen beter hadden opgelet …' Met grote ogen staart ze voor zich uit.

'Heeft hij pijn?'

'Het is een en al pijn. En die wordt op zo'n manier bestreden dat hij nog een beetje zichzelf kan zijn.' Ze kijkt hem van opzij aan. 'Hebben jullie het daar nooit over in jullie mailtjes?'

'Niet direct. Ik informeer weleens terloops naar zijn toestand, maar hij ontwijkt het meestal. Ik dring ook niet echt aan.'

'Wat doen jullie dan?'

'Spelen.'

'Schaak.'

'Ook schaak. Dat is meer de aanleiding.' Elke mail begint met een nieuwe zet of mondt erin uit, legt hij uit. Daaromheen woekert een soort schrijven-op-de-knie, losjes en ironisch improviseren over wat zich zoal aandient, een min of meer kunstige conversatie voor goede verstaanders op jaren met een enigszins verwant basispakket. 'E-mail is daarvoor het ideale medium.'

'Het gaat dus nergens over.'

'Het gaat over alles. Kunst, cultuur, verval der zeden, roept u maar. Bijbel. Onderwijs.'

'Niet mis.'

'Het klinkt zwaar, maar het is licht. Light.'

'En daarin is geen plaats voor pijn.'

Wolter is even stil. 'Misschien lees ik niet goed genoeg.'

Ze beweegt haar hoofd zacht op en neer. 'Ys geniet ervan. Elke maandag en vrijdag kijkt hij ernaar uit. De meeste van zijn mails handel ik af, maar die briefwisseling met jou doet hij nog steeds zelf. Ik heb er zelfs nog nooit iets van gelezen. Het was toch jouw idee, is het niet?'

Hij haalt zijn schouders op. 'We zijn gewoon begonnen.'

'Waarom?'

'Hoe bedoel je?'

'Wat waren jullie nou van elkaar? Oud-collega's, van heel lang geleden. Sindsdien zagen jullie elkaar vrijwel nooit. Niet bevriend of zo, ook niet geweest. Dat bedoel ik.'

'Even een platte vraag', zegt hij. 'Moet dat dan?'

'Nee', zegt ze. 'Je hebt gelijk. Dat moet niet, maar het zou het wel verklaarbaarder maken.'

Sinds Ys ontslag had genomen bij het instituut hadden ze elkaar meer dan vijftien jaar niet gezien. Wolter werkte al jaren bij Capitol toen hij Ys' naam tegenkwam bij de kandidaten voor een nieuwe redactieraad. Sindsdien zagen ze elkaar twee of drie keer per jaar bij vergaderingen. 'Ik hoorde op de uitgeverij dat hij ziek was. In plaats van een kaart heb ik hem een mailtje gestuurd. Gewoon, ter bemoediging. Hij mailde terug, ik mailde terug. Schaak je nog weleens? vroeg ik op een keer. Hij antwoordde met "d2-d4" en dat werd de opening van een correspondentie-partij. Vroeger deed men dat wel per post. Schaken en praten. Je hebt steeds een aanleiding en de rest komt vanzelf. Tweemaal per week een zetwisseling via de mail en dan één keer in de maand de voortzetting achter het bord, niet lang, meestal breken we de partij weer af.'

'Wie wint er?'

Hij glimlacht. 'Niemand. We zijn nu een eindje op weg in de derde partij. De eerste twee werden remise en ik denk dat ze allemaal zo zullen eindigen.'

'Allemaal', zegt ze.

Hij beseft dat hij zijn woorden zorgvuldiger moet kiezen.

'Je laat hem dus niet winnen?'

'Waarom? Dan is de lol eraf. Nee, ik doe juist mijn best om niet te verliezen. Ys schaakt beter dan ik.' Hij kijkt haar aan. 'Waarom zou ik Ys laten winnen? Omdat hij ziek is?'

Er smeult iets onwilligs in haar blik, alsof ze hem tegen haar zin uitdaagt.

'Om wat er destijds gebeurd is? Uit schuldgevoel?'

Ze lacht meewarig. 'Daar gaan we het toch niet meer over hebben, Wolter? Dat is zo lang geleden.'

'Natuurlijk niet', zegt hij. 'Stel je voor, maar je bedoelt het wel. Alleen laat je het mij zeggen. Je wilt van mij horen dat ik het doe omdat ik vind dat ik iets goed te maken heb. En als ik dat zou toegeven, kun jij het afwijzen.'

'Is dat zo?'

Voetstappen komen de trap af. Eva staat op. 'Dat is Theo. Ik ben zo terug.'

Er is iets, denkt hij. Dit gaat een eigenaardige kant op. Niet echt prettig. Er klinken stemmen op de gang, dan het geluid van de openspringende deur. Een mannenstem: 'We houden wel contact.' Hij zit nog steeds in dezelfde houding als Eva weer in de deuropening verschijnt.

'Wolter, ik moet dit niet zeggen. Het is er ook helemaal het verkeerde moment voor, maar straks kan ik er niet meer mee aankomen. Ik merk dat het me nog altijd hoog zit. Jullie hebben hem zó laten vallen destijds. Sinds Ys en jij weer contact hebben, komt het allemaal terug. Kinderachtig, hè? Ik zit nou eenmaal anders in elkaar dan Ys.'

Ze loopt heen en weer door de kamer. 'Kijk, Ys heeft vaker conflicten meegemaakt. Zeg maar gerust doorlopend. Een man als hij roept dat nu eenmaal op. Het is zijn visie, zijn particuliere gelijk, en de manier waarop hij dat wil uitdragen. Hij was ook gewend dat hij een beetje een roepende in de woestijn was, maar bij jullie ... Waar ging het over? Ik weet het niet meer, het moet iets met autonomie van studenten van doen hebben gehad, dat was toen zijn leidende principe.'

'Zelfbeoordeling, als ik me goed herinner.'

'Je weet het nog.' Haar mondhoeken trillen. 'Het zal nu volkomen achterhaald zijn, maar dat doet er hier niet toe. Ys zette altijd hoog in. Ruimte had hij nodig, ruimte en vertrouwen, dat was het belangrijkste. Vooral voor experiment. Naïef als hij toch wel een beetje was, had hij niet verwacht dat hij op zo veel wantrouwen zou stuiten, nota bene bij een opleiding die zelf een experiment was. Hij voelde zich verraden.' Ze staat stil, schudt haar hoofd. 'Die middag ... Ik stond voor het raam van het atelier en keek hem na. Hij fietste zoals hij leefde, een beetje als een kind in de grote wereld, enthousiast, schokkerig. Hij ging naar de beslissende vergadering en had nog steeds hoop dat alles zou goed komen. Ik stond daar en hield m'n hart vast. Niet voor die autonomie, maar voor hem. Idealisten zijn kwetsbaar. Ik wist dat het hem niet ging lukken. Hij kwam gebroken thuis. Vernederd. Nou ja, je weet hoe het afliep, je was er zelf bij.'

Alsof het gisteren gebeurd is. Al die maanden loopt hij na een praatje op de gang meteen door naar Ys, later brengt Eva thee, bezig met haar eigen dingen. Hij heeft nooit iets gemerkt. Ze kijkt hem aan.

'Ik heb het allemaal meegemaakt,' zegt hij, 'op die laatste middag na. Mijn vader overleed die dag, maar ik weet wel hoe het afliep.'

'O ja?' zegt ze. 'Heb ik dat geweten? Je vader?' Ze is even stil. 'Wat droevig.'

'Bijna vijfentwintig jaar geleden, Eva.'

Ze zucht. 'Ja, vreemd hè.'

Hij vraagt niet wat ze bedoelt. 'Ys was tien jaar ouder dan ik en een ervaren docent. Ik was nog maar net begonnen, was niet zeker van mijn standpunten. Ik voelde me naast hem altijd tekortschieten', zegt hij. 'Ideologisch vooral. Ik vond dat ik zou moeten denken en doen wat hij dacht en deed. Ik deelde zijn idealen, maar ik kon er geen kant mee op. Ik voelde niets. Het paste me niet.'

'Dat is een rare spagaat.'

'Dat kun je wel zeggen. Dus voelde ik me schuldig. Eeuwig schuldig.'

'Weet je dan wel zeker dat je zijn idealen deelde?'

Hij haalt zijn schouders op. 'Misschien kan ik beter zeggen dat ik ze bewonderde. Als de ideale eindterm. Mensen met een sterke overtuiging roepen heel tegengestelde reacties bij mij op. Doorgaans blijf ik een beetje uit de buurt, maar een onzelfzuchtige idealist als Ys vind ik het zout der aarde. Of ik het met hem eens ben of niet. Als je nog steeds wilt weten waarom ik met hem mail, heb je hier misschien wel iets aan.'

'Ik wil het niet meer weten.' Ze glimlacht bitter. 'Ys en ik praten hier overigens nooit meer over. Ik weet dat hij over zijn uitgangspunten van toen anders is gaan denken. Alles is voor hem betrekkelijker geworden. Ook omdat hij vindt dat het onderwijs in verkeerde handen gevallen is.'

'Ik weet het. Daar hebben we al eens een hilarische mail aan gewijd. We waren het roerend eens.'

'Zie je? Dat heeft gewoon tijd nodig.' Ze is even stil. 'En nou gaat-ie dood.' De zin valt als een steen. Schrikt ze van haar eigen woorden of is het iets anders? Wolter wil naar haar toe gaan, een arm om haar schouder leggen, maar hij zit vastgenageld aan zijn stoel. Bijna schuchter zegt ze: 'Ik ga even kijken of je al kunt komen.'

De wandklok wijst twintig over vier. Hij moet wel op de tijd letten.

Als hij de zoldertrap opklimt, blijft Eva ook deze keer beneden. Niet langer dan een kwartier, heeft ze gezegd. Het eerste wat hij ziet is het schaakbord. Het staat niet zoals de vorige keer op het verrijdbare tafeltje naast het hoofdeinde, maar op het bureau tegenover de trap. Wat hem het meest treft, is dat hun stelling ontbreekt. Het bord is leeg.

'Grootmeester Greve?' Er loopt een barst door de sonore stem.

Wolter wacht tot Ys hem kan zien. 'Te veel eer, dr. Tartakower.'

Ys' verhoogde bed staat schuin in de grote dakkapel. Zo kan hij net de lucht zien en dat is voldoende, heeft hij gezegd. In het tegenlicht staat zijn schamele haar als een stralenkrans om zijn gezwollen gezicht. Zijn hand komt een paar centimeter van het dek omhoog, Wolter legt de zijne erin en wacht tot hij tegendruk voelt.

'Ik vraag om verschoning', zegt hij. 'Onaangekondigde bezoeken zijn zelden aangenaam.'

'Jij bent voor altijd verschoond.' De glimlach komt nauwelijks door de prednisonplooien heen. 'Je weet niet hoe goed je bezoek mij uitkomt.'

Ze kijken elkaar even aan zonder iets te zeggen. Wolter wil Ys vragen hoe het met hem gaat, maar hij krijgt de vraag niet over zijn lippen. Het is benauwd warm op de zolder. Ys ligt onder een enkele katoenen sprei en heeft de rits van zijn sweater opengetrokken. Boven op de stapel boeken naast het bed ligt een vergrootglas. Lezen kost hem de laatste tijd moeite. Hoe hij dat met de mails doet, weet Wolter niet.

'Waar kom je nu vandaan?' vraagt Ys. 'Je had deze week iets, herinner ik me uit je mail.'

'Ik kom nu uit Haarlem.'

'Je geboortestad! Dat is tenminste een stad om naar terug te gaan. Onder elke tegel ligt een literator. Wat heb je er gedaan?'

'Het graf van mijn ouders bezocht.'

'Dat is goed. Ben je daar trouw in?'

'Nee. Ik kon het zelfs niet meer vinden. Te lang weggebleven.'

'Dat kan de beste overkomen.' Het lijkt alsof hij gaat lachen, maar het geluid blijft steken.

'Hoelang?'

'Vijf jaar.'

'Ach ... Ze zijn wel in je gedachten?'

Wolter knikt. 'Vrijwel dagelijks.'

'Dan mogen ze niet klagen.' Zijn handen bewegen tastend over de sprei. 'En verder?'

Hij is er veel slechter aan toe dan in december, denkt Wolter. 'Verder niet veel', antwoordt hij. 'Wat gewandeld, beetje rondgekeken in mijn oude buurt. Schoen verloren op het strand. Op tijd geremd voor een jongetje dat plotseling overstak. Weggelopen voor mezelf en anderen, een receptie bezocht, me onmogelijk gemaakt bij Ludo Prinsen. Dat was het zo'n beetje.'

'Een dag als alle andere dus. Dat van die schoen is wel erg.' Nu is de lach er wel, te pijnlijk om te horen.

'Weet je wat ik dacht toen ik dat jongetje nakeek? Dat mijn jeugd nu echt voorbij was.'

'Ja. Eens komt dat onherroepelijke besef.' Ze kijken elkaar aan. 'Ben je daarom naar Haarlem gegaan?'

Wolter schudt zijn hoofd. 'Ik was in de buurt.'

'Hoe is het met je zoon?'

'Hij laat niets van zich horen. Goed, denk ik dus. In ieder geval niet slechter.'

Ys knikt.

'Heleen gaat vanavond naar hem toe. Hij zit dus nog steeds in de Ardennen.'

'Ga jij niet mee?'

Hij legt uit hoe het zit. Conferentie in Brussel. Oppassen op kleinkind.

Ys kijkt.

'Voor Aart is het gemakkelijker als Heleen alleen komt', zegt hij er achteraan.

'Lijkt hij het meest op jou?'

'Ja. Duidelijk.'

'Depressies moet je niet onderschatten', zegt Ys. Hij legt zijn vingertoppen tegen elkaar. 'Het zijn ravijnen. Ik heb overigens geen zetmail van je gekregen, Wolter. Klopt dat?'

'Ik heb niets gestuurd', zegt Wolter. 'En ik heb ook geen zet bij me. Het is allemaal een beetje anders gelopen.'

'Het geeft niet. Ik denk er toch over om remise aan te bieden.'

'Dat kan ik niet aannemen. We zitten nog maar net in het middenspel.'

'Ik zie niets in deze stelling, maar laten we het daar straks over hebben. Vertel eens, Wolter, hoe komt het dat je een week te vroeg gekomen bent?'

'Heeft Eva je iets verteld?'

'Niet genoeg. Is er iets gebeurd?'

'Ik ben wat van slag. Ik dacht dat het al voorbij was, maar nu ik me een week vergis in onze afspraak en een graf niet kan vinden dat ik al tientallen malen bezocht heb, ga ik weer twijfelen.' Ys verwacht meer, ziet hij. Als hij beschrijft wat er de vorige dag gebeurd is, gebruikt hij ter afwisseling het woord 'absence'.

'Wat zei de arts?'

'Nog niets. Ik bedoel, ik ben nog niet geweest. Er is gesuggereerd dat het een TIA was, maar ik heb daar geen ervaring mee. Voor het overige voel ik me zo goed, Ys, dat we het beter eens over jou kunnen hebben. Vergis ik me heel erg als ik zeg dat het niet goed gaat?'

'Gelijk oversteken', zegt zijn vroegere collega. 'Het gaat slecht, maar dat gaat het al tijden. Ik voel me alsof ik langzaam uitgehold word, terwijl het tegenovergestelde het geval is. Nu jij. Waarom loop jij een dag rond met iets wat je geen naam kunt geven? Ben je bang?'

De parallel is verleidelijk. Dat hij zijn hele leven al rondloopt met dingen die hij geen naam kan geven, alleen is dat een beetje goedkoop. Wolter schudt zijn hoofd. 'Ik wil vooral geen gedoe. Ik negeer het, waarschijnlijk in de hoop dat het vanzelf overgaat.'

'Dat past wel bij je.'

'Vind je?'

'Jij wilt met rust gelaten worden. Jij houdt er niet van als je aangesproken wordt op iets wat je kan verontrusten. De kwetsbaarheid van je lichaam bijvoorbeeld.'

'Misschien, maar dat heeft iedereen.'

Ys kijkt hem langer aan dan hem lief is.

'Ik heb me voorgenomen om morgen langs mijn huisarts te gaan', zegt Wolter.

'Dat is braaf. Morgen is het zaterdag. Je zou dus beter je dochter even kunnen bellen.'

Hij schudt zijn hoofd. 'Die doet interne geneeskunde. Dat zit lager.'

Ys lacht zonder geluid. 'Vertel eens', zegt hij dan, 'wat dat was met Ludo. Ging dat over de aanstaande fusie?'

Terwijl Wolter in enkele zinnen uitlegt wat er heeft plaatsgevonden, ziet hij de ogen van Ys dichtvallen. Hij kijkt op zijn horloge. Zodra hij ophoudt met praten, gebaart Ys dat hij door moet gaan. 'Ludo ten voeten uit, hoor ik. En jij hebt natuurlijk je hakken in het zand gezet?'

'Natuurlijk.'

'Want jij houdt niet van verandering.'

'Dat is te gemakkelijk. Het gaat goed, dus waarom moet je dat veranderen? Omdat anderen dat ook doen? Ik wil niet fuseren om de fusie. Dat levert vermoedelijk alleen maar kwaliteitsverlies op. De synergie van de lamme en de blinde. Je ziet overal om je heen de voorbeelden. Alleen de top zal er uiteindelijk beter van worden.'

'Jullie zijn allebei nog niets veranderd, Ludo en jij.' Zijn ogen zijn weer open. 'Vest op prinsen geen betrouwen. Heb je dat werkelijk gezegd? Dat zal er wel ingegaan zijn op die receptie. Kom je nou nooit los van die man? Zo'n haat-liefdeverhouding moet toch verlammend werken? Ik heb nooit begrepen dat je hem toen achternagegaan bent. Hoeveel schelen jullie in leeftijd?'

'Ludo is vijf jaar ouder.'

'Geen vadercomplex dus. Je bent een bijzondere man, Wolter. Ik vraag me af wat er sterker is bij jou, je autoriteitsbehoefte of je neiging om je kont tegen de krib te gooien.'

Hij maakt een gebaar dat de laatste zin bedoelt uit te wissen. 'Ik heb weleens gedacht dat een uitgeverij niets voor jou was. Iemand die zelf wil schrijven, moet niet gaan uitgeven. Hoewel zo'n stoffig educatief fonds natuurlijk wel veilig is.'

'Zoals je weet ben ik het niet met je eens. Ik wilde wel weg uit het onderwijs.'

'En wachtte tot je geroepen werd. Ja, zo ging het. Hoe is het trouwens met de poëzie?'

'Slecht. Laten we het over iets anders hebben.'

Het is even stil. Dan zegt Ys: 'Dus als ik het goed begrijp heb je deze keer wel een keuze gemaakt?'

'Ik weet het niet. Ik ben ergens tegen terwijl iedereen voor is. Of doet alsof. Daar kan ik ook niet tegen. Dat wat geile opportunisme.'

'Wat is het voor jou dan? Een principiële stellingname? Dan ben je wel veranderd.'

Wolter schiet in de lach. 'Leuk om te horen, Ys.'

'Ik bedoel het niet gemeen. Jij noemde het daarnet weglopen, voor jezelf, voor anderen. Daar lijkt het op. Jij wilt buiten schot blijven, zo heb ik je leren kennen. Ik bedoel dan bij ingrijpende zaken die een stellingname vragen, maar misschien valt zo'n fusiediscussie daar wel buiten.'

'Dat lijkt mij ook. Het is gewoon een zakelijk verschil van inzicht.'

'En jij hield er ook niet van om in een kamp ingedeeld te worden. Dat weet ik nog goed. Jij wilt niet geïdentificeerd worden met een groep of een partij. Speelt dat een rol? Jij wilt niet die fusie hoeven verdedigen.'

'Ik gelóóf er niet in. Dan kan ik het ook niet uitdragen.'

'Is dat nou dapper of laf? Ben je ooit ergens vóór geweest? Heb je het ooit aangedurfd om een echte keuze te maken? Eentje waarbij je iets op het spel zet?'

'Aangezien ik vrees dat ik mijn baan op het spel heb gezet, moet dit er wel een zijn.'

'Welnee. Dit is koppigheid. Morgen word je gebeld door Ludo, net zoals hij je destijds belde om over te stappen naar de uitgeverij, en dan ben je met een natte vinger te lijmen.'

Wolter staart naar het gezicht van zijn vroegere collega. 'Light', had hij gezegd tegen Eva. Heeft Ys zich al die maanden ingehouden? 'Durf je wel?' zegt hij.

Een glimlach kerft het gezicht van Ys open. 'Je bedoelt omdat ik doodga?'

Wolter haalt diep adem. 'Zoiets ja. Je hebt geen hoge dunk van mij.'

'Juist wel, Wolter, juist wel. Ik vind je heel menselijk en dat bedoel ik als een compliment. Ik was een fanaticus en je ziet wat ervan geworden is. Jij wilt in de grond van de zaak met rust gelaten worden. Jij houdt afstand, geeft je niet bloot, stelt je niet kwetsbaar op. Daar blijf je gezond bij. Min of meer politiek correct tot het je te gortig wordt.'

'En dan graaf ik me in of loop ik weg', zegt hij schamper. Hij begint het spoor tussen ernst en ironie bijster te raken.

'Precies. Weet je dat je zelfs een beetje politiek correct schaakt?'

Ondanks zichzelf schiet Wolter in de lach. 'Kan dat ook al? Ik ben gewoon op m'n hoede. Ik moet alle zeilen bijzetten om me jou van het lijf te houden …'

'Ja. Je ruilt af voor het écht gevaarlijk wordt.'

'Dat is het dus! Daarom bood je nu remise aan! Je wilt stoppen met onze partijen!'

'Wolter.' Ys duwt zich overeind. Zijn hand schuift over het

dek naar de zijne. 'Lieve vriend. Ik bedoel het niet beledigend. Je moet niet boos worden. Ik draaf door. Nu kan het nog. Onze partijen en alles daaromheen hebben mijn dagen verlicht, om het zo maar eens te zeggen. Wil je dat alsjeblieft onthouden?'

'We kunnen ook overstappen op halma.'

'Ik spreek in ernst.'

Het is Ys aan te zien en een vreemd gevoel bekruipt Wolter. Dit loopt anders dan alle andere keren. Komt dat doordat hij hem overvallen heeft of heeft Ys gewoon een slechte dag? Achter hem kraakt de trap. Hij kijkt op zijn horloge. Hoog tijd.

'Ik bewaar deze woorden in mijn hart', zegt hij plechtig.

'Dat is de beste plek ervoor.' Ys laat zich terugzakken op het kussen.

Eva komt boven met een glas water en de krant voor haar man, reddert wat om het bed, legt de pillen voor vijf uur klaar, vraagt Wolter of hij nog iets komt drinken beneden.

Hij bedankt. Als hij Ys vraagt wat ze met de schaakstelling zullen doen, ziet hij tegenzin in diens ogen en hij hakt zelf de knoop door. 'Weet je wat, ik mail je in het weekend mijn eerste zet en kom volgende week vrijdag gewoon op de afgesproken dag. Dan gaan we er eens goed voor zitten. Dit was tenslotte maar een tussendoortje.'

Hij ziet dat Ys met zijn ogen Eva zoekt, maar ze loopt net naar het raam, haar rug naar hen toe. 'Volgende week vrijdag komt niet goed uit, Wolter. Dan … zijn we er niet.'

'We gaan een paar dagen naar huis.' Eva heeft zich omgedraaid en staat met een glimlach voor hem. 'Naar Denekamp. De medici zien geen bezwaar. Eindelijk even weg uit de stad.'

'Wat leuk', zegt hij. 'Dat zal jullie goeddoen. Gaan jullie met de auto?'

'Een speciale taxi. Dat moet wel. Van huis tot huis. Oké, Ys heeft z'n medicijnen, jij wilt naar huis. Dan laat ik je nu even uit.' Ze loopt naar de trap.

Wolter pakt Ys' hand. 'Ysbrant Claasz, geniet van je buitenplaats. Als je terug bent, moet je even mailen, dan gaan we weer door.'

Ys' linkerhand komt omhoog en Wolter pakt die erbij. 'Dank je, Wolter. Goed dat je geweest bent. En vergeef me als ik wat streng was.'

'Dat is weleens goed.' Zijn oog valt op de boeken naast het bed. 'Hé,' zegt hij, 'dat is langgeleden. Lees je Achterberg weer?'

'Ach, lezen … Ik blader wat. Een feest der herkenning natuurlijk, hoewel niet altijd. Toen wij jong waren maakte zijn poëzie meer indruk, is dat jouw ervaring ook?'

'Misschien ligt dat aan ons. Een tikje gezwollen en gewrongen is het soms wel. Een enkele keer, maar dat mag ik natuurlijk niet zeggen, ook wel een beetje gezeur.'

'Behalve dit', zegt Ys. 'Dit blijft.' Zijn hand maakt een dwarrelende beweging naar het opengeslagen boekje boven op de stapel.

Wolter kijkt. *Afvaart*, zegt hij. 'O ja. Dat is prachtig.' En half voor zichzelf: 'Aan het roer dien avond stond het hart en scheepte maan en bossen bij zich in …' Er trilt iets in hem mee.

'En wat daar verder volgt', zegt Ys.

De regen spoelt over de auto. Een paar minuten al wacht hij op zijn oprit tot hij kan uitstappen, maar het lijkt alleen nog erger te worden. Ter hoogte van Deil reed hij een grijze sluier binnen en sindsdien is het niet opgehouden. Het huis is donker. De timerschakelaars staan op latere uren ingesteld en de buitenlamp is stuk. Door het zijraampje kijkt hij ernaar, een donker en leeg huis, en hij herinnert zich het donkere huis van de vorige avond. Ze stralen weinig uit, die woningen van hem. *Wie lieblich.* Er is niemand thuis, dat wist hij natuurlijk, de laatste tijd is dat nogal eens het geval en doorgaans kan het hem niet schelen. Het is zelfs wel prettig. Vandaag alleen niet, maar Heleen komt pas morgen rond de middag, ze heeft hem een uur geleden nog gebeld tijdens haar zo te horen nogal uitbundig uitgevallen historische rondleiding. Aart komt alleen nog met verjaardagen en Kerst, maar de laatste keer kwam er iets tussen. Kitty daarentegen komt wel, zij het om praktische redenen, over negen minuten al, hij moet nu dus echt naar binnen, lichten aandoen, verwarming aan, het gezellig maken voor de kleine Dop, maar het stort nog altijd van de regen. Om toch wat te doen heeft hij net de gelezen berichten uit zijn mobieltje verwijderd. Alles. Ook het allerlaatste, dat hem ergens onderweg ingehaald moet hebben zonder dat hij het merkte en dat hij nu pas gelezen heeft. Van Marina. IK KAN WEL JANKEN.

Er beweegt iets bij de voordeur. De kat? Hij stapt uit met zijn jack over zijn hoofd en rent naar het portiek. Het schorre geluid van de cyperse kater verwelkomt hem.

'Waarom ben jij buiten, Gijs? Zijn de buren ook weg?' Hij bukt zich en de kop van de kat komt zijn hand halverwege tegemoet.

Met de stapel post nog in de hand gaat hij thermostaten en lichtschakelaars af, terwijl de kat hem voor de voeten loopt. Daarna haalt hij onder dekking van een paraplu zijn bagage uit de auto. De tulpen gaan in een laagje water in de gootsteen. Later. In de logeerkamer controleert hij het kinderledikantje. Heeft Heleen iets gezegd over verschonen? Hij bekijkt het beddengoed, ruikt aan het dekbedje, maar kan niets verkeerds ontdekken. Voor vannacht lijkt het hem goed genoeg.

Kitty is laat. Het is al twintig over zeven als hij de lichten van haar auto de oprit ziet binnendraaien. Haar 'Hoi pap!' klinkt opgewekt, maar haar omhelzing is vluchtig en haar ogen staan boos. Terwijl hij tassen van haar overneemt, zodat zij haar dochter kan lospeuteren uit het autozitje, moppert ze op het verkeer, op de crèche, op de supermarkt waar de kleutermaaltijden op waren. 'Ik heb de afdeling al gebeld, ze weten dat ik wat later kom en die waren daar dus niet blij mee.'

'We hebben vast nog wel een potje staan van het een of ander,' troost hij, 'en anders kopen we morgen wat we nodig hebben. Heeft ze al gegeten?'

'Ze moet haar toetje nog, daar hadden we geen tijd meer voor. Alleen is ze waarschijnlijk te moe om nog wat te eten. 't Is koud hier, ben je nog maar net thuis?'

Hij buigt zich naar zijn kleindochter. 'Hé, kleine Dop, ben je daar? Kusje?' Het kind draait haar hoofd weg. 'Ik bedenk er wel wat op', zegt hij. 'Voor jou is er verse koffie en die ga ik nú inschenken.' Hij wuift Kitty's bezwaren weg, die vijf minuten kunnen er ook nog wel bij, en luistert onder het inschenken naar haar instructies, terwijl zij haar kind uit haar kleertjes pelt.

Het is niet alleen de vermoeidheid van haar trekken. Het zijn de gelatenheid in haar stem en de matheid van haar bewegingen die hem bezorgd maken. Hangt ze tegen een griep aan of is er meer aan de hand? Zijn vragen stuiten zoals wel vaker af op een pantser van goed nieuws. Alles gaat goed. Tegen de zomer hoopt ze met haar specialisme klaar te zijn. Bart heeft zich helemaal vastgebeten in zijn studie, echt ongelooflijk. En Dorothée ontwikkelt zich heel goed, ze genieten elke dag van haar. Slecht gebracht oud nieuws waar hij niets wijzer van wordt.

Kijk er dan eens wat vrolijker bij, denkt hij, terwijl hij de box gaat halen die nog op zolder staat. Zo trap ik er niet in. Dat strakke, bleke gezicht met de scherpe trekken, net iets te spits om aantrekkelijk te zijn. Ze moet erg goed zijn in haar werk, maar dat was ze in veel dingen, muziek, ballet, wat heeft ze nog meer gedaan. Alleen straalde daarbij het plezier van haar af. Hij heeft zich weleens eerder afgevraagd of medicijnen wel een goede keus was. Zou ze aan het bed ook zo mat zijn?

Vroeger dacht hij dat hij zijn dochter kende. Een vrolijk sprietig kind, dapper en onzeker tegelijk, met een apart gevoel voor humor. In tegenstelling tot haar broer wist ze precies wat ze wilde, hij hoefde nergens naar om te kijken. Pas later droeg ze hem dat na, dat alle aandacht naar Aart uitging, terwijl zij emotioneel verkommerde.

Kitty zet Dorothée in de box, neemt een slok van haar koffie en grijpt dan haar tas.

'Denk je dat je het redt, pa? Je hebt Barts nummer, hè, voor het geval dat?'

'Maak je geen zorgen. Dop en ik redden ons uitstekend.'

'Dorothée heet ze, pa, maar dat wist je wel, hè? Die tulpen moet je trouwens wel gauw in een vaas zetten, ze worden al een beetje slap. Cadeautje?'

Hij bromt bevestigend. 'Ga nou maar gauw.'

Op het moment dat Kitty de kamer uit gaat, begint Dorothée te huilen. Wolter probeert haar af te leiden met alles wat voorhanden is, maar het lijkt alsof hij niet bestaat. Met beide handen om de houten rand geklemd huilt het meisje met totale overgave. Wolter gaat voor haar op de grond zitten en kijkt. Tranen stromen uit haar dichtgeknepen ogen, vermengen zich met snot dat uit haar neusje geperst wordt en maken slijmdraadjes in haar opengesperde mond. De kat springt op zijn knieën en begint een charmeoffensief. Die moet ook nog eten hebben.

'Kijk, Dopje, daar is Gijs ook. Gijs komt kijken wat er aan de hand is', zegt hij. 'Hij begrijpt er ook niks van.'

Op slag is ze stil en laat zich langs de spijlen zakken tot ze zit. 'Poeth', zegt ze met een verraste blik op Wolter alsof ze hem attent wil maken op een bijzondere ontdekking.

'Heel goed', zegt hij. 'Poes Gijs.' Hij pakt een tissue en veegt haar gezicht af. Ze laat het nauwelijks toe omdat zijn hand het zicht op de kat belemmert. Als hij naar de keuken loopt voor haar toetje, is de kat er nog eerder dan hij, waarop in de kamer het huilen weer begint.

'Honger, Gijs?' vraagt hij. 'Dan moeten we dat slim aanpakken.' Hij vult het etensbakje van de kat en zet dat op een krant in de buurt van de box. Daarna tilt hij het meisje in de kinderstoel. Terwijl hij haar de fruitmix voert, vallen zijn ogen bijna dicht. Dat had hij onderweg ook twee keer. Levensgevaarlijk, maar het is natuurlijk geen wonder na zo'n etmaal.

'Op', zegt Dorothée. Hij kan nog net het bordje opvangen dat ze resoluut van het blad veegt en zet haar op de grond in het speelhoekje, waarna hij het bakje van de kat in veiligheid brengt. Voor hij haar naar bed gaat brengen, staat hij zichzelf een glas wijn toe. Terwijl hij het meisje niet uit het oog verliest, gaan zijn gedachten terug naar zijn bezoek aan Ys. Hij heeft het gevoel dat hij tekortgeschoten is, maar weet niet waarin. Had hij iets voor ze kunnen doen? Heeft hij een signaal gemist? Twee mensen voor wie ruimte een levensbehoefte is, gekooid in een bovenhuis. Een gaat binnenkort dood, de ander blijft achter. Elke keer dat hij komt, is dat moment weer iets dichterbij gekomen. De strijd tegen de ziekte is opgegeven, er worden alleen nog achterhoedegevechten gevoerd. Reddeloos. Zo gaan die dingen, maar dit is wel erg alleen. Geen kinderen, weinig familie, wel een kleine hechte kring van vrienden, weet hij. Zichzelf rekent hij daar niet toe. Hij is hoogstens een mailmate. Er was een pleegkind langgeleden, in de tijd dat ze collega's waren. Adoptie misschien wel, een kleuter uit Bolivia, hij heeft er niet meer naar durven vragen. Een en al ellende, herinnerde hij zich van destijds.

Hij onderschept zijn kleindochter op haar weg naar de plantenbak en loopt met haar op de arm naar het raam. Het regent nog steeds. 'Niks gedaan, Dop', zegt hij. 'We gaan naar bed.'

Het is goed dat ze even teruggaan naar hun boerderij, binnenkort zal Ys zo'n expeditie niet meer aankunnen. Misschien is het voor hem wel een soort afscheid. Zou hij de volgende week op de afgesproken dag voor een dichte deur hebben gestaan? Ze leken er vanmiddag pas op het laatst aan te denken dat die afspraak niet door kon gaan. Het gevoel van onvoldaanheid blijft. Hij vraagt zich af hoelang Ys nog te leven heeft. Een en al pijn, zei Eva. Soms treden er complicaties op en is het in één keer afgelopen. Had hij iets kunnen doen vanmiddag? Aanbieden om te helpen bij het vervoer? Hij weet het niet. Eva was niet erg toegankelijk, Ys sneed hem een paar keer de pas af. En hij laat dat dan gebeuren.

Als Dorothée klaar is voor de nacht, loopt hij met haar op de arm de kamer rond voor het afscheidsritueel. Namens haar groet hij alles en iedereen, de beer op de stoel, de kikker van het lampje, de dieren op weg naar de ark, de mobile van de vijf wijze en de vijf dwaze eendjes, alsmede het puttertje van Fabritius, dat ze onlangs ontdekt heeft in de nis naast het raam, want er logeert ook weleens een volwassene in deze kamer. Voor hij de babyfoon aanzet, buigt hij zich over het bedje.

'Zal opa voor je zingen?' Hij heeft er niet aan kunnen ontkomen. Net als iedereen is hij tegen zijn kleinkinderen over zichzelf in de derde persoon gaan praten. 'De bloempjes gingen slapen, zij waren geurensmoe …' De melodie kent hij sinds zijn kinderjaren, maar de woorden heeft hij weer moeten opzoeken. Onder het refrein dimt hij het licht, draait het speeldoosje op en zet de babyfoon aan, alles in één vloeiende, zo goed als geruisloos uitgevoerde beweging die eindigt in het sluiten van de deur. Op de gang blijft hij even staan luisteren. Het werkt.

Dan hoort hij in de verte het signaal van zijn mobiele telefoon. Voor hij het apparaat te pakken heeft, is het al stil. Hij zoekt de beller op in het geheugen. Ludo Prinsen. Onwillekeurig moet hij lachen. Krijgt Ys dan toch gelijk? Maar tegelijk vraagt hij zich af waarom Ludo hem niet op de vaste lijn belt. Heeft hij het soms eerder vergeefs geprobeerd, toen hij nog niet thuis was? Het antwoord vindt hij als hij op de kamervloer het speelgoed op een hoop veegt. Tussen plastic kubussen en een dierenpuzzel ligt de looptelefoon met alle lichtjes op tilt. Opa heeft toch niet goed opgelet toen de kleine Dop zo zoet bezig was. Op het moment dat hij de telefoon terugplaatst, gaat het signaal over. Met zijn hand boven het toestel aarzelt hij. Als het Ludo is, zal hij hem wegdrukken. Storing. Kan hij het helpen. Maandag is hij weer bereikbaar.

'Ja?' zegt hij.

'Ja?' Heleen. 'Wat is dat voor een hartelijke bejegening? Wist je soms dat ik het was?'

Hij legt uit hoe het zit zonder in details te treden. Heleen begrijpt hem volkomen, ze kent Ludo ook. Ze wil alleen maar weten of alles goed gaat en hem herinneren aan de stapel magne-tronmaaltijden in de vriezer. 'Of heb je al gegeten?'

'Ik was er net aan toe', zegt hij. 'Waar ben jij nu?'

'Ik vertrek nu naar Sommière. Het is iets later geworden.'

'Regent het daar ook zo?'

'Het heeft heel erg geregend. Nu is het minder.'

'Doe voorzichtig alsjeblieft. En je hoeft me echt niet elk uur te bellen.'

'Bel jij dan als er iets is', zegt ze. 'Beloof je me dat? Al is het midden in de nacht.'

Hij belooft het.

Tegen half elf klinkt het eerste huiltje. De babyfoon staat zo luid dat hij met een schok overeind schiet in zijn stoel. De tele-visie staat op iets waar hij nooit naar zal kijken, de krant is op de vloer gegleden. Sliep hij? Het zijn twee, drie uithalen, dan is het stil. Is dat een goed of een slecht teken? Na een paar minu-ten sluipt hij toch naar boven en staat met de hand op de deur-kruk te luisteren. Er is geluid, maar het is van een tevreden soort. Niets aan doen. Hij moet nu zelf ook gaan slapen, wie weet hoe vroeg ze zich morgen meldt.

Hij ligt net in bed – de babyfoon naast het bodempje whisky op het nachtkastje, boek opengeslagen – als hij Dorothée weer hoort. Geen huilen deze keer, het lijkt alsof ze roept, alleen kan ze dat volgens hem nog niet. Het is een dwingend geluid dat niet te negeren valt. Hij trekt zijn kamerjas aan en loopt zachtjes naar haar kamer. Vanuit de hoek van haar bed kijkt ze hem stralend aan en zegt iets ongearticuleerds waarin de oe-klank overheerst. Hij begrijpt door de doordringende geur direct wat ze bedoelt. Onder het verschonen praat hij op gedempte toon tegen haar, allerlei klein gekeuvel dat mede tot doel heeft haar weer in slaap-stemming te brengen, waarna de speeldoos de rest moet doen. Tot zijn geruststelling blijft ze stil.

Hij merkt dat hij te moe is om te lezen. Na de whisky in één teug naar binnen gegoten te hebben, wat ook niet echt goed valt, doet hij het licht uit. Enige tijd later moet hij vaststellen dat hij ook te moe is om te slapen. In tegenstelling tot de vorige nacht kan het hem niet schelen. Hij denkt terug aan Haarlem Zuid-west, de straten die hij doorkruist heeft, ook dat is nu weer herin-nering, en hij beseft hoe weinig hij is blijven stilstaan, letterlijk, hoe vluchtig deze *sentimental journey* geweest is. Alleen vanmor-gen, op het tuinmuurtje, was er een moment geweest waarin de tijd wegviel. Een soort focus. Hij had er graag met Ys over willen praten, maar het gesprek versprong, Ys nam het over en daarna kwam het niet meer terug. Ys had veel overgenomen vanmiddag. Zichtbaar blij met het onverwachte bezoek, maar kartelig als een oud mes. Wilde hij alsnog iets duidelijk maken? Of was hij ge-woon te moe en te ziek?

Hij had Ys kunnen vragen of hij het gevoel kende dat je, om dichterbij te kunnen komen, nóg meer afstand moest houden. Het landschap van zijn jeugd, waar de straat van zijn jeugd doorheen liep, bestond alleen bij de gratie van de vanzelfspre-kendheid. Wat hij daar nu nog van meende te herkennen moest hij ontdoen van alles wat tussen hem en die wereld van vroeger gegroeid was. Alles aan inzichten en ervaring wegschrapen en afbijten om bij de tijd te komen waarin alles vanzelf sprak omdat het er wás. Ook het niet-vanzelfsprekende. De tijd op de huid zitten, als een kind dat iets aanraakt. Omgekeerde verbeelding. Hij moet toegeven dat het geen bijster oorspronkelijke gedach-ten zijn, maar dat waren 's nachts wel de meest rustgevende. Ook het punt van waarneming was essentieel. Vanmorgen stond hij voor het eerst met zijn rug naar het huis.

Dorothée huilt. De digitale wekker staat tot zijn verrassing op 02.44. Zijn lichaam protesteert heftig tegen de abrupte on-derbreking van wat misschien wel een gezonde nachtrust ging worden, zijn hart roffelt en in zijn slokdarm zit een stalen pijp geschroefd. Hij zet de babyfoon zachter en wacht even tot een en ander bedaren zal, maar zijn kleindochter geeft niet op. Opeens ongerust grijpt hij zijn kamerjas en loopt naar haar kamer. Een klein hoopje ellende zit midden in het bed tussen haar knuffels, kletsnat van transpiratie, nog steeds half in slaap zo te zien.

'O, o', fluistert hij terwijl hij haar uit bed tilt en tegen zich aan houdt. 'Zo'n klein meisje en dan zo'n groot verdriet.' Hij gaat op het puntje van een stoel zitten en wiegt haar zachtjes. Langzaam komt ze tot bedaren. Hij laat haar drinken uit de tuitbeker met verantwoord vruchtensap die hij heeft klaargezet en ziet dat haar oogjes wegdraaien. Volgt de kunst van het onmerkbaar terugleggen en het onhoorbaar sluiten van de deur. Dan laat hij de deurknop van zijn eigen slaapkamer uit zijn handen schieten en begint het huilen opnieuw. Hij feliciteert zichzelf met zijn eigen klunzigheid en laat zich voorover op zijn bed vallen, terwijl hij zich voorhoudt dat dit vanzelf overgaat. Krampjes. Tandjes. Droom. Of zomaar wat. Niet op alles reageren, want dat werkt averechts. Hij voelt zich weer wegzakken en trekt het dekbed over zich heen. In de verte klinkt het huilende kinderstemmetje, klein, verlaten, het dringt door tot onder het dons, een hartverscheurende klacht waarvoor hij zich niet kan afsluiten. Ze is alleen in een vreemd huis met een opa van eens in de maand. Eenentwintig maanden, wat is dat nou helemaal.

Ze is blij als ze hem ziet en hij verbeeldt zich dat ze zelfs iets zegt wat op 'opa' lijkt. Ze mag mee naar beneden, waar hij melk warmt en haar trakteert op een lange vinger. Hij staat niet toe dat ze gaat spelen, maar neemt haar en drie knuffels naar keuze op schoot in de fauteuil naast de haard, waar ze met een speen in de mond tussen zijn gestrekte armen doodstil blijft zitten. Hij neuriet liedjes voor haar met zijn kin op haar haren, het trilt zacht mee in zijn keel. 'Nog één keer dan van die bloempjes, Dop?' fluistert hij als zijn repertoire een beetje op zijn eind loopt. 'Of vind je het maar een rare tekst? *Geurensmoe.* Zal ik het in het Duits proberen? Eigenlijk klinkt dat veel mooier. Op het refrein na. Míjn opa zong het in het Duits, dat vond hij mooi en ook vast wel een beetje interessant. Hij zei *Schach* als hij me schaak zette, en hij wilde altijd terugzetten als hij zich vergist had. 'Sandmännchen' heet het. *Die Blümelein sie schlafen … schon längst im Mondenschein, sie nicken mit den Köpfen … auf ihren Stengelein …*' Hij neuriet verder, want de woorden zijn verder weggezakt dan hij dacht en ook met de naamvallen moet hij smokkelen. Gelukkig draagt de muziek alles. Brahms natuurlijk, Dopje. *Liebst du Brahms?* Alleen de geheimzinnige regels waar hij vroeger met een beetje huivering op wachtte, herinnert hij zich nog letterlijk. *Sandmännchen kommt geschlichen und guckt durchs Fensterlein, ob irgend noch ein Liebchen nicht mag zu Bette sein.* Hij ziet een kabouter met een grote flappende muts, gebogen onder een zandzak, een raam in een ruwe muur met een rozenstruik ernaast. Ergens moet die tekening bestaan. Opa Greve had geen zangstem, maar de stem van iemand die van muziek houdt en ook van pijproken. Hij begeleidde zichzelf op het orgel als hij psalmen zong. Zijn zoon miste de overgave die de vader bezat. Als pa zong, gaf hij zijn stem geen ruimte, zijn lippen bewogen nauwelijks. Zijn overgave zat in zijn orgelspel. Hij vertolkte.

Als Wolter zijn kleindochter weer teruglegt in haar bedje, is het half vier geweest. Ongemerkt is hij verkleumd en het duurt lang voor hij in het afgekoelde bed een behaaglijke draai gevonden heeft. Met een beetje geluk slaapt Dorothée een gat in de dag, ze moet nu toch ook doodop zijn. Langzaam glijdt hij weg in een staat van verdoving, waaruit hij nu en dan met kleine schokjes terugkeert, gespitst op geluid vanaf de andere kant van de gang, maar als het komt, herkent hij het pas na lange tijd, het zat als iets anders in een droom. Hij is de wanhoop nabij. Wat kan hij nu nog verzinnen? Hoe losten ze dat vroeger op als Kitty of Aart hen 's nachts uit de slaap hield? Deze keer houdt het huilen niet op als hij voor haar bedje staat. Er moet iets met haar aan de hand zijn. Hij tilt haar op, sust haar, ruikt en passant even aan haar broek. Weer mis. Ze heeft het duidelijk aan haar darmen.

'Opa is een beetje geurensmoe, meisje', zegt hij, als hij haar billen gewassen heeft en de rode huid met zalf ingesmeerd, maar hij kan er zelf niet meer om lachen. 'Hoe lossen we dit nou op?'

Hij spreidt een badlaken over Heleens helft van het bed, legt zijn kleindochter met haar eigen dekbedje erop en schikt haar knuffels daaromheen. Voor haar gemoedsrust neemt hij het nachtlampje ook mee, zodat de slaapkamer in een flauw rood schijnsel gehuld is. 'Op hoop van zegen, kleine Dop', fluistert hij.

In het schemerduister kijkt hij naar het hoofdje naast zijn kussen. Ze ligt op haar rug met een speen in haar mond, hij kan vaag haar profiel onderscheiden en af en toe, als ze even opzijkijkt alsof ze geruststelling zoekt, haar ogen. Hij voelt dat hij wegzakt, voelt ook dat hij weer terugklimt uit de slaap als ze beweegt. Het gevoel uit de tijd dat hun eigen kinderen klein waren, de waakzame halfslaap als ze bij hen in bed genomen waren, het loden gewicht van zijn lichaam bij elke onderbreking van zijn slaap. Weer ziet hij haar ogen. Hij strekt zijn arm tot hij iets voelt, haar schouder. Hij glimlacht als een handje zijn vingers wegduwt. Zoals je wilt.

'Opa zou je best een verhaaltje willen vertellen, Dop, als dat hielp.' Hij fluistert zonder geluid te maken. 'maar ik ben een beetje aan het eind van mijn Latijn. Ik kan niets meer verzinnen.'

Voor opa's eigen verhaaltjes ben je nog te klein, denkt hij, en later stel je er geen belang in. Verhaaltjes waarin iemand ter wereld komt, opgroeit met vallen en opstaan, en dan veertig, vijftig jaar later omkijkt en vaststelt dat hij het overleefd heeft. Dat op het oog alles binnen de oevers van het draaglijke gebleven is. Rimpelingen, Dop, rimpelingen, meer valt er op afstand niet waar te nemen, maar dat is bedrieglijk. Want toen ik klein was, groter dan jij nu, maar toch nog klein, stonden de golven hol en hoog. Ik moest mij zien te redden. Er bestonden systemen, doortimmerde en beproefde systemen, alleen bleken die niet erg geëigend voor mij. Noch het hemelse, noch het aardse. Kun je me volgen, Dopje? Ik leg het je nog weleens uit. Vroeger léék alles veilig. Geborgen. Daar zongen we ook van. Over de mus, om eens een schepsel Gods te noemen. Kind aan huis. De zwaluw.

Hoe lieflijk waren uw woningen. En neem nou de jonge raven. Zij wel. Ik moest voor mijn gevoel alles zelf doen. En ik moest mijzelf overwinnen, dat vooral. Dat klinkt heldhaftig, maar het is alleen maar slopend. Een nogal ellendig en eenzaam avontuur. Je kunt beter een stad innemen, om maar eens wat te noemen. Ook veel leuker voor het publiek. En tot het zover was, moest ik zien te overleven.

Bij gelegenheid zal ik oom Ysbrant wel uitleggen waar het volgens mij dus vandaan komt. Dat er, zodra de kans bestaat dat ik de grond onder de voeten kwijtraak, spontaan regulering optreedt. Dat ik liever dróóm van onderstromen dan dat ik me laat meesleuren. Hij noemt dat politiek correcte zelfbescherming, maar het is meer, het is anders. Dat geeft nu niet, want oom Ys is boven de wet. Alleen, soms blijkt het niet te werken. Vandaag bijvoorbeeld. En de afgelopen nacht. En daarom ben ik nu aan het eind van mijn Latijn.

Zachte smakkende geluidjes bereiken zijn oor. Hij kijkt door zijn wimpers naar het profieltje naast hem. Langzaam laat haar mond de speen vrij. Haar ademhaling krijgt een snorkje. Iets om bij in slaap te vallen. Goed. Hij waakt over zijn kleindochter, Heleen waakt over Aart. De uitkomst is onzeker, maar er wordt tenminste aan gewerkt. Je bent gezegend met een draaglijk bestaan. Houden zo. Misschien vertelt Dorothée later aan haar kleinkind over haar grootvader die zo mooi de eerste twee regels van 'Sandmännchen' kon zingen. Tel je zegeningen.

Om half negen zijn ze allebei wakker. Wolter voelt zich geradbraakt en zijn kleindochter maakt ook een niet geheel uitgeruste indruk. Na het ontbijt zet hij haar in het kinderbadje terwijl hij snel een douche neemt. Onder het afdrogen ziet hij haar een paar keer gapen. Hij vindt dat hij best van het schema mag afwijken. Als hij haar eerder naar bed brengt, kan hij zelf misschien ook nog een uurtje slapen voor Heleen komt. Omdat de regen tijdelijk is opgehouden, gaat hij met Dorothée in het wandelwagentje naar de bakker voor de weekendbroodjes. Op de terug-weg is ze verdacht stil. Als het kan, moet ze het volhouden tot ze thuis zijn, anders bestaat de kans dat ze daar niet meer wil slapen. Hij wijst langs de route alles aan wat haar aandacht zou kunnen verdienen, maar haar starende ogen in de omlijsting van haar capuchon volgen zijn vinger niet eens. Hij is een volslagen oninteressante rondleider. Zingen dan. Op het gevaar af dat de buurt hem gaat nawijzen. Dat gebeurt gelukkig niet, het blijft beperkt tot kijken en glimlachen. Als hij voor de deur zijn kleindochter uit het wagentje tilt, protesteert ze zachtjes. 'Kom maar, Dop', sust hij. 'Even wat drinken en dan lekker slapen.'

Ze houdt met beide handen haar beker omklemd terwijl hij haar op de commode uitkleedt.

Haar luier is zwaar van het vocht en heeft striemen achtergelaten op haar bovenbeentjes. Dat is inderdaad om te huilen. De lotion ligt in de badkamer en de commode is gevaarlijk hoog. Ze moet dus mee. Hij legt haar over zijn schouder en hervat tegen de opkomende huilbui in zijn repertoire. 'Berend Botje ging uit varen' … Waar is de lotion? Daar. *Nóóit kwam Berend Botje weerom. Nóóóóit …* Haar billetjes zijn vurig rood, natuurlijk van al die poep van vannacht. Heeft hij dat over het hoofd gezien toen ze uit bad kwam? Arm kind. Nog maar een keer Berend Botje. Onder het zingen smeert hij de lotion over de rode plekken, terwijl hij na elke regel een hapje uit haar buik neemt. Virtuozer kan niet, vindt hij, en het helpt een beetje want nu lacht en huilt ze tegelijk. *Neverrrr …* ' Daar hoef je niet echt om te huilen, Dop', zegt hij. 'Het was gewoon een meneer en dat wilde hij zelf, varen, en hij kwam altijd terug, alleen toen even niet. Nog één keer dan? Eerst de speen.'

'Berend Botje,' zingt hij zacht, terwijl hij haar optilt en in bed legt, 'zo heet die meneer dus, Dop, ging uit varen, met zijn scheepje naar Zuidlaren. Gewoon een dorp, het had van mij ook een ander dorp mogen zijn, maar dit rijmt wel mooi op varen, vind je niet? Het heeft nog een historische kern ook. Het liedje, bedoel ik.' Hij stopt het dekbed losjes om haar heen, veegt een haarsliert uit haar gezicht en streelt haar wang. 'Verder gebeurt er niet zo veel', fluistert hij terwijl hij de knuffels naast haar rangschikt. 'Hij zeilt weg en de weg is net zo recht en krom als anders, maar deze keer komt hij niet meer terug. Nóóit meer. Nu je het zegt, dat is inderdaad droevig, Dop. Dat hadden ze niet verwacht, denk ik. Anders hadden ze er ook geen liedje van gemaakt.' Zachtjes trekt hij de gordijnen dicht. Ze slaapt al bijna. 'Gewoon,' fluistert hij, als hij zich over haar heen buigt, 'dat soort dingen gebeuren soms met meneren die scheep gaan. Een verdwijntruc of een tragedie.'

Met de doordrenkte luier in de hand blijft hij op de gang staan luisteren. Ze is stil. Op zijn tenen loopt hij naar de werkkamer, waar hij de computer aanzet. Even zijn mail controleren. Dat had hij beter niet kunnen doen, stelt hij vast als de oogst van een kleine week in vette letters binnenrolt. Geen denken aan dat hij daar zijn zaterdag aan gaat besteden. Hij kan beter nog even gaan slapen. Snel loopt hij de afzenders na. Er zijn er drie van Marina, allemaal van gistermiddag. Hij stuurt de muis ernaartoe, stopt dan. Niet nu. Alsjeblieft niet. En die twee mails van Ludo kunnen ook wachten, maar als door een wonder wordt de eerste toch opeens geopend. Blanco. Dat gaat goed. De tweede begint met een verontschuldiging voor de eerste en sluit af met 'Je bent nodig.' Daartussen een lunchvoorstel voor maandag en een gespreksonderwerp. *Education International.* Is dit de natte vinger waar Ys het over had? Even vlamt er iets in hem. Dan klikt hij de mail weg. Later.

Er is niets van Ys, ziet hij, ook niet van eerder in de week. Natuurlijk niet, hij was ook niet aan zet. Ys zal weer contact opnemen als hij terug is, dat is de afspraak. Nee, geen afspraak, een voorstel. Híj heeft dat zelf voorgesteld. Of Ys ermee instemde, kan hij zich niet herinneren, maar dat zal wel. Zouden ze vandaag vertrekken? Of na het weekend? Hij weet het niet. Hij weet niet wanneer ze weggaan en niet wanneer ze weer terugkomen.

Afwachten maar. Hij kijkt naar de luier in zijn hand. Wat ging hij ook alweer doen?

Beneden ruimt hij op wat is blijven liggen van de morgen. Om de kinderdeuntjes uit zijn hoofd te verdrijven zet hij de radio aan, maar ook die muziek staat hem niet aan. Regenvlagen striemen het raam en de populieren achter in de tuin staan krom van ellende. Wie nu naar Denekamp toe moet, gaat zware tijden tegemoet. Kwartjespoëet. Het was zuiver toeval dat hij ervan hoorde gisteren. Was het soms de bedoeling dat niemand ervan wist? Was het iets wat ze voor zichzelf wilden houden? Opeens ervaart hij tot zijn verbijstering dat zijn benen weigeren te gaan waar hij wil. Hij laat zich op de leuning van de bank zakken omdat die in de buurt is en staart naar het beregende raam. In zijn hoofd zeurt het refrein. *Never.*

Na enige tijd staat hij op en loopt langzaam naar boven. Zijn gezicht voelt strak en verdoofd, alsof hij getuige is geweest van een onbevattelijke, gruwelijke gebeurtenis. Hij wekt de computer uit de slaapstand en klikt op Nieuw bericht. Hij staart naar zijn handen. Op het scherm groeit tekst. YS, BEN JE DAAR NOG? Dan schuift hij zijn stoel achteruit en loopt naar het raam.

Kwam Heleen maar. Zij zou weten wat hij nu moest doen. Óf hij iets moet doen. Zij kan aanmerkelijk beter met de dood omgaan dan hij. Met het leven ook, heeft hij het vermoeden, al zal hij de laatste zijn om dat tegenover haar toe te geven. Met de harde dood en met de zachte. Zij zal ook in staat zijn om vast te stellen of hij gelijk heeft. Dat Ys naar Denekamp gaat om niet terug te keren. Dat veel in hun gesprek van gisteren daarop wees, maar dat hij het niet verstond. Voorbij de laatste stad. Hij loopt terug naar zijn bureau en klikt het bericht weg. Bewaren? vraagt de computer. Nee.

De druppels op het raam worden groter en donkerder. Hij voelt dat hij zich even ergens aan moet vasthouden. Niet nu, graag. Hij weet niet tot wie hij de bede richt, maar in ieder geval trekt de schemering op. Dat er een gloeiende plaat van pijn achterblijft achter zijn ogen neemt hij voor lief. Hij slikt twee aspirines en gaat even op bed liggen. Een uur later, als hij nog steeds klaarwakker is, hoort hij Dorothée. Hij haalt haar uit bed en kleedt haar aan. Juist als ze klaar is, hoort hij een auto op de oprit.

'Kijk eens wie daar is, Dop', zegt hij terwijl hij met haar op de arm naar het zijraam loopt.

Hij wijst omlaag en tikt tegen de ruit. Met haar hand op het kofferdeksel kijkt Heleen omhoog. Haar stralende lach wist eventuele sporen van de driedaagse conferentie in één keer uit. Terwijl de wind aan de haal gaat met haar zwierige blonde coupe, zwaait ze uitbundig.

'Oma', zegt hij. 'Leuk, hè? Nu wordt alles anders.'

Dorothée kijkt naar zijn mond alsof daar iets zeer belangwekkends te zien valt. Dan gaat het andere portier open. Aart stapt uit. Hij kijkt om zich heen alsof hij hier voor het eerst komt. Wolter merkt dat hij zijn adem inhoudt. Hij moet slikken. Zijn ogen zoeken Heleen, maar die staat waarschijnlijk al bij de deur. Vanuit het niets duikt Gijs op en strijkt langs Aarts benen.

'Poeth', zegt zijn kleindochter.

'Heel goed, Dopje', zegt hij. 'Goed gezien.'

II

Eenendertig

Bitter, bitter koud

Om tien voor vijf besloot Wolter Greve dat het voor vandaag genoeg was. Hij had zijn betrokkenheid getoond of tenminste iets wat daar aan de buitenkant op leek, meer konden ze niet van hem verlangen. Ook deze plenaire vergadering ging weer vreselijk uitlopen zonder dat ze inhoudelijk veel opschoten. Bovendien was de dramaruimte, niet meer dan een dubbel lokaal met bovenlichten, na anderhalf uur een zuurstofarme broeibak geworden vol lijflucht en nicotinewalm. Een echt bezettingsluchtje. Langzaam worstelde hij zich in de richting van de uitgang. Hij was gelukkig niet de enige.

'Bedreigend, hè?' zei iemand.

Hij keek opzij. Matthieu Poort natuurlijk, onschuldige blauwe ogen met een uitdagende twinkeling.

'Ja, vreselijk.' Áls hij zich niet op zijn gemak voelde, zou hij dat nooit bekennen. En zeker niet aan zijn collega Matthieu, voor wiens demonstratieve engagement hij geen cent gaf.

'*The times they are a-changin*' ...'

Wolter wilde iets snerends zeggen over de gedateerdheid van de song, maar iemand stootte hem aan, een student. 'Er wordt u iets gevraagd.'

Hij draaide zich om. Middagvoorzitter Alfie, veelbelovende derdejaars geschiedenis, boog zich weer naar de microfoon. 'Vindt u het niet meer interessant, meneer Greve?' Het tutoyeren was voor de duur van de bezetting opgeschort.

Hij wachtte tot de loopmicrofoon bij hem was. 'Als dat het criterium is, was ik waarschijnlijk al eerder vertrokken.' Zoals wel vaker drukte hij zich scherper uit dan hij wilde. Om hem heen klonk gesis. 'Ik heb nu andere verplichtingen.'

'Uw solidariteit loopt van negen tot vijf?' Drie bezettingsetmalen hadden in Alfies gebruikelijke goedmoedigheid sarcastische barstjes aangebracht.

Als hij nu zou zeggen dat aanwezigheid op zichzelf nog geen bewijs was van solidariteit, stond hij hier vanavond nog. 'Wel als het gaat over kopieerkaartjes, schoonmaakploegen en richtlijnen voor rapporteurs. Morgen weer een dag.'

Hij knikte naar het meisje dat de microfoon vasthield en baande zich een weg naar de uitgang. Achter hem werd gelachen. Hij was zich bewust van het verschil met enkele weken geleden. De vanzelfsprekendheid was uit de onderlinge verhoudingen verdwenen. Er waren kampen bezig te ontstaan, hij hoorde nu bij *zij*, degenen die macht moesten gaan afstaan, alleen wist niemand nog precies hoe. En de transformatie die hij nog kende uit zijn eigen studietijd was ook begonnen. Onbedorven jongerejaars, die binnen korte tijd het aanzien zouden krijgen van grauwe, gelooide activisten, met bijbehorende woordkeus en oogopslag.

Opzij van de deur stond Ysbrant Claasz. Zijn gezicht stond op luisteren, terwijl zijn blik door het zaaltje ging, afwezig, een beetje bezorgd. Die zou zeker blijven vanavond, hoewel hij niet écht gelukkig was met de bezetting, had Wolter begrepen. Toen Ysbrant hem zag, lichtten zijn ogen op.

'Wolter! Je vertrek blijft niet onopgemerkt, hoor ik. Je bent er morgen wel?' Achter de terloopse vraag voelde Wolter de spanning. Hij besefte opeens hoeveel er voor Ys van afhing morgen. En Ys rekende op hem.

'Natuurlijk, Ys. Het bijwonen van stafvergaderingen staat in onze taakomschrijving, toch?'

'Ja, ja.'

Het was tekenend voor de situatie, dacht Wolter, dat ironie aan zijn collega niet meer besteed was. 'Dat moet toch hoop geven?'

'De eerste afmelding is al binnen, vertelde Herman. Collega Alkemade kan tot zijn spijt zijn stagegesprek onmogelijk verzetten.'

'Dat kán voorkomen.'

'O zeker', zei Ys. 'Vooral bij bepaalde mensen, maar je helpt er de goede zaak niet veel verder mee.'

Een stagegesprek, dacht Wolter terwijl hij naar het parkeerterrein liep. Joep doet gewoon wat ik nét niet durf. Brutaalweg. En Herman kan hem niets weigeren. Mij wel. Als ik mij morgen met eenenveertig graden koorts ziek zou melden, praat hij net zo lang op mij in tot ik beter ben. Maar ik ben niet ziek. Ik heb helemaal niets wat ik kan aanvoeren om weg te blijven van die vervloekte vergadering. Ik wíl eigenlijk ook niet wegblijven. Ik wil niet wegblijven en ik wil niet gaan. Zoek het maar uit. Het zou dus het beste zijn als de vergadering niet door kon gaan.

Hij schoof achter het stuur en stak een sigaret op. Achter de beslagen ramen van de barak ging het schimmenspel van de bezetting de derde avond in. Zelfs daar viel geen hulp van te verwachten. In de onderhandelingen met de directie hadden de bezetters zich laten afschepen met een incourante vleugel van een van de onderwijsbarakken, zodat andere activiteiten gewoon doorgang konden vinden. Bovendien was hun doel, inspraak en later als het even kon medezeggenschap, veel pragmatischer dan wat Ysbrant Claasz met zijn autonomiediscussie bij de afdeling Geschiedenis voor ogen had. Nee, alleen een geval van onmiskenbare overmacht kon hem nog redden. Of een calamiteit. Een bommelding, vijf minuten voor de vergadering begon, maar dat was nauwelijks geloofwaardig. Wie zou deze semipermanente ellende nog een bom waard vinden? Binnenkort zakte de noodbehuizing toch vanzelf in elkaar. De kans echter dat dit nog voor morgenmiddag twee uur zou gebeuren, was klein.

Hij verbaasde zich er nog steeds over dat de vredige pedagogische kweektuin waar hij werkte in nauwelijks drie maanden tijd veranderd was in een reptielenhuis. Een onderwijskundige gedachtewisseling over beoordelingsprincipes had zich razendsnel ontwikkeld tot een richtingenstrijd met ideologische en persoonlijke tegenstellingen. Het strijdpunt was het recht op zelfbeoordeling door studenten. Als je het slimmer formuleerde was er weinig nieuws onder de zon, had collega Ludo Prinsen gemompeld, maar niemand luisterde. Twee maanden van papieren loopgravengevechten en vastlopende vergaderingen hadden onderwijskundig een breuklijn veroorzaakt en de onderlinge verhoudingen verslechterd. Toen de initiator van de discussie, die de tekenen van de tijd beter verstond dan wie ook, het onderwerp in zijn colleges aan de orde stelde, waren de studenten alsnog wakker geworden. Zeven jaar na Parijs en zes jaar na het Maagdenhuis had de revolutie de christelijke noordelijke buitengewesten bereikt. Het had de zaak van Ys geen goed gedaan.

Wolter schoot het eindje van zijn sigaret naar buiten en staarde over de modderige vlakte rond de gebouwen. Eigenlijk wilde hij nog niet naar huis. Hij zou even bij Joep kunnen langsgaan. Even zijn hart luchten, vrij van de ideologische kramp die hij de laatste dagen bij zichzelf bespeurde. En misschien kon hij hem nog overhalen om morgen wel te komen. Hij stapte weer uit en belde vanuit de docentenkamer naar huis. Kitty nam op. Ze lag met griep op de bank en verveelde zich. Daarna kwam Aart, die hem absoluut wilde spreken, maar niets wist te vertellen. En toen nam Heleen het over.

'Je gaat me toch niet vertellen dat je later komt, hè?'

'Een klein beetje maar', zei hij.

'Je weet wat voor dag het is?'

'Ja', zei hij. 'Donderdag. Tennisdag. Je moet om zeven uur weg. Ik ben helemaal bij de tijd.'

'Waarom bel je dan?'

'Om te zeggen dat je je niet ongerust moet maken. Ik ben om half zeven thuis.'

'Nou, dat is een hele geruststelling', zei Heleen. 'Wat moet je doen?'

Hij aarzelde. 'Even naar Joep. Het gaat over de vergadering van morgen.'

'Langs Joep? En dan moet ik mij niet ongerust maken? Luister, schat, ik heb geen zin om weer de buurvrouw in te schakelen.

Kitty is ziek. Als je niet op tijd bent, ga ik niet naar tennis.'

En zijn de gevolgen voor mijn rekening, dacht hij. 'Half zeven', zei hij. 'Uiterlijk.'

Vergeefs probeerde hij over de gang ongezien de deuropening van Herman Buwalda te passeren.

'Ben jij dat, Wolter?' Alsof hij dat niet wist.

'Goed dat ik je nog zie', zei het hoofd van de afdeling. 'Heb je even?' Hij maakte een gebaar naar zijn vergadertafel.

Wolter bleef staan. 'Nee, ik was eigenlijk al weg. Wat wilde je vragen?'

'Zou jij morgen als tweede notulant willen fungeren? Coby is volgens het rooster eerste. Jullie kunnen onderling een taakverdeling afspreken.'

'Waarom een tweede?'

'Het is een vergadering waar veel van afhangt. Ik wil graag dat er een goed verslag komt.'

'Is dat een compliment of moet ik er iets achter zoeken?'

Herman rommelde in zijn papieren en gaf geen antwoord. Hij is bezig die vergadering vreselijk op te tuigen, dacht Wolter. Wil blijkbaar elke verrassing uitsluiten. Alles is opeens loodzwaar geworden. Procedures, termijnen, stemverklaringen. Er is een reglementaire hypercorrectheid over hem gekomen die alles verlamt en het kan nog niet op. Twee notulanten voor één lullig verslag van een vergadering van een man of twaalf. Hangt de directie soms hijgend over zijn schouder?

'Ik wil het wel doen,' zei hij, 'maar noteer dan even dat ik de rest van het jaar daarvan ben vrijgesteld. Twee vergaderingen terug ben ik ook al ingevallen.'

'O ja, is dat zo? Ben ik dat vergeten?' Hij schoof de papieren van zich af. 'Moet ik een ander vragen?'

Gelul, dacht Wolter. Herman vergat nooit iets. Hij heeft iets op zijn lever. Achter die wat benarde blik ging doorgaans veel meer berekening schuil dan men dacht. Wegwezen.

'Het is goed', zei hij haastig. 'Tot morgen.'

'Wat verwacht jij van de discussie morgen?'

'Je bedoelt over het voorstel van Ys?' Wolter haalde zijn schouders op. 'Ik weet het niet.'

'Behalve de nota van Ysbrant ligt er ook het compromisstuk van de groep van drie.'

'Noem je dat een compromis? Dan moet ik het nog eens goed lezen vanavond.'

'Doe dat', zei Herman warm. 'Er staan veel zinnige overwegingen in. En hun voorstel is mijns inziens zeer werkbaar. Het zou mij bijzonder spijten als dat in de discussie onderbelicht bleef.'

'Jij bent de voorzitter. Je hebt het zelf in de hand.'

'Dat is zowel een voordeel als een nadeel, Wolter. Ik hoop eerlijk gezegd dat ik een beetje op je steun kan rekenen om de tegenstellingen te overbruggen.'

Dat was zijn noodlot. Hij hield zich zo lang op de vlakte dat iedereen op hem meende te kunnen rekenen. Alleen al omdat hij er zo ernstig bij keek.

'Wie wil dat nou niet? Alleen vrees ik dat wat jij nu een werkbaar compromis noemt, door Ys als een totale ontkrachting van zijn oorspronkelijke voorstel afgewezen zal worden.'

'Vind jij dat zelf ook?'

'Dat vertel ik je morgen.'

Bij de uitrit gaf hij voorrang aan een busje dat het terrein op reed. Zijn lichten gleden over het logo van de regionale omroep. Het begon ernst te worden met de bezetting.

'Weet je wat het met jou is?' vroeg Joep Alkemade.

'Vertel', zei Wolter. Diep onder hem weerkaatste de gracht het licht van de lantaarns in rusteloze vormen en door die spiegeling heen zag hij Joep midden in de hoge kamer zijn glas naar het licht heffen. Daar zat een gedicht in, maar waarschijnlijk bestond het al.

'Je bent te gewetensvol.'

'Zou dat het zijn?'

'Ja.'

'Volgens mij niet.' Met moeite maakte hij zich los van het uitzicht.

Joep Alkemade, tweeëndertig jaar en halverwege zijn promotieonderzoek naar vijftiende-eeuwse kronieken, woonde en leefde nog als een student. Een royale hoeketage aan een gracht in het centrum van Leeuwarden, rechtstreeks betrokken van de bejaarde eigenaresse van het pand, die hij aanduidde als 'de freule'. Het verhaal dat zij al bij de kennismaking had gezegd hem te willen adopteren of anders tot erfgenaam te maken, scheen niet geheel verzonnen te zijn. De weekends bracht hij door in het Amsterdamse miniatuurgrachtenpand van zijn partner. '*Deux pieds-à-terres is te veel*', klaagde hij weleens met de gespeelde wanhoop van het zondagskind. 'Eigenlijk ben ik nergens thuis.'

Wolter ging zitten. 'Als je het echt weten wilt, ik voel me innerlijk verscheurd.'

'Dat past geheel in het beeld, lieve man.' Joep pakte de fles van de kast. 'Het een is volgens mij een gevolg van het ander. En alles is terug te voeren op het feit dat je ex-gereformeerd bent.'

'O, ben ik al ex-gereformeerd? Dat wist ik nog niet.'

'Hier, neem nog wat wijn, dan zal het je geopenbaard worden. Ik weet alles van verscheurdheid.'

Wolter trok zijn glas terug. 'Nee, dank je, Joep, ik moet zo weer weg. Ik kwam alleen maar even klagen.'

Tegenover Joep hoefde hij niets op te houden. Hoewel in veel opzichten verschillend, herkenden ze vrijwel alles in elkaar. Joep maakte het beste en het slechtste in hem los en daar deden ze dan leuke dingen mee. Zijn flonkerende aanwezigheid, zijn didactische natuurtalent en zijn aller ogen tot zich trekkende geaardheid gaven Joep onbeperkt krediet bij de meerderheid van de studenten. Wolter wenste weleens dat hij van alles een klein beetje kon overnemen, desnoods ook van de geaardheid. Naast Joep voelde hij zich vaak stijf en steil.

'Jouw verscheurdheid zit hem erin dat je links praat en rechts doet, toch? Of was het nou andersom?'

Wolter lachte. 'Als het zo simpel was ... Nee. Ik weet bij God niet welk standpunt ik morgen ga innemen. Inhoudelijk sta ik geloof ik het dichtst bij degenen die de studentenparticipatie zien ophouden bij de discussie over het studieprogramma. Toetsing en beoordeling is voorbehouden aan de deskundige docent, zoiets, maar als ik die diehard van een Overdiep hoor praten over kwaliteitsbewaking door een spervuur van tentamens en toetsen, heb ik al gegeten en gedronken. Oorlogje spelen in onderwijsland.'

'Ik vind zelf dat men personen die zulke uitspraken combineren met zo'n afstotend uiterlijk geen vaste aanstelling zou mogen geven.' Ze lachten vals.

'Bij hem vergeleken', zei Wolter, 'is Ysbrant van een etherische schoonheid en de wijze waarop hij zijn visie uitdraagt is meeslepend. Dat laatste meen ik echt, maar ik láát me niet meeslepen. Ik vind het prachtig, alleen het kán niet en ik voel er niets bij. Het loopt vast op de ellendige mens, het is geschreven voor een paradijs.

Hij leunde voorover. 'Weet je, Joep, ik zou vreselijk graag eens een echte overtuiging willen hebben, iets waar ik in geloof en waarvoor ik de barricaden wil opgaan, maar elke keer als er mij eentje voorgehouden wordt, krijg ik het benauwd. Ik kan ook niet tegen het vertoon van exclusiviteit van zijn aanhang. Alsof wij nog in duisternis wandelen.'

'Kom eens hier met je glas.' Met een resoluut gebaar schonk zijn gastheer hem bij. 'Ik heb me vergist. Het is ernstiger dan ik dacht, waarde Wolter. Het lijkt erg gewetensvol, maar het is iets anders. Je voelt er niets bij, zeg je net. Jij doet het dus nooit goed in eigen ogen. Nooit. Dat levert een morele besluiteloosheid op waar niemand iets mee opschiet.'

'Omdat je niet durft', had de tweedejaars studente met de fascinerende mond gisteren gezegd. Ze had de handtekeningenlijst waarop docenten zich solidair konden verklaren met de bezetters uit zijn handen getrokken en was met swingende heupen weg-gelopen.

Wolter zuchtte. 'Die sluwe Herman verwacht van mij dat ik dat valse tegenstuk van Ludo en zijn maat ga steunen. Ysbrant heeft mij op grond van mijn kritische opstelling nog niet afge-schreven als medestander. En het loopgravenfront van Overdiep gaat er zonder meer van uit dat ik aan hun kant sta.'

'Arme Wolter. Dat krijg je ervan. Vertel me eens, waarom is dat stuk van Ludo vals? Ik heb alleen de titel onthouden en die is natuurlijk om te gillen, *De derde weg,* zo'n stiekeme viespeuken-titel, maar verder ... Is dit niet een poging om in alle redelijkheid iets mogelijk te maken van wat Ysbrant wil?'

Hij ook al, dacht Wolter. Ben ik te argwanend? 'Het is een fuik, Joep. Als Ys zich hierin begeeft, kan hij geen kant meer op. Van die autonomie blijft niets over. Het zou me niet verbazen als Herman zelf hierachter zat, met Ludo als indiener.'

'Wolter, Wolter, wat ben je bitter. Dat wordt niets morgen. Zal ik dan toch maar komen?'

'En dat uiterst belangrijke stagegesprek dan?'

Joep haalde zijn schouders op. 'Nood breekt wet. Ik zie wel. Als ik kom, doe ik het voor jou.'

'Soms,' zei Wolter terwijl hij zijn jack aantrok, 'heel soms, denk ik erover om eruit te stappen.'

'Uit het leven?'

'Uit het onderwijs.'

'Je bent niet de enige.'

'Maar wat dan? We kunnen niets anders. Hadden we maar een behoorlijk vak geleerd.'

Terwijl ze naar de trap liepen, sloeg Joep zijn arm om hem heen. 'Weet je wat? Laten we naar zee gaan. De roepstem van ons hart volgen. Mij persoonlijk heeft het matrozenbestaan altijd bijzonder aangetrokken.'

Hij was toch nog laat. Een kwartier voor Heleens kritische tijdstip reed hij het woonerf binnen. Voor de oprit stond haar autotje demonstratief in de startblokken, maar zijzelf was nog nergens te bekennen. Wolter parkeerde voor het tuinhek en haastte zich naar binnen. De tennistas stond onder de kapstok. De hond sprong de kamerdeur open en duwde haar kop tegen zijn benen.

'O, daar komt hij net binnen', hoorde hij zijn vrouw zeggen. Ze zat op de rand van de tafel met de telefoon tussen oor en schouder geklemd, bezig een tennissok over een voet te wurmen. 'Ja, dat is zeker laat. Hij zal het wel weer druk hebben.' Heleen keek naar hem en trok een gezicht. Hij kuste haar in haar hals en boog zich daarna over de bank om de kinderen te groeten.

'Met wie praat mama?'

Kitty hoestte. 'Opa.'

'Opa wie?'

'Opa Greve.'

Aart trok aan zijn mouw. 'Ik heb ook met opa gepraat.'

Zijn zus maakte haar blik niet los van het geluidloze televisieprogramma. 'Je zei bijna niks. Alleen ja en nee.'

'Nietes. Niet hoor, papa.'

''t Is goed hoor, Aart. Opa vindt het altijd fijn om met jou te praten.' Wolter aaide zijn zoon over zijn hoofdje en keek op zijn horloge. Tien voor zeven. Oudemensentijd. Ze waren opgevoed in de leer dat opbellen tussen zes en half acht 's avonds getuigde van gebrek aan goede manieren, maar dat was vooral mama geweest, met haar aandacht voor hoe het hoorde.

'Ik roep hem even, pa', zei Heleen. 'Ik moet ervandoor. Tot gauw, hoor!'

Met haar hand over de hoorn zei ze: 'Nou, dat is weer op het nippertje. Jullie worden bedankt, jij en je vader. Neem hem maar gauw over.'

'Je gaat nu meteen?' vroeg hij.

'Ja, wat dacht je.' Ze gaf hem een snelle kus. 'Kitty heeft nog 38.9. Ze mag tot half acht televisie kijken, heb ik gezegd. Vergeet de hoestdrank niet, anderhalve eetlepel. Tot straks. Je eten staat in de oven.'

Hij ging aan de tafel zitten. 'Mag het geluid weer aan?' vroeg Kitty. Hij schudde zijn hoofd. 'Zo meteen.'

'Dag pa', zei hij. 'Met Wolter.'

Zijn vader schraapte zijn keel. 'Zo, jongen. Kom je nu pas thuis?' Zijn stem had nog minder reliëf dan vroeger, een klein register waarin het zorgelijke de boventoon voerde.

'Ik ben even bij een collega langsgegaan.'

'Gaat het goed met je, Wolter?'

'Jazeker. En met u?'

'Op je werk ook goed?'

'Ja hoor. Ik heb het gemakkelijk deze week, want we zijn bezet.'

'Moet je veel colleges geven dit jaar?'

Drongen zijn antwoorden wel door? Inwendig zuchtte hij. 'Dit semester valt het wel mee, pa, maar vanaf februari zit ik erg vol.' Zelf spraken ze onderling op het instituut de laatste jaren gewoon over lessen, maar pa was gevoelig voor decorum. Waarschijnlijk had hij weer een lijstje gemaakt. Hij zag zijn vader zitten aan het zijtafeltje in de kleine woonkamer, zijn bril oplichtend om op het papiertje te kijken. Misschien vinkte hij de vraagpunten wel af.

'Het bevalt je dus nog altijd wel op de lerarenopleiding?'

In dit gesprek was eerlijkheid maar een betrekkelijke deugd. Zijn vader belde om gerustgesteld te worden aangaande het leven van zijn kinderen. 'Over het algemeen wel ja, zeker. Alleen de huisvesting is nog steeds ver beneden peil. Maar hoe …'

'Zie je dr. Hofman nog weleens?'

Het hield nooit op. Het was zijn vaders nederige trots dat hij het ten slotte net zo ver had gebracht als de uitmuntende zoon van de naar de ogen geziene collega-ouderling uit Haarlem, die hem jarenlang ten voorbeeld was gesteld. Elke keer moest hij hem er weer aan herinneren dat de man al na een jaar het instituut voor de universiteit verruild had. Graag had hij eraan toegevoegd dat hij oneervol ontslagen was wegens ongewenste intimiteiten, vooral vanwege het smakelijke contrast met de vleesgeworden onkreukbaarheid in kwestie. 'Met Anton Hofman gaat het vast prima, pa, maar nu eens even wat anders. Hoe gaat het met ú?'

'Met mij? Gaat wel, hoor.'

'Voelt u zich beter door die medicijnen?'

'Beter … eh, bedoel je die maagtabletten?'

'Ja,' zei hij terwijl hij probeerde de aarzeling uit zijn stem te bannen, 'dat waren het toch, hè?'

'Ik heb ook andere, voor mijn bloeddruk, maar die gebruik ik even niet.'

'Nee, die bedoel ik niet.' Dit kon hij eigenlijk beter aan Heleen overlaten. 'U voelt zich wel goed dus? Mooi, dat is fijn.'

Het was even stil, alsof hij pa met zijn conclusie overviel. Dus vroeg hij snel: 'Kunt u het redden in uw eentje?'

Hij hoorde de omstandige schets van klein dagelijks leven aan, luisterde of hij daarin iets kon opvangen van gemis, van zich verlaten voelen, maar misschien was dat inmiddels zo vanzelfsprekend dat je dat niet kon horen. Twee jaar was het bijna alweer, van mama. Hij had het ook kunnen vragen natuurlijk. 'Mist u mama erg?' In plaats daarvan informeerde hij naar het orgel. Het stond nu in de achterkamer, antwoordde zijn vader, zonder het pedaalwerk, want dat nam te veel ruimte in, en hij speelde nog maar zelden, het was te inspannend. 'Ik luister tegenwoordig liever.' Toen Wolter refereerde aan de orgelconcerten die ze vroeger in Haarlem bezochten, begreep zijn vader hem niet direct. Het gesprek werd trekkerig.

'Ik zal maar weer eens ophangen', zei zijn vader na een tijdje. 'Ik ben blij te horen dat het met jullie allemaal goed gaat, Wolter. Dat is toch wel een zegen. Met Heleen en jou, met de kinderen, Heleens studie. Fijn hoor.' Het leek Wolter alsof de stem aan de andere kant van de lijn dunner werd, ijler. Was het ontroering?

In een opwelling zei hij: 'Weet u wat mij nou leuk lijkt? Als u met Kerst bij ons zou komen logeren. We hebben nu ruimte genoeg en ik kan u halen en weer thuisbrengen. Dan kunt u eindelijk ons nieuwe huis zien.' Hij hoopte dat Heleen het ermee eens zou zijn.

'Als ik tegen die tijd in orde ben ... Het is nog maar een maand, hè, we leven al eind november. Het gaat hard. Iets anders, Wolter, jij leest *Centraal Weekblad* niet, toch?'

'Nee, pa.' Nooit gedaan ook. Wat moest hij met zo'n vraag? Dacht pa nou werkelijk dat ...

'Er staat een artikel in van professor Berkhout dat ik je zeer kan aanraden. Ik zal het opsturen.'

'O, graag. Leuk.' Hij kon nu naar het onderwerp vragen, maar liet het na. Hij zou het wel zien. Klein opgevouwen in een bruine envelop zou het knipsel arriveren, voorzien van een bijschrift in de marge in het precieze schuine schrift, de inkt soms licht uitgevloeid. Hij had er boven een aantal liggen. Richtinggevende beschouwingen die hem na de eerste kolom al een dichtgeschroefde keel bezorgden, waarna hij de tekst weglegde. Pa kwam er nooit op terug.

Wolter wachtte even of zijn vader het gesprek zou gaan beëindigen. Toen zei hij op opgewekte toon: 'Ik zal het graag lezen. Nou pa ... tot binnenkort dan.'

'Ja.' De stem had nauwelijks klank. Had hij nog iets anders willen zeggen? 'Dag ... Wolter.'

'Dag pa.' Hij wachtte tot de hoorn werd neergelegd.

Hij liep met zijn bord naar de bank en keek mee naar een natuurfilm waarin ook voornamelijk gegeten werd. Daarna nam hij de kinderen mee naar boven. Terwijl Aart zijn tanden poetste, stond Wolter naast hem voor de spiegel.

'Ook op en neer borstelen', zei hij. 'Kijk zo.' Hij ontblootte zijn tanden en deed het met zijn vinger voor.

'Doe nog eens, papa', zei Aart met volle mond. En daarna: 'Net als die aap.'

'Mooi is dat', zei Wolter. 'Maar weet je wel dat papa's en kind-
jes op elkaar lijken?'

Hij zag dat het voor Aart iets te snel ging. Met zijn armen om
diens hoofd gevouwen en zijn kin op het jongenskruintje keek
hij in de spiegel naar hun gezichten. Onmiskenbaar. Toch was
iedereen het erover eens dat Aart meer had van Heleen. Hij trok
zijn lippen op en gromde. Aart deed hem na.

'Zie je wel?' zei hij. 'Je lijkt op mij.'

Na het voorlezen keek hij bij Kitty. Ze deed of ze sliep, maar
toen hij in de deken prikte, begon ze te giechelen. Hij gaf haar
de hoestdrank en legde zijn hand tegen haar wang. Nog altijd
warm. Hij moest niet vergeten straks aan Heleen te vragen of er
kinderaspirientjes in huis waren.

Om half negen zat hij achter zijn bureau met de stukken voor
de stafvergadering van de volgende dag voor zich. Een korte
agenda met negen bijlagen, allemaal behorend bij hetzelfde
agendapunt. Hij bladerde ze door, las hier en daar een deel en
schoof ze toen met een gevoel van weerzin opzij. Een aantal stukken was de afgelopen weken al verspreid, enkele waren intussen
nog bijgesteld, andere bestonden uit een reactie op de eerste. Het
geheel vormde inmiddels een kluwen van grotendeels tegengestelde redeneringen, standpunten en moties waar hij moedeloos
van werd. Óf de vergadering zou zich voortslepen tot in de avond
in een steeds ijziger uitwisseling van standpunten, óf ze stonden
binnen het uur weer buiten maar dan was er bloed gevloeid. Hij
wilde dit helemaal niet meemaken. Hij wilde niet hoeven kiezen.
Niet voldoen aan Hermans verwachting, geen gehoor geven aan
Ys' appèl. Was hij net zo luchthartig of gewetenloos als Joep,
dan verklaarde hij zichzelf ook verhinderd. Vroeger op school
schreef hij ook zijn eigen absentiebriefje, maar dat was vroeger.
Alleen een plotseling optredende ziekte, niet ernstig maar ook
niet verwaarloosbaar, kon hem nog redden, Alleen moest hij dan
wel opschieten. Middernachtkoorts. Bestond die? Volgens oma
Woudstra mocht je daar niet mee spotten. Ze bedoelde dat God

je zou kunnen straffen. Hij zou de vermetele kunnen slaan met plagen, pestilentie, blindheid, of een combinatie van het een en ander. Er waren momenten waarop haar geloof zich bediende van bijgeloof. Wat hem betreft was een griepje voldoende.

Hij keek even bij de kinderen en ging toen naar beneden. Terwijl hij zijn jack aantrok, stond de hond al achter de tussendeur. 'Kom maar', zei hij. Het scherpe zand van de kersverse bestrating kraakte onder zijn zolen toen hij de straat uitliep naar het pad langs de weilanden. Buiten het bereik van de natriumverlichting, waarmee hun nieuwe wijk het nog steeds moest stellen, haalde hij zijn lantaarn uit zijn zak, want overal waren kuilen en modderplassen. In de verte zag hij de verlichte vensters van de boerderij waar ze sinds kort eieren haalden. Er was gegierd vandaag, rook hij. Zou er ander weer op komst zijn? Was hij maar boer, dan had je dat soort zorgen niet. Je keek 's ochtends naar de lucht en dacht: vandaag nog maar eens even gieren. Ev'n gier'n. Hij floot naar de hond.

Volgens Ludo Prinsen, met wie Wolter de vorige week een biertje had gedronken in het centrum, had de staf het vooral aan zichzelf te danken als na de aanstaande vergadering de afdeling uit elkaar zou vallen. Alles was zo op de spits gedreven dat het leek alsof er sprake was van onoverbrugbare tegenstellingen, maar als je het van een afstand bekeek, was dat helemaal niet zo. Het zat hem vooral in persoonlijke tegenstellingen en in het verbazingwekkende of beschamende feit dat beide kampen uit dezelfde inspiratiebron putten. '*In God We Trust* tegenover *Gott mit uns*, om het maar even grof te stellen. Words, words, words.' Drie dagen later zat wel zijn stuk bij de interne post.

Afstand nemen was voor Ludo gemakkelijker dan voor hem. Anderhalf jaar geleden had zijn collega zijn betrekking bij het instituut teruggebracht tot de helft. De rest van zijn tijd besteedde hij aan de uitgeverij die hij een paar jaar daarvoor begonnen was en die in toenemende mate succesvol was. Op den duur wilde hij helemaal het onderwijs uit. Sinds Ludo een keer gevraagd had of een parttime redacteurschap niets voor hem was, speelde Wolter af en toe met de gedachte. Hij was zonder veel overtuiging in het onderwijs verzeild geraakt, op zichzelf al een ironisch wonder gezien zijn verleden, en voelde zich nog altijd beter thuis tussen boeken dan tussen mensen. Lesgeven ging hem best redelijk af, al was hij niet zo'n natuurtalent als Joep, maar hij kon zich niet goed voorstellen dat hij dit de rest van zijn leven zou blijven doen. Alleen was het voor dit soort koersveranderingen nog een beetje vroeg. Het was pas zijn derde jaar bij de afdeling en hij had zich net dit jaar vastgeklonken aan een levenhypotheek met een looptijd die zijn voorstellingsvermogen ver te boven ging. Misschien als Heleen afgestudeerd was, maar dat duurde nog wel even. In de verte klonk het zenuwachtige kefje van de hond. Die werd er nu uitgelopen door een haas. Hij floot weer, wachtte even en begon toen alvast aan de terugweg naar het nieuwbouw- wijkje, dat onder de rossige natriumgloed uit de nevel opres als een eiland. Hij mocht de kinderen niet te lang alleen laten.

Hun weekendbezoek zei unaniem dat ze zo leuk woonden en inmiddels was hij zover dat hij de relativerende tegenwer- pingen waarmee hij zijn stille trots over het eigen woningbezit maskeerde achterwege liet. Natuurlijk, het wás gehorig, zande- rig, winderig en veertig maal hetzelfde, maar niets om je voor te verontschuldigen. Dat las hij ook in de ogen van studievrienden, wie voorheen het woord 'burgerlijk' in de mond bestorven lag. Wel had hij de overgang als definitief en benauwend ervaren. Van het anonieme, gevarieerde grotestadsleven naar het door- zichtige, uniforme wonen zonder geheimen in een weideland- schap dat niets te raden overliet. Geclassificeerd had hij zich gevoeld, opgeborgen.

Hij had gewoon moeite met leven, had Heleen gezegd. Ging vanzelf over, als je het maar lang genoeg deed. Zo langzamer- hand was hij eraan toe om haar gelijk te geven. Vanavond had hij zich zelfs verheugd op de kerstdagen. Om, als het allemaal doorging, met zijn vader door deze straten te wandelen, hem te laten zien hoe aardig zo'n wijk er na een half jaar al bij lag, hem voor te stellen aan hun nieuwe vrienden, die om de hoek woonden. Alles wende, alles groeide, alles sleet, maar vanmiddag, toen hij bij Joep voor het raam stond en naar de gracht keek met de lantaarns en de bogen van de oude brug, had hij toch weer even beseft wat hij achter zich had gelaten.

Terug op zijn kamer zocht hij naar de artikelen die zijn vader hem gestuurd had. Een blauwe stofmap moest het zijn, hij was hem bij de verhuizing nog tegengekomen. Nadat hij zonder resultaat de bureauladen en zijn boekenkast had doorzocht, trok hij in de garage de ene verhuisdoos waar zijn naam op stond uit de stapel die nog uitgepakt moest worden. Onderin, onder allerlei papieren waarvan hij zich afvroeg waarom hij ze in vredesnaam nog had meegenomen, vond hij de map. Toen hij alles toch weer in de doos had gedaan en deze op de stapel terugzette, zag hij dat er op de betonvloer een ansichtkaart was achtergebleven. Hij bukte zich. Een schaapskudde in zwart-wit. *Groeten uit Ermelo.* Hij draaide de kaart om. Zijn hand, slordig en jeugdig, maar onmiskenbaar. *De Weled. heer H.W. Greve, Plebaan Agteropstraat 9, Haarlem.* Dat was alles. Geen tekst, geen postzegel. Er was iets tussengekomen, bijvoorbeeld de vaststelling dat hij door zijn postzegels heen was. Of dat hij niet wist wat hij schrijven moest. Of, waarschijnlijker, dat hij aan tafel moest en daarna de kaart vergeten was. Wanneer was dit geweest? Ermelo. Daar had hij enkele zomervakanties en een deel van zijn militaire diensttijd doorgebracht, maar dit was langer geleden, dat zag hij aan zijn handschrift. Misschien het Heemsteedse zomerkamp. Toevallig had hij er gisteren aan teruggedacht. Simon & Garfunkel zongen 'Scarborough Fair' op de autoradio en hij was weer terug aan de rand van de hei, zag Rietje Scheepmaker in haar wijde witte bloes, starend over de hoofden, en voelde weer de steek in zijn hart. *Parsley, sage, rosemary and thyme.* Sommige dingen raakte hij nooit kwijt.

Waarom was de kaart alleen aan zijn vader gericht? Hij pakte de map met artikelen en op het laatste moment ook de ansicht-kaart en deed het licht uit. Als de historici er niet uit zouden komen, wisten de psychologen er misschien wel raad mee.

Hij lag in bed te lezen toen hij Heleen hoorde thuiskomen. Haar tocht door het huis kon hij grotendeels volgen, maar toch schrok hij toen de slaapkamerdeur openging.

'Hé', zei ze. 'Ben je hier? Hoe laat is het dan? Net elf uur. Je bent toch niet ziek?'

'Was het maar waar.'

'Is het zo erg?' Ze kwam op de rand van het bed zitten en legde haar hand op zijn voorhoofd. 'Wat is er aan de hand? Moet je vroeg op?'

'Ik had nergens zin in. Morgen hebben we …'

'O, dat.' Ze verplaatste haar hand naar zijn mond. 'Lief, ik weet het. Elke dag heb je het erover. Nu even niet, goed?' Ze ritste de pijpen van haar trainingsbroek open en trok hem uit.

'Maar ik zit er wel mee.'

'Dat weet ik.'

'En nu moet ik die dranklucht ook nog verdragen.'

Ze stond op. 'Dat valt heel erg mee. Twee witte wijntjes, zoals altijd. Hoe gaat het met Kitty? Heb je haar nog getemperatuurd?'

'Nee, maar ze voelde wel warm aan. Ik vroeg me af of ze geen aspirientje moest hebben.'

'Ze heeft er al twee gehad vandaag. Ik hoop dat het overmorgen voorbij is, anders moet ik iets regelen. Ik neem tenminste aan dat jij gewoon naar het instituut gaat?'

'Zolang het bezet is, zijn er geen colleges. Dat is het enige voordeel, ik hoef me even niet voor te bereiden, maar ik kan natuurlijk niet zomaar thuisblijven.'

'Nee, stel je voor.' Ze gooide haar laatste kledingstuk naar hem toe en verdween in de badkamer. 'Wat ben je toch een brave man.'

Van onder de douche vroeg ze iets wat hij niet verstond. Toen hij niet reageerde, riep ze hem. Onwillig stond hij op. 'Maak de kinderen niet wakker. Wat is er?'

'Ik vroeg of jij nog lang met pa had gepraat', zei Heleen. De shampoo droop in glinsterende banen van haar hoofd naar beneden.

Hij ging op het krukje zitten. 'Wat is lang. Tien minuten misschien.'

'Weet jij waarvoor hij belde? Was er iets?'

'Volgens mij niets bijzonders. Om te horen hoe het met ons ging.'

'Hij klonk eenzaam, vond ik', zei Heleen.

Wolter dacht na. Was hem iets opgevallen? 'Zo klinkt hij altijd wel', zei hij. 'Ik vind hem wel óúd, als ik hem zo hoor. En zo oud is hij helemaal nog niet.' Er was iets wat hij tegen Heleen moest zeggen, maar het schoot hem niet te binnen.

'Wat kijk je?' vroeg ze. 'Heb ik iets van je aan?'

Hij bekeek haar nu aandachtig. Water stroomde over haar schouders en borsten en de tepels waren groot en opgericht. 'Nee, ik geloof het niet.' Haar heupen waren wat breder geworden de laatste jaren en aan haar buik waren de twee zwangerschappen duidelijk af te lezen. Drie eigenlijk. Op weg naar een mooi, stevig moederlijf, maar zoiets zei je niet hardop.

'Kijk niet zo belust', zei ze, terwijl ze de kraan dichtdraaide.

'Ik zeker. Op mijn leeftijd.'

'Je gaat toch niet je vader achterna, hè?'

Dat was zo'n onschuldige opmerking die in je hoofd bleef hangen, dacht hij. Hij liep terug naar de slaapkamer en stapte in bed. Ging hij zijn vader achterna? Waarin? Voortijdig oud worden? De weinig subtiele manier waarop Heleen hem van tijd tot tijd op erfelijke trekjes attendeerde, zei overigens meer over de stand van zaken in hun huwelijk dan over zijn afkomst. Zij mocht pa wel. Zelf vond hij dat hij niet op zijn vader leek, maar hij was wel de enige. Hij pakte zijn boek, legde het weer terug en schoof zijn hand tussen zijn benen. Wat noemde je voortijdig oud?

Als jongen vond hij zijn vader al oud. Die hele generatie van veertigers en vijftigers, mannen in stemmig grijze of plechtig zwarte pakken, met gleufhoeden, driekwart jassen en sigaren, maakte zichzelf twee keer zo oud als hun casual of minder geklede leeftijdgenoten van het huidige tijdgewricht. Niet alleen door het uiterlijk, ook door het gewichtige van hun optreden, hun stellige betogen, hun zekerheid. Ze stonden in een traditie en dat zag en hoorde je. Toen Wolter geboren werd, was pa begin veertig. Hijzelf was achter in de twintig toen Aart kwam. Hij had dus een voorsprong van meer dan tien jaar. Was dat laat jong of vroeg oud? Wat ging hij met die tijdwinst doen?

'*Anchors aweigh!*' zou Joep zeggen. 'Nog is het niet te laat!'

Op mama's begrafenis was een zeer oude dame op hem afgekomen. 'U móét een zoon van Alida zijn. De ogen, de manier waarop u uw hoofd houdt …' Hij was aangenaam verrast. Meer detaillering had er echter niet in gezeten, want haar doofheid verhinderde elke normale conversatie, maar ze dacht wel dat hij Wolter was. Toen hij met een glimlach knikte, zei ze: 'O, kijk nou, sprekend!' In de opwinding vergat ze te condoleren.

'Dat was mevrouw Van Aalst', had Gerdien later gezegd. 'Bijna honderd en nog springlevend. Presidente van de Nederlandse Christelijke Vrouwenbond, afdeling Haarlem. Mama was tweede algemeen-adjunct. Wij mochten mee naar de kerstwijding, weet je nog, met de kerstboom met echte kaarsjes. Moesten van mama de presidente een handje geven en bedanken voor de mooie avond.' Hij herinnerde zich de boom en een toen al bijna honderdjarige mevrouw die zich naar hem overboog. Had gedacht dat zij zoiets als de koningin was. De presidente mocht wat hem betreft tweehonderd worden, mits ze haar opmerkingsgave behield. Het gevoel van verwantschap met mama was met de jaren sterker geworden en als iemand dat, zij het te laat, van buitenaf herkende, was dat toch een soort troost.

Lamplicht scheen scherp in zijn ogen, Heleen stond naast het bed, haar badjas los om haar schouders. 'Heb je Aart al laten plassen?' vroeg ze.

'Wat?' vroeg hij met een dikke stem. 'Kan die lamp uit?'

'Je slaapt al!' zei ze. 'Nou moe. Dat is een tegenvaller.'

Hij haalde zo diep adem dat zijn longen pijn deden. 'Tegenvaller?'

'Nee, laat maar. Heeft Aart nou geplast of niet?'

'Nog niet.' Hij sloeg het dekbed weg en zwaaide zijn benen uit bed.

'Ik ga wel.'

'Geen sprake van.'

Tot zijn schrik was zijn zoon nat. Nadat hij hem had laten plassen en een schone broek had aangetrokken, ging hij met zijn hand over het onderlaken. Het kon nog nét. Hij legde een handdoek over de plek en ging terug naar bed.

'Zie je er echt zo tegen op morgen?' vroeg Heleen, terwijl ze tegen hem aan kroop.

'Ik wil er niet meer over praten.'

'Oké.'

'Ludo heeft op de valreep nog een tussenvoorstel ingediend wat ineens heel populair is. Herman heeft het vanmiddag nadrukkelijk aangeprezen. Het heet *De Derde Weg*. Joep denkt dat het over het sublimeren van je homoseksualiteit gaat.'

Heleen giechelde. 'Dat denk ik ook.' Ze was even stil. 'Iets wat de derde weg genoemd wordt, heeft altijd een geurtje volgens mij.'

Hij was verrast. 'Precies. Dit stinkt zelfs. 't Lijkt een compromis, maar het is een val. Er blijft niets van die autonomiegedachte over. Ys zal dit nooit accepteren.'

'Mooi, dan zijn jullie toch klaar?'

'Maar de meerderheid wel, vrees ik. Dat is het verraderlijke. Of het slimme, want Ludo is niet door en door slecht.'

'Ludo', zei Heleen. 'Ik weet het niet met die man, maar hij heeft wel een aardige vrouw, vind ik. Hoe heet ze ook alweer?'

'Cécile.'

'Cécile. En die Ludo heeft jou een baantje aangeboden op zijn uitgeverij?'

Hij had geen zin om het te nuanceren. 'Min of meer.'

'Kijk maar uit.'

Toen hij bijna sliep, zei Heleen: 'Ik denk dat pa gewoon om een praatje verlegen zat.'

Hij keerde even terug naar de oppervlakte. 'Mijn vader zit nooit om een praatje verlegen. Hij wil iemand spreken. Smalltalk heeft hem nooit gelegen.'

'Neem me alsjeblieft niet kwalijk.' Heleen snoof. 'Volgens mij voelt hij zich een beetje alleen, maar zegt dat niet. Dat hebben alle Greves. Vinden het moeilijk om over hun gevoelens te praten.'

'O, hebben we gevoelens? Leuk.' Er schoot hem iets te binnen. 'Voor ik het vergeet, ik heb hem met zoveel woorden uitgenodigd voor de Kerst.'

Heleen was even stil. Toen zei ze: 'Je kunt dat soort dingen altijd beter even overleggen. Ben je vergeten dat wij zelf uitgenodigd zijn? Bij Addy en Evert. *Weihnachten* in Sauerland.'

'Daar weet ik …' begon hij. Toen herinnerde hij het zich weer.

'We hebben het er morgen wel over', zei Heleen.

Hij draaide zich op zijn andere zij. Hij zag zijn vader in het zijkamertje zitten bij de telefoon, bladerend in zijn agenda naar het einde van het jaar, de pen in de hand.

Arme pa, dacht hij. Zou hij zich er al op verheugen?

Om vijf voor twee de volgende middag liep hij het vergaderlokaal binnen. Driekwart van de staf zat er al, maar de gebruikelijke gesprekjes ontbraken. In een ongemakkelijke stilte probeerden de meeste aanwezigen zich een houding te geven, waarbij de mogelijkheden zo te zien nogal beperkt waren. Alleen Ludo Prinsen leek nergens last van te hebben. Hij las, zoals altijd. Deze keer een literair tijdschrift. Herman beantwoordde Wolters groet met nadrukkelijke opgeruimdheid, alsof hij oprecht blij was hem te zien en ze met elkaar een fijne middag tegemoet gingen. Het liefst was Wolter direct weer omgedraaid. Hij ging naast Coby de Ruiter zitten en glimlachte naar haar.

'Als het de hele middag zo rustig blijft, hebben we het gemakkelijk, Co', zei hij voor iedereen verstaanbaar.

Iemand gniffelde en Wolter ving een verwonderde blik op van Albert Overdiep. Natuurlijk, van een conflict als dit werd hij niet warm of koud. Alle vernieuwing wegstemmen en overgaan tot de orde van de dag. Zijn orde. Ysbrant was er nog niet.

'Ik zou er maar niet op rekenen', zei Matthieu Poort van de overkant van de tafel. De plaats naast hem was leeg. Zou hij die vrijhouden voor Ysbrant of was het toeval?

Coby vouwde haar armen onder haar solide boezem en keek hem onzeker aan.

'Hoe zullen we het doen?' vroeg ze. 'Verdelen we de agendapunten of doen we alles dubbel?'

'De belangrijke doen we allebei en de rest is voor jou. Goed?'

Ysbrant kwam binnen en groette. Toen hij Overdieps minzame 'Goedemiddag, collega' hoorde, draaide Wolters maag bijna om. Zo waren ze. Correct tot in het graf. Waarom was hij toch zo vatbaar voor dit soort spanning? Voor Ysbrant op Hermans verzoek de deur kon sluiten, glipte Joep Alkemade naar binnen. 'Dag allemaal', zei hij opgewekt. 'Ben ik nog op tijd? Gelukkig.'

Wolter herademde. Dat was tenminste iets. Terwijl hij Joep waarderend toeknikte, zag hij dat Ysbrant het uitnodigende gebaar van Matthieu negeerde en een stoel in de hoek koos.

Herman legde zijn papieren recht, mat met beide handen de plaats van zijn zilverkleurige vulpen uit en verschoof het koffiekopje enkele centimeters. Hij schraapte zijn keel.

'Collega's, hartelijk welkom op deze stafvergadering. Een bijzondere …'

Een klopje op de deur onderbrak hem. De typiste van de administratie kwam binnen en legde een briefje voor hem neer. Herman wierp er een blik op, vroeg haar iets op gedempte toon, daarna keek hij naar Wolter. 'Er is telefoon voor je, Wolter.'

'Het is uw vrouw', zei de typiste toen hij naast haar over de gang liep. ''t Was dringend.'

Er is iets met Kitty, schoot het door hem heen. Of met Aart. Iets ernstigs, Heleen belde nooit.

Op de administratie nam hij het toestel zo ver mogelijk mee naar de raamkant. 'Met mij', zei hij.

Hij moest niet schrikken, zei Heleen. Met de kinderen was alles goed. Het ging over zijn vader. 'Gerdien belde zojuist. Zijn hulp in de huishouding vond hem aan het begin van de middag op de vloer van zijn kamer. Weer zijn hart, maar er is deze keer meer aan de hand. Hij ligt in het Diaconessenziekenhuis. Het is niet goed.'

Hij zag dat de typiste strak naar haar toetsen keek. 'O heden', zei hij. 'Wat is er dan nog meer met hem?'

'Dat wist ze niet precies. Ze had het over bloedingen, maar de specialist zal haar nog terugbellen. Men vond het wel verstandig als ze kwam.'

'Is het zo ernstig?'

Heleen was even stil. 'Ik denk het wel. Je weet hoe nuchter Gerdien is.'

'Is hij bij bewustzijn?'

'Dat heb ik vergeten te vragen.'

'Zijn de anderen ook gebeld?'

'Ik begreep dat Wim zodra hij kan naar Haarlem zal gaan. Hij zit ergens in Duitsland. Over Lida heb ik niets gehoord.'

'Ik denk dat het goed is als ik ook ga.' Hij drukte een hinderlijke bijgedachte meteen weg. 'Vind je niet?'

'Natuurlijk moet je gaan. Kun je gemakkelijk weg nu?'

Hij bromde wat. 'En jij? Wil jij mee? Ik kan eerst naar huis komen.'

Dat leek haar geen goed idee. Kitty was nog niet beter, straks moest ze Aart ophalen, het ging allemaal niet. 'Ga maar alleen. Niemand weet nog precies hoe het met pa is. Wie weet …' Ze maakte de zin niet af. 'Als het lang duurt, kan ik later nog komen.'

'Maar morgen heb je college.'

'Daar kan ik best een keer wegblijven als dat nodig is. Geen bezwaar. Heb jij iets bij je voor als je daar de nacht blijft? Nee, natuurlijk niet. Koop desnoods iets, tandenborstel, ondergoed …'

Hij keek naar de typiste en slikte zijn antwoord in. 'Ik red me wel.'

Op de terugweg naar het lokaal liep hij het toilet binnen. Hij hield zijn handen onder de kraan en haalde ze daarna over zijn gezicht. Hij keek naar zichzelf in de verweerde spiegel en zag de ogen van zijn vader. Pa. Wie had dat gedacht? Er kwam iets omhoog in zijn keel en hij haalde diep adem. Misschien liep het zo'n vaart niet.

Toen hij Herman fluisterend inlichtte, zag hij de teleurstelling op diens gezicht. 'Naar voor je, Wolter. Sterkte ermee. Je weet zeker nog niet wanneer je terug bent?'

Hij negeerde de vraag. 'Sorry,' zei hij tegen Coby terwijl hij zijn papieren pakte, 'je moet het alleen doen.' De notities op haar blocnote waren tot het vierde agendapunt gekomen. Hij knikte in het algemeen en liep naar de deur. 'Sterkte, Wolter', riep iemand hem na, anderen vielen de stem bij.

Joep kwam hem achterna. 'Wat verdrietig, Wolter', zei hij op de gang. 'Is het onverwacht?'

Hij haalde zijn schouders op. 'Dit wel, maar het ging al een tijd niet zo goed met hem.'

Joep keek zwijgend toe terwijl Wolter in de docentenkamer zijn tas pakte.

'Kan ik iets doen?' vroeg hij. 'Iemand bellen?'

Wolter schudde zijn hoofd. 'Ik had mijn zus wel even willen spreken, maar die is natuurlijk al onderweg.'

'Waar ga je eigenlijk naartoe?'

'Haarlem. Hij ligt in het Diaconessenhuis.'

Opeens stond Joep vlak voor hem. 'Kan ik niet mee?' vroeg hij smekend.

'Joep!' Ondanks alles moest Wolter lachen. 'Het is geen uitstapje. Mijn vader gaat dood. Of, misschien.'

'Dat weet ik ook wel. 't Is meer … Ik zou je bijvoorbeeld kunnen troosten onderweg. Ik kan heel goed troosten. Dat lijkt me nuttiger dan die kutvergadering waar jij me toe hebt overgehaald en ook veel leuker.'

'Mij ook, maar ik ga toch maar alleen.'

Joep knikte. Hij ging op zijn tenen staan en kuste Wolter op zijn wang. 'Ga met God.'

'Dat is een goed idee', zei hij.

Zijn auto stond pal voor het lokaal waar hij net nog gezeten had, de voorbumper in de verwilderde rozenstrook. Door de vuile condens op de onderste ramen heen zag hij zijn collega's zitten, schimmige gestalten in een carré, moeilijk herkenbaar in het schrale mengsel van winterlicht en tl. Erg gezellig zou het niet zijn. Werden de messen al geslepen? Hij onderdrukte een gevoel van opluchting. De deur in de achterwand ging open en hij zag de beweging van de hoofden toen Joep zijn plaats weer opzocht. Arme Joep, dacht hij. Voor een lange middag verdwaald in een discussie die hem niet raakte. De hoofden draaiden weer terug en opeens zag hij dat Albert Overdiep aan het woord was, geleund over het tafelblad, het gehate vriendelijke lachje waarmee hij de vreselijkste dingen kon zeggen om de lippen. Gij gewitte wand, had Ysbrant hem een keer buiten de vergadering toegevoegd, en Overdiep was bijbelvast genoeg om op hoge toon excuses te eisen. Een gevoel van weerzin bekroop Wolter. Hij startte de motor, maar wachtte met het aandoen van de lichten tot hij de draai naar het hek gemaakt had. In zijn spiegels werden de barakken op het modderige terrein kleiner en kleiner, tot hij een bocht maakte en ze verdwenen waren. God had een slechter moment kunnen kiezen om zijn dienstknecht Henk Greve tot zich te roepen, dacht hij.

Tot Franeker had hij spijt van deze opwelling. Toen schudde hij alle zelfverwijten – egoïstisch, liefdeloos, blasfemisch – van zich af en hield de richting centrum aan voor sigaretten en een telefooncel. Heleen nam direct op.

'Ik hoopte zo dat je nog zou bellen', zei ze. 'Het gaat heel slecht met pa. Waar zit je nu?'

'Franeker', zei hij. 'Wat is heel slecht? Loopt het af? Wie heb je gesproken?'

'Lida. Die is nu onderweg. Hij heeft inwendige bloedingen gehad. Het is de vraag of hij de nacht doorkomt. Hoe laat kun jij er zijn?'

'Over zo'n anderhalf uur, schat ik. Kwart over vier, half vijf.'

'Ik kom ook. De kinderen gaan naar Elske, ik pak Kitty wel warm in, het moet maar even zo. Ik ga zo direct naar het station. Doe wel voorzichtig, het weer in het zuiden is aan het omslaan. Ze waarschuwen voor sneeuw.'

'Sneeuw? Dat kan toch niet?'

'Kijk toch maar uit.'

'Moet jij ook steeds aan het telefoontje van gisteravond denken?' vroeg hij.

'Ja. Vreemd, hè? Het lijkt bijna alsof hij het voelde aankomen.'

'Hoe kan dit nou zo plotseling gebeuren?'

'Dat bedoel ik. We weten niet alles. Misschien was het niet zo plotseling.' Heleen was even stil. 'Wolt,' zei ze toen, 'ik kan het niet helpen dat ik ook steeds aan mama moet denken. Dat is nog maar zó kort geleden. Ik vind het zo akelig voor je.' Hij bromde een geruststelling. 'Kun je …' Ze leek niet de goede woorden te vinden.

'Maak je over mij geen zorgen, meisje. Ik red het wel.'

'Tot straks', zei Heleen. Ze klonk niet overtuigd.

Sneeuw in het zuiden. Hier, met de zon op het glas van de telefooncel, was het zelfs warm. Hij moest naar het zuidwesten. De heldere lucht boven het stadje stond meer naar voorjaar dan naar winter. Het zou wel meevallen.

Heleen was bezorgd omdat ze wist dat mama's dood hem nogal aangegrepen had. Althans, zo had ze het voor zichzelf verklaard. In werkelijkheid was het mama's leven geweest, meer nog dan haar dood, waardoor hij onderuitgehaald was, maanden later. De sluipende afbraak van een lichaam, de ontluistering van het leven, en dan een ongenadige dood. En het gevoel dat hij door stelselmatige onderschatting van wat ze door moest maken haar eigenlijk in de steek had gelaten. Goedbedoelde luchthartige bemoediging, onderdeel van een jaren durend spel, maar in de grond van de zaak voor zijn moeder neerkomend op onbegrip en verraad. Dacht hij, maanden na haar dood. Heleen wist er iets van maar niet alles, verder niemand. Als het erop aankwam, kon hij zijn gevoelens heel goed verbergen. In dat opzicht leek hij dan weer wel op zijn vader.

Hij startte de motor, maar wachtte nog met wegrijden. Mijn vader gaat dood, dacht hij. Het drong nog steeds niet helemaal tot hem door. 'Pa', zei hij. 'Papa.'

Straks hadden die woorden geen bestemming meer, vanuit hem gezien. Niemand zou meer opkijken als hij ze uitsprak. Het was zo vreemd, elk dieper besef bleef nog uit. Hij probeerde zich voor te stellen wat hij straks in Haarlem zou aantreffen. Een kamer in het nieuwe Diaconessenhuis aan het Spaarne. Gerdien die hem in de deuropening opwacht, hem omhelst. Over haar schouder heen is het bed te zien, de bolling van de dekens, een scherm onttrekt de rest aan zijn blik. Slaapt hij? Of … Opeens kreeg hij haast.

Ter hoogte van Harlingen schoot hem te binnen dat hij sigaretten had moeten kopen. In het dashboardkastje vond hij een pakje van Heleens merk met een restje. Beter dan niets, hij ging er niet meer voor stoppen. De Afsluitdijk was zo recht als een dijk maar kan zijn. Rechts graasden schapen op het talud, kilometers schapen. Links, op het spiegelende vlakke water, dreef een enkele vissersboot, meeuwen zwermden om de opgetakelde netten. Gefilterd zonlicht. Hollands realisme van alle tijden. In het zuiden hing laag boven de horizon een zware grijze wolkenbank. Was dit het weer waarmee pa gelukkig zou zijn? Stemmig weer. Vast wel. Hij had het gevoel dat hij geen tijd te verliezen had, maar na een paar nogal gewaagde inhaalmanoeuvres besloot hij op de rechterbaan te blijven. Het was te druk en vijf minuten vroeger of later zou toch geen verschil maken. Hoopte hij. Hij stak een sigaret van Heleen op en maakte hem direct weer uit. Droog en oud. Hij zocht de radiozenders af, probeerde ten slotte BBC 3, dat meestal goede muziekprogramma's had, maar de ontvangst was slecht. Achter een naderende tegenligger was de andere baan helemaal leeg. Eentje dan nog. Hij schakelde terug, wachtte en dook met brullende motor in het gat. Binnen enkele seconden was hij zijn voorligger voorbij. Die TS-uitvoering had toch zijn voordelen.

Wat was er gebeurd tussen het telefoongesprek van gisteravond en het moment waarop zijn vader gevonden was? Hoelang zat daartussen? Zestien uur minstens. Hij had vast en zeker naar het journaal gekeken, zoals altijd. Daarna had hij zitten lezen, in zijn fauteuil naast de leeslamp, kopje koffie op het bijzettafeltje. Eerst het restje van de krant, net als de koffie overgehouden van de ochtend, dan een van zijn kerkelijke bladen, dan het boek waar hij in bezig was. Daar had hij gisteren niet naar gevraagd, welk boek hij onder handen had. De laatste tijd waren het vaak weer boeken uit zijn eigen kast, had hij verteld, de naoorlogse vooral. Heinrich Böll, Graham Greene. Worstelende schrijvers. Maar ook detectives, die hij uit de bibliotheek haalde.

Hij remde bij voor een auto die inhield voor een parkeerhaven. Als hij niet eens wist wanneer het gebeurd was, was zo'n reconstructie eigenlijk onzin. Het kon wel direct na het telefoongesprek geweest zijn. Of vanmorgen, misschien zelfs kort voordat hij gevonden was. Hij ging 's morgens toch wel de deur uit voor boodschappen, de bakker? Pa had vaste gewoonten, een schema voor de dag, dat gaf hem houvast. Ze zouden hem gemist hebben. Had hij het voorvoeld? Niet hét natuurlijk, iets. In een opwelling zijn kinderen bellen, omdat iets hem ertoe aanzette. Een inwendige stem. Engelenpraat. Hun stem horen, zich ervan verzekeren dat het goed met ze ging, zich laten geruststellen omdat hij opeens onzeker was, niet gerust over zichzelf. Om een praatje verlegen, had Heleen gezegd. Daar kwam het dus wel op neer, leek het. Alleen ging de betekenis ervan oneindig veel verder. Achteraf kreeg zoiets een geweldige lading, hij was er nu al volop mee bezig, terwijl hij nog niets wist over de werkelijke toestand. Pa kon er natuurlijk gewoon weer bovenop komen en dan werden dit soort duidingen direct weer vergeten.

Zou er gisteravond nog iemand bij hem geweest zijn? Hij wist vrijwel zeker van niet. Pa was meestal alleen. Hij kende enkele mensen via de kerk, maar die liepen bij elkaar de deur niet plat. Vrienden waren er niet, niet meer in ieder geval. Met de mensen die vroeger bij hen thuis kwamen bestond de band meestal via mama. Oude schoolvriendinnen met hun echtgenoot, achternichten zonder man. De meeste aandacht ging altijd uit naar haar. Na haar dood was het daarom nog stiller geworden. Pa maakte moeilijk contact. Hij was onhandig in de omgang, niet gemakkelijk en ontspannen. Links. Zijn uitspraken waren vaak bruusk zonder dat hij het zo bedoelde. Hij kon sociaal niet acteren, zich niet verbergen, je kon aan zijn ogen, zijn mond, zijn manier van bewegen zien of iets of iemand hem niet aanstond. Ook thuis. Dagenlang. Als kind wisten ze feilloos of een ruzie bijgelegd was, gesleten, of nog niet. Aan mama merkte je niet zo veel, ze was een beetje mat, koel, soms was er het trekje om haar mond. Als pa thuiskwam van kantoor hoefden ze niet eens te kijken, ze hadden daar antennes voor, Gerdien vooral. Spanning die oversloeg, je een beetje verlamde. Ieder van de kinderen reageerde daar anders op. Wim werd stil, Gerdien opstandig, hijzelf ging zich aanstellen of probeerde te behagen. Lida was een lammetje, zoals altijd.

Was pa iemands vriend geweest? Hij herinnerde zich een foto van een groepje jonge mannen van wie de leeftijd moeilijk te bepalen was omdat ze gekleed waren als oudere heren. Kostuum met vest annex horlogeketting, een enkeling een strooien hoed en dunne wandelstok, de meesten een sigaret tussen de vingers of in de mond. Ze poseerden, dat was aan de achteloze blik te zien, gehurkt en half liggend bij een bosje dat te echt was voor een atelieropstelling. Henk Greve zat rechts op de foto, hand met sigaret nonchalant op de knie, zich in niets onderscheidend van de anderen. Een knappe man wel. Was dit een vriendenclubje anno 1920? Het bestuur van de jongelingsvereniging op gereformeerde grondslag tijdens een uitstapje? Waar waren die jonge mannen gebleven?

Hád pa aanleg voor vriendschap, wat dat ook mocht zijn? Was hij later veranderd, na zijn huwelijk? Innerlijk meer onzeker, in de alledaagse omgang stug. Wolter geneerde zich vaak voor hem, hield zijn hart vast voor zijn manier van doen. 'Dag broer', zei pa tegen een klasgenoot die hij mee naar huis nam. Niemand zei nog broer, behalve de vrouw van de slager waar hij elke woensdag boodschappen moest halen. Maar aangezien de mannenbroeders van de kerk en de AR-partij elkaar binnen en buiten de bijeenkomsten ook nog aanspraken met 'broeder', was zo'n wereldvreemde onhandigheid ook nog wel verklaarbaar.

Hij had zijn vader zelden samen met anderen gezien. In zijn ouderlingenjaren gingen ze in een tweetal op huisbezoek. Een enkele keer liep iemand uit de middagkerk met hem op tot hun wegen zich scheidden. Later, toen autorijden op zondag geen zonde meer was, bleef hij weleens zitten praten met degene die hem met de auto thuisbracht. Eerder een vorm van nabetrachting van de preek dan een persoonlijk gesprek. Dacht hij althans. Er was een gerespecteerd collega van kantoor, met wie hij na zijn pensionering twee keer per jaar ging koffiedrinken bij Brinkmann op de Grote Markt. Dat was het. Meestal was hij alleen. Alleen en eigenlijk ook wel ánders. Wanneer had hij daarvan als kind voor het eerst iets beseft? Die zomerdag in de IJpolder?

Het licht veranderde. De zoom van het zware wolkendek was nauwelijks van zijn plaats gekomen, maar rafelige uitlopers ervan hadden de laagstaande zon bereikt. Binnen enkele minuten verloor het meer zijn glans en vervaagde de horizon. Alsof het licht uit de lucht gezogen werd. Boven de dijk en de kust van Noord-

Holland was de hemel nog helder. Waarschijnlijk zou hij net om het front heen rijden, hij was nu op driekwart van de dijk, het monument lag al achter hem. De wijzer van de benzinemeter stond bijna in de rode zone, zag hij opeens. Als hij bij de pomp in Den Oever tankte, hoefde hij zich bij een eventuele terugreis vannacht daar geen zorgen over te maken.

Ze gingen naar oom Huub en tante To. Pa, Wim en hij. Acht of negen was hij, in ieder geval groot genoeg om het stuk van de tramhalte in Halfweg naar de school midden in de polder te lopen. En klein genoeg om de schrik van zijn leven tot dan toe te onthouden van de terugweg over de donkere Spaarndammer-dijk, waar later niemand anders enige herinnering van had. Het was zaterdag en hoog zomer. En als het dat niet was, scheelde het toch niet veel want hij heeft een beeld vastgehouden van hitte, eindeloze akkers waar de wind over speelt en welige bermen. Er valt niets te verifiëren, want de polder is uitgegraven tot haven of verstikt onder meters opgespoten zand, maar warm was het, want het liedje dat aan de herinnering verbonden is, wijst daar ook op. *Zolang de zon bleef schijnen, was 't lammetje niet bang. De bloemen bloeiden lieflijk, alom was voog'lenzang.* Voor de juistheid van het laatste kan hij niet instaan, al kost het hem geen enkele moeite om van de schoolplaat *In en om de boerderij* enkele over-zeilende grutto's en kieviten toe te voegen. Geen zangvogels wel-iswaar, maar wel vogelen des hemels. En of het liedje die dag in zijn hoofd rondzong of pas later, via juf Boot en haar liniaaltje, waarmee ze niet alleen de maat sloeg maar ook Jantje Poppe, in de herinnering gemonteerd is, valt ook niet meer na te gaan. Er was nog een ander, historisch, houvast, schoot hem nu weer te binnen. Het was een jaar voordat de Oranje en de Willem Ruys in de Rode zee met elkaar in aanvaring kwamen.

Voorbij de dijkhuisjes van Halfweg liepen ze onder aan de hel-ling door het hoge gras langs de slootkant. Winnetou en Old Shatterhand. Boven hun hoofd liep pa, handen op de rug, hij had zijn hoed thuisgelaten, wat er ook op wijst dat het een warme dag was. De dijk slingerde zich door het land, waardoor het gebouw in de verte met de rij hoge schoorstenen de ene keer voor hen lag en dan weer schuilging achter de dijk. Dat moest de geheimzinnige Centrale Hemweg zijn. Toen ze moe werden en te ver achter raakten, klommen ze naar boven. Hij wist niet precies wat een centrale hemweg was en durfde dat ook niet aan Wim te vragen. Links aan de horizon voeren de schepen door het Noordzeekanaal. Van sommige zag je alleen een pijp of masten, andere leken met hun romp over het land te glijden, net als de CA Bank toen die vlot getrokken werd op het Bloemendaalse strand.

De school van oom Huub zag je al van heel ver, voorbij een boerderij met hoge bomen die aan de zijweg lag. Een wit bouwsel midden in het land, het meestershuis stak uit boven de aanbouw met de klassen. Een eenmansschool, had zijn vader het genoemd, alle klassen zaten bij elkaar in één lokaal en oom Huub gaf ze allemaal tegelijk les. Voor de kleuterklas was er een juffrouw. Het was de eerste keer dat hij daar kwam en hij moest even wennen aan de gonzende drukte binnen en aan de ruimte om het huis. Opzij van de voortuin lag een speelplaats en achter het huis liep je over het gras zo de bietenvelden in. Oom Huub, de jongere broer van zijn vader, leek veel op opa Greve, streng en vrolijk tegelijk met vonkjes in zijn ogen. Tante To, stevig, opgewekt, keek met zijn hand nog in de hare naar pa. 'Wat gaat hij toch op jou lijken, Henk. Maar hij heeft Alida's ogen.'

Ze hadden zeven kinderen, die overal vandaan stommelden en allemaal 'Dag oom Henk' zeiden. Dat klonk veel leuker dan het slome 'Dag oom, dag tante', van Wim en hem. Aafke, de oudste, vroeg waarom Gerdien niet meegekomen was. Hij had vooral oog voor de neefjes Willem en Hubbie, die ongeveer van zijn leeftijd waren. Ze kenden elkaar vooral van horen noemen, want vaker dan twee keer per jaar, op de verjaardagen van de grootouders, zagen ze elkaar niet. Terwijl de ouderen in de tuin theedronken, werden Wim en hij meegetroond langs de konijnenhokken, de moestuin, de sloot achter de school met de stekelbaarsjes en de salamanders. Ze kauwden op wortels, die Willem uit de grond trok, en plasten om het verst in een dwarssloot achter de schuur.

Later gingen ze zwemmen. De oudste meisjes hadden geen zin en Tante To bleef met het jongste kind thuis om voor het eten te zorgen. Ze liepen langs de akkers naar een kreek achter een bosje dat de eendenkooi genoemd werd, waar ze zich in een opening tussen het riet omkleedden. Voor Wim en hem had tante To zwembroeken meegegeven. Oom Huub verdween opzij tussen het riet, zijn vader ging op zijn zakdoek zitten naast de kleren. De bodem van de kreek voelde vreemd aan onder zijn voeten, toen hij voorzichtig het donkere water in liep, sponzig met scherpe stoppels. Het water was zacht en koel, het rook een beetje naar rotte groenten en na een tijdje voelde zijn huid glibberig aan. Hij deed voorzichtig een paar slagen, met zijn hoofd boven water. Hij had nog geen diploma, maar zwemmen kon hij al wel, beter dan Hubbie, die als een hondje rondspartelde. Toen kwam oom Huub aanlopen langs het riet in een gestreept badpak met galgen en pijpen tot boven de knie. Hij zei iets tegen pa en stapte toen het water in, zijn benen hoog optrekkend, een reiger met strepen. De kinderen zwommen op hem af, spatten water over zijn hoofd, trokken aan zijn benen. Met een schreeuw verdween hij onder water om verderop weer boven te komen. Wim en hij speelden mee, trokken aan een arm, kregen ook een puts water over hun hoofd, maar bij hem ging het niet helemaal van harte. Hij hoorde zichzelf wel gillen en roepen net als de anderen, maar merkte dat hij toch een beetje deed alsof. Hij keek naar de opengesperde monden van zijn neefjes, het bruin op de armen van oom Huub dat boven zijn ellebogen opeens overging in wit vel, net zo wit als zijn borst boven het badpak. Hij waadde terug naar de kant.

'Ik moet plassen', zei hij.

Zijn vader keek om zich heen. 'Je mag wel even achter dat bosje.'

Van waar hij stond, kon hij zijn vader zien zitten, zijn rug recht, de knieën opgetrokken, waardoor een stuk wit been met sokophouders te zien was. De kraag van zijn overhemd was los en zijn nek was roodverbrand. Wolter liep terug en ging stilletjes naast hem zitten, met zijn armen om zijn knieën. Over het krantje heen dat voor hem op het gras lag keek zijn vader naar het gespartel in het water, om zijn mond een half lachje dat maar niet veranderde. Alsof hij iets niet begreep. Wolter legde zijn hoofd tegen zijn vaders schouder.

'Ga je niet meer het water in?'

Hij schudde zijn hoofd.

'Pas op dat je niet te veel afkoelt. Het trekt al een beetje koud op.'

Zo zaten ze in de kerk ook wel. Als pa met zijn armen over elkaar zat en de preek lang duurde, wurmde Wolter zijn hand onder de arm naast hem en meestal maakte pa dan een vuist. Hij peuterde dan net zo lang aan een van de vingers tot die meegaf. Niemand kon het zien. Zodra hij aan de volgende vinger begon, probeerde pa de eerste weer in te trekken. Soms wachtte hij ermee tot hij aan de derde vinger toe was. Als zijn vader ging verzitten, was het afgelopen.

Na een tijdje joeg oom Huub iedereen het water uit. 'Opschieten! Anders zijn we te laat voor de Oranje!' En tegen pa, die voorzichtig protesteerde: 'Ik let op de tijd, Henk. Als hij later vertrokken is, gaan we gewoon terug.'

Hij was op tijd. Toen ze bij het kanaal aankwamen, zagen ze in de verte het vlaggeschip van de Stoomvaartmaatschappij Nederland, zoals oom Huub het onderweg een beetje plechtig noemde, aankomen. De hoge lichtgrijze boeg, in evenwicht gehouden door twee rokende sleepbootjes, deelde het water in tweeën. Het leek veel te weinig, dat smalle streepje kanaal onder die enorme romp die boven zijn eigen spiegelbeeld dreef. Uit de oranje schoorsteen met de zwarte band kwam geen rook. Dat gebeurde pas als het schip buitengaats was en op eigen kracht voer, zei Wim, die doorgaf wat hij opving van Oom Huub en pa. Het haalde zesentwintig knopen, dat was bijna vijftig kilometer per uur. 'Het snelste passagiersschip van haar tijd.' Eerst ging het naar Southampton en de eindbestemming was Tandjong Priok. Hij kende die naam. Indonesië. Langzaam en statig voer de Oranje voorbij de plek waar zij in het gras lagen. Over de reling hingen mensen, zijn neefjes zwaaiden en joelden en sommigen zwaaiden terug. Hij hoorde oom Huub tegen pa iets zeggen over vroeger, toen ze jongens waren, en hij kroop omhoog tot hij vlak onder hen zat.

'Jij was daar niet weg te slaan, toch?' zei oom Huub.

'Er is een tijd geweest dat ik elke zaterdagmiddag daar te vinden was', zei zijn vader. 'Bij de houthavens, maar vooral op het Java-eiland. Rondslenteren, kijken bij de schepen en in de loodsen, soms een handje helpen. Het klinkt vreemd nu, maar ik droomde ervan om naar zee te gaan. Een droom zoals veel jongens die wel hebben, denk ik. En ik moet je zeggen, als ik dit machtige schip voorbij zie komen, kriebelt het nog.'

En toen, terwijl hij keek naar de woorden ORANJE AMSTERDAM op de achterkant van het passagiersschip, hoorde hij zijn vader vertellen dat hij een keer op een vrachtschip meegevaren was van Amsterdam naar IJmuiden. 'Op de Karimoen, ook van de SMN. De bootsman kende mij en vond het voor één keer goed, als ik maar bij het ruim vandaan bleef. 's Morgens om elf uur vertrok het en een paar uur later ben ik bij de sluis van IJmuiden van boord gegaan. Toen met de tram naar Haarlem en de trein naar Amsterdam. Om vijf uur was ik weer thuis.'

'Dat heb ik nooit geweten', zei oom Huub. Er klonk ontzag in zijn stem.

Wolter keek omhoog. Om de mond van zijn vader speelde een glimlach. 'Ik heb het ook nooit verteld', zei hij. 'Aan niemand.'

Op de terugweg liepen ze in een lange rij langs een aardappelakker, hij achteraan. De zijmuur van de school was nu lichtroze. Het was dringen aan tafel voor ze met hun twaalven allemaal een plekje hadden. Oom Huub lichtte het deksel van een pan en keek erin.

'Jij houdt niet van spinaziestamppot, Wolter, dat heb ik toch goed onthouden, hè?' vroeg hij.

Hij knikte eerst, schudde toen zijn hoofd. 'Ik hou wel van spinazie.'

'O, dan was het je broer', zei oom Huub. 'Wim, jij was het, hè, jij houdt er niet van. Mag ik jouw portie erbij?'

Tante To knoopte haar schort los en schoof aan tafel. 'Let maar niet op jullie oom, hoor. Ik schaam me af en toe gewoon voor hem. Zit iedereen? We gaan eerst beginnen. Allemaal stil.'

'Henk,' vroeg oom Huub aan pa, 'zou jij willen voorgaan?'

Het werd stil. Zijn vader boog het hoofd en steunde zijn onderarmen op zijn knieën, net als zondags in de kerk. Hij schraapte zijn keel.

'O vader, die al 't leven voedt, kroon deze tafel met uw zegen, en spijs en drenk ons met dit goed van uwe milde hand verkregen ...'

Door zijn oogharen keek Wolter naar de overkant van de tafel. Met zijn ogen dicht leek Wim een beetje op de slaappop van Lida. Hubbie en Willem keken met samengeknepen ogen naar zijn vader en toen naar elkaar. Je kon de kijkspleetjes haast niet zien. Hubbie trok een gek gezicht en zijn broer schoot bijna in de lach. Toen hij een por kreeg van Aafke, boog hij zijn hoofd.

'... sterk onze zielen door uw woord. Amen', zei pa.

'Here zegen deze spijze amen', klonk het sissend van alle kanten.

'Hubrecht!' zei oom Huub.

Hubbie zette grote ogen op. 'Ik heb al gebeden!'

Bijna onmerkbaar schudde tante To haar hoofd tegen haar man. 'Henk, hou je even je bord bij?'

De zon was al onder toen ze teruggingen. Nevel hing boven het land en onderweg wees Wim naar een paard zonder benen dat achter een zwevend hek stond. Voorbij de laatste boerderij voor de dijk kwam het licht van een fiets schuin vanuit de hoogte hun kant uit, knipperend en slingerend. Even verdween het en toen was het opeens recht voor hen en dichtbij. Ze gingen een beetje aan de kant, maar de fietser stopte en steunde met een voet op de straat.

'Goeienavond samen', zei hij. Het was een oudere man met een pet. 'Zoekt u soms iemand?'

'Nee, niemand', zei pa. 'Hoezo?'

'Er ligt verderop iemand op de dijk', zei de man. Met gedempte stem voegde hij er iets aan toe wat Wolter niet verstond. Hij ging naast Wim staan en keek naar de dijk, die in de schemering donker afstak tegen de lucht. Een slaperdijk, had pa op de heenweg gezegd. De fietser groette en reed door.

'Even doorstappen, jongens', zei pa. 'We moeten de tram halen.'

Vanaf dat moment wilden zijn voeten niet meer. Telkens raakte hij achter, hij klaagde dat ze te hard liepen en moest ze af en toe met een sukkeldrafje inhalen. Bezorgd tuurde hij naar de weg voor hen. Overal waren donkere plekken, overal kon iemand liggen, op de dijk had de fietser gezegd, maar je wist het nooit. Wim vroeg wat voor iemand het was en wat er gebeurd kon zijn, een ongeluk misschien, maar pa zei niet veel. Toen ze bij de dijk kwamen, ging Wolter dicht naast zijn vader lopen en pakte zijn hand. De omhooglopende weg was nog donkerder dan waar ze net gelopen hadden.

'Goed meelopen, Woltje', zei pa. 'Niet zo hangen.'

Hij maakte tussenstapjes tot ze weer op gelijke hoogte waren. Pa's hand voelde hard en warm. Hoe langer het duurde, hoe banger hij werd. De bomen stonden dicht op de dijkweg en in de diepte lag een grijze zee. Zijn ogen traanden. Hij schrok van een bult in de berm, die van dichtbij een hekje was met een bus ernaast. Het was nu bijna helemaal donker. Toen de eerste lichten van Halfweg in zicht kwamen en hij juist begon te hopen dat er niets meer zou gebeuren, opende de aarde zich voor zijn voeten.

Een rauwe, rochelende stem uit de diepte van de dijk.

'Meneer, juffrouw, kunt u me effe overeind helpen?'

Nu pas zag hij de vormeloze hoop aan de kant van de weg, ze stonden er pal naast. Hij verstijfde van schrik. Zijn broek werd warm en hij voelde iets langs zijn been lopen. Een ogenblik hield pa in, toen pakte hij Wim bij zijn arm en trok hen allebei mee. Achter hen slokte de stem zichzelf op in een machteloos gegorgel, als een leeglopende afvoer. 'Godverdommeseklerelijergodverdommekujjenieteffegodverdomme ...'

Of woorden van gelijke strekking, dacht Wolter terwijl hij terugschakelde op de klinkerstrook naar de benzinepomp. Want het leek hem sterk dat hij als godvrezend acht- of negenjarig knulletje ongearticuleerde godslasteringen van dit kaliber letterlijk had verstaan en onthouden. Zoals hij zich volgens Wim ook in de tekst van de aanroep had vergist toen hij een tijdje later in een overmoedige bui op een zondagmorgen de scène naspeelde. 'Meneer, mevrouw, mejuffrouw! Dat staat op een envelop, stommerd. Die vent riep heel iets anders.' Zijn broer had zich gierend van de lach op zijn bed laten vallen. 'Geachte heer/mevr./mejuffr. Greve. Hierbij verzoek ik u beleefd ...'

Den Oever. Vier wachtende auto's en één pompbediende. Hij aarzelde een moment, sloot toen toch aan bij de rij. Waar lag het eerstvolgende tankstation langs deze route? Alkmaar? Er waren er zeker meer en ook vast wel dichterbij, maar hij reed deze weg te weinig. De dashboardklok stond op tien over half vier en hij controleerde de tijd op zijn horloge. Hij was om goed twee uur gebeld en het was tegen drieën toen hij uit Franeker wegreed. Erg snel ging het dus niet. Hij draaide het raam een stukje open. Een ijzige luchtstroom drong de auto binnen. Toch heel ander weer dan daarstraks. Hij morrelde aan de radio, vond in het handschoenenvak een halve rol pepermunt, nam er een uit en blies het vuil eraf. Zou je hier koffie kunnen krijgen? Hij stapte uit, pakte zijn jack en liep naar het gebouwtje, blij dat hij even kon bewegen. Naast de deur hing een automaat met rollen snoep. Dat was alles. Hij bleef even in de beschutting staan. De pompbediende zocht met stijve bewegingen naar wisselgeld in de tas die hij voor zijn borst droeg, maakte toen een gebaar van 'even wachten' en kwam op een drafje naar het huisje toe. Wolter stapte opzij. Op deze manier kon het nog wel een tijd duren. Hij slenterde terug naar zijn auto.

Van het vervolg van hun tocht over de Spaarndammerdijk herinnerde hij zich niets. Hij kon zich van alles inbeelden over het verdere verloop, de opluchting toen ze bij de Amsterdamse vaart op de tram stonden te wachten, de terugreis, dat Wim de plek in zijn broek ontdekte, dat ze alles aan mama vertelden, de diverse reactievarianten en de stemming die daaruit voortkwam, alles, maar toevallig hield de herinnering op bij de tierende zatladder op de dijk en de hand van zijn vader die hem meetrok. Betekende dit iets? Had het ermee te maken dat de achterzolder, waar hij toen samen met Wim sliep, na de tocht over de donkere dijk voor hem angstaanjagender was dan ooit? Dat hij nog langer treuzelde met naar bed gaan tot er toevallig iemand net naar boven ging. Het peertje op de zolderoverloop was zwak en om de lichtschakelaar op de zolderkamer te bereiken moest hij vanaf de deur met zijn rug naar het licht vier grote stappen doen over de donkere zolder. En als hij zich uitgekleed had vijf stappen van de schakelaar naar zijn bed. Dan moest hij langs de gordijnen die afhingen van de balk onder het dakraampje en waarachter tussen de kisten en dozen iemand zich kon verbergen die wachtte tot hij de oversteek in het donker waagde. Toen zijn ouders later verhuisden en zij met hun vieren het huis aan de Agteropstraat uitruimden, had hij voor het laatst over de zolder gelopen, de afstanden uitgemeten en zich verwonderd over het schaalverschil tussen volwassene en kind.

Later had hij op straat een keer terloops verteld dat zijn vader gevaren had. Op de pont zeker, had een van de jongens smalend gezegd, Deef waarschijnlijk. Toen hij de naam Karimoen noemde, had Roddy geknikt. 'Die heb ik weleens gezien.' Roddy kwam uit Indië. Hij was met de Johan van Oldenbarnevelt naar Nederland gekomen en kende veel namen van schepen. Blijkbaar was hij niet bang geweest dat iemand zou vragen waar zijn vader allemaal geweest was. Had hij daarom een tijdlang de scheepsberichten in de krant gevolgd?

Heel zacht kwam hem uit zijn auto muziek tegemoet. Blijkbaar had hij de radio zojuist niet uitgezet en toen hij het portier opende, viel hij midden in een dialoog van viool en piano die vertrouwd aandeed. Nogal laat-romantisch, nogal Frans, nogal lyrisch, niet echt de muziek voor een winderig tankstation in november. Hoewel, waarom niet. Hij startte de motor en schoof met de rij een plaatsje op. De bestuurder van de voorste auto stapte uit en opende de motorkap. Dat kon nog leuk worden. Hij zette de radio iets harder. Was dit niet Franck? César Franck, de componist van zijn vader? Ja, hij wist het nu zeker. De vioolsonate. Geen wonder dat het hem bekend in de oren klonk. Pa en Franck. Was dat toeval?

Plotseling overviel hem het gevoel dat hij hier kostbare tijd stond te verdoen. Zijn vaders kostbare tijd. Hij startte opnieuw, manoeuvreerde de auto uit de rij en reed achter de pomp om terug naar de weg. Dan moest hij het er maar op aan laten komen met de benzine. Dit had hem bijna tien minuten gekost. Zonde. Het was even wat rustiger op de weg en hij hield de snelheid zo hoog mogelijk. César Franck. Dit was een teken, het kon niet anders. Maar waarvan?

De handen van zijn vader vormden boven een orgelklavier een instrumentarium dat de geheimenissen van de organist van de Sainte Clotilde stug maar feilloos kon blootleggen. *Le maître angélique*, zoals pa zelf kon toevoegen met een tremulant in zijn stem, wat zijn emotie verraadde. Nota bene het register dat hij op het orgel om redenen van smaak over het algemeen het liefst vermeed, zelfs bij Franck. Als je erover nadacht – wat Wolter vroeger nooit deed – was een groter contrast moeilijk denkbaar. De rechtlijnige, stugge calvinist en de innig roomse, mystieke componist van zijn voorkeur, wiens muziek langs dezelfde neo-gotische lijnen oprees als de basiliek voor de deur van zijn vertol-ker, waar hij zelden een voet in zette. Om Franck te beluisteren liep pa naar de concertzaal naast het Begijnhof, waar een Ca-vaillé-Coll-orgel stond, voor de concerten van de stadsorganist. Zelf behielp hij zich met een harmonium, het veel beschimpte huisinstrument van de kleine luyden. Gelukkig was het wel een exemplaar waaraan de nasale kortademigheid van de soort geheel ontbrak. Hun orgel had in bepaalde registers de open klank van de piano. Alleen de nagalm ontbrak. En waar de meeste huisva-ders zich beperkten tot het al of niet moeizaam begeleiden van psalmgezang, speelde zijn vader de hele Frans-romantische orgel-literatuur en een handjevol Duitsers. Als jongetje vond hij dat tamelijk normaal.

Pa speelde uitsluitend van blad. Ook als ze bij het orgel zon-gen improviseerde hij niet, maar zocht hij bestaande harmonisa-ties die hem bevielen. Hij speelde langzaam, stroef, maar vrijwel foutloos.

Aan het orgelspel ging een ritueel vooraf. Nadat hij een keuze had gemaakt uit de muziekboeken in de orgelbank, ging zijn va-der zitten en schoof de klep boven het klavier weg. Met precieze bewegingen vouwde hij het groene lopertje dat op de toetsen lag van rechts naar links op. Hij sloeg het boek open dat hij op de standaard gezet had, bladerde naar het stuk van zijn keuze, duwde de vouw terug en keek. Sloeg nog een bladzij om, alsof hij zich niet wilde laten verrassen door het vervolg, ging dan weer terug. Daarna koos hij bedachtzaam de registers, trok ze met een vertraagde beslistheid uit, duwde er soms een terug om daarna de keus weer te herzien. Bij sommige stukken stond in het fijne schrift van zijn *eversharp* vulpotlood de registratie ge-noteerd, maar daar week hij ook wel van af. Tot slot ging hij verzitten, klapte de kniesteunen van de zwelkast naar buiten, plaatste zijn voeten op de trappers en keek met zijn handen bo-ven de toetsen naar het blad voor zich. Dan begon hij te spelen.

'Deuxième Choral'. 'Pièce héroïque'.

Er kwam hem een auto tegemoet met een witte streep boven de bumper. Sneeuw? Met de volgende was er niets aan de hand, maar daarna volgden er meer met witbestoven radiatorschermen en kragen onder de voorruit. Zou hij er dan toch nog een staartje van meekrijgen? Ook woei er nu elke keer een hoos van opspattend vocht over zijn ruit, terwijl zijn eigen weghelft nog vrij droog was. Hij naderde iets, dat was wel duidelijk.

Pa's bedachtzaam uitgevoerde ritueel getuigde van eerbied en moest die ook afdwingen. Niet zozeer voor het instrument, meer voor de compositie en met name voor het feit dat Henrik Greve deze op dit instrument ten gehore ging brengen. Pa was niet iemand die er zomaar wat op los riedelde. Kon hij dat maar. Nee, de compositie werd gecelebreerd. Stilzwijgend vroeg hij volkomen aandacht voor zijn spel. Niet uit werkelijke ijdelheid, wel uit een bepaalde gevoeligheid waar het de eigen prestatie betrof. Hij heerste en diende tegelijk. Het was niet iets wat gelijktijdig andere hoorbare bezigheden verdroeg. Die verstoorden het moment, het min of meer geheiligde, en vanuit die gedachte ook zijn concentratie. Ernstig zelfs. Pa ergerde zich snel en met ergernis kon hij niet verstandig omgaan. Eigenlijk kon hij maar één ding tegelijk, daar kwam het op neer. En dat gold voor alles. Als het een enkele keer zo ver kwam dat het spel abrupt afgebroken werd en de klep van het orgel met een klap gesloten, voelde Wolter de steen in zijn maag, vooral omdat hij niet wist hoelang het zou duren tot het weer over was. Meestal was de aanleiding futiel en zat de oorzaak dieper, had er al iets gebroeid dat maar een miniem vonkje nodig had om tot uitbarsting te komen.

Op het moment dat het duo aan de finale begon, wist hij opeens zeker dat hij zich vergist had. Dit was César Franck helemaal niet. Hoogstens een collega van hem uit dezelfde tijd of iets eerder. Hij herkende niets meer. Werkte het zo, autosuggestie? Hij was op weg naar zijn vader voor de laatste uren of dagen van diens leven en hoorde dus wat hij wilde horen. Diens muziek.

Het was helemaal geen teken. Misschien wilde hij wel weer behagen, net als vroeger. Pa, weet u wat ik onderweg hoorde? U raadt het nooit. Als jongen stond hij met de boodschappentas aan zijn stuur te luisteren naar de straatmuzikanten op de Raaks. Viool, piano op een bakfiets, en een blaasinstrument, misschien een klarinet. Thuis aan tafel verzon hij dat ze een stuk hadden uitgevoerd dat zijn vader ook vaak op het orgel speelde. Iets van Guilmant of Boëllmann. Hij zag aan pa's stuurse reactie dat het niet hielp. Waarschijnlijk geloofde hij het ook niet. Was er iets veranderd? Nog voor de omroeper aan de afkondiging begon draaide hij de knop om. Hij wilde het niet weten.

Een aantal jaren woonde er naast hen een weduwe uit Indonesië, die haar piano meegenomen had. De parelende muziek drong met gemak door de scheidingsmuur en na een tijdje kende hij haar favoriete stukken. Twee in ieder geval. Een impromptu van Schubert en de eerste arabesque van Debussy. Die wijsheid had hij niet van zichzelf, maar van Gerdien. Prachtige muziek, die ook de goedkeuring van zijn vader kon wegdragen, had hij gezien, een goedkeuring die nadenkend knikkend en met een zuinig getuite mond gegeven werd. Als hij op zijn kamer zat, kon hij de piano duidelijker horen dan de meer ruisende klank van het orgel. Nooit kon hij de klanken losmaken van de vertolker. De fragiele buurvrouw met haar opvallend opgemaakte gezicht, popperig zei mama, en roze gelakte nagels, gracieus meebewegend met de vloeiende lijnen van de muziek. En zijn vader met kaarsrechte rug, de voeten in regelmatige beweging op de trappers, de blik vast gericht op het muziekblad, handen die de toetsen blindelings wisten te vinden. Over dat laatste verbaasde hij zich als kind nauwelijks. De beste organisten waren blind.

Er dwarrelde iets in zijn lichten, voor zijn ruit langs, hier en daar bleef iets kleven. Voor hem werd geremd, hij nam gas terug, remde bij, maar het ging nog te hard, een van zijn voorliggers zeilde opeens schuin over de weg, kwam toen weer terug in het spoor. Wolter schakelde geforceerd terug, kon de auto nog net in bedwang houden. Dat scheelde niet veel. Toen zag hij tussen de bandensporen het witte laagje op de weg dat zich voortzette in de berm en daarachter op de velden van de Wieringermeerpolder. Van het ene moment op het andere was hij een sneeuwgrens gepasseerd, zonder erg, zonder waarschuwing. Nou ja, die van Heleen, maar die was te algemeen en te zuidelijk geweest om ernstig genomen te worden. De hemel ging nu schuil achter de vlokken die eruit vielen, steeds groter, steeds talrijker. Dat kon nog leuk worden.

Een tijdlang reed hij in een lange rij niet harder dan veertig. Hij bewaarde voldoende afstand tot de auto voor hem en remde voornamelijk op de motor af, maar af en toe schoof de rij in elkaar en zakte de snelheid terug tot tien kilometer per uur, soms nog minder. Het sneeuwde nu hard en gestaag, vette vlokken, tussen natte en droge sneeuw in, maar het bleef wel allemaal liggen. Het zicht was slecht. Het land was al bedekt met een dikke laag en naarmate hij vorderde in zuidelijke richting werd die dikker en dikker, misschien was het hier al uren aan de gang. Over de polderweg waar hij op neerkeek kroop traag als een kever een eenzame auto. Achter de sneeuwschuiver die hem over de andere baan tegemoetkwam met een lange rij auto's in zijn spoor, werd het blubberige wegdek binnen korte tijd weer wit. Toen zijn eigen rij ten slotte tot stilstand kwam en bleef staan, minutenlang, begon hij zich ernstig zorgen te maken. Hij had geen idee waarom ze stilstonden en hoelang de rij auto's voor hem was, maar als het zo doorging zou hij uren later arriveren, misschien zelfs wel pas in de loop van de avond. Hij pakte de wegenkaart uit het kastje en worstelde ermee tot hij Noord-Holland voor zich had. Waar zat hij? Een eind terug had hij Middenmeer gehad met de afslag naar Alkmaar. Daar had hij op het laatste moment besloten om over Zaandam te rijden, omdat het toen nog lekker opschoot op de E10. Dat was vlak voor de sneeuw begon. Een slechte beslissing achteraf. Hoe ver dat terug was, wist hij niet, door het filerijden was hij het gevoel voor afstand en tijd een beetje kwijt, maar veel andere mogelijkheden waren er niet. Tenzij hij van dorp naar dorp ging rijden, wat bij dit weer bepaald niet aan te raden was. Misschien kon hij bij Oosthuizen nog afslaan en dan binnendoor steken. Achter hem toeterde een auto kort en hij zag dat ze weer reden, de lichten van zijn voorligger waren nog maar nauwelijks te onderscheiden. Toen hij op hem ingelopen was, gloeiden de remlichten alweer aan, het bleef optrekken en weer stilstaan, alsof er ergens voor hem het verkeer geregeld werd. Hij verwenste zijn ongeduld bij de pomp van Den Oever, want de benzinemeter stond inmiddels onrustbarend in het rood. De ene stomme actie na de andere vandaag. Hij vond het ook koud worden in de auto. Werkte de verwarming nog wel goed? Hij zette de blower hoger, maar draaide hem toen weer terug, want dat kostte ook brandstof, had hij gelezen, indirect dan. Om de paar seconden veegde de wisser met een snerpend geluid over de ruit. Vergiste hij zich of hield de sneeuw op? Hij keek om zich heen. Hij vergiste zich. Hoewel het nu helemaal donker was, kon hij ver over het land kijken, de sneeuw hield het licht vast en hij volgde met zijn ogen de loop van de donker afstekende sloten. Onder normale omstandigheden zou hij hiervan genieten, winterland, een beetje centraal verwarmde ontbering, met net genoeg ontregeling van het dagelijks leven om het weer leuk te maken. Maar niet nu. Niet met de beklemming die uitging van die kamer in het Haarlemse ziekenhuis zoals hij zich die steeds voorstelde: het bed met het halfgesloten gordijn, pa's hoofd op het kussen, gedempt licht, zachte geluiden. Was er al iemand om hem een beetje moed in te spreken? Gerdien? Misschien Lida of Wim al, niet iedereen zat vast in het verkeer, althans, dat was niet te hopen. Zodra hij kon, moest hij even bellen. Hij zette de pook in de eerste versnelling en liet de koppeling opkomen. Weer twintig meter. Er was vast iets gebeurd, ergens voor hem.

Vroeger maakte de winter het huis klein. Door de week was alleen de kachel in de achterkamer aan. De schuifdeuren naar de voorkamer zaten op de knip en het harige gordijn erachter was dichtgeschoven. Als hij er iets uit de kast moest halen of 's avonds de voorgordijnen moest sluiten, voelde alles in de voorkamer steenkoud, wat nog versterkt werd door het kille licht van de plafondlamp. Het was er net zo ijzig als op de gang en in de vestibule en de kamers boven. Alleen op zolder was het nog erger. Alles gebeurde in de achterkamer: eten, huiswerk maken, de administratie voor de kerk. De was droogde op het rekje voor de kachel en het strijken gebeurde 's winters ook beneden. Als het heel koud was, mochten ze in de kamer alvast hun pyjama aantrekken. Kolen scheppen was vijf stappen vanuit de vochtig warme keuken waar zijn moeder aan het koken was naar de schuurdeur. Ook hier loerde in het duister van tuin en schuur het gevaar. Op de tast insteken en omdraaien van de roestige sleutel, hurken voor de zwarte muil van het kolenhok, zijn rug naar de donkere tuin, onbeschermd, voelen waar de schep was, haastig scheppen zonder te morsen, eierkolen en antraciet, de grote kit en de kleine kit. Je kon horen wanneer ze bijna vol waren. De opluchting als hij op de keukendeur afliep, bijna veilig. 'Wat een kou, doe maar gauw de deur dicht', zei mama. Ze had geen idee waar hij allemaal bang voor was.

Zaterdagsmorgens werd de haard in de voorkamer aangemaakt. Nog lang bleven de tussendeuren op een kier staan, pas tegen de middag was de temperatuur voldoende opgelopen en werden de planten verplaatst die daar in winteropstelling stonden. Zondags was het een normale kamer, je kon van voor naar achter door het huis heen kijken, van alle kanten kwam licht, na de kerk werd er koffiegedronken en naar de voorbijgangers gekeken die de late mis bezocht hadden. Er werd gelezen, geschaakt, alleen voor de radio moesten ze naar de achterkamer, zachtjes, want pa deed daar een middagslaapje. Aan het begin van de zondagavond werd de kachel voor niet meer bijgevuld, later gingen de tussendeuren dicht en werd het huiselijk leven weer ingedikt. Was het zuinigheid? Vast wel. Zuinigheid, in de eerste jaren na de oorlog ook schaarste. Later, toen het een niet meer bestond en het ander niet meer nodig was, bleven de schuifdeuren de hele week open.

In de buurt van Wognum kon hij eindelijk tanken. Het kostte hem meer tijd dan het hem waarschijnlijk bij Den Oever gekost zou hebben, maar hij nam geen risico meer. Hij keek naar de rokende en dampende auto's met hun felle lichten, die op enkele meters afstand langskropen door het bruine sneeuwspoor, en vroeg aan de pompbediende of hij misschien beter binnenwegen kon kiezen voor de richting Haarlem. De man haalde zijn schouders op. 'Ik zou het niet durven zeggen, meneer. Het moet overal een janboel zijn.'

'Mijn vader ligt op sterven', zei hij zomaar en hij kreeg meteen een week gevoel in zijn keel.

De man knikte en hing de slang terug. 'Ja, ja,' zei hij, ''t is ook wat.'

Er was een telefoon, maar de rij ervoor was ontmoedigend lang, zodat hij besloot om door te rijden. Het toilet was op slot, verstopt, zei een briefje op de deur, zodat hij zich genoodzaakt zag de enige boom te gebruiken die het tankstation rijk was.

Het liep al tegen half zeven toen hij bij Oosthuizen de grote weg verliet. Hij was niet de enige, maar de rust op de weg was een verademing. Hij hield de richting Schermerhorn aan en reed beheerst en voorzichtig, in bochten en op brughellingen bedacht op onverwachte bewegingen van de auto want de onderlaag van de sneeuw voelde hard en glad onder de banden. Het zicht was hier minder goed dan op de rijksweg, alles was intens wit, de weg, de bermen, hij zag nauwelijks verschil door de dwarrelende sneeuw. Alleen de witbestoven bomen langs de kant vormden een baken.

'En het sneeuwde maar, het sneeuwde maar', zei hij voor zich uit. Waar was dat ook alweer uit? Hij remde af voor een auto die uit een zijweg kwam en zag op het laatste ogenblik de wegwijzer tegenover de kruising. Schermerhorn werd naar rechts aangegeven. Klopte dat? Hij stopte en keek op de kaart. Een kronkelig wegje, korter dan de rode die rechtdoor ging. Waarom niet. Hij stapte uit en keek voor alle zekerheid op het bord. Onder zijn schoenen knarste de sneeuw. Eind november, niet echt ongewoon voor de tijd van het jaar, alleen overviel het iedereen. Hem althans. Een dag van onvoorziene gebeurtenissen. Even wachtte hij met instappen. Sneeuw maakte stil. Hij haalde diep adem. Sneeuw was van vroeger. Sneeuw wás vroeger, de witte wade die alles bedekte, afrondde, dempte. Omlijsting van licht in de verte, van een belofte van warmte bij de gratie van kou. Met zijn dunne jack en lichte schoenen die nu langzaam doorweekt raakten, was hij nog van het vorige jaargetijde. Zijn vader droeg 's winters altijd overschoenen. Bestonden die nog? Met zijn blote handen brak hij een reep glazige sneeuw van de ruitenwisser. *Het was koud, bitter koud.* Hij wist het weer. Als het niet uit 'Voetstapjes in de sneeuw' was, dan wel uit 'Het kerstfeest van twee domme kindertjes'. En anders uit … Hij klopte zijn jack af en stapte in. De voorwielen draaiden even door toen hij gas gaf, kregen toen grip. Kalm aan maar.

Zijn beeld van de winter was voorgoed bepaald door de stem van W.G. van de Hulst en de tekenpen van diens zoon. Winters van vroeger met een wereldbeeld van weleer. Een besneeuwd brugje over de sloot, midden in het land een scheef damhekje met een muts van sneeuw, in de verte tegen de bosrand een arbeidershuisje, half weggekropen onder het witte dek. *Zo bitter, bitter koud.* Er is een vader op wie wordt gewacht, een zieke moeder die haar pijn achter een glimlach verbergt, een blozende kwajongen met een bang kloppend hart, die net zijn klompen heeft uitgestommeld, en kleine zus die in de hoek zit en nog van niets weet. Er is zorg, er is gebrek en er is godsvertrouwen. Want over allen waakt de Trouwe Vader in de hemel. *En het kannetje zei 'kloek'.*

Toen hij net buiten Schermerhorn de rijksweg naar Alkmaar op wilde draaien, werd hij tegengehouden door een politieagent.

In de berm stond een auto met blauw zwaailicht. Wolter draaide het raampje open.

'Verderop staat een vrachtwagen dwars over de weg. Ze zijn ermee bezig, maar dat duurt nog wel even. Moet u hier in de buurt zijn?'

'Ik moet naar Haarlem. Ik wilde over Alkmaar rijden en dan richting Velsertunnel.'

De agent schudde zijn hoofd. 'Dat zal niet gaan. U kunt beter omkeren en via Purmerend en Zaandam rijden.'

'De E10? Daar kom ik vandaan. Een en al file.'

De politieman haalde zijn schouders op. 'Er zal weinig anders op zitten. Het is overal hetzelfde. Keert u nu maar, dan kunnen de andere auto's ook weg.'

'En binnendoor? Over De Rijp?'

'Bent u hier bekend?'

'Een beetje.'

'Rijdt u dan over Grootschermer. Dat is vóór de molens hier links, maar kijk wel uit, de strooiwagens zijn hier nog niet geweest.'

Wegrijden ging zelfs al niet. De wielen draaiden door en de auto gleed terug. Een tweede agent kwam aanlopen en hielp zijn collega de auto in het spoor te duwen. Wolter liet zich niet afleiden door de molens van Schermerhorn, want de weg die hem gewezen was liep langs een vaart en was smaller dan alles wat hij eerder die avond gezien had. Bovendien beperkte zijn bekendheid met deze streek zich tot een lome roeizaterdag in de Eilandspolder met pannenkoeken tot besluit. Hoe oud werd Kitty toen? Ze woonden nog in Amsterdam.

Bij de eerste brug die hij tegenkwam ging het al bijna mis. Hij moest omhoog en tegelijk linksaf en haalde het niet, de auto begon te glijden en zakte weg in de richting van de vaart. Een sneeuwwal langs een hek hield hem tegen en hij slaagde erin achteruitrijdend weer het midden van de weg te bereiken. Met een ruimere bocht lukte het de tweede keer wel. Wat een onderneming. Hij had beter naar die agent kunnen luisteren. Toen hij in Grootschermer het uithangbord van een café zag, aarzelde hij. Het was inmiddels bijna zeven uur, wie weet hoelang hij nog onderweg zou zijn. Hier kon hij opbellen en tegelijk even een kop koffie drinken. Dat moest er dan maar af. Toen hij zich achter het zware tochtgordijn door een warme mist van sigarettenrook en frituurwalmen naar de toog worstelde, voelde hij opeens dat hij al heel lang niets gegeten had. Bellen kon, zei de hoogblonde Grootschermerse met de Noorse trui bij wie hij koffie bestelde, en ze zette de teller om.

'En iets hartigs.' Hij keek naar de lijst boven de toog. 'Een broodje kroket, graag. Ik heb alleen wel een beetje haast.'

Ze lachte. 'Dat komt goed uit. Ik ook.' Ze schoof een luik open en gaf de bestelling door. 'Sneeuwt het nog zo?' Haar krachtige, open gezicht was de zomersproeten nog maar net voorbij.

''t Lijkt steeds erger te worden. Mooi om te zien, maar een ramp als je op wilt schieten.'

'Waar moet je heen?' vroeg ze terwijl ze de koffie voor hem neerzette. Ook haar handen waren krachtig, lange vingers met helderrode nagels en een ring als een roos. Hij had een zwak voor rode nagels, altijd gehad. Rode lippen, rode nagels. Als jongetje kon hij zijn ogen niet afhouden van de uitstalkasten van parfumerieën, de verpakkingen van Castella, vrouwen met donkerrode lippen en nagels, een zwoele blik. Het onbekende broeierige gevoel in zijn kruisje als voorbode van aanmerkelijk lagere lusten. Zo had iedereen wat. De gemakkelijkste verklaring lag in zijn kleurloze jeugd. Elke poging van Gerdien in de richting van verrijking smoorde in levensbeschouwelijk misprijzen, maar Lida had het later al gemakkelijker. Hij merkte dat de vrouw hem vragend aankeek.

'Sorry,' zei hij, 'wat vroeg je?' De warmte maakte hem doezelig.

'Waar je naartoe moet.'

'Haarlem.' Hij keek op zijn horloge. 'Ik ben tegen half drie uit

163

Leeuwarden vertrokken. Al bijna vijf uur onderweg.' Hij wilde vertellen over zijn glijpartij van daarnet, maar zag ervan af. Geen sterke verhalen nu.

'Is het zo erg? Zou er dan nog wel een bus rijden?' Ze zei het meer tegen zichzelf. Wolter nam zijn koffie mee naar de tussengang. Terwijl hij wachtte op verbinding met Inlichtingen, nam hij een slok. Niet vers, wel heet. Je kon niet alles hebben. Hij noteerde het nummer van het Haarlemse ziekenhuis op de achterkant van een envelop en draaide het meteen. Voor hij iets kon uitbrengen, werd hij in de wacht gezet. Toen realiseerde hij zich dat hij niet wist op welke afdeling zijn vader opgenomen was. Eerste Hulp zou het wel niet zijn, misschien was hij daar wel binnengekomen, maar daarna zou pa zeker doorgestuurd zijn. Intensive care was het ook vast niet. Interne geneeskunde? Cardiologie? Eigenlijk wist hij niet eens wat pa precies mankeerde. Van alles, eigenlijk. Juist toen hij verbinding kreeg, schoof een hand met roodgelakte nagels een bord met een broodje kroket op het tafeltje onder de telefoon, bestek ernaast in een servetje. Hij bedankte met een hoofdbeweging.

'Met Greve', zei hij in de hoorn. 'Mijn vader is vandaag opgenomen en ik zou graag iemand van de afdeling willen spreken. Ik weet alleen niet welke dat is, omdat …'

'Heet uw vader ook Greve?'

'Ja.'

Even was het stil. 'Cardiologie. Ik verbind u door.'

Zijn bedankje verdween in de doorschakeling. Toen de balie van Cardiologie zich meldde, legde hij zijn situatie uit en vroeg daarna hoe het met zijn vader was. Er werd overlegd en daarna nam de hoofdverpleegkundige het gesprek over. Zijn vaders toestand was zorgelijk, zei ze. Er waren na het infarct van vanmorgen opnieuw complicaties opgetreden. Nu was de toestand weliswaar stabiel, maar de vooruitzichten waren onzeker.

'Ik kom zo snel mogelijk. Ik heb alleen veel last van de sneeuw en weet niet hoelang het nog gaat duren. Is er iemand van de familie bij mijn vader?' Toen er bevestigend geantwoord werd, vroeg hij of het mogelijk was dat een van hen aan de telefoon kwam.

'Ik zal even kijken', zei de zuster.

De kroket was zo heet dat hij het afgebeten stuk tussen zijn tanden moest houden, terwijl hij er lucht langs ademde.

'Met Gerdien. Ben jij dat, Wolter?' De ferme stem van zijn oudste zuster.

Hij sperde zijn mond open en liet de hap terugvallen op het bord. 'Ja', zei hij. 'Hoi. Ik ben nog steeds onderweg. Hoe is het met pa?'

'Op het ogenblik slaapt hij. Vergeleken met vanmiddag vind ik hem iets beter, maar de doktoren noemen zijn toestand nog steeds kritiek. Ik had gedacht dat je hier al veel eerder zou zijn, broer. Waar zit je op het ogenblik?'

'Ergens midden in Noord-Holland. Er is geen doorkomen aan met die sneeuw. Ik ben vanaf half drie onderweg. Zijn de anderen er al wel?'

'Iedereen is er. Lida en Robert waren hier om een uur of drie, Wim kwam aan het eind van de middag.'

'En Heleen?'

'Die is net een half uur geleden gearriveerd. Ze was nogal verbaasd dat jij er nog niet was. Wil je haar even hebben?'

Nee. Dat gesprek voerden ze later wel. 'Hoeft niet, Gerdien. Ik ga meteen weer door. Is pa bij kennis?'

'Af en toe. Hij herkent ons, maar praten gaat moeizaam. Alleen kun je merken dat hij het fijn vindt dat we er zijn.'

'Durf je iets te zeggen over de komende uren? Loopt het af of is er kans op verbetering?'

'Ik weet het niet, Wolter. Een van de artsen zegt dat alles nog mogelijk is, maar ik weet het niet …'

'Hoe kan dat nou toch, hè? Zo onverwacht, van de ene dag op de andere.'

'Wij begrijpen het ook niet. Pa had natuurlijk al langer last van zijn hart, maar dat is iets waar je ook heel oud mee kan worden. Alleen die duizeligheid, dat is iets van de laatste weken, zeggen ze.'

'Hij heeft ons gisteravond nog gebeld', zei hij.

'Mij ook. Lida ook. Alleen Wim niet, tenminste, die was onbereikbaar.'

'Vreemd, hè. Alsof hij het voelde aankomen. Zo'n gesprek was het ook een beetje.'

Hij hoorde een zucht. 'Ja, vreemd. Ook wel bijzonder. Maar laten we nou niet de moed opgeven.'

'Zo is het', zei hij. 'Flink zijn, zusje. Tot straks.' Hij legde de hoorn neer.

Het broodje kroket was intussen voldoende afgekoeld. Hij nam snel twee happen en nam de rest mee naar de toog. Het blonde meisje was aan het andere eind bezig en hij wachtte tot hij haar aandacht had.

'Aardig van je om het even te brengen', zei hij. 'Ik was er ook wel aan toe. Zou ik nog een koffie kunnen krijgen?'

Ze lachte. 'Hier? Of ook weer in de gang?'

'Nee, hier graag. En ik wil meteen afrekenen.'

Ze deed hem denken aan een actrice uit films van Bergman, alleen wist hij niet welke, hij haalde hen altijd door elkaar. Naturel, krachtig, met onderhuids ongetwijfeld allerhande noordelijke problematiek, maar dat maakte haar des te aantrekkelijker. Misschien kwam het ook wel door die trui.

Toen ze het bonnetje voor hem neerlegde, vroeg ze: 'Rij jij via Wormerveer?'

Hij dacht na. 'Ik denk het wel. Eerst naar De Rijp, dan langs het kanaal tot voorbij – hoe heet het – West Graftdijk, en daarna de weg langs het Alkmaardermeer. Dan kom ik ook langs Wormerveer. Toch?'

'Zou ik tot daar met je mee mogen rijden? Ik hoor juist dat de bussen zo onregelmatig rijden dat je nergens op kunt rekenen. En ik móét mijn auto daar ophalen vanavond.'

'Natuurlijk', zei hij. 'Maar ik wil wel meteen weg als ik mijn koffie opheb.'

'Dat is goed. Ik ben hier klaar.'

Er lag alweer een paar centimeter sneeuw op zijn auto. Grote weke vlokken plakten aan zijn kleren terwijl hij snel de ruiten schoonmaakte. Dooisneeuw. Het meisje kwam de zijdeur van het café uit met een weekendtas onder haar arm. 'Helpen?' vroeg ze.

'Ik ben al klaar. Gooi je tas maar op de achterbank.'

Precies tegelijk ploften ze op de voorstoelen neer. 'November', mopperde hij en hij klopte zijn jack af. 'Daar ken ik een gedicht van, alleen gaat dat over regen.'

'Het was op het nieuws daarstraks', zei ze. 'Een sneeuwzone noemen ze het. Komt eens in de twintig jaar voor. Half Nederland is volkomen ontregeld en de andere helft heeft nergens last van.'

In één keer kreeg hij de auto op de weg. Er was duidelijk net een strooiwagen gepasseerd, de onderste sneeuw was bruin en in de wielsporen gedeeltelijk weggesmolten.

'Hartstikke fijn dat je me mee wilt nemen', zei het meisje. Ze gooide haar haren over de kraag van haar rode anorak en dook met haar kin in de col van haar trui. 'Als dank zal ik je een kortere weg wijzen.'

'Ik heb vandaag nogal gemengde ervaringen met kortere wegen en binnendoor steken, maar ik neem aan dat jij deze streek kent.' Hij nam gas terug omdat het leek of de weg zich splitste.

'Gewoon met de bocht mee naar links,' zei ze. 'Rechtsaf kan ook, maar dat is met dit weer vragen om moeilijkheden.'

'Die heb ik al genoeg gehad.' Hij stak zijn hand uit. 'Ik heet trouwens Wolter.'

'En ik Trijn.'

De finishing touch, vond hij, die naam. Trijn. 'En wat is er met je auto, Trijn? Stuk?'

'Eerst uitgeleend, toen stuk. En nu, hoop ik, weer gerepareerd.

Zo niet, dan ben ik vanavond nog single.'

Het ging hem een beetje te snel. 'Nog een keer. Je hebt je auto uitgeleend aan … je partner? Die heeft er pech mee gekregen. En toen?'

'Niks pech. Hij heeft de koppeling gemold en hem daarna een week voor z'n deur laten staan in plaats van hem te laten repareren. Gisteren heb ik hem voor het blok gezet. Als het vandaag niet in orde is, kan hij zijn biezen pakken.'

'Wel een originele testcase.'

'Ach. Het is zoiets als de steeds uitgestelde laatste druppel. Mijn tamelijk nonchalante vriend vindt dat je in een relatie moet geven en nemen en vooral niet zeiken. Jammer genoeg valt de verdeling daarvan steeds in mijn nadeel uit. Ik kan die auto op het ogenblik absoluut niet missen en dat weet hij. Dus als hij daar geen moeite voor gedaan heeft, weet ik genoeg.' Ze was even stil. 'Maar laten we het alsjeblieft niet over hem hebben. Jij bent op weg naar Haarlem. Woon je daar?'

'Nee, in Friesland, maar ik ben opgegroeid in Haarlem.'

'En nu ga je op familiebezoek.'

De helling van de smalle brug voor iets wat de naam Noordeinde droeg, eiste even al zijn aandacht. Hier was de strooiwagen zo te zien nog niet langsgekomen. Trijn keek opzij.

'In zekere zin', zei hij. 'Mijn vader is vanmorgen opgenomen en de berichten zijn niet erg gunstig. Er is een grote kans dat hij het niet haalt.'

'Ai, wat akelig.' Ze raakte even zijn arm aan. 'Daarom had je zo'n haast. Heb je daarnet soms naar het ziekenhuis gebeld?'

'Ja, iedereen is er al uren en ik ben nog steeds onderweg.' In enkele zinnen legde hij uit hoe het vandaag gelopen was. En toen, omdat dit erbij hoorde, vertelde hij ook van het telefoontje van de vorige avond, zijn vader die in zijn eentje zat te bellen in die troosteloze aanleunwoning en niemand die begrepen had dat dit een afscheid was, pa zelf ook niet, anders had hij wel andere woorden gekozen, zo was hij wel. Van dat zijn dagen bestemd waren en het getal zijner maanden bij God was, dat wij hier slechts gasten en vreemdelingen waren, bijwoners voor een kleine tijd. Hij vroeg zich af waar die woorden opeens vandaan kwamen, moest er inwendig een beetje om lachen en merkte toen dat zijn ogen vochtig waren. *Troost, troost mijn volk, spreekt uw God.* Als Joep nu naast hem gezeten had, zouden ze zijn gaan dwalen in de verbale doolhoven van hun jeugd op zoek naar vertroosting.

'Je moeder leeft niet meer?' vroeg ze.

'Nee. Mijn moeder is vorig jaar april overleden. Zij was al heel lang ziek.'

Ze knikte zwijgend.

Bij een Oudhollands trapgevelgebouwtje in Graft was iets te doen, auto's versperden de doorgang, mensen hielpen elkaar uitstappen en aan beide kanten van de straat stonden groepjes onder besneeuwde paraplu's, uitgedost voor een feest in een ander klimaat dan wat nu over ze gekomen was. Iemand gleed uit en viel, anderen gingen gierend van de pret onderuit bij hun pogingen om het slachtoffer overeind te helpen. Er vloog zelfs een sneeuwbal door de lucht. 'Erg leuk', mompelde Wolter. 'maar ik zou er toch wel graag even door willen.' Hij roffelde met zijn vingers op het stuur, overwoog een stoot op de claxon en was opgelucht toen een auto achter hem minder consideratie toonde.

'Jij hebt een sterke band met je vader', zei Trijn.

'Denk je?'

'Ja. Zoals je over hem praat … Vind jij dan van niet?' Ze ging schuin op haar stoel zitten met opgetrokken knieën, haar rug tegen het portier.

'Ik heb het altijd heel moeilijk gevonden om dat een naam te geven, de relatie met je ouders. Een sterke band …' Hij was even stil. 'Ik denk dat mijn vader vindt dat hij een hechte band heeft met zijn kinderen, maar zonder dat hij ze goed kent of veel van ze weet. Ik weet omgekeerd niet of ik kan zeggen dat ik een sterke band met hem heb. Ik heb van alles met mijn vader, met mijn ouders, van alles gehad ook. Binding is denk ik een beter woord voor die rare verknooptheid tussen mij en hem. Dat drukt ook uit dat ik niet van hem losgekomen ben, maar de laatste tijd heb ik vooral met hem te doen.'

'Dan hou je dus wel van hem.'

Hij haalde zijn schouders op. 'Iedereen houdt van zijn ouders. Tenminste, als je het zo stelt. Desgevraagd zal de overgrote meerderheid van de Nederlanders verklaren dat ze van hun ouders houden. En dan weet je nog niets. Niemand zal zeggen: Nee, toevallig hou ik niet van ze. Nou, bijna niemand dan.'

'Je zou ze de kost moeten geven.' Hij keek opzij. 'Nee,' zei ze, 'we gaan het niet over míjn vader hebben.'

Hij zette de ruitenwisser op de intervalstand en keek naar de vlokken die voor enkele tellen tegen de ruit kleefden voor ze werden gewist. *En het sneeuwde maar, het sneeuwde maar.* 'Vroeger thuis praatten wij nooit in die termen. Houden van. Er was een gebod, "Eer uw vader en uw moeder", dat werd je in de kerk en ook wel daarbuiten voorgehouden, en voorzover we begrepen wat het inhield, hielden we ons daar ongeveer aan. En voor de rest heb ik mijn ouders vrijwel dagelijks tot wanhoop gebracht, zonder dat ik een verband zag. Wat daaruit voortkomt, heet schuld, en dat was een hoofdbestanddeel van mijn binding met ze. Voor alle duidelijkheid, ik kom uit een calvinistisch nest.'

Ze lachte. ''t Is dat je het zegt.'

'Dat is helemaal niet om te lachen.'

Het verkeer kwam weer in beweging. 'Zo direct moet je schuin rechts', zei Trijn.

'Weet je het zeker?' vroeg hij, toen alle auto's voor hem met de weg mee naar links afbogen.

'Vertrouw me maar', zei ze. 'Ik zou je toch een kortere weg wijzen? Die begint nu. Het Groene Wegje.'

'Toepasselijke naam', zei hij.

Een witte, lichtloze vlakte. Er hadden auto's gereden, maar de sporen waren grotendeels dichtgesneeuwd. Ze hadden de wind schuin tegen. Even probeerde hij het grote licht. Het effect was verblindend, het leek of ze zich midden in een glazen bol met dwarrelsneeuw bevonden.

'Ik vertrouw nu geheel en al op jou', zei hij. 'Voor iets anders is het te laat.'

'Goed zo', zei Trijn. 'Ter geruststelling kan ik je zeggen dat dit een kaarsrechte weg is. Aan het eind is er een bocht, maar dan heb je de lichten van West-Graftdijk al in het oog.'

'Dat dacht dat jongetje ook dat verdwaald was op Kerstavond, in de sneeuw. Er was een lichtje in de verte waar hij zich op oriënteerde, want hij dacht dat daar zijn huis was, maar opeens stond hij voor een diepe vaart en toen begon de narigheid pas goed.'

'Welk jongetje?'

'Het jongetje uit het kerstverhaal. Het jongetje uit alle kerstverhalen. Hij heeft iets bijzonders gedaan, iets dappers. Bedenk maar wat. Iets waar zijn moeder te ziek voor was of zijn vader te trots. Zijn vader, zijn grote vriend, die verbitterd is omdat hem onrecht aangedaan is. Toen heeft het jongetje gedaan wat zijn ouders niet konden opbrengen, om ze te helpen en zonder dat ze het wisten, maar op de terugweg verdwaalt hij. En dan begint het te sneeuwen. Je kent die verhalen toch wel? Christelijke feelgoods voor het hele gezin.'

Hij nam gas terug, want hij voelde dat de achterkant van de auto begon te schuiven. De bermen in dit waterland waren doorgaans nogal smal, voor je het wist zat je in een sloot.

'Ga eens door', zei ze.

'Zijn vader gaat hem zoeken. Overal klopt hij aan, iedereen gaat helpen. Want het is Kerstavond en dat brengt de mensen nader tot elkaar, vanwege dat jongetje dat zoek is en omwille van het kindeke in de kribbe. Ze trekken eropuit met lantaarns en touwen, ze roepen zijn naam, hij heet Kees of Bram of ook wel Klein Henkie, een naam die heel apart klinkt als je hem roept in een grote ruimte, als hij wegsterft zonder echo over besneeuwde velden, ik hoor het mijn vader roepen, heel ingehouden, want zo was hij, zo las hij ook, maar heel suggestief, rillingen over je rug kreeg je ervan.' Hij voelde dat ze naar hem keek. 'En als het niet Klein Henkie geweest is, of Kees, was het misschien Bertus, want die naam kwam ook wel voor in de verhalen waarin iets klein en knus maar ook bedrukt begint, en dan wijd wordt, oneindig. En dan gaat het sneeuwen of weer sneeuwen of nog erger sneeuwen, waardoor het steeds mooier wordt, maar ook gevaarlijker. Er is dus vrees, wanhoop, vertwijfeling, en dan, als door een wonder, komt alles goed en zelfs veel beter dan het ooit was. Door toedoen van Klein Henkie, of Kees, of Bertus, maar daarachter gaat natuurlijk de Here God schuil, want het is zijn feestje, zíjn heilige avond, zijn oerverhaal. Begrijp je?'

'Nou en of', zei Trijn. 'Het klinkt me ontzettend vertrouwd in de oren, want ik heb het einddiploma zondagsschool cum laude, alleen is dit toch nét een beetje anders, Wolter. Het was jouw vader die het voorlas. Thuis?'

'Ja. Elk jaar op de middag van Eerste Kerstdag. Hij koos het verhaal zelf. Het was feestelijk en plechtig. Omdat we er al een kerstavonddienst en een morgendienst op hadden zitten, hoefden we niet naar de kerk, dat was op zich al een feest. Mijn moeder had chocolademelk gemaakt en allerlei lekkers klaargezet: musketkransjes, warme kerstkrans met amandelspijs, fondant. Eerst zongen we kerstliederen bij het orgel. Een beetje bijzondere, uit een boek waarvan ik de titel vergeten ben, maar ik ken bijna alles nog uit mijn hoofd. Dat zingen …' Hij schudde zijn hoofd. 'In mijn herinnering klinkt het een beetje geknepen. Prachtige muziek, woorden die in je resoneerden, maar echt vrijuit zingen deden we niet. Waarom, dat is een ander verhaal. Daarna werden de kaarsen op het dressoir en op de schoorsteenmantel aangestoken, we gingen om de tafel zitten, mijn vader in de armstoel onder de schemerlamp. En dan begon hij te lezen.'

'Dat is heel bijzonder.'

Hij knikte, nadrukkelijk. 'Ja, dat was het.' Maar broos, broos als een glazen kerstboombal.

'Om jaloers op te zijn.'

'Het klinkt wel mooier dan het in werkelijkheid was.'

'O ja? Máák je het mooier?'

Nee. Hij vertelde alleen selectief. Voor de duur van het verhaal voelde hij zich geborgen. In de halfduistere kamer droomde hij weg in een wereld waarin de stem van zijn vader alles bijeenbracht wat eerst zo oneindig ver van elkaar lag, dat je je afvroeg of het ooit nog wel goed zou komen, maar kou werd warmte, duisternis licht, hoop zekerheid. Het kwam goed, alles kwam heerlijk goed, maar als het verhaal uit was en pa na een korte stilte zijn bril opborg, Wim of Gerdien iets zei over het verhaal en mama opstond om ieder nog eens in te schenken, verschrompelde er iets in hem. Hij probeerde uit alle macht vast te houden wat hij net gevoeld had, de warmte, de geborgenheid, dat vertrouwen, maar het was alsof hij viel, heel diep, het was weg en het kwam nooit meer terug. Langzaam trok hij zijn nagels door de stugge haren van het pluche kleed.

'Dat niet. Mooier kan ook niet. Wie ons op die middag van Eerste Kerstdag had zien zitten, had zich niet een intiemer, harmonischer samenzijn van een gezin kunnen indenken, bijeen om op eigen wijze het feest van Christus' geboorte te vieren inclusief musketkransjes, maar toch. Vraag het mijn broer, mijn oudste zuster, ze herinneren zich hetzelfde gemis als ik. Iets minder uitgesproken misschien, ik was er wat vatbaarder voor. Een manco dat je pas een naam durft te geven als je ouder bent. En dan nog tast je met die naam de lege plek in jezelf af, of dat het nou werkelijk was.'

'Toch, als ik het zo hoor deden ze wel ontzettend hun best, jouw ouders.'

'Ja.' Hij veegde met zijn hand de condens van de voorruit. Het hielp niet veel.

'Niet dan?'

'Zeker. Op hun manier, maar ik weet niet of ze beseften dat ze vaak hun eigen pogingen in de weg stonden.'

Of ze wisten waardoor ze niet bereiken konden wat ergens anders vanzelf ging. Dat ze gevangenzaten in een persoonlijkheid, beklemd in een huwelijk. Diep gelovig, maar niet blij. Kribbig onder de tucht van Gods heilige wet en de sociale druk van een kerkgemeenschap, en tegelijk uiterst gevoelig daarvoor. Roept u maar.

'Waardoor dan?'

Hij schudde zijn hoofd. Het was welletjes zo. Dat vertelde je toch niet aan een willekeurige passagier. Morgen reed ze weer met een ander mee.

'Was het erg? Heb je eronder geleden?'

'Ja', zei hij. 'Nee. Er zijn veel ergere dingen op de wereld. Iedereen heeft het overleefd en niemand hoefde in therapie te gaan, althans, voorzover mij bekend. Maar, goed, als je er vatbaar voor bent, ja, dan was het wel zwaar.'

Hij voelde de hand van Trijn op zijn arm. 'Weet je dat we stilstaan?'

Geschrokken keek hij om zich heen. 'O, dit is belachelijk. Zo komen we nergens natuurlijk. Sorry.'

Ze lachte. 'Dat geeft toch niet. Kijk, daar, West-Graftdijk. Ik heb het wel gezegd. Alles komt goed.'

Vond ze het wel genoeg? Hij geneerde zich opeens voor zijn ontboezeming. Dacht je onbekommerd met iemand mee te kunnen rijden, kreeg je allerlei sentimenteel oud zeer over je heen. Terwijl hij een zijweg in het oog hield, keek hij terloops naar het meisje. Niets aan te zien, maar hier had ze vast niet om gevraagd.

De weg liep omhoog. Tussen bulten opgewaaide sneeuw lagen huizen en schuurtjes tegen de dijkhelling weggekropen, witte lijnen over het gevelbeschot. Voorzichtig draaide hij de weg langs het kanaal op in de richting van de brug.

Buiten het dorp ging Trijn overeind zitten. 'O nee, dat is toch niet waar, hè?' zei ze.

'Wat?' vroeg hij.

Ze wees recht vooruit. Door het sneeuwgordijn kwam hun een onafzienbare rij van lichten tegemoet. En dichterbij gekomen moesten ze constateren dat het nog erger was, zij waren de enigen die bewogen, de rij van tegenliggers, die naar rechts afboog over de brug waar zij ook over moesten, stond nagenoeg stil. Vanuit het zuiden, in de tegengestelde richting, kroop een vergelijkbare rij de brug en het kruispunt over. Het dashboard-klokje wees kwart voor acht. Het kreeg trekken van een nacht-merrie, dacht hij. *Zo bitter, bitter koud.*

'Hier had ik echt niet op gerekend', zei Trijn. 'Onze enige troost is dat er geen alternatief was. Dit nuchtere kanaal snijdt de provincie gewoon doormidden en ze hebben bezuinigd op brug-gen. Deze hier is het afvoerputje voor midden-Noord-Holland. Alles moet hierdoorheen.' Ze keek opzij en lachte. 'Als jij niet net midden in een kerstverhaal zat, had ik even lekker kunnen godveren. Wat een toestand.'

'Geneer je niet', zei hij. 'Mijn kerstverhaal is allang uit.'

'Nee, dat is niet waar', zei Trijn. 'Maar dat komt zo wel.'

Het duurde een paar minuten voor ze konden invoegen, waar-na ze midden op de brug weer stilstonden, pal naast een truck met oplegger. De sneeuwjacht was nu boven en onder hen, een razende zwerm die zich door de oranje gloed van de lantaarns heen in het donkere water stortte. De auto schudde zachtjes, er trok een trilling door het metaal die zich meedeelde aan het stuur en via zijn armen in zijn schedel resoneerde. 'Worden deze brug-gen regelmatig onderhouden?' vroeg hij.

'Ik zie ze weleens in de weer met een pot verf, maar verder weet ik het niet', zei ze. 'Hoezo, heb je een klacht?'

Langzaam schoof de truck voorbij en de trilling verdween. 'Niet meer. Rij jij trouwens dit stuk elke dag?'

'Nee, gelukkig niet. Het café is alleen een bijbaantje. Twee middagen per week en meestal een avond in het weekend. Eigen-lijk wil ik ervan af, maar ik kan het geld nog niet missen.'

'En de rest van de tijd?'

'Studie. Ik zit in het laatste jaar van de Rietveld Academie. Als dat je wat zegt.'

Hij bromde bevestigend. Langzaam kwam de file in beweging. Uitlaatgassen drongen de auto binnen en hij probeerde zo veel mogelijk afstand te houden. 'De Rietveld is een begrip, maar ik weet er niet veel van. Doe je een bepaalde richting?'

'Keramiek.'

'Leuk', zei hij.

'Precies', zei ze. 'Wat moet je er anders van zeggen.'

'Is het niets?'

'Aan de opleiding ligt het niet. Ik heb gewoon verkeerd gekozen, maar ik maak het wel af.'

'En dan? Geen eigen atelier of zo?'

'Ik weet het nog niet. Ernaast misschien, want ervan bestaan is sowieso al moeilijk. Het liefst zou ik een andere studie willen doen. Architectuur. Of een taal, maar ik ben al bijna vijfentwintig. En jij? Heb jij een vak?'

Zoiets had ze wel gedacht, zei ze, toen hij omschreef waar hij zijn brood mee verdiende, maar in dezelfde adem voegde ze eraan toe dat ze niet direct de indruk kreeg dat hij er warm voor liep.

'Ach, warm. Ik heb inderdaad een soort ingebouwde reserve bij alles wat ik doe. Daar kun je overigens heel oud mee worden. En ik heb de studenten nog niet horen klagen.'

'Is er iets wat je liever zou doen dan lesgeven?'

'Met mijn opleiding kun je weinig anders. Artikelen schrijven. Alleen moet je daar heel goed voor zijn, anders valt er geen droog brood mee te verdienen. Uitgever lijkt me wel wat. Of brugwachter. En anders iets met m'n handen.'

'En anders iets met je handen.' Ze lachte. 'Op de Rietveld zou je met zo'n motivatie niet verder komen dan de deurmat. Hou het maar op brugwachter. En als jongetje? Weet je nog wat je toen wilde worden?'

'Ik geloof dat ik dat vergeten ben.'

'Echt?'

De vraag was vaker gesteld. Hij kon zich niet herinneren of hij ooit een verband had gelegd tussen dingen die hij leuk vond of interessant en een later beroep. Had hij ooit wel iets willen worden? Hij verslond alles wat hij in handen kreeg, romans, reportages, reisverslagen, zonder dat bij hem het plan post vatte om ook op safari te gaan, de Anapurna te beklimmen, aan diepzeeonderzoek te doen. Wel droomde hij er altijd van om iets heel goed te kunnen, zodat hij bewondering zou afdwingen, maar de invulling daarvan kon per dag en per meisje verschillen.

'Echt, Misschien bestaat er wel een zekere relatie tussen mijn verslaafdheid aan historische romans en mijn latere keuze voor de studie geschiedenis.'

'Dat bedoelde ik niet.'

Hij wachtte even. 'Mijn vader hoopte vroeger dat ik predikant zou worden.'

'Dominee? Maar je hebt hem dus teleur moeten stellen?'

Hij knikte. 'Ik wist het niet. Hij heeft het nooit laten merken. Het is me later verteld.'

'En als je het wel geweten had?'

'Dat had geen verschil gemaakt.'

'Ook motivatieproblemen?'

'Ja. Maar die had ik niet alleen daarmee.'

Ze was even stil. 'Wel mooi eigenlijk, zo'n niet uitgesproken wens. Waarom hoopte je vader dat? Was hij zelf dominee?'

'Nee. Hij was boekhouder.'

'Had hij eigenlijk dominee willen worden?'

Alsof ze een portretstudie voorbereidde. Scherp, invoelend. 'Nee, ik denk dat het iets anders lag. Hij had zichzelf een kind gewenst dat predikant was. Zoiets. In een kerkelijk milieu als het onze ontleende je daar wel wat aan. We hadden kennissen van wie de oudste zoon theologie studeerde, en daar werd met ontzag en ook wel met een vleugje jaloezie over gesproken, maar los daarvan betekent het voor een vader heel veel als zijn zoon vanuit het geloof waarin hij hem heeft opgevoed die roeping voelt.'

Weer stonden ze stil. Dikke woorden, dacht hij. Woorden waar hij direct een prop in zijn keel van kreeg. Net als wanneer hij in een stafvergadering het bevlogen evangelische jargon van Ysbrant Claasz overnam. Alsof hij zich bediende van iets wat niet van hem was. Ysbrant. O god. Hoe zou het afgelopen zijn? Het beklemmende carré achter de beslagen ramen van het noodlokaal. Welkom collega's. We zijn nu toe aan agendapunt vier. Andere wereld, eeuwen terug. IJstijden. Hij was elk gevoel van tijd en afstand kwijt.

'Mijn vader wilde naar zee', zei hij. 'Maar er moet iets tussen gekomen zijn.'

'Mijn vader gíng naar zee.' Ze kroop dieper in haar col, schouders opgetrokken. 'Machinist op de grote vaart. Toen hij na lang aandringen van mijn moeder een baan aan de wal nam, waren ze binnen twee jaar uit elkaar.' Ze draaide haar gezicht naar hem toe. 'Iedereen heeft recht op z'n eigen cliché.'

Wolter keek terug. En dacht dat hij zomaar zijn hand achter dat blonde haar zou willen leggen en haar naar zich toe trekken en dat ze het nog begrijpen zou ook. Omdat als je met z'n tweeën lang in een kleine ruimte verkeert en samen de gevaren op de weg trotseert en je hebt ook nog allebei een vader die naar zee wilde, dat dan een band schept. Hij dacht in haar ogen iets vergelijkbaars te lezen en zocht dat sterke noordelijke gezicht af naar een of andere vorm van bevestiging, tot haar laatste zin in zijn hoofd een eigen leven ging leiden en hij zijn aandacht weer bij de weg bepaalde. Daarna wachtte hij of Trijn zou vragen of hij een zoon had en of er in zijn hoofd of hart iets vergelijkbaars speelde als destijds bij zijn vader.

Maar toen ze dwars op haar stoel ging zitten, kwam er iets heel anders. 'Luister, Wolter. Geef me nog één kans. Ja? Dit gaat anders nog zes kilometer zo door, ik ken het hier. Aan het eind zijn er ook nog dubbele stoplichten. Ik weet een binnenweggetje naar Wormerveer. Doen?'

'Beroerder dan dit kan het niet', zei hij. 'Ik vind het best. Zeg maar hoe ik rijden moet.'

Ze liet zich terugzakken in haar stoel. 'Over tweehonderd meter moet je links voorsorteren. En als je daarna denkt: nu gaat het helemaal fout, dan gaan we goed.'

Op het aangegeven punt ging hij naar links en ze reden over zo goed als ongerepte weggetjes langs plaatsnaamborden waarover hij onder andere omstandigheden allerlei flauwiteiten gedebiteerd zou hebben naar de bestemming die Trijn in het vooruitzicht gesteld had. De weg, die steeds gevaarlijk dicht langs water liep, soms aan beide kanten, was nauwelijks breder dan zijn auto en gelukkig bleef het bij die ene tegenligger aan de rand van een gehucht, waar het wegdek juist iets breder was. Hij reed langzaam, maar ze kwamen tenminste vooruit. Naarmate ze zuidelijker kwamen, leken de sneeuwbuien in dichtheid af te nemen. In ieder geval tekenden onder de donkere hemel de witte landerijen zich scherp af, een fotonegatief met verdwaalde damhekjes en stolpboerderijen als besneeuwde piramiden. Ook de weinige koeien die nog buiten waren, overvallen door de voortijdige winter, waren in negatief. De terugkeer in het zuivere winterlandschap werkte heilzaam, maar het gevoel dat daarbij van oudsher hoorde, dat alles uiteindelijk ten goede geleid zou worden, was verdwenen.

Trijn was zwijgzaam nu en hij paste zich aan. Af en toe gaf ze een aanwijzing, zo vanuit de col van haar trui. Soms keek ze naar hem, voelde hij, en één keer kruisten hun blikken elkaar, waarop ze glimlachte en weer voor zich keek. Hij moest nog iets zeggen over het kerstverhaal, maar hij wilde er niet weer over beginnen, het hoorde bij een traject dat ze achter zich hadden gelaten. Hij was al veel te lang onderweg, vond hij. Hoe dichter hij zijn bestemming naderde, hoe verder Haarlem van hem verwijderd raakte. Alsof hij een verrekijker omgekeerd hanteerde. Een haarscherp miniatuur van een oude man in een bed, de armen in de blauwgebiesde pyjama gestrekt op het dekbed, maar als hij inzoomde werd het beeld wazig. Wolter maakte zijn handen een voor een los van het stuur en wreef zijn polsen. Zijn ogen brandden.

'Ik weet bijna niet meer waar ik naartoe rij en waarom', zei hij. 'Ik ben doodop.'

'Dat is ook geen wonder', zei ze. 'Hoelang ben je nu al niet onderweg? Het is gelukkig nog maar een klein eindje naar mijn huis. Zal ik zo meteen even een kop soep voor je maken? Dan knap je misschien wat op. Zo gebeurd.'

Haar huis stond in een lang lint van dicht op elkaar staande arbeidershuisjes aan de rand van Wormerveer. In bruikleen van haar opa, had ze uitgelegd. Mettertijd zou ze het erven. Sloot voor het huis, brugje voor de deur en een achterom ter breedte van een fietsstuur.

Hij stopte achter een roestbruine Datsun Sunny met een sneeuwhoed. 'Die is gelukkig ook terug', zei ze. 'Dat scheelt weer een hoop narigheid.' Achter het raam van het huisje zag hij een beweging.

'Je boft', zei hij. 'Thuisgebracht, auto gerepareerd, relatie gered. Nu wordt het toch nog kerstfeest.'

Ze greep de kruk van het portier. 'Kom je nog even mee?' Het autoklokje stond op vijf voor half negen.

'Nee', zei hij. 'Dat is niet vanwege de soep en ook niet om jou, want het liefst zou ik gewoon bij je willen blijven. Dat kan ik rustig tegen je zeggen, want we zullen elkaar wel nooit meer zien, maar ik moet nu echt door.'

'Ja, je moet door.' Toen voelde hij haar hand op zijn schouder en haar lippen op zijn wang. 'Bedankt voor de rit. En voor de dingen die je verteld hebt. Ik hoop dat het met je vader op een goede manier verloopt. Sterkte.' Toen ze haar tas gepakt had, bukte ze nog even bij het portier. 'Rij voorzichtig. Ja?' Ze grabbelde in het zijvak van haar tas. 'Hier. Dit is mijn kaartje. Net een maand geleden laten maken. Professioneel, hè?' Hij pakte het aan. 'Voor als je nog eens een smaakvol kommetje nodig hebt. Of iets anders.' Haar ogen hielden de zijne even vast. Toen duwde ze het portier dicht.

Hij deed een kwartier over het stuk van Wormerveer naar de

rijksweg bij Uitgeest. Het sneeuwde nog maar heel licht, de weg was gepekeld en hoewel het druk bleef, stagneerde het verkeer nauwelijks. Het ergste was voorbij, leek het. Hij gaf zichzelf even ruimte om sentimenteel te doen over een prachtige keramiste die hij voor haar Wormerveerse huisje in de sneeuw had laten staan.

Je ouders deden wel hun best, had ze opgemerkt. Ze deden hun best om er iets van te maken. Iemand die dat zelf niet kende, keek daar met bewondering naar. Zelfs mama mijmerde later hardop over de middagen van Eerste Kerstdag, over het stralende paasontbijt, de uitstapjes naar Duin en Kruidberg. Ze had de goede bedoelingen onthouden en de rest raakte verloren in de zoete schemering van de vergeetachtigheid.

Ze bedoelden het goed. De wurgende mengeling van verbondenheid, afkeer en schuldgevoel toen hij medelijden begon te voelen voor zijn ouders, die het op hun manier goed bedoelden, maar zichzelf of elkaar in de weg zaten, waardoor het meestal vastliep. Moeilijk om dat tussen Grootschermer en Wormerveer voor iemand invoelbaar te maken zonder dat je verraad pleegde. Alles was altijd zó kwetsbaar. Eén verkeerd vallend woord, één verkeerd opgevatte reactie, een minieme aanleiding tot ergernis en de eerste barst werd zichtbaar. Hoorbaar. Er school iets in van zelfkwelling, in de onmacht om de dingen ten goede te keren en de sfeer te bewaren. De bewegingen werden driftiger, de blik donkerder, er was geen kabaal nog, afgezien van een enkele te krachtig gesloten deur, er was alleen een toenemende dreiging, een zich gedempt voltrekkende escalatie, niet tegen te houden, onomkeerbaar. Het laatste woord, steeds weer een ander laatste woord, tot alles bedorven verklaard was. Dan volgde er stilte, soms dagenlang.

Zweet prikte op zijn rug, ondanks de kou in de auto. Hij trok zichzelf overeind in de stoel, spande zijn spieren, sloeg een roffel op het stuur. De herinnering deed hem geen goed.

Lange tijd durfde hij niet te geloven dat iets zomaar goed zou gaan. Wat ontbrak, was vertrouwen. Daarom voelde hij zich zelden veilig. Het kon elk moment weer gebeuren. Het lag overal op de loer. Ze hadden er antennes voor, Wim, Gerdien, hijzelf. Waren er voortdurend op bedacht. Behalve Lida dan. Die kon boos worden als ze het erover hadden. 'Zo was het helemaal niet.' Ja hoor, Lida. Schaapje. Wim kon zich ervoor afsluiten, Gerdien niet. En hij had er het meeste last van gehad, zeiden ze achteraf. Hij had natuurlijk het best ontwikkelde schuldbesef, al zou je dat aan de buitenkant niet zo zeggen, maar dat leidde verder ook tot niets.

Wisten ze dat, pa, mama? Waren ze zich daarvan bewust? Of hadden ze geen idee van het effect van hun stemmingen, dachten ze dat de rituelen, de voorzieningen, de omlijstingen op zichzelf toereikend waren? *Blijf je niet gezellig thuis vanavond?* Zouden ze het ook niet gevoeld hebben bij het Bijbellezen aan tafel? *Ziet, hoe goed en hoe liefelijk is het …* En wat daar verder volgde, in grote ernst, met droge ogen. Alsof het over iemand anders ging. Misschien was het dat ook wel. Misschien waren ze door het voortdurend benadrukken van zonde en schuld en tekortkomingen zodanig afgestompt dat alles wat ze lazen en beleden een onbereikbaar ideaalbeeld betrof.

Op de rijksweg naar Haarlem was de rechterrijbaan afgezet. Onder bliksemende gele en blauwe lichten stonden auto's schots en scheef tegen elkaar en de vangrail en waren takelwagens bezig wrakken te verplaatsen. Hij kroop voorbij in de file en keek, zoals iedereen. Zoiets kon het op de E10 ook geweest zijn, dacht hij, iedereen was overvallen door de sneeuw en de gladheid. Voor hetzelfde geld had hij er middenin gezeten. God had hem bewaard. Op voorspraak van pa. En van Joep. En de blonde beschermengel met de roodgelakte nagels moest ook niet onderschat worden. Zijn vaders stem gisteravond, de wat stramme bewoordingen, de blijdschap dat het goed ging met zijn kinderen en kleinkinderen. 'Dat is toch wel een zegen.'

Daar was het weer. Hij had met hem te doen. Die wat onbeholpen oude man, de dood in het lijf zonder dat hij het wist, hij ging een artikel opsturen dat zijn dwalende zoon terugbracht op het rechte pad. Een lamp voor zijn voet. Aan goede bedoelingen had het nooit ontbroken. Als hij zelf de woorden niet kon vinden, liet hij het zijn favoriete theoloog doen. Nee, dat was het niet. Pa wist niets van zijn geestelijk leven. Daar had hij hem na zijn zeventiende niet meer de kans voor gegeven en met zijn belijdenis had hij hem de mond gesnoerd. Wreed maar waar. Goede zonen gaven hun vader een kans. Al was het alleen maar om hun de overtuiging te geven dat hun werk niet tevergeefs was geweest.

Het was twaalf minuten over negen toen hij de Velsertunnel in reed, in vliegende vaart naar zijn gevoel, hier mocht je zomaar negentig, de drukte had zich opgelost en de weg was schoon. Het kwam goed uit, want hij had haast. Pas ter hoogte van Haarlem Noord kreeg hij door dat er iets veranderd was. Het regende. Een gestage regen, zoals het tien kilometer noordelijker een gestage sneeuw was geweest. De weg was zwart en er hing een waas van opspattend vocht boven. Tegen de wegkanten lag een rand bruine sneeuw die steeds dunner werd.

Toen hij uitstapte bij het Diaconessenhuis was hij stijf als een plank. Er lag een dun laagje papperige sneeuw op het parkeerterrein, genoeg om over uit te glijden, maar niet meer dan dat. Het regende nog steeds. Hij had het gevoel dat hij van een andere planeet kwam en dat niemand dat zou geloven. Terwijl je alleen maar een tunnel door hoefde.

Hij haastte zich naar binnen. Toen hij op Cardiologie naar de zusterspost liep, zag hij aan het eind van de gang Lida staan. Hij stak zijn hand op, maar ze reageerde niet, ze stond kaarsrecht met het hengsel van haar tasje in haar hand. Halverwege de gang gekomen zag hij de anderen verschijnen, Heleen als eerste, Lida moest iets gezegd hebben, want ze keken allemaal in zijn richting. Toen zag hij hun gezichten pas goed en zijn benen begaven het bijna.

Hij wilde iets zeggen, maar alles haperde. Heleen stond voor

hem en sloeg haar armen om hem heen. Hij keek in haar be-
traande ogen.

'Nog geen uur geleden', zei ze zacht. 'Kom maar even mee.'

De anderen gingen opzij en hij passeerde hun gezichten alsof
hij door een droom liep.

Een verpleegkundige trok zich terug toen Heleen en hij de
kamer binnenkwamen. De gordijnen rond het bed waren dichtgetrokken op een kleine opening na. Hij voelde Heleens hand tegen zijn schouder en hij liep naar het bed. Zijn vader lag op zijn
rug, de armen in de blauwgebiesde pyjama gestrekt op het laken.
Wolter keek naar het gezicht dat nog was zoals hij het gekend
had, naar de handen, de vingers met de blonde haartjes en weer
terug naar het gezicht. Even sloot hij zijn ogen, er schoot iets los
in zijn keel wat zijn adem afsneed, toen stroomden de tranen
over zijn gezicht zonder dat hij er iets aan kon doen.

III

Zeventien

Hoog op de gele wagen

Het vertrek was om zes uur. Zorg wel dat je op tijd bent, had het meisje bij wie hij het kampgeld ging betalen gezegd. Wachten is altijd vervelend. Het programmaboekje kreeg hij pas in Ermelo, want de stencilmachine had het begeven en nu liet een van de vaders het op zijn werk drukken. Maar het beloofde weer een fijne week te worden. 'Je bent nog niet eerder mee geweest, toch?' Voor haar werd dit de vierde keer. 'Elk kamp is weer anders. We denken weleens, zo leuk als het afgelopen jaar wordt het nooit meer, maar toch is het elke keer weer mieters.'

Hockeymeisje, zou Abel zeggen als hij haar stem hoorde. Rechtshalf, misschien wel aanvoerster. Moeilijk te passeren, maar heet als de nacht. Op feestjes danst zij het dichtst bij de lichtschakelaar. Hij moest eens afleren om met Abels ogen te kijken. Else Boerma was anders. De manier waarop ze haar blonde haar naar achteren gooide, de grote passen waarmee ze de kamer uit liep om de ordner te halen, het lachje dat haar gesloten gezicht voor een tel opende. Haar ogen hielden hem op afstand. Terwijl zij zijn gegevens noteerde, zag hij door de ruitjes van de zijkamer zijn fiets langzaam omvallen. Stom. Hij had hem tegen het hek moeten zetten.

'De Plebaan Agteropstraat, waar is die in Haarlem?' vroeg ze.

'Zuidwest, bij de Leidsevaart.'

'Dan zit je zeker op het Groen van Prinsterer?'

'Niet meer.' Haar naam had hem niets gezegd. Volgens Geertje zat ze destijds twee klassen boven hem.

'Ach jé, je fiets', zei ze toen ze hem uitliet. 'Zonde. Hij is nog nieuw, hè? Is er niets mee?'

Hij zette hem overeind en veegde de aarde van het zadel. 'Niets aan de hand.' Met zijn zool wreef hij het gat in het bemoste grind van de oprit dicht.

'Joh, laat toch', zei Else Boerma. 'Wat een mooie Rudge! Daar haal je Ermelo wel op. Nou, tot zaterdag! En … eh … alvast goed kamp!'

Dat klonk braaf, dacht hij terwijl hij terugfietste, alsof hij lid was geworden van een club. De Club van Zessen Klaar.

Hij had zijn fiets de avond van tevoren al bepakt, zodat hij alleen maar de paar laatste dingen in het vrijgehouden hoekje van de fietstas hoefde te bergen, toiletgerei, brood en drinken voor onderweg, de dubbele reep chocola die mama had klaargelegd. Ze stond in de deuropening terwijl hij de fiets van de stoep reed en juist toen hij zijn been met een wijde boog over de bagage en het zadel gezwaaid had, zag hij boven achter het raam zijn vaders gezicht.

Een half uur voor zijn vertrek had hij pa horen opstaan. Zonder iets te zeggen had hij beneden een tijdje gescharreld tussen radio en krantenstandaard, verontrustend onduidelijke bezigheden om kwart over vijf in de morgen. Het was nog helemaal donker. Er was weliswaar iets gaande in Berlijn, hadden ze de vorige avond gehoord, maar de draadomroep begon pas om zes uur tekenen van leven te vertonen, dat wist pa beter dan wie ook. Een paar keer had hij in zijn richting gekeken, niet zozeer uit belangstelling maar omdat hij op iets broedde, Wolter kende dat. Er zou nog iets gaan komen en met een steen in zijn maag wachtte hij op het inleidende keelschrapen. Maar vlak voor hij zou vertrekken, was zijn vader naar boven gegaan om zich te scheren, zoals hij tegen mama zei. Terwijl hij pas om half negen op kantoor moest zijn. Had hij zich bedacht? Vond hij het bij nader inzien toch niet het geschiktste moment voor een vermaning? En de teleurstelling zat blijkbaar nog zo diep dat hij een gewoon afscheid niet kon opbrengen. Dat moest Wolter voelen, het liefst een week lang.

'Ga zelf maar even gedag zeggen boven', had mama gezegd.

Om te laten merken dat hij haast had, was hij met twee treden tegelijk de trap op gelopen. De deur van de slaapkamer van zijn ouders stond half open. 'Pa, ik ga ervandoor', had hij gezegd met zijn hand op de deurknop. 'Tot volgende week.' Zonder een antwoord af te wachten was hij de trap af gerend.

Wolter stak zijn hand op en mama zwaaide, vlugge wuivende bewegingen boven haar hoofd terwijl ze zich met de andere hand aan de deurpost vasthield. De evenwichtsstoornissen kwamen de laatste tijd weer vaker voor. Zag hij daar toch pa's hand? Meteen voelde hij weer spijt. Bij de hoek zwaaide hij voor het laatst, zonder te kijken.

Het grasperk voor de Bavo was grijs van de dauw en er hing een geur van ozon en versgebakken brood, alsof er met medewerking van de bakker op de hoek van het Emmaplein hemels manna neergedaald was. Bevrijdingsbrood. Hoog boven hem sloeg de torenklok half zes. Diep zoog hij de ochtendlucht in zijn longen, terwijl hij het vochtige asfalt van de Leidsevaart op draaide richting Heemstede. De lucht in het oosten was bleekblauw en helder. Wind stond er niet, maar toch stuwde iets hem voort, een gevoel alsof hij ergens aan ontkomen was. Zacht tikte de versnellingsnaaf tegen het ritme van zijn benen in. Als op vleugels. De vorige avond had hij nog liggen piekeren over de kampweek die voor hem lag, over de groep waarvan hij behalve Geertje niemand zou kennen. Nog net geen spijt dat hij zich had opgegeven, maar het scheelde niet veel, want thuis mocht het dan treurnis zijn, het was wel vertrouwde treurnis. En nu? Hij zou wel zien.

Bij het jeugdhonk was het al druk. Volgepakte fietsen slingerden overal en op het voorplein stonden verspreid groepjes jongens en meisjes. Gezichten draaiden zijn kant op toen hij afstapte. Moest hij zich ergens melden of ging alles verder vanzelf? Ondanks de drukte waren de geluiden gedempt, alsof het voor iedereen nog te vroeg was. Wolter zette zijn fiets tegen een lantaarnpaal en hurkte neer om de riempjes van zijn fietstas te verstellen. Ouders waren er ook, zag hij, aan de overkant van de laan, van beiderlei kunne, sommige met hond. Ze drentelden heen en weer in afwachting van het vertrek, maakten een praatje, waarbij hun blikken steeds weer naar de groepjes aan de overkant gingen. Iedereen kende iedereen.

'Ha Wolter.'

Hij keek op. Else Boerma. Haastig kwam hij overeind. 'Hallo', zei hij.

'Fijn dat je er bent', zei Else. Ze zette een kruisje op een lijst en draaide zich naar een forse, kalende man die naast haar stond. 'Dit is Wolter Greve, meneer Karssemeijer. Wolter, dit is de kampcommandant.'

Lichte, onderzoekende ogen, met iets vreemds erin. Een grote neus in een lachend gezicht. Zijn hand verdween in een stevige greep. 'Dag Wolter. Ik ben Arend Karssemeijer. Leuk met je kennis te maken. Ga je fietsen of met de boot?'

Hij keek naar Else. 'Ik heb me opgegeven voor fietsen.'

Ze knikte. 'Klopt. Voor de fietsploeg vertrekken er hier achttien en voor de boot elf. Als het goed is, pikken we er straks nog drie op bij de Cruquius. De rest komt op eigen gelegenheid.'

'Goed', zei Karssemeijer. 'Dan zien we elkaar vanavond in Ermelo, want ik laat me vandaag varen. Goeie reis en veel plezier!'

'U ook', zei hij houterig. Nu zag hij wat het was. Karssemeijer loenste een beetje.

Toen de riempjes weer vastgegespt waren, bleef hij naast zijn fiets staan wachten. Kampcommandant. Dat klonk wel een beetje legerachtig. Het was vijf voor zes. Hij boog zich voorover, draaide aan het palletje van de versnelling en bracht het daarna weer terug in de oude stand. Allemaal gecontroleerd gisteren.

Een fietswiel stopte op een halve meter van zijn hand. 'Toch geen pech?' zei een stem.

Wolter kwam overeind. Een lange jongen met spierwit haar keek hem vragend aan. Hij hield zich in evenwicht op zijn torenhoge zadel door met zijn tenen beurtelings de grond aan te tikken.

'Nee, alles is in orde. Ik heb gisteren alles nog nagelopen.'

'Zeg het anders gerust, hoor,' zei de witte jongen, 'ik heb een complete gereedschapstas bij me. Mooie fiets heb je trouwens.' Hij wipte van zijn zadel en stak zijn hand uit. 'Ik ben Harm de Wit. Jij bent niet van de jeugdcentrale, hè?'

Wolter noemde zijn naam en zei toen: 'Nee, ik woon in Haarlem, maar dat scheen geen bezwaar te zijn toen ik me opgaf.'

'Welnee,' zei Harm de Wit, 'waarom zou het. Hé, daar heb je Gerben. Even gedag zeggen.'

Wolter keek hem na. Aardige jongen. Als ze allemaal zo waren. Hij liet zijn fiets staan en slenterde het voorplein op. Juist op dat ogenblik werd er om stilte geroepen. Else Boerma klom op een muurtje. 'De groep die met de boot gaat vertrekt over vijf minuten. Opstellen aan de overkant. Jullie moeten om half acht op de kade zijn achter het Centraal Station in Amsterdam. De fietsploeg is nog niet compleet. Weet iemand iets af van Govert Bakhuis?'

'Die staat vast bij de Cruquius te wachten', riep iemand. 'Hij woont tegenwoordig in De Glip.'

Else keek verwonderd. 'Dat had hij dan wel even mogen zeggen.' Ze overlegde met de jongen die bij haar stond.

Govert Bakhuis? dacht Wolter. Dé Goof? Of was de naam algemener dan hij dacht? Met de Goof die bij hem in de klas had gezeten was ook altijd iets aan de hand, dus wat dat betreft klopte het.

'Luister even', riep Else. 'Herman hier is de captain van de fietsploeg. Hij kent de route, hij heeft de kaart en is zoals jullie weten herkenbaar aan zijn kniekousen en zijn gulle lach. Als je achter hem aan rijdt, kom je er vanzelf. Herman, heb je nog bruikbare aanwijzingen?'

Een padvinder in burger, schatte Wolter, toen een stevig gebouwde jongen vanaf het muurtje instructies gaf over de te volgen route, fietsen in colonne, welke tekens daarbij hoorden en wat je moest doen in geval van pech of onverhoopt verdwalen. 'Nog iets vergeten?'

'Ja,' riep een stem, 'maar ik kan er alleen even niet opkomen.'

Hij zag de bootploeg vertrekken en wachtte daarna op het sein voor de rest. Toen dat kwam, hadden ze de volle breedte van de straat nodig om op gang te komen. Op de Heemsteedse Dreef vormde zich direct een dubbele rij. Wolter reed in de achterhoede, schuin voor een jongen op een Raleigh, hij zag het verchroomde puntje van het spatbord steeds ter hoogte van zijn trappers. Voor de brug over de ringvaart werden de vier kampgangers die daar wachtten met gejuich begroet. Het wás zijn vroegere klasgenoot, maar Goof zag hem niet toen hij voorbijreed en Wolter deed geen moeite om zijn aandacht te trekken.

Eenmaal in de Haarlemmermeer gingen ze met het oog op tegenliggers achter elkaar rijden en toen Wolter na een poosje omkeek, zag hij dat hij de achterste was. Hij strekte zijn armen en stuurde met zijn vingertoppen. Zelfs in de hoogste versnelling hoefde hij nauwelijks kracht te zetten. Freewheelend naar de einder. Er ging niets boven een Engelse fiets. Hij kon vier, vijf ruggen ver zien, de rest reed daarvoor, Else, Harm, wiens witte hoofd hij soms boven de anderen uit zag steken. En Herman, de voortrekker, helemaal op kop. Allemaal op weg naar het zomerkamp op de Veluwe. Niet zijn keus. Hij had in Oostenrijk zullen zitten, maar er kwam iets tussen. Gisteren was er een ansichtkaart gekomen die er een week over gedaan had. Gelukkig regende het er toen al dagen, maar toch. Honderd keer liever met Jan en Abel wegregenen uit Zell am See dan zeven dagen verantwoord plezier in Ermelo met een onbekend gezelschap. Hij had een levendige herinnering aan veertien dagen volpension met z'n allen in Putten, vier jaar terug. Dodelijk saai. Ermelo was vast niet veel beter, had hij gedacht na Geertjes telefoontje, hoewel een kamp iets anders was dan een pension.

Hij keek naar de zwoegende rug van het meisje voor hem. Haar zadel zat te laag, dat hield ze zo geen negentig kilometer vol, ondanks haar meer dan stevige kuiten. Dat werd duwen straks. Hij hield zijn trappers stil. Freewheelend naar Jezus. Heel langzaam werd de afstand tussen het meisje en hem groter. Wat zou er gebeuren als hij op de eerstvolgende kruising afsloeg? Niets. Niemand zou het merken, je zag alleen je voorligger en had geen idee wie er achter je reed. Ze zouden van elkaar wegrijden langs de benen van een rechte polderhoek en na honderd meter hoorde hij er al niet meer bij. Hij kon doorrijden naar de boerderij van Konings achter Nieuw-Vennep, waar ze vast wel weer bietendunners of aardappelrooiers konden gebruiken. Net op tijd voor de ochtendschaft, aanschuiven tussen de vrolijke dochters en de knecht, zich schurken in de bedaarde gezelligheid van het boerengezin. Slapen in het hooi en volgende week gewoon zaterdag naar huis alsof er niets aan de hand was. Hoe was het geweest, jongen? Veel plezier gehad? O ja, leuk, zinvol, erg gelachen ook. Het meisje voor hem keek om en met een paar krachtige pedaalslagen haalde hij haar in. Ze lachte naar hem. 'Kun je het niet bijhouden?'

'Nee', zei hij. 'Is het nog ver?'

'Yvon!' riep ze. Het meisje dat voor haar reed keek om. Donkere haren waaiden in haar gezicht.

'Of je iemand kunt duwen.'

'Nu al?' Haar ogen flitsten zijn kant uit, maar van voren kwam het sein dat er tegenliggers aankwamen en haastig keek ze voor zich.

Bij de uitspanning in de bocht bij Mijdrecht stopten ze voor de eerste rust. Ze waren niet de enige groep die daar aanlegde, op het terras en bij de toog was er haast geen doorkomen aan. In het rijtje voor de urinoirs maakte hij kennis met Herman, die ondanks het vroege uur al een pijp tussen zijn tanden klemde. Ze waren het erover eens dat het prima fietsweer was en dat het tempo niet te hoog lag. 'Ben jij familie van Gerdien Greve?' vroeg Herman. Hij kende haar van Jeugd & Evangelie. 'Doe haar de groeten maar van Herman Faber.'

Met een glas chocomel en zijn zak brood op weg naar een tafeltje zag hij het meisje dat voor hem gefietst had naar hem kijken. Tegenover haar was een plaats vrij. Hij verlegde zijn koers. 'Mag ik?'

'Yvonne zit daar. Ze haalt even drinken. Dáár, aan die andere tafel, is nog wel een stoel vrij.'

'Bedankt', zei hij. Hij aarzelde. Zou hij iets zeggen over haar zadel? Beter van niet, dat stond zo uitsloverig, vooral omdat ze elkaar helemaal nog niet kenden. Hij kon beter wat afstand houden in het begin en zich niet meteen blootgeven. Dat vond hij zelf ook veel prettiger.

'Is er wat?' vroeg het meisje.

Hij schudde zijn hoofd. 'Nee. Of … nou, ik vroeg me onderweg af of je zadel niet te laag zit.'

Nou had hij het toch gevraagd.

'Te laag? Mijn zadel? Niet dat ik weet', zei ze. 'Waarom?' Alles in haar gezicht deed mee aan haar verwondering, de grote blauwe ogen, de forse wipneus, haar volle, lacherige mond. Zijn moeder zou haar een brutaaltje noemen. Om haar lippen zat een kransje van kleine rode vlekjes.

'Je knieën komen bijna tegen je kin. Zo kun je niet goed kracht zetten, lijkt me.'

'Zo fiets ik altijd. Nooit iets van gemerkt. Vind jij dat ook, Yvon?' zei ze tegen het meisje met het donkere haar dat bij het tafeltje verscheen. 'Dat mijn zadel te laag zit?'

Haar vriendin zette glazen op tafel en stak haar hand uit. 'Hallo,' zei ze, 'ik ben Yvonne van den Brink.'

'Wolter Greve', zei hij en verlegen met zijn figuur liet hij zijn hand doorgaan naar het andere meisje. 'Wolter.'

'Ja, dat hoor ik. Ik ben Ester Jonkman. Zonder h. Meen je dat nou echt, van mijn zadel?'

Waarom hield hij zijn mond nou niet eens een keer. 'Als jij het zelf niet vindt, is er niets aan de hand', zei hij.

'Kom erbij zitten', zei Yvonne, terwijl ze een stoel naar het tafeltje trok.

'Welja', zei haar vriendin.

Toen hij net een hap brood in zijn mond had, draaide Yvonne zich naar hem toe. 'Wolter, je hebt wel gelijk hoor, vind ik, met dat zadel. 't Is een beetje alsof ze op de pot zit, maar ze is veel te eigenwijs om dat toe te geven.'

'Precies', zei Ester met haar neus in haar glas.

Hij lachte om Yvonnes veelbetekenende blik. Leuk meisje wel. Leuker dan die kat van een Ester.

Hij slikte zijn brood door. 'Ik heb een Engelse sleutel bij me. Dan weet je dat.'

Ester proestte het uit. 'Gaat hij dreigen?'

'Let maar niet op haar, hoor', zei Yvonne. 'Het is nog vroeg.'

Aan een van de tafels begonnen ze te neuriën, het gezoem werd steeds luider terwijl een gitaar zocht naar passende akkoorden. 'Sarie Marais'. Hoofden bogen zich over een stuk papier en een paar stemmen probeerden een tekst.

'Het kamplied', riep iemand en er ging een stapeltje papieren rond waar hij er een van afnam. 'We gaan weer op kamp naar het bos en de hei' luidde de eerste regel. Hij bromde zachtjes mee. 'Blij' rijmde op 'hei'.

Toen hij buiten naar zijn fiets liep, passeerde hij Govert Bakhuis, die tegen een heg stond te plassen. 'Zo, Greve, ook van de partij', zei hij over zijn schouder.

'Hé, Goof. Verrassing.'

Goof knikte door zijn knieën en draaide zich om terwijl hij zijn broek dicht ritste.

'Gadverdamme, Bakhuis', zei een bekakte stem. 'Dat dóé je toch niet híér? Heb je dan helemaal geen fatsoen in je lijf?'

Wolter liep door naar zijn fiets en haalde hem van het slot.

'Maak je niet zo druk, man', hoorde hij Govert zeggen. 'Heb je die rij voor de toiletten gezien? Daar ga ik niet op wachten.'

'Ieder ander blijkbaar wel', zei de stem.

Toen Wolter zijn fiets keerde, stond hij recht tegenover Govert.

'Hé, eh, hoe gaat het ermee?' vroeg zijn oude klasgenoot. 'Lang geleden, hè?'

'Behoorlijk lang', zei Wolter. 'Vind je het heel erg als ik je geen hand geef?'

Goof Bakhuis veegde zijn hand aan zijn broek af en lachte snorkend. 'Die Greve. Nog niets veranderd, hoor ik al.'

Van hetzelfde, dacht Wolter terwijl hij zijn fiets pakte. Eigenaardige kwibus. Goof had spiegeltjes aan zijn stuur. Ook eigenaardig.

Tot Hilversum fietste hij naast Albert en nog wat, die uit De Zilk kwam. Ze praatten niet veel, want er viel nog niet veel te praten. Bovendien dwongen de muggen die in het plassengebied van Loenen en Vinkeveen boven de weg hingen, ieder zijn mond stijf dicht te houden. Pogingen om desondanks het kamplied voor de aankomst onder de knie te hebben, smoorden in de klamme warmte. Herman, die zich een keer langs de groep liet afzakken om te kijken of alles goed ging, voorspelde ander weer. 'Het zou best eens kunnen gaan onweren vanmiddag. We moeten straks maar niet te lang rusten.'

Tegen twaalf uur werd aan de rand van de Blaricumse hei het teken gegeven voor de tweede rust. Wolter strekte zich naast Albert uit onder een boom en at een paar boterhammen. Het brood plakte aan zijn verhemelte en hij werkte het weg met de koude thee uit zijn veldfles. Met zijn ogen dicht luisterde hij naar Hermans mededeling dat ze nog steeds op schema lagen. 'We zijn over de helft, maar zoals jullie weten is die tweede helft het zwaarst. Let op de toren van Nijkerk. Als je die ziet, is het niet ver meer.'

'Is er een schema?' hoorde hij vragen. 'Zou ik dat eens even mogen inzien?' Er werd gelachen. Dat was die grote Simplexberijder die Goof vanmorgen op zijn kop had gegeven. Hoog voorhoofd, laatdunkende trek op het edele gezicht. Bekakt getoonzette commentaren daalden van tijd tot tijd van dat hoge kruisframe neer. Ze hadden nog niet kennisgemaakt, maar Wolter had gehoord dat hij Gerben heette en rechten studeerde aan de VU.

196

Takjes prikten in zijn benen en hij ging verliggen. In de verte zongen een paar stemmen van bos en hei en wij en blij, dichtbij gonsden insecten, zachte, steeds onderbroken bromtoontjes, geluiden van zomer en nietsdoen. In Zell am See roffelde de regen op het tentdoek, schreef Abel. Zo had iedereen wat. Hij duwde zich op en leunde met zijn rug tegen de stam. Langzamerhand begon hij leden van de groep te herkennen. Het helgele, mouwloze bloesje verderop was van het meisje dat die morgen bij het jeugdhonk ten afscheid haar hond een knuffel had gegeven en haar vader een stomp tegen zijn arm. Ze zat nu bij het blauwwitte tweetal, dat op en naast de fiets tot nu toe onafscheidelijk leek, een beetje schuwe meisjes met alleen door henzelf begrepen giechellachjes. Het gitaarfoedraal zat vast aan de rug van een in kaki gehulde jongen met een snor en die weer aan het meisje met lang sluik haar dat alles zong wat hij speelde. Of andersom, dat kon hij uit de voortdurend gewisselde blikken nog niet opmaken. Namen wilden nog niet zo goed blijven hangen, hij ving er af en toe een op, maar kon ze nog niet blijvend aan gezichten verbinden. Harm de Wit, wit, lang en vriendelijk, lag naast Yvonne in de hei. Ester zonder h zat een paar meter bij hen vandaan met een boek op haar knieën. Zat ze echt te lezen? Tijdens die paar minuten rust? Inderdaad sloeg ze nu een bladzij om. Was ze verslaafd of stelde ze zich aan? Waarschijnlijk las ze net zo lang door tot iemand haar zou vragen wat ze las, daar leek ze hem wel het type naar. Hij ging weer liggen, met zijn armen onder zijn hoofd. In gedachten begon hij aan een brief naar Jan en Abel v/h te Zell am See.

'Mannen. Oostenrijkgangers. Een hartelijke groet vanaf een zonovergoten Blaricumse heide. De smaakvolle prentbriefkaart met de beeldende beschrijving van de op Zell am See en omstreken neergutsende regen, die ik gisteren mocht ontvangen, had mij, door het besef dat ik niet de enige ben die lijdt, met mijn droevig lot kunnen verzoenen, ware het niet dat het achteloos toegevoegde postscriptum in mij een helse jaloezie losmaakte.

'Morgen trekken we om voor de hand liggende redenen door naar Riva (I).' Riva (I)! Ook iemand die zich gedurende de vakantiemaanden onledig houdt met een taak voor o.m. aardrijkskunde kan nog heel goed weten waar Riva ligt! Riva is de stad van witte en roze huizen, beschaduwde promenades en sikkelvormige strandjes van waar men het azuren Gardameer de zuidelijke Alpentoppen ziet spiegelen. Vertel mij wat. Langs brede boulevards flaneren bedauwde schoonheden die hun beschaduwde blik verlangend laten rusten op de hun tegemoet tredende noorderlingen. Dat is twee keer beschaduwde, maar ook driewerf Kloten & Naatje. Ken je die mop van die man die naar Zell am See ging? Helse jaloezie. En dat deze verhuizing naar het paradijs reeds een week geleden plaatsvond, maakt alles nog erger. Gelukkig komen jullie morgen weer thuis. Ik zal er niet zijn.'

In de winter was het plan geboren. Een kampeervakantie in Frankrijk, drie weken met z'n drieën. Bretagne. Of de Vendée, Sables d'Olonne, een broer van Jan was daar geweest en had visioenen opgeroepen van ongebonden strandleven, dat zeer tot de verbeelding sprak. Abel zou de oude huttent van zijn ouders vragen, want die hadden toch net een caravan aangeschaft. Wat het vervoer betreft waren ze er nog niet uit, liften was het aantrekkelijkst, alleen was die tent niet te tillen. Met de trein was duur, maar misschien zat er niets anders op. Op Abels zolderkamer in het gezellige huis aan de Schotersingel, waar nooit iets een probleem was, hadden ze boven de Bosatlas hardop zitten dromen. Om in de stemming te komen draaiden ze Georges Brassens en Mouloudji, maar later waren ze weer teruggevallen op hun eigen favorieten, J.J. Johnsons 'It Might as Well Be Spring' met de onwezenlijk ijle Bobby Jaspar, 'Walkin'' van Miles Davis en al die andere plaatjes uit de grijsgedraaide ep-collectie van Jan, die hij overal mee naartoe sleepte. Dat was hún muziek, die sisten ze tussen hun tanden terwijl ze met swingende schouders naar het fietsenhok liepen. Daarop dansten ze slow op officieuze klassenfeestjes met gedempt licht.

De reactie van de ouders was niet onverdeeld enthousiast. Jans moeder wist niet wat ze ervan denken moest. Hijzelf had er een keer vaag op gezinspeeld tegenover mama, in de hoop dat het zo zijn vader zou bereiken, maar hij hoorde maar niets. En het waren uitgerekend Abels ouders die het duidelijkst waren in hun bezwaren. Ze vonden hen domweg nog te jong en te onervaren. Zestien en zeventien jaar, voor het eerst zonder ouders op vakantie en dan liefst meteen achthonderd kilometer of meer van huis. Over Vlieland viel nog te praten, maar dit … Als ze zo graag met z'n drieën naar het buitenland wilden, mocht het alleen als ze in de buurt van en liefst óp de camping kampeerden waar zijzelf stonden. En aangezien zij verre de voorkeur gaven aan het keurige Oostenrijk boven het smoezelige Frankrijk, zeker met een nieuwe caravan, zou het dus in ieder geval Oostenrijk moeten worden. Voor de treinreis moesten ze dan zelf zorgen, de tent kon mee in de caravan. Omdat het gebruik van de tent er ook van afhing, hield Abel zich in, maar hij geneerde zich diep tegenover zijn vrienden. Wolter zelf had zich opgelucht gevoeld. Niet alleen omdat deze variant van het plan bij zijn ouders aanzienlijk meer kans zou maken dan het Franse avontuur. Ook omdat het eindelijk eens de ouders van een ánder waren die bezwaren maakten, en nog wel de populaire, moderne en doorgaans zeer gemakkelijke meneer en mevrouw Vos.

Binnen één avond waren ze om. Dromen lieten zich gemakkelijker dwingen dan ze dachten. 'Ken je die van die mannen die naar Frankrijk gingen? Ze gingen naar Oostenrijk.'

Maar zelfs dat ging voor hem niet op. Hij had het te elfder ure verknold met zijn eindrapport. Twee taken betekende de hele zomer leren, wilde hij niet alsnog blijven zitten. Jan en Abel waren nijdig geweest, omdat ze wisten hoe weinig hij eraan gedaan had om het te voorkomen. ''t Is verdomme ook onze vakantie die je verpest! Daar had je weleens aan mogen denken.' Ze hadden helemaal gelijk. Het lullige gevoel hierover had aanzienlijk bijgedragen aan al datgene waarmee hij zichzelf al kwelde. Hij was nu verliezer op alle fronten, stond alleen en met lege handen en kon er niets tegen doen.

De zomer zette in en vorderde zonder dat er noemenswaard schot zat in zijn werk aan de taken, hoewel hij hele dagen boven zat, zijn boeken opengeslagen, het werkschema, waaraan hij de eerste dagen besteed had, ernaast. Zijn ouders, die zelf niet met vakantie gingen dit jaar, stelden geen vragen, niet hoorbaar althans. Ze keken. Ook 's avonds zat hij meestal boven. Er was niemand waar hij naartoe kon of wilde, iedereen was of ging met vakantie of had een vakantiebaantje. Bij Jan en Abel kon hij nu niet aankomen, vond hij. Als hij een enkele keer beneden bleef, verschanste hij zich achter een boek, luisterend naar het concert op de radio. Soms speelde zijn vader orgel. Het holle gevoel van onmacht in zijn lichaam nam met de dag toe. De enige activiteit waaraan hij zich met meer dan dagelijkse regelmaat bezondigde, was die der zelfbevlekking, zoals Abel altijd plechtig zei. Op ongekende wijze trok hij zich zogezegd nog dieper de put in. Maar de dag waarop zijn vrienden naar Oostenrijk vertrokken, vormde eigenaardig genoeg het keerpunt.

In de atlas had hij ze gevolgd van Amsterdam tot diep in Oostenrijk. Het boemellijntje naar Zell am See bedacht hij zelf, net als de bus naar de camping. Het land Oostenrijk deed hem niet veel, maar dat zijn twee vrienden daar nu waren en hij niet, was bitter. Hij had zich opnieuw, alleen veel scherper dan eerst, gerealiseerd dat hij hen kwijt zou zijn als hij weer bleef zitten.

In krap twee weken tijd liep hij de achterstand op het werkschema in. Hij werkte mechanisch, zonder werkelijke interesse, er was iets anders dat hem dreef. Hij begon zich braaf te voelen, schoon, niet schuldig. Wel verveelde hij zich mateloos, zelfs tijdens het leren. Halverwege de tweede week, drie dagen voor ze naar de Ardennen vertrok, belde Geertje op. Hoe het ging. Of hij er toch niet even tussenuit kon. Of dat goedgevonden zou worden. Volgende week begon de JCH-zomerconferentie. Chique naam voor een hartstikke leuk zomerkamp met wat lezingen. Ze had net gehoord dat er afzeggingen waren. Als hij wilde, kon ze even informeren. Ermelo was dit jaar de place to be. Zelf kon ze niet eerder dan maandag.

Altijd was er weer dat dubbele gevoel als het om Geertje ging. Hij vond het fijn dat ze belde en was tegelijk geïrriteerd. Zo'n achteloos gestelde vraag, ze rekende nergens op maar hoopte op veel. Waarom liet ze hem niet met rust, dat hadden ze toch afgesproken? Er was één voordeel, bij zijn ouders kon ze geen kwaad doen.

Ermelo. Niet ver van Putten. Noordrand Veluwe. Midden in de Gordel van Stavast, zoals de buurman met een lachje opmerkte toen hij het vertelde. Tegenwoordig zeiden ze naar Amerikaans voorbeeld zelfs *Bible Belt.* Ingesnoerd geloof. *Ken je die van de man die naar Ermelo ging? Hij ging toch.* Zijn ouders vonden dat hij het verdiend had. Nou vraag ik je, zei hij tegen Geertje toen hij haar terugbelde.

'Is het leuk?' vroeg iemand.

Hij deed zijn ogen open. De zon stond precies achter de gestalte boven hem, hij zag alleen een silhouet. Hij ging zitten. Ester zonder h.

'Ik vroeg of het leuk was.'

Hij begreep het niet.

'Je droom. Je lachte namelijk in je slaap.'

Hij stond op. 'Ik slaap niet. Ik was in gedachten.' Waar bemoeide ze zich mee?

'Ik had je willen vragen of je mijn zadel hoger wilde zetten.'

Langs het fietspad was de groep bezig zich op te stellen. Herman wenkte.

'Nu? Maar we gaan weer vertrekken.'

Hij zag haar blik. 'Waar staat je fiets?'

Met de sleutel uit zijn gereedschapstasje liep hij met haar mee. De moer zat zo vast dat hij hem met een steen moest lostikken. Met moeite wrikte hij het zadel een paar centimeter omhoog.

'Zoiets?' Ze knikte. Vanaf het fietspad werd gewenkt en geroepen. Hij draaide de moer vast. 'Oké, zo moet het maar even. De volgende keer kun je beter eerder langskomen. En nu rijden.'

'Ja baas', zei Ester terwijl ze opstapte. 'Hoe kan ik je bedanken?'

Hij lachte. 'Daar ga ik eens heel goed over nadenken.'

Het was nog niet hoog genoeg, zag hij toen hij achter haar reed, maar al wel een stuk beter. Eigenzinnig type. Eerst niet, dan wel, alleen wanneer het háár uitkomt. Op haar wenken bediend dus.

Vijf kilometer verder sprong de eerste band en op de klinkerweg boven Amersfoort moesten ze vier keer de berm in terwijl de plakploeg bezig was. Het gele torentje van Nijkerk bleef ontmoedigend lang in zicht. De vermoeidheid sloeg toe, er vielen gaten in het lint van fietsers, er werd zachtjes gezucht en gesteund en hier en daar liet iemand zich een eindje duwen. Ester niet, zag Wolter. Opgewekt pratend stampte ze door op haar ouderwetse fiets en gaf geen krimp. Dat zat hem vast niet in die vier centimeter hoogteverschil. Ze had gewoon goeie fietskuiten. En stevige tieten, in dat krappe hemdje van haar. Helemaal nogal een stevig type. Stevig en een beetje gek. Nu had hij nóg vergeten te vragen welk boek ze las. Hij fietste een tijdje naast een leerling-verpleegster die Jenny heette en zich vreselijk verheugde op de komende week. Het was de saamhorigheid, zei ze, het samen bezig zijn met belangrijke thema's en met plezier maken, terwijl je weet dat je van elkaar opaan kunt omdat je dezelfde basis hebt.

'Ken jij iedereen dan?' vroeg hij.

'Nee, haast niemand. Alleen Herman. En mijn verloofde komt in het weekend. Hij ligt in Harderwijk.'

Hij wilde iets terugzeggen, maar bedacht zich.

'Voel jij dat ook zo?' vroeg Jenny, terwijl ze even opzijkeek. Een leuk, open gezicht, rode wangen, haar springerige blonde haren klem achter een haarband.

'Wat?'

'Dat we dezelfde bron hebben waaruit we putten, hetzelfde geloof, dezelfde Heer?'

Er zakte iets in zijn maag. Hij zocht naar een antwoord, besloot toen zichzelf en haar niet voor de gek te houden. Dat hield hij nooit een week lang vol. 'Ik ben nog niet helemaal zo ver. Ik weet dat het waar is, alleen voel ik het nog niet altijd.'

'Moeilijk is dat, hè? Denk maar niet dat ik dat niet vaak heb, hoor. Twijfel hoort bij geloof, dat is zeker.'

Hij kreeg het er benauwd van en gebruikte een tegemoetkomende auto als smoes om achter haar te gaan rijden. Daarna liet hij zich afzakken naar Govert Bakhuis, die in zijn eentje achteraan reed, maar toen hij hem bereikt had, reed er opeens wel iemand naast Goof, een jongen die hij nog niet kende, en hij liet het zo. Waren ze allemaal zoals Jenny?

Zodra ze de onverharde fietspaden van de Veluwe bereikt hadden, vond de eerste valpartij plaats. Met een van pijn vertrokken gezicht zat Yvonne op de grond met haar armen tegen haar buik gedrukt. Naast haar het paaltje waar haar tas achter was blijven haken, nadat ze moest uitwijken voor een tegenligger. Terwijl de EHBO-ploeg haar geschaafde knie verzorgde, bogen en wrikten Wolter en Harm de fiets weer in fatsoen.

'Gaat het weer?' vroeg Wolter toen ze de fiets overnam. Ze knikte met samengeknepen lippen.

Het ging helemaal niet, zag hij al na honderd meter. Haar trapper schuurde langs de achtervork en vanuit de slag in het achterwiel trok een permanente slingerbeweging door het frame. Zo kon ze niet verder fietsen. Op een stuk zonder tegenliggers schoot hij naast haar. De pleisters op haar knie waren helderrood.

'Dit kan zo niet', zei hij.

Ze rukte met haar schouders. 'Ik red het wel, 't is niet zo ver meer.'

Hij schakelde terug en legde daarna zijn hand tegen haar rug, erop lettend dat hun tassen elkaar niet raakten. 'Hou je benen maar stil.' Ze protesteerde niet. Bij elke tegenligger moest hij zich terug laten zakken, maar vanaf de eerste huizen van Putten was het pad weer breed genoeg om naast elkaar te rijden. Als hij af en toe zijn verkrampte arm even liet bungelen, vond hij het leuk om haar daarna met zijn hand weer op te vangen en terug te brengen op de oude snelheid. Toen ze Putten door waren, had hij in het drukke centrum niets herkend van het saaie dorp van vier jaar daarvoor. In zijn herinnering kwamen geen snackbars voor, geen vrolijke terrasjes en walmende frietkramen, uitsluitend schalen vol kruimige afkokers in een stijf pension. Hij vertelde het aan Yvonne en ze waren het erover eens dat de tijden veranderden. 'Maar ook weer niet zo snel als jij nou denkt', zei ze erachteraan. 'Misschien kwam je te weinig buiten.'

'Dat zal het geweest zijn', zei hij.

De laatste kilometers kreeg iedereen vleugels. Wolter hoorde zichzelf uit volle borst het kamplied meezingen, smokkelend met de tekst, wat het lied naar zijn mening alleen maar ten goede kwam. Met tussenpozen herhaalden ze het, tot Herman zijn arm in de lucht stak. Aan het einde van de zandweg, waar de Ermelosche heide tussen de bomen door schemerde, zagen ze een groot landhuis met een rieten kap. Conferentieoord De Zilverberk, vermeldde een bord tussen de bomen. Onder oorverdovend belgerinkel legden ze de laatste meters af.

De bootploeg, die een half uur vóór hen aangekomen bleek te zijn, heette hen welkom met kroezen thee. De kampcommandant sloeg hem op zijn schouder. 'Welkom op de hei, Walter! Was het een mooie tocht?' Hij had het lef niet om zijn naam te verbeteren.

'Niets te danken', zei hij tegen Yvonne. 'Zal ik je maandagmorgen naar de fietsenmaker brengen?'

Daarna ging ieder op zoek naar een bed. Wolter vond een kamer aan de boskant met zes stapelbedden, waarvan alleen de twee bij het raam al bezet waren. Hij klom op het bovenbed naast de deur en ging languit liggen. Negentig kilometer was nog altijd negentig kilometer, stelde hij vast. Zijn beenspieren waren stijf en zijn polsen trilden. Hij gaapte. Even slapen, zou dat kunnen? Of werd hij beneden verwacht? Deden ze alles samen of had je ook vrije tijd? Straks moest hij maar eens informeren. Hij legde zijn armen onder zijn hoofd en tuurde tussen zijn oogleden door naar de zoldering. Leek het wat of leek het niks, dit kamp? De fietsploeg was hem niet tegengevallen, er zaten leuke mensen bij en minder leuke, net als overal. De deur knalde open en er kwam iemand met veel kabaal binnen.

'Dit is wel een aardig hok', riep een stem. 'Hoe is het aan de andere kant?'

Van de gang kwam een onverstaanbaar antwoord. 'Kom eens kijken dan', zei de eerste stem. 'Hier zijn de meeste nog vrij.'

Wolter ging overeind zitten. In de deuropening stond een forse jongeman met woest krullend haar. 'Hé,' zei hij toen hij Wolter zag, 'laat ik nou denken dat er niemand was.'

Hij liep naar het bed toe en stak zijn hand omhoog. 'Volgens mij kennen we elkaar niet. Ik ben Berend Ockeloen. Zeg maar Beer.'

De kennismakingsronde volgde direct na het avondeten. Niet dat iedereen er al was, zei de kampco, er ontbraken er nog een stuk of zes, die in de loop van de avond of anders zondagmiddag zouden arriveren, maar het kamp werd vanavond geopend en het was dus zaak dat iedereen wist wie wie was.

'Weten we dat dan nog niet?' vroeg iemand.

'Nee. Niet iedereen. Voor een aantal is dit het eerste kamp. En voor de oudgedienden onder ons kan het geen kwaad om het geheugen eens op te frissen.'

Het kwam Wolter goed uit. Ze waren nu met meer dan veertig mensen, verdeeld over drie schragentafels, en hij voelde zich een vreemde eend. Onder het eten was alles een beetje over en langs hem heen gegaan, de gesprekken, de grappen. Hij had geluisterd, af en toe meegelachen en zich verder afzijdig gehouden. Hier en daar zag hij een bekend gezicht uit de fietsploeg, maar van de bootploeg en van de mensen die op eigen gelegenheid naar Ermelo gereisd waren, kende hij niemand.

Een voor een stonden de aanwezigen op om hun naam te noemen. Wie nieuw was mocht daar nog iets aan toevoegen, maar het hoefde niet. Op verzoek van de kampco beperkten de anderen zich met vragen en reacties tot het uiterste, omdat er nog meer op het programma stond. 'En jullie hebben een hele week de tijd om elkaar tot in het diepst van je ziel te leren kennen, dat hoeft niet per se vanavond al.' Een beetje gespannen wachtte Wolter tot hij aan de beurt was. Naam, woonplaats en eerste JCH-kamp, had hij zich voorgenomen en hij constateerde met ergernis dat zijn stem geknepen klonk, waardoor zijn naam er niet goed uitkwam. 'Nogmaals welkom, Walter', zei de kampco.

'Hij heet Wolter', zei een meisjesstem. 'En wat doe je voor de kost, Wolter?'

Ester. Natuurlijk. Nog niets, wilde hij zeggen, maar toen hij zijn mond opendeed, zei hij: 'Volgens mijn leraren niets.' Er werd gelachen.

'Heb je ook hobby's?' vroeg iemand van de andere tafel.

Hij kon zo gauw niet zien wie het was. Razendsnel overwoog hij allerlei snedige antwoorden. Toen zei hij: 'Ja.'

'Wie volgt', riep de kampco boven het gelach uit. Nu pas zag hij het gezicht van de vragensteller. Govert Bakhuis.

Aan het eind van het rondje introduceerde de kampleiding zichzelf. De kampco, in het dagelijks leven afdelingshoofd bij een grafische onderneming, één vrouw, drie kinderen, wenste bij voorkeur Kars genoemd te worden, tenzij het niet anders kon. De dominee vond zijn introductie eigenlijk overbodig, omdat hij elke zondag al aan het woord was, maar nam vervolgens wel vijf minuten om zijn aanwezigheid en zijn functie in het kamp toe te lichten. Wolter kende dr. Linthorst. Hij preekte regelmatig in hun Haarlemse kerk en was hem tot zijn schrik voor het eten apart even komen groeten.

'Ik keek ervan op dat er ook een Greve mee is op kamp. Hoe is het met je vader?'

De wereld was veel te klein, vond hij. Vroeger zou het hem gestreeld hebben. De tijd dat Wim en hij het onder elkaar over dominee Lintworm hadden, maar keurig een handje kwamen geven als de lange en langdradige predikant bij oma Woudstra op bezoek kwam.

De officiële opening van het kamp vond buiten plaats onder de vlaggemast. Met een korte toespraak over de ware kampgeest leidde Kars de ceremonie in. Hij benadrukte het voorrecht van de vrijheid waarin zij dit konden doen en herinnerde aan de inwoners van Oost-Berlijn, die de afgelopen vierentwintig uur het laatste stukje uitzicht op de vrijheid achter een muur hadden zien verdwijnen. Het gebed waarmee dominee Linthorst om Gods zegen vroeg voor dit zomerkamp was tot Wolters verrassing nog korter. Terwijl het kamplied aangeheven werd, trokken twee leden van de organisatie een stukje textiel omhoog, dat in de windstille avond hardnekkig weigerde zich te ontplooien.

Er werd gevraagd om vrijwilligers voor de corvee, alleen voor vandaag, vanaf morgenochtend ging het volgens een ploegenschema. 'En voor iedereen: over een half uur gaan we jujubelen, hier op het terras als het niet te fris is en anders binnen bij de haard', riep Else Boerma. 'Er is een nieuw boekje uit, kosten vijftig cent, te voldoen bij de commissie. De oude drukken blijven bruikbaar, heb ik me laten vertellen.' Iemand vroeg naar het verschil en ze zocht even hulp bij de organisatie. 'De kleur!' riep ze lachend. 'En, en, het kamplied van dit jaar. En de typefouten van vorig jaar zijn eruit gehaald. Me dunkt. Om tien uur doen we een korte avondwandeling en om half elf de avondsluiting. Toch?' Ze keek hulpzoekend naar de kampco. 'Herstel, de avondsluiting vervalt. Zie verder het programmaboekje, dat je nú kunt afhalen als je het nog niet hebt.'

Toen Wolter zich bij de keuken meldde, stond er al een groep zingend aan de afwas. Zijn kersverse kamergenoot Beer Ockeloen stopte hem een theedoek in zijn handen. 'Zie maar wat je ermee doet, we zijn al bijna klaar.' Als hij lachte, lachte je vanzelf mee.

'Wat is dat, jujubelen?' vroeg Wolter.

'Dít, maar dan in het groot. Zomerkampjargon voor een soort communitysinging met een geheel eigen en uniek repertoire.' Hij grijnsde. 'Gelul natuurlijk, maar het is wel apart. Gaat de hele week door. Voor, tijdens, na, in plaats van, noem maar op. Daarna zijn we weer een jaar stil. Toch, Pim?'

Een van de afwassers lachte. 'Dan zingen we alleen psalmen. Hoe was het trouwens in Denemarken?'

Wolter luisterde met een half oor naar het verslag van een fietsvakantie en begreep dat Berend vandaag in één ruk van Embden naar Ermelo was gereden.

'Ben je speciaal voor het zomerkamp teruggekomen?' vroeg hij.

'We hebben het zo gepland. Als het even kan, zijn we erbij. De laatste vijf jaar heb ik maar één kamp moeten overslaan en Rietje … weet ik niet precies. Niet één, geloof ik. We vinden het altijd wel heel apart.'

'Rietje is …'

'Mijn verloofde. Ja. Je zult haar straks wel zien.' Hij keek naar Wolter. 'Dus jij bent de man met hobby's.' Zijn levendige gezicht met de brede neus en forse jukbeenderen stond voortdurend naar lachen. 'Noem er eens een.'

Hij trok een gezicht. 'Ik vind "hobby" eigenlijk een dom woord. Iets voor figuurzagen.'

'Ja, dat is een leuke hobby', zei Beer. 'Of duiven houden. Hou jij duiven?'

Ze lachten tegelijk. Wolter zette de schaal neer die hij al een minuut lang afdroogde. 'Ik lees veel, ik hou van jazz en klassieke muziek, ik doe aan toneelspelen, basketbal … maar om dat nou hobby's te noemen.'

'Je bent gewoon veelzijdig.' Het aardige was dat je niet het gevoel had dat hij spotte.

'Daar zijn de meningen over verdeeld.'

'Wat is het laatste boek dat je gelezen hebt?'

Wolter pijnigde zijn hersens. 'Mag het op één na laatste ook?'

Beer keek hem aan zonder iets te zeggen. Wolter schudde zijn hoofd. 'Het laatste was een of andere onbenullige detective en ik wil graag goed voor de dag komen.'

'Heel goed, dat mag ik wel. Vertel eens. *The Catcher in the Rye* zeker?'

Hij liet niet merken dat hij dat niet kende. Voor hij iets kon noemen, kreeg Berend een stapel borden in de handen gedrukt. 'Derde plank rechts graag.'

'Aye aye, sir', zei Beer. 'Wolter, dit is Gerben Korteweg.'

Wolter stak zijn hand uit, maar de lange Simplexberijder knikte alleen naar hem. 'Hoi.'

'We hebben elkaar onderweg al gezien', zei Wolter.

'O ja, is dat zo?' zei de ander.

Na het opruimen ging Wolter terug naar de recreatiezaal. Een broodmagere jongen met stekeltjeshaar, die zich aan tafel had voorgesteld als Bernard, improviseerde zachtjes op een gitaar, 'Sarie Marais', maar dan een beetje jazzy opgesierd. Lekkere muziek. Ester Jonkman zat achter de tafel met de jujubelboekjes. 'Kijk eens aan', zei ze. 'Onze rijwielhersteller. Hoeveel exemplaren had u in gedachten?'

'Doet u mij maar om te beginnen één', zei hij. 'Heeft de ingreep trouwens geholpen?'

'Nou en of. Ik danste over de weg.' Ze lachte. 'Dat is dan vijftig cent. En bevalt het tot nu toe hier?'

'Zeker. Kan ik bij jou ook een programmaboekje krijgen?'

'Helaas, andere loket. En weet je al hoe en waarmee ik je kan bedanken?'

'Nog niet.'

'Wel opschieten. Zo'n week is zo voorbij.'

Hij bemachtigde een van de laatste rotan kuipjes, drie maten te klein maar de grotere stoelen waren al bezet. Na een paar mi-

nuten ging hij in een vensterbank zitten. Hij kon nu over alles
heen kijken. Even was hij bang dat hij te veel uit de toon viel,
er werd naar hem gekeken, maar daarna zag hij dat anderen die
later binnengekomen waren gewoon ergens gingen zitten, op tafel, op de vloer met de rug tegen de vuurplaats, het maakte niet
uit. De gitarist met de snor was er inmiddels ook bij gekomen en
bij de piano stemde zijn aanhangende meisje een banjo. Daarna
ging de piano weer dicht. Die was zeker voor de avondsluiting,
dacht hij, terwijl hij in het liedbundeltje bladerde. Van alles wat,
in minstens vier talen en de helft kende hij niet, maar toen ze
eenmaal begonnen waren, viel dat laatste wel mee. Allerlei melodieën bleken wel in zijn hoofd te zitten, terwijl de tekst op papier
hem niets zei. Het klonk best leuk, enthousiast, vooral een clubje
in de buurt van de instrumenten hield het tempo erin. Hij kon
merken dat ze een traditie hadden, er waren allerlei grapjes voor
ingewijden: typefouten zingen, rare stemmetjes maken. En veel
meerstemmige afsluitingen. Hij hield wel van zingen, thuis zongen ze veel, alleen niet dit soort liedjes. Over zang met gitaarbe-
geleiding werd altijd een beetje laatdunkend gedaan. AJC-achtig.
Opwekkingsmuziek. Youth for Christ. Eén pot nat. Dat vond hij
ook en niet alleen omdat ze dat thuis zeiden, maar dit was heel
anders. Dit ging tot nu toe ook nauwelijks over Christ.

Toen hoge emaillen kannen en bladen met kopjes werden bin-
nengebracht, pauzeerden ze even. Hij nam een kop koffie van
een blad dat een roodharig meisje hem voorhield. 'Dank je wel',
zei hij en ze keken elkaar even aan. 'Hé, jou ken ik nog niet', zei
ze. 'Ik ben Rietje. Wil je suiker?'

'Nee, dank je.' Hij noemde zijn naam en zei toen: 'Je naam
heb ik wel gehoord. Ben jij Rietje van Berend?'

Ze lachte. 'Eigenlijk Rietje Scheepmaker, maar vooruit.' Terwijl ze doorliep, zei ze over haar schouder: 'We zien elkaar nog
wel.'

Had hij weer iets onhandigs gezegd? Hij keek haar na. Voor
dit rood was zo gauw geen naam te bedenken. De kleur deelde

zich mee in de sproetjes op haar neus en jukbeenderen. Hij dacht dat haar ogen blauw waren, maar het kon ook groen zijn, met wimpers als kransjes waar misschien ook nog wat rood in zat. Een stralend gezicht.

De avondwandeling verliep in het aardedonker. Alleen als je omhoogkeek zag je tegen de lichte hemel de boomtoppen en wist je waar het pad liep. Iedereen was te moe om op te letten, de meesten liepen mechanisch achter de grote lantaarn aan die voortrekker Herman droeg. Gebruik van andere lantaarns was verboden, anders was het effect weg, had Herman gezegd. Hier en daar werd zachtjes gezongen.

Wolter had geen enkel idee waar hij liep en tussen wie. Hij droomde een beetje weg, ervoor zorgend dat hij niet uit het spoor raakte. Af en toe struikelde er iemand en dan werd er gegild of gelachen. Na een tijdje voelde hij een arm onder de zijne.

'O gelukkig, een mens', zei een stem. 'Weet je wel dat ik volkomen nachtblind ben?'

'Als dat niet Ester zonder h is', zei hij. 'Fijn dat je andere zintuigen het nog doen.'

'Wat een tref. Het is mijn rijwielhersteller, Yvon', zei ze. 'We kunnen gerust zijn.'

Yvonnes antwoord kon hij niet verstaan. Over Esters hoofd heen zei hij: 'Wil je mij soms ook een arm geven, Yvonne?'

'Ja goed', zei ze.

Ester giechelde. 'Het houdt niet op met die Wolter! Jij voelt je zeker al aardig thuis in het JCH?' De meegevende druk van haar borst tegen zijn arm bracht hem een beetje in verwarring.

'Het begint te komen', zei hij.

'Zie je wel.' Weer drukte ze zich tegen zijn arm. 'En dit is nog pas de eerste dag.'

Yvonne zei niet veel. Haar arm door de zijne voelde harkerig aan en toen het conferentieoord weer in zicht kwam, liet ze als eerste los. Hij zag nu pas dat ze met haar been trok.

'Gaat het eigenlijk weer met je?' vroeg hij onhandig.

'Ja hoor, best', antwoordde ze. 'Ik ben alleen erg moe.'

'Dat had je ook weleens eerder kunnen vragen', zei Ester.

'Hou eens op, Es.' Yvonnes stem klonk geërgerd.

In het gedrang raakte hij ze kwijt, maar toen hij de trap op liep, hing Yvonne over de leuning van de overloop. 'Slaap lekker, hè', zei ze. 'En nog bedankt voor vanmiddag.' Het klonk een beetje verlegen. Had ze op hem staan wachten?

Toen hij in de wasruimte zijn tanden poetste, kwam Govert Bakhuis binnen. 'Hoi Goof', zei hij met een mond vol schuim.

'Ha die Greve.' Goof rommelde in zijn toilettas, keek toen op. 'Ik ben bang dat ik mijn tandpasta vergeten ben. Mag ik wat van de jouwe?'

Hij stak hem zijn tube toe. Goof bekeek hem van alle kanten. 'Medinos? Dat is toch een huidzalf?'

Hij spoelde zijn mond. 'Is het ook. Ik gebruik het voor alles.'

In bed lag hij te luisteren naar het gerommel om hem heen. Er waren zojuist nog twee laatkomers gearriveerd, die de laatste onderbedden in bezit hadden genomen en nu snel hun spullen in orde maakten. Doezelig keek hij toe, zijn gedachten bij alles en iedereen. Jan en Abel waren vanavond thuisgekomen. Hij stelde zich voor hoe ze bruinverbrand en ongeschoren het station uit kwamen. Dat was de afspraak geweest met z'n drieën, ze zouden hun baard laten staan. Hij begon er nu maar niet aan. Een baard van een week uit Ermelo was niks. Er zat een bruine veeg op de mouw van zijn pyjamajas. Hij voelde vettig aan en toen hij hem voor zijn neus hield, rook hij chocola. Hij liet zich uit bed glijden en voelde in de fietstas die eronder stond. De jongen in het onderbed keek geïnteresseerd toe.

'Iets kwijt?' vroeg hij. GERARD VAN ARKEL stond met grote letters op het label dat aan zijn plunjebaal bungelde.

'Iets vergeten. Hou jij van uitgelopen chocola?' Hij peuterde aan de kleverige klont in de hoek van de tas. Wat sneu voor mama. Hij had niets gezien toen hij zijn kleren in de kast borg. Morgen maar verder kijken. Hij klom weer terug in bed.

'Eh, dinges … Wolter?' Beer Ockeloen had zich half opgericht in bed. 'Zou je het licht willen uitdoen?'

De lichtschakelaar was naast zijn voeteneind. Een uiterst verantwoordelijke positie, hadden ze daarstraks gezegd.

'Natuurlijk. Welterusten!'

Als hij nou maar niet direct weer naar het toilet moest. Eerst een afdaling in het donker, dan de klemmende deur. Waar zat ook alweer het licht op de gang? In een vreemde omgeving had hij dat vaak in het begin. Zenuwen, spanning, het kon van alles zijn, maar zijn blaas stond dan wel op springen. Geen inbeelding, wat mama weleens zei. Een halve liter kon je geen inbeelding noemen. Het was wel een lange dag geweest. Half zes was hij van huis gegaan, bijna achttien uur geleden. Het leek veel korter en tegelijk veel langer geleden. Pa had voor het raam gestaan boven. Toch nog. Zijn oog en zijn gebeden vergezelden zijn zoon op diens weg naar Ermelo. Zoals hij altijd bad om bescherming tegen de gevaren op de weg, en tegen leed en ramp, ziekte of ongeval. De vaste formulering, op gedragen toon. Als een polisartikel. Niets uitsluiten. Half zes in de morgen. Ondanks alles had hij met zijn ouders te doen. Zij wisten het soms ook niet meer.

Hoe had pa het ook alweer genoemd, twee dagen geleden? 'Een verterend vuur'. Zomaar. Hij had iets voelen aankomen, ze waren op weg naar het centrum, een orgelconcert in de oude Bavo, het was al heel wat dat hij meegevraagd werd met al dat schoolwerk. Hij verwachtte iets over school, als er gepraat werd, ging het meestal daarover, maar pa begon over belijdeniscatechisatie. Of hij zich na de zomer daarvoor ging opgeven. Hij werd tenslotte het komend jaar achttien. De vraag had hem overvallen, hoewel hij de bui al een paar maanden voelde hangen. Tegen Pasen, toen de namen van de belijdeniscatechisanten in het kerkblad hadden gestaan, was er thuis aan tafel meer dan normale aandacht aan besteed. Wie wel, wie niet, hoe oud of jong ze waren. Toen al vreesde hij de dag waarop hij hierover aangesproken ging worden. Want het was onvermijdelijk dat hij er ooit aan geloven moest. Als het niet uit eigen overtuiging was, dan om die van zijn ouders. Of liever, die van pa.

Hij had heel voorzichtig gezegd dat het misschien beter was als hij nog een jaar wachtte. Dat hij er nog niet klaar voor was. Of iets dergelijks. Voor zijn doen had hij het heel tactvol geformuleerd, maar het viel niet goed. Pa begreep het niet. Hij begreep niet dat zijn zoon kon betwijfelen of de geest wel genoeg in hem werkte. 'Maar God is toch een verterend vuur?' had hij gezegd. Hij was verbijsterd. Verzengende liefde, daar vermocht een nietig mens toch niets tegen? Waarom verzette hij zich?

Alsof hij lood had geslikt, zo voelde het. Schroeiend heet, verstikkend. Wilhelminastraat hoek Barrevoetestraat, echt een plek om je uit te spreken over geloofskeuze, brede weg, smalle weg, de symboliek lag voor het opscheppen, maar omdat hij daar bijna elke dag langskwam, zag hij dat pas achteraf. Zwijgend waren ze doorgelopen, pa waarschijnlijk broedend op zinnen die zijn zoon alsnog tot inkeer zouden brengen, hij star van onmacht. Voor het eerst was hij oprecht geweest. Voor het eerst in jaren hield hij nu eens niet de schijn op. En nu werd hij niet serieus genomen. Er werd gedaan alsof hij een beetje luchtig en onbezonnen omsprong met de Almacht Gods. Iedereen verootmoedigde zich toch, aanvaardde zijn doop, deed belijdenis. Nou dan. Echt weer iets voor Wolter. Zo ging het met school, zo ging het met het geloof. Hij zou er nog wel achter komen.

Nee. Hij kón het niet. Hij werd er koud van als hij eraan dacht. Er was geen sprake van dat hij zichzelf een oordeel zou gaan eten en drinken. Die onheilspellende, nauwelijks te bevatten zin uit het avondmaalsformulier die elke keer voorgelezen werd. Mooie beloften doen en beterschap betonen op school waren één ding. Ooit kwam het heus wel goed, maar in een zaak van leven en dood, eeuwig leven of eeuwige verdoemenis, kon hij niet veinzen. Voor één keer ging hij dus niet doen alsof.

Zijn vader herkende het niet. Hij ervoer het als een persoonlijke nederlaag. Twee dagen lang hadden ze rondgedwaald in een mist van wederzijds onbegrip en irritatie en toen hij vanmorgen vertrok was die bepaald nog niet opgetrokken.

Er waren geluiden op de gang. Voeten op de plankenvloer, gedempt gelach. Een deur sloot iets te hard. Er werd gekeet op de slaapzaal. In deze kamer was het stil. Iedereen was moe van de reis. De kampco was op zijn ronde even in de deuropening blijven staan. 'Zo, jullie hebben het hier voor elkaar! Chic, hoor. Denk eraan, mannen, morgen om kwart voor acht reveille en half negen ontbijt. Welterusten!'

Toen de deur dicht was, mompelde iemand iets over een kinderkamp.

'Ach, dat valt wel mee', had Beer gezegd. 'Als je dit soort afspraken niet maakt, wordt het een zooitje. Half tien afmarcheren naar de kerk. Dat zal je goeddoen. En reken er maar op dat je niet voor twaalf uur terug bent. We zitten hier op de Veluwe en dat zul je weten.'

Hij had geluisterd naar de oude grapjes over de zwartgekousde kerk en de preken in drie punten inclusief tussenzang op de golven van de zee. En dat de meisjes er zonder hoed niet eens in kwamen. Dan hadden ze morgen een makkie, maar volgens hem ging dat meer over de Gereformeerde Bond en niet over hun kerk.

Op de gang was het weer stil. Achter de gordijnen ruisten de bomen. Maandag kwam Geertje. Hij moest nog uitzoeken hoe laat de stoptrein uit Amersfoort hier aankwam. Toen hij zich aanmeldde, had hij het een veilig idee gevonden dat ze ook kwam. Dat was het nog steeds wel, maar toch was er iets veranderd.

Toen hij wakker werd, begon het al licht te worden. Voorzichtig klom hij uit bed en liep over de schemerige gang naar de toiletten. Op de terugweg stond hij stil bij de trap en luisterde. Achter de deuren sliep het kamp. Jongens hier, meisjes aan de andere kant van het gebouw. De leiding in het voorhuis. Verschil moest er zijn.

Het was niet tegengevallen gisteren, maar toch voelde hij zich nog niet op zijn gemak. Toen hij terugging en de deur van zijn slaapzaaltje opende, keek hij in een slaperig onbekend gezicht. 'Hoi', zei het in het voorbijgaan. Een tijdlang probeerde hij weer in slaap te komen, toen gaf hij het op.

De beide douches waren al bezet toen hij tegen half acht de wasruimte binnenkwam. Herman, die zich voor de verste wastafel stond te scheren, stak zijn hand op. 'Goed geslapen?'

Wolter keek naar zichzelf in de spiegel en haalde voor de zekerheid zijn hand over zijn kin. De oude Philishave die hij van Wim had overgenomen kon hij rustig nog een dag in zijn toilettas laten zitten. Omdat de corveeploeg beneden zijn hulp niet nodig had, slenterde hij buiten rond tot het tijd was voor het ontbijt. Hij kende nog lang niet iedereen, zag hij aan tafel. En gisteravond laat waren er ook nog een paar bij gekomen. Hij gaapte achter zijn hand en ving de blik op van de jongen tegenover hem.

'Valt niet mee, hè, zo vroeg je bed uit.'

Het duurde even voor hij hem herkende, Gert uit het onderbed. Of Gerard? Hij was inderdaad niet uitgeslapen.

Met zo'n grote groep tegelijk op pad gaan moest je wel leren. Hij moest zo lang wachten voor het toilet dat hij als een van de laatsten bij de kerk aankwam. Daardoor kon het gebeuren dat hij in het kerkportaal achter de verkeerde ruggen aan liep en verdoofd door het daverende orgel zich door een gebiedende koster naar een van de voorste rijen liet dirigeren. Toen hij goed en wel zat, zag hij boven op de galerij het volledige kamp zitten. Zo te zien was er nog wel plaats. De mevrouw in de bloemetjesjurk met bijpassend hoedje, die na hem de bank in kwam en stijfjes knikte voor ze ging zitten, zette haar psalmboek op de leesplank. Ze rommelde in haar tasje, knoopte haar gehaakte handschoenen los en begon ze met voorzichtige bewegingen af te stropen. Ze rook naar de tantes die hij op de verjaardag van oma Woudstra altijd een hand moest geven. Eau de cologne en toiletpoeder. Aan het begin van de preek zou ze hem vast en zeker een pepermuntje aanbieden. Rechts zat een man zo breeduit dat de stof van zijn pak tegen zijn been kriebelde. Wolter schoof een beetje opzij, maar het hielp niet. Weg, dacht hij. Naar boven. Hij haalde diep adem en stond op. Met een opgelaten gevoel schoof hij de lange bank weer uit, mensen moesten dwars gaan zitten of zelfs opstaan om hem door te laten. Tegen de stroom van binnenkomende kerkgangers in haastte hij zich naar het trapportaal. Bovengekomen keek hij over de rijen met kampgenoten heen. Was het nu toch vol? Hij liep de treden af naar voren en zocht zonder veel overtuiging, waarbij hij het vermeed om de anderen aan te kijken. Toen werd hij aan zijn arm getrokken. Het was Beer Ockeloen, op de hoek van een rij.

'Je kunt hier nog wel bij.' Hij gebaarde en iedereen schoof wat in. Rietje lachte naar hem terwijl ze hem liet passeren. Met een rood hoofd ging hij zitten.

'Ook goedemorgen', zei een stem aan zijn andere kant. 'Was je verdwaald?' Yvonne keek hem plagerig aan.

'Een beetje', fluisterde hij.

De kerk was nu stampvol. De organist, die in de ogen van zijn vader te licht bevonden zou zijn, rekte zijn spel tot de kerkenraad gezeten was en de predikant werd opgebracht. In de diepte onder zich ontdekte Wolter op de derde rij van voren de bloemetjesjurk met bijpassend hoedje. De man in het donkere pak had nu zijn plaats er ook bij genomen. Met een gevoel van opluchting zong hij uit volle borst mee toen het JCH er bij de openingspsalm voluit inging alsof er gejujubeld werd. Aan het eind van het eerste vers lagen ze al een halve regel voor.

Bij het begin van de preek voelde hij Yvonnes arm tegen de zijne. 'Ook eentje?'

Inwendig vermaakt nam hij een pepermuntje uit de rol die ze hem voorhield. Daarna bleef haar arm ongeveer waar hij was, tegen de zijne. Als ze ging verzitten, verdween hij even om dan weer terug te komen, zo zacht dat het onopzettelijk zou kunnen zijn. Van de preek drong maar weinig tot hem door. Hij was zich voortdurend bewust van die arm tegen de zijne, concentreerde zich op de drukpunten, bovenarm, zijkant elleboog. Eén keer trok hij als proef zijn arm een beetje terug, maar na een tijdje was de hare er weer, als iets wat vanzelf zijn plaats weer innam. Ongemerkt. Als je het daarna ontkende, had het ook nooit bestaan.

Elk punt van het programma had iets van een feestelijke onderneming. Van belangrijk tot alledaags, de opening van het kamp of gezamenlijk koffiedrinken, alles bracht zijn eigen spanning mee en zijn eigen sfeer. Elk onderdeel onderging je bewust en probeerde je ook met elkaar tot een goed einde te brengen, waarna je uitkeek naar het volgende. Er was een voortdurende drukte, een gegons, gelach. Alles was leuk of beloofde dat te worden, ook het gewone. Er groeide een aanstekelijk plezier, dat op iedereen oversloeg. Hij had nooit begrepen wat er leuk was aan allerlei yells, maar in dit kamp brulde hij met alles mee. Als je er met tien of twintig tegelijk aan begon, voelde je je groeien. Voor alles – eetlust, ongeduld, goed- of afkeuring, wensen, urgente verlangens – bestond een gestandaardiseerd spreekkoor. Een gescandeerd gebrul, al of niet begeleid door geroffel. Ergens ontstond het, onmiddellijk werd het overgenomen door twintig, dertig stemmen. Je voelde en bedoelde even allemaal hetzelfde, keek elkaar onderwijl stralend aan, alleen al om het uitdagende plezier van die eenstemmigheid. En anders wel om het simpele genot van de herrie.

Alleen aan de tafeldebatten moest hij nog wennen. Toen Herman aan het begin van de middagmaaltijd opstond om zijn beklag te doen over iemands gedrag tijdens de kerkdienst en direct door de volgende spreker beschuldigd werd van farizeïsme, had Wolter even het gevoel dat er iets ernstigs gebeurde. Tersluiks keek hij naar het hoofd van de tafel, waar Kars juist de schaal met vleesbeleg doorgaf voor hij weer met een lach op zijn gezicht naar de spreker keek. Niets aan de hand dus. Om hem heen werd gegrinnikt. Net als de vorige avond had hij moeite om het spel te herkennen. De toon was nogal scherp en omdat hij nog bijna niemand kende, had hij de neiging om alles wat over tafel ging serieus te nemen, beschuldigingen, verontwaardigde ontkenningen, bijval, hoon, maar dit hoorde er echt bij, begreep hij van anderen.

Zondagmiddag hadden ze een paar uur vrij. Wolter hing rond op het terras en in de recreatiezaal. Hij had mee gekund naar het Uddelermeer, Harm de Wit was hem speciaal komen vragen, maar hij had bedankt met een smoesje over zadelpijn. En met een ander excuus had hij zich nog net weten los te maken van een groepje dat de hagepreek ging voorbereiden en vroeg of hij erbij kwam zitten. Door het open zijraam klonk de slaapverwekkende dubbele tik van een pingpongbal. Ze hadden de tafeltennistafel naar buiten gereden en twee koppels speelden een dubbel waar geen eind aan kwam. Hij had even staan kijken, maar er was weinig kans dat hij mee zou kunnen doen. Binnen zaten een paar meisjes te schrijven, misschien wel kaarten naar huis, je kon er niet vroeg genoeg mee beginnen. De standaard met dorpsgezichten bij het buffet had hij al drie keer bekeken. Bosbad, molen De Koe, Stationsstraat met geref. kerk, schapen op de Ermelosche heide, Oude Kerk, muziektent. De afzonderlijke plaatjes kwamen ook terug in verzamelkaarten. Meer was er niet. *Lieve mama en pa. Een hartelijke vakantiegroet uit zonovergoten Ermelo. Het is zondagmiddag en het lijkt op Putten.* Flauw. Het leek er juist helemaal niet op.

Om deze tijd zouden Jan en Abel wel opgestaan zijn. Een beetje verdoofd nog door de twee lange reisdagen zouden ze door het huis scharrelen, de plunjebalen half uitgepakt op de vloer van hun kamer. Misschien hadden ze elkaar al gebeld en voor 's avonds afgesproken om even na te genieten. 'Heb jij iets van Wolter gehoord?' Een van hen zou wel bellen en van zijn ouders horen waar hij zat. 'Ermelo? Is hij dan al klaar met zijn taken?'

In een nis van het terras, haar rug naar het huis, zat Yvonne te lezen. Hij probeerde door het raam te ontdekken welk boek het was. Ze had nu een paardenstaart, zo'n hoge, wat leuk stond, pittig, vooral met de madeliefachtige oorclips. Die had ze vanmorgen nog niet in. Of wel? Om de hoek verscheen Ester met een ligstoel achter zich aan. Snel deed hij een stap achteruit. Net zo'n waterspuwertje op het dak van de Grote Kerk, vond hij, toen ze zich puffend in haar stoel liet vallen. Brutaal en gek. Met Ester kon je lachen, maar je moest wel oppassen. Yvonne was meer het type engeltje van een dak verderop. Sereen. Volgens Abel waren dat de gevaarlijkste. Ze kenden elkaar al van de kleuterschool, had Yvonne verteld. Vriendinnen door dik en dun.

Ten slotte liep hij naar boven om een boek uit zijn tas te halen. Op de gang kwam hij Beer tegen met zijn armen vol beddegoed. 'Hé, ga je verhuizen?' vroeg hij voor de grap, maar het bleek waar te zijn. De afgelopen nacht waren twee van zijn vrienden gearriveerd, die op hun kamer onder het dak nog een bed vrij hadden, vertelde Beer. Het vorige kamp hadden ze ook bij elkaar op de kamer geslapen. Oergezellig. Wolter liet zijn teleurstelling niet merken. Hij zocht een stil hoekje op het terras en zat een tijd over zijn boek heen te staren. Binnen speelde iemand op de piano. Zacht, mooi, niet zomaar wat. Het leek op iets wat pa weleens speelde. Grieg? In de lome middaghitte vielen zijn ogen vanzelf dicht.

Om vijf uur verzamelden ze voor een korte wandeling naar een open plek in het bos voor de aangekondigde hagepreek. Leden van de liturgiegroep lazen gedeelten uit Prediker en dominee Linthorst hield een korte overdenking over de tekst 'Verheug u o jongeling in uw jeugd'. Hij had voor de gelegenheid een korte broek aangetrokken en Wolter kon zijn ogen niet afhouden van de spierwitte benen waarop de spaarzame zwarte beharing geen raad wist met de onverwachte blootstelling. 's Morgens was

Linthorst al vroeg vertrokken en onder het eten had Gerben de afwezigheid van de predikant aan de orde gesteld. Of deelname aan het gereformeerde Veluwse schnabbelcircuit wel kón in kamptijd, had hij onder algehele hilariteit gevraagd. Preekbeurten heet dat, had Kars gecorrigeerd. Er klonk iets in zijn stem wat Wolter er nog niet in gehoord had. Precies, dat bedoelde spreker. En als je het de predikant in kwestie vanavond zelf nu eens vroeg? Dat was te overwegen, maar wel aanmerkelijk minder aantrekkelijk dan het erover hebben achter zijn rug. Daarna was Gerben fijnzinnig gefileerd door een jongen die Wolter bij het ontbijt voor het eerst gezien had. Derk Kuiper. Klein, tenger, zachte stem. Hij verklaarde als student theologie inmiddels de onweerstaanbare drang te kennen om licht te brengen in de donkere hoeken van deze buitengewesten. Dat geldelijk gewin daarbij geen rol speelde, was voor de meer materialistisch ingestelde jurist in spé natuurlijk van een andere wereld. Er kón veel in dit kamp, vond Wolter.

In een slordige cirkel zaten en lagen de JCH'ers onder de bomen, alsof Gods adem ze eerst verstrooid had en daarna weer bijeengedreven. Vooraan knie aan knie de bravere gelovigen, daaromheen in luiere posities de rest. Opvallend veel ogen waren in concentratie gesloten. Schuin achter de predikant zat Beer met zijn rug tegen een boom. Rietje leunde tegen zijn opgetrokken knieën. Zijn vingers draaiden een krulletje in haar haren. De wind, die af en toe beweging bracht in de toppen van de sparren, was op hagepreekniveau niet merkbaar. Tussen de stammen hing nog de hitte, loom, drukkend, zondagmiddag half zes, hetzelfde als altijd, alleen wat zanderiger.

'Maar weet dat God u om al deze dingen in het gericht zal roepen', zei de dominee. 'Nou, dat is leuk. Wat blijft er nu over van die onbekrompen aansporing, als er daarna zo'n dreigende opgestoken vinger volgt?'

Rietjes hals strekte zich, ze keek omhoog naar Beer en trok haar wenkbrauwen op. In de lage zon glansden haar haren als koper. Warm, langdurig met een zachte borstel gepolijst koper. Slechte vergelijking. Ester zat schuin tegenover hem, Yvonne zag hij niet.

Er wandelden mensen de kring binnen. Een man, twee vrouwen en een paar kinderen stonden stil en keken verbaasd en lacherig om zich heen. 'Welkom, beste mensen', zei dominee Linthorst. 'We zijn bezig met een openluchtdienst. Gaat u gerust zitten, het gaat over …'

'Mag ik bedanken', zei de man. 'Kom op, jongens, we lopen wel effe om.'

Wolter keek de wandelaars na. Was hij de enige die zich ongemakkelijk voelde? Govert Bakhuis lag aan de buitenkant van de kring half met zijn rug naar de anderen toe. Zijn rechterarm bewoog met kleine rukjes naar voren en terug. Toen hij een keer omkeek, zag Wolter dat hij een mes in zijn handen had.

Na de preek werden de voorbeden uitgesproken door leden van de liturgiegroep. De meesten hadden een papiertje op hun schoot liggen, sommige stemmen trilden en droegen niet ver. Wolter hield zijn ogen open. Tegenover hem zaten Jenny, naast wie hij gisteren gefietst had, en haar militaire verloofde, met de hoofden naar elkaar toe gebogen, hun gevouwen handen ineengestrengeld. Hij was gelegerd in Harderwijk en mocht haar tussen de weekendappèls opzoeken, had ze verteld toen ze hem vanmiddag voorstelde. Wolter keek naar hun devote gezichten en stelde zich voor dat hij zo met een meisje zat. Wang aan wang voor Gods aangezicht. Zou dat met Geertje kunnen? Niet meer. Geertje was niet zo innig en ze zou hem alleen maar een aansteller vinden. Niet ten onrechte. Yvonne? Nog niet. Zijn blik kruiste de lege ogen van kamergenoot Jaap, tweede bed vanaf het raam. Iedereen bad op zijn eigen manier. Jaap bijvoorbeeld pulkte onderwijl aan een dennenappel alsof het een rozenkrans was. Ester sliep bijna. Haar oogleden zakten even, toen keek ze weer in zijn richting. Of was het een teken? Beers gezicht was verborgen in de rode krullen van zijn verloofde. Rietje dan? Het zat hem niet in het meisje, dacht hij. Het zat hem in God. En in hem, maar toch kostte het hem weinig moeite om zich Rietjes wang tegen de zijne voor te stellen, in gebed of wat ze ook verder maar zou willen.

'Door Jezus Christus Onze Heer', zei de dominee. 'Bidden wij nu het gebed dat de Heer ons geleerd heeft. Onze Vader die in de hemelen zijt …' Zijn stem maakte plaats.

Nu kneep hij wel zijn ogen dicht. Losse stemmen stegen op, daaronder klonk een hortend gezoem. Hommels. Een eskader dat niet van de grond komt. Hij deed zijn lippen van elkaar en liet lucht ontsnappen, de resonans vulde zijn borst. Pas bij de laatste regels prevelde hij mee.

Na afloop slenterde hij achter een groepje aan met Beer en Rietje.

'En nu nog een lekkere beeldenstorm', zei Beer. Hij maakte een danspasje.

Het was eruit voor hij het wist. 'Mag ik bedanken?'

Rietje keek lachend om. 'Ja, dat was een goeie, hè? *Mag ik bedanken?* Alsof je iemand ik weet niet wat voor onsmakelijks aanbiedt.'

'Hé, Wolter.' Beer ging achterstevoren lopen. 'Eén klein beeldenstormpje? Gewoon, om het niet af te leren.'

Hij voelde zich warm worden. Hij wilde antwoorden dat hij daarvoor wel de verkeerde plek van kerkelijk Nederland uitkoos, maar Beer had zich al omgedraaid en hij liep zwijgend door. Hij moest ook niet meteen proberen om leuk te zijn.

'Voel je je gesticht, Greve?' Goof was naast hem komen lopen.

'Met mate, Goof. Jij ook, hoop ik?' Hij wees naar de punt van de stok waarmee Goof onder het lopen in het zand prikte.

De ander lachte. 'Goed hè? Dat doe ik om me te concentreren. Wil je m'n mes zien?'

Uit het gekromde heft dat in zijn hand lag, kwam een breed lemmet met een vervaarlijke punt tevoorschijn. 'Mooi', zei Wolter.

'Een Buck', zei Goof. 'Een echt jachtmes.' En met gedempte stem: 'Eigenlijk zijn deze verboden. Er zit een bloedgeul in.'

Hij klapte het dicht en stak het weer in zijn zak. Het was van zijn broer geweest, vertelde hij. Die had bij de stoottroepen gezeten. Wolter keek naar zijn bleke gezicht met de scherpe neus.

Hij kon nu vragen wat de stoottroepen in vredesnaam met een jachtmes moesten, maar hij had geen zin. Vroeger had Goof ook altijd de meest fantastische verhalen.

'Jij zit dus nog steeds op het lyceum?' vroeg Goof. 'Moet je zo langzamerhand dan geen eindexamen doen?'

Hij knikte. 'Nog niet. Ik hoop nu naar de vijfde te gaan. Als je iets doet, moet je het grondig doen, vind ik. En wat doe jij tegenwoordig?'

'Ik heb een baan.' Hij had vorig jaar zijn mulodiploma gehaald en werkte tijdelijk op de griffie, in afwachting van zijn oproep voor militaire dienst. 'Ik ga me laten afkeuren', zei hij achteloos. 's5. Als je een beetje geschift doet, lukt dat zo. Iets medisch zou wel prettiger zijn, maar ik kan zo gauw niets bedenken.'

'En dan?'

'Wat bedoel je, en dan?'

'Als je afgekeurd bent?'

Hij was al begonnen met de avondlessen voor staatsexamen hbs-B en wilde daarna naar de mts. Zijn broer had dat ook gedaan en die had nu een uitstekende baan. Hij stak zijn stok in het voorbijgaan in een mierenheuvel en wrikte.

'Kijk maar uit', zei Wolter.

'Waarvoor?'

'Van zo'n s5 kun je later nog best last krijgen.'

Goof bromde wat. Toen zei hij: 'Dat valt heel erg mee. Al mijn vrienden doen het.'

's Avonds belde Geertje af. De staf van het internationale jeugdkamp in Luxemburg kampte met onderbezetting wegens ziekte en daarom had ze besloten nog een week te blijven om te helpen. Een beetje tegen haar zin, ze was veel liever naar Ermelo gekomen, zei Else, die hem had lopen zoeken. 'Natuurlijk wilde ze jou ook spreken, maar ik kon je zo gauw niet vinden.'

'Heb je haar nummer?' vroeg Wolter.

'Ze belde vanuit een cel. Daarom moest ze het ook kort houden.' Als het even kon, zou ze het vanavond of morgenavond nog een keer proberen.

'Jammer, Wolter', zei Kars. 'Ook voor ons. Geertje is een fidele meid. Ik zie haar weleens doordat haar vader ook in de zendingscommissie zit. Ik wist trouwens niet dat jullie iets eh ...'

Hij keek Wolter verwachtingsvol aan.

Iets. Hij hield niet van zo'n invuloefening, vooral niet als de oude Imhoff over Kars' schouder meekeek.

''t Is geen ... verkering of zo. We zijn gewoon goeie vrienden.' Hij zag Kars' blik. 'Echt waar. Haar ouders weten nergens van, ik bedoel, ze weten niet dat ik ook met het kamp mee ben.'

Achter de deur van de recreatiezaal bonkte iemand de eerste maten van het kamplied op de piano, waarna alle stemmen invielen. De aangekondigde afterdinner-ju was begonnen.

De kampco raakte even zijn schouder aan. 'Van mij zullen ze het niet horen. Tenminste, ik ga er natuurlijk niet om liegen, maar ... je begrijpt me wel. Ga je mee? Er moet gejubeld worden.'

'Ik kom zo', zei hij.

Hij liep de toiletten binnen en sloot zich op in een van de hokjes. Hij moest uitkijken dat hij zich niet vastpraatte. Dat was het moeilijke met Geertje en hem. Op dit moment was het uit, maar daar hielden ze zich niet aan. Ze vielen altijd weer op elkaar terug. Er bestond geen naam voor. Af en toe samen naar een feestje, alleen wel gescheiden binnenkomen anders viel het op. Op haar kamer platen draaien als haar ouders niet thuis waren. Veel praten, zonder dat er echt iets gedeeld werd, van zijn kant tenminste. Een beetje vrijen soms, een héél klein beetje.

Vriendschap vond hij te braaf, dat was meer iets tussen jongens of meisjes onderling, maar het kwam er wel dichtbij. Verliefd was hij niet. Soms praatte hij het zichzelf aan, maar dat hield nooit lang stand. Geertje was lief, verstandig, trouw, zorgzaam, alles wat je in een vriendin wenste, maar waar je niet verliefd op werd. Fideel, zei Kars. Precies. Mama was ook erg op haar gesteld. Diep in zijn hart wist hij wel wat er ontbrak, wat de oorzaak was van zijn halve gevoel. Als ze er naar vroeg, verzon hij meestal iets anders. Tot ze opbelde, had hij nauwelijks aan haar gedacht en het zei al genoeg dat hij zich nu vooral opgelucht voelde. Met Geertje erbij zou het een stuk ingewikkelder geworden zijn.

Er kwam iemand de toiletten binnen. Hij wachtte tot de deur van het hokje op slot gedraaid werd en liep toen terug naar de gang. *I'll sing you one, o* knalde hem tegemoet. Luid zingend trok hij de deur van de recreatiezaal open, na twee dagen kende hij al genoeg teksten om moeiteloos in te kunnen vallen. *Three, three, the rivals …* Hij had geen idee waar het op sloeg, maar er zat wel vaart in. Lachende gezichten draaiden zijn kant op, hij greep een lege stoel en schoof aan in de kring.

Onder de koffie vroeg hij aan Yvonne wanneer ze haar kapotte fiets ging wegbrengen.

'Morgenochtend direct na het ontbijt. Ik wil hem graag snel weer terug hebben.'

'Zal ik nog met je meegaan? Dan hoef je terug niet te lopen.'

'Ik heb Ester al gevraagd', zei ze.

'Oké', zei hij. 'Prima. Als iemand het maar doet.'

'Maar ze had niet veel zin, geloof ik. Ik denk dat ik het gezelliger vind als jij meegaat.'

Midden onder de zondagavondquiz wenkte Else hem. Telefoon. In de nis naast de trap wachtte hij tot de beheerder doorgeschakeld had.

'Hoi', zei hij. 'Wat hoorde ik nou? Je komt niet?'

De lijn kraakte. 'Hallo, met Geertje Imhoff. Ben jij dat, Wolter?' Haar stem klonk ver weg en hol.

'Ja', riep hij. 'Hier Wolter Greve. Bel je weer vanuit een cel? Over.'

Een geluid alsof iemand door een plank trapte. Dan haar stem weer. 'Hallo. Ik mag op de boerderij bellen, maar de lijn doet raar, ik hoor vooral mezelf. Kun je me nu verstaan?'

Hij durfde niet al te hard te praten. 'Ja, ga maar door.' Er was ook altijd wat met hen.

'Ik heb vanavond …' Opeens waren de bijgeluiden verdwenen. 'Ben je daar nog?' vroeg hij.

'Ja,' zei haar stem, helder, alsof ze naast hem stond, 'het is weg. Hè hè. Zo, bevalt het je in het kamp? Leuke mensen? Voel je je al een beetje thuis?'

'Ja', antwoordde hij. 'Ja, ja, ja. Leuke mensen, prettige sfeer, alles. Dus als ik jou was, zou ik toch maar komen.'

Dat was het probleem niet, zei ze, maar sommige dingen gingen nu eenmaal voor en ze hoopte dat hij dat begreep. Toen de leiding van het kamp vroeg of ze niet wat langer kon blijven, had ze niet kunnen weigeren. Twee groepsleiders waren ziek naar huis gegaan, voedselvergiftiging, een derde was niet komen opdagen, ze zaten met hun handen in het haar. En een groepje Spaanse kinderen was zonder begeleiding gearriveerd. Het was een gekkenhuis.

Hij onderbrak haar voor ze helemaal op stoom lag. Zo terughoudend als Geertje in gezelschap was, zo ongeremd kon ze voortdenderen als ze alleen waren. Hij zei dat hij het niet leuk vond, maar dat hij het wel begreep.

'Ik voel me wel bezwaard', zei ze. 'Ik heb jou overgehaald en nou blijf ik zelf weg.'

'Zit er maar niet mee.'

'Hoe was het de afgelopen weken thuis in je eentje?'

'Enig.'

'Nee, nou echt.'

'Dodelijk.'

'Was het zó erg?'

'Ik moet eens een ander woord bedenken. Wat vind je van "wurgend"?'

'Doe niet zo cynisch, Wolter. Ben je opgeschoten met je werk?'

'Ja,' zei hij, 'maar daar wil ik het nu niet over hebben. Wanneer kom je nu naar huis? Zaterdag?'

Hij hoorde de aarzeling en wist meteen dat er iets was. Waarschijnlijk, maar het was allemaal nog niet zeker, ging ze aan het eind van de week nog een dag of wat naar Zwitserland, zei ze. Zürich.

'Toe maar', zei hij. 'Hoe kom je daar zo bij?'

Haar kampleider moest rapport uitbrengen op het bureau van de organisatie en had gevraagd of ze meeging. Hij woonde zelf ook in Zürich.

'Moet je ook rapport uitbrengen?'

Ze lachte. 'Nee hoor. Ik ben maar een eenvoudige groepsleidster.'

'Waarom wil hij dan dat je meegaat?'

'Ik denk omdat hij me leuk vindt.'

Een onzichtbare hand stak een gloeiende naald in zijn lijf. Hij wíst het. 'Als iemand jou leuk vindt, ben jij best bereid om naar Zwitserland te gaan.'

'O ja. Waarom niet.'

Een beetje bitter herhaalde hij haar antwoord.

'Ik vind hém ook leuk.'

Wolter hield zijn adem even vast. 'Oké', zei hij. 'Dan wens ik je veel plezier. En mezelf ook. In Ermelo dan. Als je nog eens zo'n goed idee hebt …'

Laatst, toen het voor de zoveelste keer uit was, had mama tegen hem gezegd dat hij Geertje niet waard was.

Ze was even stil. 'Ik had wel gedacht dat je zo zou reageren', zei ze toen.

'Dan ben ik blij dat ik je in dat opzicht niet teleurgesteld heb.'

'Weet je,' zei Geertje, 'het is weer het oude liedje. Het kan je niet eens zo veel schelen dat ik niet kom. Als jij maar kunt zwelgen in je zelfbeklag. Gelukkig is de tijd voorbij dat ik daar een schuldgevoel van krijg. Dag Wolter. Veel plezier verder.'

Hij wilde nog iets schampers zeggen over Zwitsers in het algemeen, maar ze had al opgehangen. Hij liep door de zijdeur naar buiten en stak een sigaret op. Achter de ramen ging het zingen nog steeds door. Hij zoog de rook naar binnen. Het was niet alleen zijn neiging om haar verwijten te maken, om iets te beschadigen en dan daar weer zelf onder te lijden. Er was meer. Ze maakte zich van hem los en dat kon hij niet hebben. Er bestond officieel niets meer tussen hen, maar als er afstand genomen moest worden, wilde hij dat graag zelf doen. Dit stak.

Een of andere Zwitser. Zo'n jodelaar in een leren broekje. Dat was toch niets voor haar? Of had ze het mooier voorgesteld dan het was? Een verzinseltje om hem te prikkelen. Interessant doen. Alleen paste dat niet bij haar. Geertje was fideel, iedereen wist dat. Tot in Zwitserland toe. Kloten.

Achter hem ging de deur open. 'Hé, Wolter,' zei Else Boerma, 'ben je hier? Alles goed?'

Hij draaide zich om. 'Ja hoor, Else. Alles is goed. Ik had even zin in wat boslucht.'

'Daar hebben we hier genoeg van', zei Else.

De volgende morgen in alle vroegte duwde hij Yvonne naar de fietsenmaker in het dorp. Rillerig stond hij in de deuropening van de werkplaats te wachten tot ze zover was, het was een frisse ochtend en hij had maar kort geslapen. De tweede nacht op de slaapzaal was onverwacht intensief geweest, maar ze hadden wel erg gelachen. Met bewondering luisterde hij hoe Yvonne de stugge fietsenmaker zoetjes om haar vinger wond. Ze hield er een gratis leenfiets aan over en de toezegging dat de hare de volgende middag klaar zou zijn. Ook dat deed Yvonne goed. Ze was leuk, doortastend, verstandig. Zoals ze op de heenweg zijn onmiskenbare ochtendhumeur genegeerd had, bijvoorbeeld. En ze zag er best leuk uit, al kon ze dan volgens de Abel-norm misschien geen stuk genoemd worden.

Ze troonde hem mee naar een café waar volgens het uithangbord de koffie al klaar was en bestelde er zonder hem te raadplegen twee punten appeltaart bij. 'Met slagroom. Ik trakteer.'

'Tien over negen in de morgen', zei hij. 'Het ontbijt is nog niet verteerd en over drie kwartier begint het referaat over de christelijke moraal. Dit wordt een zware dag.'

'Veránderingen in de christelijke moraal', zei ze. 'Valt best mee. Eerst appeltaart.'

Op hun gemak fietsten ze terug. Als vanzelf kregen ze het over school, haar opleiding voor maatschappelijk werk, eerste jaar net afgerond, en zijn lyceum, waarvan ze sommige leraren kende, en voor het eerst vond hij het niet erg om erover te vertellen.

'Ik ken dat', zei ze. 'Ik werkte eigenlijk ook alleen voor de vakken die ik leuk vond. Ik had misschien iets meer mazzel dan jij.'

Hij keek verbaasd opzij. Dat een meisje met zo'n ernstig profiel zo lichtzinnig kon zijn. Ze was negentien, anderhalf jaar ouder dan hij, en precies even oud als Ester. Ze waren op dezelfde dag geboren, het scheelde vijf uur.

'Wie was er eerder?' vroeg hij.

'Ester. Kun je dat niet zien?'

Ze hadden veertien jaar bij elkaar in de klas gezeten. Hun scheiding vorig jaar, Ester Frans in Amsterdam, zij naar Driebergen, was in het begin best moeilijk geweest. Zijn veronderstelling dat deze kampweek dus veel moest goedmaken, wuifde Yvonne weg. Ze moest het ook weer niet overdrijven, elke maand spraken ze wel een keer af en het had haar zelfs moeite gekost om Ester mee te krijgen naar het zomerkamp. Die hield niet zo van dat groepsgedoe. Sterker nog, Ester hield niet zo van mensen.

Vreemd, dacht hij. Niets van gemerkt. Of toch?

Toen tijdens het lang uitgesponnen openingswoord van dominee Linthorst zijn gedachten wazig werden, vreesde Wolter even het ergste. Linthorsts stem bleef hangen in zijn hoofd als een naald in een groef. De gereformeerde zede. Secularisering als bedreiging of als reddingsboei. *Modern times*. De gereformeerde zede. Tegenstroom. Jeugd in de branding. Toekomst. Zijn oogleden werden zwaar. Geen sprake van. De naald schoot krassend door en met een ruk ging hij overeind zitten. Gelukkig zat hij nogal achteraan. Blocnote op schoot, pen in de hand, net als de anderen. Alleen waren die klaarwakker en bij de les. Wolter Greve op zomerconferentie, dacht hij. Dat kon weer wat worden. Als hij iets opzij boog, kon hij tussen Herman en Jenny door het achterhoofd van de gastspreker zien. Een krans van donker haar om een gebruind maantje. Een tonsuur. Dit was een kant van Klaas van der Merwe die hij nog niet kende.

'Dóctor Nikolaas van der Merwe' zei de omroepster altijd eerbiedig als ze de avondsluiting aankondigde. Eén à twee keer per week zocht televisiekijkend christelijk Nederland met zijn beeltenis op hun netvlies en zijn stem in hun oor het bed op. Klaas Vaak, heette hij in de wandeling van zijn meer orthodoxe critici. Wat zien wij Klaas Vaak. Maar ook vroeg op de dag had zijn heldere stem de tegenovergestelde uitwerking.

Op het eerste gezicht niet echt een onderwerp voor de maandagmorgen, erkende Van der Merwe. Veranderingen in de christelijke moraal. Vooral omdat die er de dag ervoor nog eens flink ingehamerd was. Hij had daarom een aantal stellingen op papier gezet die hij een voor een na een toelichting in discussie wilde geven. 'Want preken horen jullie al genoeg.'

Toen het stapeltje papier Wolter eindelijk bereikte, was de spreker al begonnen. Wolter vloog de stellingen door. Over geloven na twee wereldoorlogen, welvaart en moraal, de televisie en het denken over de wereld. Aan de laatste uitspraak bleef zijn oog even hangen. 'In de negentiende eeuw lag onze kracht in het isolement. In de twintigste eeuw onze zwakheid.' Inderdaad pittige kost, maar de rustig betogende wonderboy van gereformeerd Nederland, zoals Berend hem gisteravond genoemd had, legde de standpunten open voor iedereen, zodat al snel de eerste vragen kwamen. Zó herinnerde Wolter zich de predikant van de keren dat hij in Haarlem preekte. Het verschil met andere dominees was dat hij met de aanwezigen praatte in plaats van hen toe te spreken. Hij galmde niet, speelde geen toneel, sprak zonder stemverheffing. Zijn taal was nuchter en dichterlijk tegelijk en hij was doorgaans in vijfentwintig minuten klaar. Overal in het land waren de kerken afgeladen en een half uur voor het begin van de dienst kon er meestal geen mens meer bij. Toen pa zei dat hij Van der Merwe een beetje *licht* vond, klonk er wel respect in zijn stem. Pa gaf zich niet gauw gewonnen. Maar het was de toon die licht was. Niet wat hij zei.

In de koffiepauze bleef Wolter zitten. August Baas, sinds vannacht voor hem Oubaas en tevens de bron van het kwaad dat slaaptekort heet, keek hem vanuit de rij bij de koffieketel vorsend aan. 'Suiker en melk?' Hij knikte dankbaar.

Het was begonnen toen hij in bed stapte. 'Hier is Hilversum 2, de hatsekidee', had de mollige jongen van het bovenbed aan de overkant gezegd met de kop van een zaklantaarn voor zijn mond. 'Luisteraars, goedenavond. Nu volgt de rubriek *Ken uw medemens*. U hoort een vraaggesprek van de bekende verslaggever August Baas, voor intimi Oubaas, met de bewoner van het linkerbovenbed, Wolter Greve. Broeder Greve, voor velen van onze luisteraars bent u nog een onbekende. Mag ik u om te beginnen vragen iets over uzelf te vertellen?'

Toen hij vroeg waar hij zou beginnen, had Oubaas geantwoord: 'Bij het eind graag', waarna hij Wolter al na enkele zinnen onderbroken had met een vraag naar de leeftijd van zijn zusters. Vervolgens vuurde hij vragen af over school, films, muziek, actrices, voetballers, erfzonde en favoriete roman in een steeds hilarischer wordend gebrek aan samenhang om na een minuut of vijf te eindigen met een verzoek om de mop van de week. 'Om het beeld voor de luisteraars te completeren.'

Uit de minst ranzige hoek van zijn repertoire had Wolter de veilige anekdote opgediept van het Britse delegatielid dat op bezoek in een Chinese provincie aan de lokale gezagsdrager vraagt: '*Please, tell me good man, do you have elections here?*' en als antwoord krijgt: '*Yes sil, evely molning!*' Hij kreeg een rood hoofd toen bij de clou bijna iedereen inviel.

'Keurig,' prees Oubaas, 'om niet te zeggen verfijnd. En algemeen bekend, zoals u misschien niet ontgaan is. Wilt u wellicht een herkansing voor een wat exclusiever witz?'

Hij had bedankt, omdat hem zo gauw niets te binnen schoot. Daarna was er een niet te stuiten stroom op gang gekomen, tot diep in de nacht. Toen het eindelijk stil geworden was, begon na enige tijd ergens iemand zacht te lachen. *Good man, please ...* en had het lang geduurd voor het aanstekelijke gegiebel het definitief aflegde tegen de slaap.

'Alsjeblieft, Woltel.'

Met een vermoeide grijns van verstandhouding pakte hij de koffie van Oubaas aan. De dag en de nacht waren hier moeilijk te scheiden.

'Hoe vind je hem?' vroeg hij met een knik naar Van der Merwe.

'Heel interessant.' Oubaas knikte waarderend. 'Het gekke is dat als hij het uiteenzet, je het gevoel krijgt dat je het zelf had kunnen bedenken.'

'Misschien is dat ook wel zo.'

'Denk je?'

Maar tijdens de discussie moest hij af en toe afhaken, ook omdat zijn gedachten zoals wel vaker met hem aan de haal gingen. Eén keer wilde hij ook een vraag stellen, maar hij schrok er op het laatste moment voor terug. Toen Derk Kuiper vroeg wat de spreker dacht van de overlevingskansen in dit tijdsgewricht van jeugdverenigingen op levensbeschouwelijke grondslag, antwoordde Van der Merwe niet meteen. Hij liet zijn ogen rondgaan alsof alles inbegrepen diende te worden, de mensen, het zaaltje waar de zon ongeduldig achter de ruiten stond, het gewelf van het bos daarachter. Toen zei hij: 'Wat jullie hier met elkaar hebben is heel bijzonder. Ik vrees echter dat je over tien, vijftien jaar dit soort verenigingen met een kaarsje zult moeten zoeken.'

Het was even stil. Toen zei Derk, die nog steeds stond: 'Maar wel met een kaarsje!'

Dit is wat ze een bevrijdende lach noemen, dacht Wolter. Toch was hij een beetje geschokt.

Buiten dook Berend naast hem op. 'Hé, Wolter, ik zocht je al. Heb jij niet gezegd dat jij aan toneel deed?'

'Ja', zei hij verrast. 'Ik heb twee keer aan schooltoneel meegedaan. En ook …'

Berend legde een hand op zijn schouder. 'Straks hebben we het er wel over. Kun jij na het eten even naar de zolder komen? Tien minuten, langer niet.'

Hij knikte, wilde nog wat vragen, maar Berend was alweer weg. Hij had aan toneel gedaan ja.

Als hij de piepkleine bijrolletjes niet meetelde, een keer of drie. Blijspelen, hoe koddiger hoe leuker. Tot ze een paar maanden geleden met de toneelclub van school een eenakter hadden gelezen die de regisserende leraar 'kitchensinkdrama' had genoemd. Voor het eerst had een rol een gevoel in hem losgemaakt dat groter was dan hijzelf.

Hij zag dat Yvonne bij een tafel stond te wachten, maar vlak bij hem waren nog stoelen vrij tegenover jongens van zijn slaapzaaltje. 'Zo, Woltel', zei Oubaas toen hij aanschoof en iedereen schoot in de lach.

'Wat gaan jullie vanmiddag doen?' vroeg hij. 'Zwemmen of de excursie naar de watermolen?'

Ze wisten het nog niet. 'En jij?'

Rietje Scheepmaker plofte op de stoel tegenover hem neer. 'Ha die Wolter! Gezellig. Iemand Beer gezien?'

Hij wees naar de andere tafel. 'Daar. Aan de andere kant. Hij houdt een plaats voor je vrij.'

Ze keek, zwaaide, schudde haar hoofd toen Berend wenkte. 'Nee hoor, ik zit hier goed.' En toen ze Wolter zag kijken: 'Ik ben niet met hem getrouwd!' Een turquoise band hield haar haren in bedwang en net toen hij zich afvroeg of die kleuren niet vloekten, keek ze hem recht aan en zag hij dat haar ogen dezelfde kleur hadden. 'Ik heb ontzettend veel zin om te zwemmen. Je wordt zo plakkerig van een hele ochtend praten en luisteren. Ga jij ook?'

'Ik denk het wel', zei hij.

Op het moment dat de kampco om stilte vroeg, schoof Ester op de stoel naast hem.

Onder het gekletter van bestek en borden dat na het gebed losbarstte, zei hij: 'Hoi. Wil je een boterham?'

'Nou graag. Ik kan nergens bij dus je moet maar even alles aangeven.'

'Met genoegen', zei hij. 'Zeg het maar: kaas, jam?'

'Ja.'

'Wat ja? Jam?'

Ze keek hem medelijdend aan. 'Kaas én jam.'

'Jij hebt ook altijd iets bijzonders', zei hij.

'Klopt. Weet je wat ook lekker is? Kaas met gember. En pindakaas met jam.'

Rietje ging erop in, kwam met nieuwe knarsende combinaties. Langs haar heen kon hij net Yvonne zien aan de andere tafel, druk in gesprek. Ze ving zijn blik op en lachte.

De kampco deed de dagelijkse mededelingen en Else telde het aantal deelnemers voor het middagprogramma. Yvonne en Ester gingen met de molentocht mee, Berend en Rietje gingen zwemmen. Wolter wachtte tot het laatst met het opsteken van zijn hand voor het bosbad. Toch maar wel.

'Weet je het zeker?' vroeg Ester.

Daarna barstte een tafeldebat los over geschreven en ongeschreven kampregels, vol insinuaties en bedekte beschuldigingen, waar op den duur niemand een touw aan kon vastknopen. Deze keer was Gerben de aanstichter, maar ook Berend en anderen mengden zich erin, voor het eerst ook Else. Het leek of Herman, door hen voortdurend aangeduid als 'hopman H', het mikpunt was, maar de aangevallene smeerde onverstoorbaar een nieuwe boterham en reageerde niet.

'Was het gezellig bij de fietsenmaker?' vroeg Ester door alles heen.

'Erg gezellig.'

'Dat zal wel. Koffie, appeltaart met slagroom. Toe maar.'

'Je bent helemaal op de hoogte, hoor ik', zei hij.

'Ik weet alles.' Ze keek even opzij. 'Ga je nu ook met mij een keer koffiedrinken?'

'Zomaar?'

'Je hebt mijn zadel hoger gezet, weet je nog?'

'Ik weet het nog.' Hij lachte. 'Een van de hoogtepunten van de heenreis, maar dat beschouwde ik als mijn christenplicht.'

'Jasses', zei ze. 'En wat was het bij Yvonne dan?'

'Yvonne was in nood. Ze kon niet verder en had niemand om haar te helpen.'

'So sielig. Gelukkig heeft ze een trouwe vriendin die haar kan bijstaan.'

'Alleen had die vanmorgen niet zo'n zin, hoorde ik.'

Esters ogen draaiden langzaam zijn kant op. 'O ja? Zei ze dat?'

Wolter zag dat Rietjes ogen even op Ester rustten. Hij lachte hard mee om een opmerking van een van de sprekers en begon een gesprek met Oubaas.

Gerbens plan zette een kamptraditie voort, maar toch kreeg Wolter op het benauwde slaapzaaltje in de nok van het gebouw, waar je alleen langs een binnentrap kon komen, strikte geheimhouding opgelegd, want anders was de verrassing eraf. Een rechtzitting, een van de komende avonden. Het misdrijf moest nog bedacht worden en de verdachte nog gekozen, maar de bedoeling was een hilarisch geïmproviseerd toneelstuk, dat uitliep op de spectaculaire voltrekking van het vonnis de volgende dag. Er was al een aanklager, Gerben, en een advocaat, Berend, en voor de voorzitter van de rechtbank hadden ze aan hem gedacht. Vanmiddag aan tafel waren ze al een beetje begonnen met stemming maken, want natuurlijk moest de aanklacht betrekking hebben op deze kampweek. Tijdens de komende maaltijden zouden ze daarmee doorgaan.

'Hebben jullie al iemand op het oog als verdachte?' vroeg Wolter.

'We hebben wel een beul', zei de jongen op het onderbed met een grafstem.

De anderen lachten. Hij had er het gezicht voor, vond Wolter. Een beetje grauw en grof, stopverfachtig. Hans van der Plas, de schrik van het lab, had Berend gezegd toen hij hem voorstelde. Wolter had hem zondag voor het eerst aan tafel gezien, maar van een kennismaking was het nog niet gekomen.

Berend schudde zijn hoofd. 'De verdachte laat ik graag aan Gerben over. U begrijpt, edelachtbare, dat ik mij als advocaat daar niet mee kan inlaten, maar als ik hem goed begrepen heb wil hij het volk ook inschakelen. Niet, Ger?'

Gerben keek naar Wolter. 'Ik ga dat natuurlijk niet bevestigen waar de raadsman en de president bij zijn. Dat merken jullie wel. Want je moet wel weten, Wolter, dat wij als spelers stuk voor stuk niet op de hoogte zullen zijn van waar de anderen mee gaan komen. Je moet echt improviseren. Alleen je personage kun je een beetje voorbereiden. Denk je dat je dat kunt?'

'Ik heb zoiets nooit eerder gedaan', zei hij. Hij vond dat het wat timide klonk. 'Maar het lijkt me erg leuk. Ik wil graag meedoen.' Hij voelde zich vereerd. Als deze jongens, die allemaal al studeerden en op kamers woonden, hem eruit pikten voor een rol in hun show, kon hij niet weigeren. Want dat het hún show zou worden, begreep hij al wel. Berend knikte hem glunderend toe. 'We gaan er iets moois van maken, Wolter. We geven het volk waar het om vraagt.'

's Middags in het bosbad begon hij al met de voorbereiding.

Achterovergeleund op de warme tegels met zijn voeten in het water bedacht hij zinnen waarmee hij de beklaagde op zijn gemak zou stellen, de advocaat zou vermanen en de aanklager corrigeren. Vaderlijke of vlijmende zinnen, snijdend als het zwaard der gerechtigheid. Streng doch rechtvaardig. Zinnen die bewondering afdwongen. Zou het een bezwaar zijn dat hij nog nooit een rechtzitting had meegemaakt? Hij zou een toga moeten hebben, misschien een pruik, dat scheelde de helft. Het zou ook handig zijn als hij wist wie er aangeklaagd zou worden en waarom, maar dat kwam nog wel.

'Beklaagde, sta op', zei hij zacht. 'Treed nader.' Zeiden ze dat in het echt ook?

Op de duikplank aan de overkant van het bad verscheen de gestalte van Rietje Scheepmaker. Onder haar op het trapje verdrongen zich de jongetjes die in een continue stroom met veel misbaar het water in doken of sprongen, er weer uit klommen en naar het trapje renden voor de volgende beurt. Meestal wachtten ze niet eens tot de plank vrij was en joegen ze elkaar op. Nu leek het of ze het niet waagden om in haar buurt te komen. Rietje leunde met gestrekte armen op de reling en boog zich diep, terwijl haar gezicht onder de witte badmuts naar voren gericht bleef.

Treed nader, dacht hij.

Ze strekte haar rug, liep met beheerste passen naar het einde van de plank en stond stil op de punt. Hij wist dat haar tenen zich om de rand haakten, eerder op de middag had hij haar van dichtbij zien duiken, en hij had de hoogte gevoeld in zijn knieën. Ze hief haar armen, veerde één keer omhoog, haar voeten kwamen neer op de zwiepende plank en namen de beweging mee omhoog. Met gespreide armen zweefde ze door de lucht naar het hoogste punt, strekte ze toen naar voren in de rechte lijn omlaag en doorbrak de waterspiegel zonder dat er op die afstand een spat te zien was. Kleine kringgolfjes verwijderden zich van de plaats waar ze onder water verdwenen was. Na een paar seconden dook ze op bij het trapje en klom met trage bewegingen op de kant. Met twee handen sjorde ze het zwarte badpak recht, trok toen met een ruk de badmuts af en schudde haar hoofd. De rode haren spatten vuur. Ze zwaaide naar iemand en liep toen naar het groepje vrienden dat op het gras lag, waar ze wijdbeens boven Berend ging staan. Zijn schreeuw klonk door het hele bad.

Wolter wreef over zijn borst. De rode vlek was weggetrokken maar de huid was nog gevoelig.

Iedereen dook op zijn eigen manier, recht, krom, met over-slaande benen of, zoals hij Berend had zien doen, een beetje als een hond, onhandig, met een enorme plons, maar zó plat vallen als hij, deed niemand. Ze dachten dat hij het voor de grap deed en hij was lang onder gebleven om niets te laten merken. Goof Bakhuis kon goed duiken, met zijn schonkige, witte lijf, maar die vond bommetjes leuker, het liefst dicht naast de kant. Samen met Albert, in wie hij een onverwachte geestverwant had gevon-den, maakte hij het bad onveilig. Het aantal mensen dat het leuk vond nam hoorbaar af. Inwendig vermaakte Wolter zich ermee, maar hij paste wel op om dat te laten blijken. Rare Goof.

Wolter stond op en liep naar de toiletten. Onder het lopen zette hij zijn borst wat uit, niet te erg, want dat viel te veel op. Een tikje smalletjes, maar dat zit een beetje in de familie, niet-waar. Dokter Heerma's keurende blik, vingers op zijn blote schouders, de stethoscoop die voor zijn ogen bungelde. Toen was hij elf en ofschoon hij zich sindsdien regelmatig optrok aan de balk op zolder, was er nog weinig verbetering te bespeuren. Dat van het familietrekje was overigens onzin, want Wim was stevig gebouwd zonder dat hij er iets voor deed. Wim kon ook goed duiken. Later had dezelfde dokter een keer gevraagd of hij vaak zaadlozingen had. Terwijl hij voor heel iets anders kwam. *Yes sir, evely night.*

Via het trapje liet hij zich in het water zakken om een paar baantjes te trekken. Eerst borstcrawl, dan rugslag, daarna vlinder. Zo hard mogelijk. Zwemmen, dat kon hij en goed ook. Midden in het bad liet hij zich uitdrijven. Hij draaide zich op zijn rug, spande zijn spieren en maakte zijn hoofd leeg. Hij zweefde. Kleine handbewegingen hielden hem waar hij was in het lispelende water met hoog boven zijn halfgesloten ogen de blauwbleke lucht in een lijst van groen.

Onder de avondmaaltijd werd meegedeeld dat wegens ziekte van de spreker het referaat van woensdagmorgen over *Jeugd en sexe in deze tijd* kwam te vervallen. Er werd nog geprobeerd een vervanger te vinden, maar de kans daarop was klein. Voorlopig gingen de gedachten in twee richtingen. Dominee Linthorst had zich bereid verklaard om het onderwerp bij hen in te leiden, hoewel hij geen expert op dit gebied was, zoals hij nadrukkelijk verklaarde. Linthorst, vader van zes kinderen, lachte zelf gelukkig het hardst van allemaal. Het andere voorstel was te proberen of de filmcriticus Overbeek uit Amersfoort beschikbaar was. Een boeiende spreker met een grote collectie films. In dat geval zou dat vermoedelijk alleen 's avonds kunnen en moesten er dus onderdelen van het programma wisselen. Grappenmakers die voorstelden om dan de nachtwandeling 's morgens al te houden, werd de mond gesnoerd.

Kars, die de criticus persoonlijk kende, ging bellen.

Na het eten kwam Harm vragen of hij meedeed met volleybal. 'Over tien minuten. We hebben er nog drie nodig. Vraag jij ook even rond?'

Hij zag Yvonne in een groepje op het terras en liep ernaartoe. 'Iemand belangstelling voor volleybal?' vroeg hij in het algemeen.

'Is dit een enquête?' vroeg Ester.

Gerard wipte van het muurtje. 'Ik kom eraan. Even m'n sportschoenen pakken.'

Yvonne schudde haar hoofd. 'M'n knie', zei ze. 'Andere keer graag.'

Tijdens het inspelen op het grasveldje aan de rand van de hei zag hij haar toch opeens langs de lijn staan. 'Ik ben het publiek', zei ze toen Harm haar wilde indelen. Onder het spelen was Wolter zich steeds bewust van haar aanwezigheid. Hoewel volleybal niet zijn sport was, speelde hij gelukkig niet al te beroerd, vooral dankzij Harm, die als ervaren clubspeler set-ups gaf die je niet kon missen. Ze speelden door tot het begon te schemeren.

'Dat ging best goed', zei Yvonne toen hij naast haar in het gras plofte.

'Mwoa', zei hij. ''t Is leuk om te doen, maar geef mij maar basketbal. Harm is goed, hè, heb je dat gezien? Die techniek.'

'Volgende keer doe ik ook mee. Ik zat echt te popelen.'

In kleine groepjes verdwenen de anderen in de richting van het kamp.

'Zullen we even bij de hei kijken?' stelde hij voor. 'Of kan je knie dat niet aan?'

'Tuurlijk wel. Lopen geeft niets.'

Buiten het bos was het nog dag. Ze volgden een zandpad over de hei tot dat oploste in een brede sporenbaan van rupsbanden.

'Het lijkt wel oorlog', zei Yvonne.

'Wil je nog verder?' vroeg hij. Ze schudde haar hoofd. Naast een iel berkje dat als enige het geweld overleefd had gingen ze op de rand van een kuil zitten.

'Daar is de legerplaats', wees hij. 'De oudste broer van mijn vriend ligt daar. Hij zit bij het eerste legerkorps.' Hij had geen flauw idee wat dat inhield, maar het had een beetje een magische klank.

'Moet jij in dienst?' vroeg Yvonne.

'Dat zit er wel in. Ik heb één oudere broer en dat is te weinig voor broederdienst. Van de winter moet ik gekeurd worden.' Hij zag dat ze naar hem keek. 'Ik ben nog zeventien', zei hij.

'Ja, dat weet ik. Hoe zit het eigenlijk met Geertje Imhoff? Die zou hier toch ook zijn?'

Waarom vroeg ze dat aan hem? 'Geertje zit in een kinderkamp in Luxemburg. Het liep wat uit daar, heb ik gehoord.'

Ze knikte. 'Dat heb je gehoord.' Ze was even stil. 'Hoe zit het dan met Geertje en jou? Of is deze vraag nu overbodig?'

Hij tekende met zijn schoen in het zand. 'Het een heeft niet zo veel met het ander te maken, maar op het ogenblik zijn Geertje en ik goede vrienden, meer niet.'

Yvonne lachte zachtjes. 'Nou ja, dat is tegenwoordig al heel wat.'

Toen hij vroeg wat ze bedoelde, zei ze dat het haar en haar ex-vriend niet gelukt was, ondanks alle goede voornemens.

'Is het al lang uit?'

'Een maand.'

'Misschien is dat nog te kort om elkaar weer te kunnen verdragen.'

'Misschien wel, misschien ook niet.' Meestal waren dat soort bezweringen alleen bedoeld om de pijn van het moment even te verzachten, zei ze. We kunnen toch vrienden blijven. Al na een dag zag je er de onmogelijkheid van in en na een week had je de pest aan elkaar.

Hij durfde niet te vragen wie van hen het uitgemaakt had. In plaats daarvan wilde hij zeggen dat Geertje en hij als je het goed bekeek nooit meer dan goede vrienden waren geweest en dat het daarom niet zo moeilijk was, maar hij was bang dat dit een rare indruk zou maken. Yvonne wist niets van hem. Geertje wel. Geertje wist vrijwel alles van hem – uitgenomen de zonde, dacht hij er altijd achteraan. In plaats daarvan vroeg hij waar ze Geertje van kende. 'Gewoon, van de jeugdcentrale natuurlijk. En uit de verte van school.'

'En mij?'

'Jou ken ik van de heenreis. Toen je mij duwde. Ben je dat al vergeten?'

'Daar denk ik dag en nacht aan. Ik bedoel omdat je Geertje en mij met elkaar in verband bracht.'

'Och, je vangt weleens wat op. Heemstede blijft tenslotte een dorp.'

'Maar wel een villadorp. Er is verschil.' Hij sprong van de richel af. 'Zullen we teruggaan?'

Ze stak haar hand uit en hij trok haar overeind. Onder het lopen door het mulle zand raakten hun handen elkaar af en toe. 'Weet jij al wat je gaat doen na je eindexamen?' vroeg ze opeens.

'Eerlijk gezegd: nee. Ik heb weleens gedacht over een taal, maar ik moet eerst maar eens dat examen zien te halen.'

'Dat is een kwestie van werken', zei ze. 'En daar hebben we het al over gehad.'

'Precies.'

'Welke taal?'

Net Geertje, dacht hij. Ook zo nuchter en verstandig. Hij trok ze gewoon aan, zulke types.

'Oudnoors.'

'Hèhè.' Ze trok een gezicht.

Het is regen of drup, dacht hij. Alleen ziet Yvonne er wel leuker uit. Uit de verte kwamen hun de stemmen en de slag van de gitaren tegemoet en onwillekeurig neurieden ze mee.

'Ik heb nog geen vakantiekamp meegemaakt waarin zó veel gezongen werd', zei hij om wat te zeggen.

Zij wel, zei ze. Bij de padvinderij, het schoolkamp van de zesde klas, de meisjesclub. Overal en op elk moment van de dag, net zoals hier. Als je mensen bij elkaar zette in een andere dan hun dagelijkse omgeving begonnen ze te zingen. Waarom? Ze kon wel tien redenen bedenken, maar het begon altijd met dat je iets gemeenschappelijks had. En voor je herinnering werkten liedjes beter dan een fotoalbum. 'Je hoort ze en je bent weer terug. "Hoog op de gele wagen", bijvoorbeeld. Ken je dat?'

'O ja. Prachtig lied. Niets zeggen … ja, het klopt. Ik weet meteen weer waar ik dat voor het eerst zong en met wie.' Hij zong zacht het refrein en Yvonne viel in. *Ik kan van uw schoon haast niet scheiden, maar 't gaat voorbij, voorbij.* 'Daar werd ik toen heel droevig van.'

'Sentimenteel bedoel je?'

'Nee, 't ging verder dan dat.' Toch? Hij was dertien en het gevoel dat je dingen los moest laten veroorzaakte een soort pijn in de buurt van zijn middenrif. 'Ik was een heel gevoelig kind, alleen was ik de enige die dat in de gaten had.'

'Maar gelukkig is dat overgegaan, hè?'

'Ja, gelukkig wel.'

'Probeer je je eens voor te stellen dat deze club hier een avond bij elkaar zit zonder dat er gezongen wordt. Beetje lezen, beetje hangen, kletsen, sjoelen.'

'Geen lekkere lezing met discussie na?'

'Nee. Niets. Gewoon, ga maar wat voor jezelf doen. Kan niet, toch? In no time zitten ze te jujubelen. Dat komt doordat het zingen zelf ook weer iets losmaakt. Een gevoel dat boven dat eerste gemeenschappelijke uitstijgt. Begrijp je wat ik bedoel?'

'Ongeveer.' Ze stonden in het halfduister stil aan de rand van het terras. Binnen brandden alleen de muurlampjes en door een zijraam zette de allerlaatste straal van de ondergaande zon het interieur in een violette gloed. Yvonne lachte. 'Er rust zichtbaar zegen op deze kampweek.' Ze steunde met een hand op zijn schouder en trok haar gekwetste knie een paar keer op.

'Die hebben we dan kennelijk verdiend.'

'Je weet het toch, het is nooit verdienste. Alleen genade.'

'Ik weet het', zei hij met een zucht. 'Wat je ook doet, het is nooit goed.'

'Wat je doet, doe je uit liefde en dankbaarheid. Ken uw catechismus.'

'Ja, maar toch is het nooit goed. Dat is juist zo vermoeiend.'

'Ontmoedigend, bedoel je zeker.'

'Ook dat ja.'

'Even zitten, hoor.' Ze liet zijn schouder los en ging op het terrasmuurtje zitten. Omdat hij bleef staan, sprak het bijna vanzelf dat ze haar rug tegen zijn been steunde.

'Als je ze nou zo ziet,' zei hij, 'denk je dan: dit is het uitverkoren volk?'

Yvonne gaf geen antwoord.

'Is dat het gemeenschappelijke waar jij het net over had? Van

Herman, Oubaas, Else? Beer? Ester? Gerard? Allemaal uitverkoren? Jenny, niet te vergeten?'

'Zoiets denk ik nooit.'

'Ik wel', zei hij. 'Ik bedoel, ik heb vaak geprobeerd me dat in te denken. Als een soort geheim. Het zit binnen in je en misschien is het aan de buitenkant te zien.' Zoals bij dat meisje uit de vijfde, van wie Abel zei dat je aan haar kon zien dat ze het deed met haar vriendje.

'En?'

Als jongetje deed hij dat in omgekeerde richting, vertelde hij. Verschil maken tussen de mensen met wie hij uit de kerk kwam en de mensen buiten, fietsers op weg naar het strand, mensen die in hun tuin bezig waren en naar hen keken. Aan die laatsten kon hij over het algemeen wel zien dat ze reddeloos verloren waren. 'Waarschijnlijk dachten die hetzelfde van ons.'

'En de mensen uit de kerk?'

'Dat was te vanzelfsprekend. Ik dacht alleen: die horen erbij. Later kwam de tijd dat ik me het liefst onzichtbaar wilde maken. Mensen keken naar ons alsof we vreemdsoortige wezens waren, vond ik. Vervolgens ging ik met hun ogen kijken.'

'En nu? Kun je nu nog iets zien?'

'Hier, bedoel je? Nee, gelukkig niet. Van der Merwe zei vanmorgen dat we iets heel bijzonders hadden met elkaar. Dat was nogal een compliment, al bedoelde hij het misschien anders. Hij had het ook over het zoutend zout en dat gaat heel ver. Wat ik zie, zijn jongelui van redelijke huize die zich enthousiast naar elkaar toe zingen. Als ik meer zie, komt dat doordat ik meer wéét. En soms voel ik dat ook. De gemeenschappelijke kerkelijke achtergrond van hun ouders, zal ik het maar noemen. Vaak ook de bovengemiddelde welstand. Velen zijn geroepen, een aantal waarschijnlijk uitverkoren. En iedereen is een beetje elitair.'

'Jij kunt behoorlijk cynisch zijn, Wolter Greve.'

De eerste keer dat ze zijn naam volledig uitsprak. 'Vind je? Dit is wat het is volgens mij. En ik wil er heel graag bij horen.'

'Je hoort er nu toch bij?'

Hij was even stil. 'Ik beschouw mezelf niet als uitverkoren', zei hij.

'Wie eigenlijk wel?'

'Geen idee, maar bij mij zit er helemaal geen schot in de zaak. Integendeel, het gaat er steeds somberder uitzien. Ik hoor het roepen niet eens meer.'

'Je leest de verkeerde boeken, zou mijn moeder zeggen. En volgens mij spéél je ook een beetje', zei Yvonne. 'En nu ga ik naar binnen want het wordt kil.'

'Ik heb vorige week tegen mijn vader gezegd dat ik het komend jaar niet op belijdeniscatechisatie ga.'

'O, is dat het.' Ze draaide zich naar hem om. 'Dat viel zeker niet in goede aarde?'

'Dat kun je wel zeggen. Hij begrijpt het niet.'

'Zit je ermee?'

'Ik zit meer met mijn vader dan met de beslissing zelf. Nou, dat is ook niet helemaal waar, maar door zijn houding voel ik me dubbel schuldig.'

'Je doet het toch niet voor hem?'

'Dat weet ik nog zo net niet.'

Ze zei dat het met haar broer al net zo was. Een hoop getob en gewetensonderzoek, terwijl haar vader toch echt niet zo zwaar op de hand was. Met meisjes scheen het er allemaal minder toe te doen. Waarom wist niemand.

'Heb jij al belijdenis gedaan?' vroeg hij.

'Nee. Dat komt nog wel een keer. Ik heb dat precies zo tegen mijn ouders gezegd en dat vonden ze prima.'

'Meisjes zijn van nature voorbestemd. Niemand maakt zich dan ook zorgen als het eens wat langer duurt.'

Ze lachte vrolijk. 'Dat zal het zijn. Kom je?' Ze trok hem mee aan zijn arm, hield hem toen plotseling tegen. 'Moet je Gerben zien daar in de hoek. Hij zingt met lange tanden. Heeft zichzelf over een stoel gedrapeerd, onwillig, alles drukt uit dat hij niet graag zingend betrapt wordt.'

'Maar hij zíngt', zei Wolter. 'Hij vindt het beneden zijn stand en toch trekt hij zich niet terug.'

'Dat is waar. Dus hij hoort erbij.'

'Nu we hier toch staan, ken jij die jongen daar links, Beer Ockeloen?'

'Beertje Ockeloentje? Wat is daarmee?'

'Wat vind je van hem?'

'Aardig. Niet helemaal mijn type, maar wel sympathiek. Tot vorig jaar was hij voorzitter van deze club en een goeie ook. Het is iemand die je mist als hij een keer niet meegaat. Waarom eigenlijk?'

'Nergens om. We hebben de eerste avond wat gepraat en ik vond hem … "aardig" is niet het goede woord, maar ik weet zo gauw niets anders. Wie is dan wel jouw type?'

'Mijn type? Wil je dat echt weten?' Ze was even stil. 'Nee. Nee, dat gaat je niets aan, Wolter Greve. Hé, als jij nou hier naar binnen gaat, dan loop ik even om. Valt minder op zo.'

Tijdens de avondsluiting zat hij schuin achter haar. Hij volgde de lijn van haar profiel, keek naar het donkere haar dat naar binnen krulde in haar hals. Ze zong niet echt mee met 'De dag door uwe gunst ontvangen', de avondzang van deze kampweek. Haar lippen bewogen, maar ze was in gedachten. Leuk meisje wel. Vond ze hem ook leuk? Een beetje … pinnig was ze wel, ze verbeterde hem af en toe zelfs. Was hij op weg om verliefd te worden of kwam het gewoon doordat het vakantie was? Het ging wel vaker zo met hem.

Dit is de derde nacht, dacht hij toen hij in bed lag. In zijn hoofd schoven de dagen van de kampweek voorbij als filmbeeldjes op een montagetafel. Het heden helder vergroot onder de lamp. Links de twee beelden die voorbij waren, twee dagen, eigenlijk drie als hij de zaterdag meetelde. Zo lang leek het al, Toch waren ze nog maar net begonnen. Gelukkig wel.

Vóór hem lagen nog vijf hele dagen, als hij de zaterdag meetelde. Vijf. Eindeloos.

De volgende dag begon het al bij het ontbijt. Er waren klachten binnengekomen, zei de kampco ongewoon ernstig. Ze hadden betrekking op uiteenlopende zaken als hygiëne, de rust op
de slaapzalen, het zich onttrekken aan corvee, gedrag in publieke
badgelegenheden, tafelmanieren. Ook viel enkele malen de term
indecent behaviour, door Gerben met een bepaalde wellustigheid
uitgesproken. Oubaas trok zijn wenkbrauwen op. Om de ernst
ervan te kunnen bepalen, wilde de kampleiding de klagers de gelegenheid geven om de klacht toe te lichten. Er waren nog vier
conferentiedagen te gaan, als er ingegrepen moest worden, was
het nog niet te laat. Het duurde even voor Wolter in de gaten
kreeg dat dit de aanloop was naar het rechtbanktoneel. Hij had
weer een tijd wakker gelegen die nacht en was er nog niet erg bij.
Pas toen er gegniffeld werd om de beschrijving die Herman gaf
van de onsmakelijke wijze waarop een niet nader genoemde persoon zich beleg toe-eigende, ging hij opletten. Namen werden
om redenen van privacy nog niet genoemd, zei Kars, dat zou pas
komen wanneer een klacht zo ernstig bleek dat maatregelen onvermijdelijk waren.

Terwijl ze bezig waren om het meubilair naar het terras te
sjouwen voor de ochtendlezing, zei Gerben dat de rechtzitting
die avond al gehouden zou worden.

'Tjee, dan al?' zei Wolter.

'Ja, ik had morgenavond ook prettiger gevonden, dan hadden
we de aanklacht beter kunnen opbouwen, maar het schijnt dat
we dan in de knoop komen met het programma. Wil je nog wel
meedoen?'

'Jawel. Hoezo?'

De ander haalde zijn schouders op. 'Je zag er gisteren nogal
tegen op, dacht ik.'

Hij moest zich nu niet laten kennen. 'Nee hoor. Ik moet me

alleen nu wel gauw gaan voorbereiden.'

Gerben trok zijn wenkbrauwen op. 'Heb je dat dan nog niet gedaan?'

Had hij zich vergist? Gisteren zeiden ze nog dat het vooral om improvisatie ging.

Ongerust geworden zat hij tijdens de lezing over de Zuiderzeewerken met een blocnote op zijn knieën na te denken over wat hij als rechter zou moeten doen en zeggen. Hij maakte een soort indeling van de zitting en noteerde wat formules die van pas zouden kunnen komen. Verder wist hij het ook niet. Opeens herinnerde hij zich een toneelstuk dat hij vorig jaar gezien had bij schooltoneel. Brecht. Er kwam een corrupte rechter in voor. Hoe ging dat ook alweer? Misschien zou hij dat kunnen gebruiken. Iemand tikte hem op zijn schouder.

'Bennu van de krant?' Ester, haar mond bij zijn oor.

Hij knikte zonder om te kijken.

'Ik dacht al, u schrijft zo veel op.'

Tijdens de middagmaaltijd bleef de verwachte stroom aan klachten uit. Het viel Wolter nu op dat er bij de tafelspeeches bijna altijd dezelfden aan het woord waren, een klein groepje dat elkaar de bal toespeelde, de rest vermaakte zich ermee of liet het onverschillig. Hij zag hier en daar blikken van verstandhouding als weer iemand opstond en het woord vroeg. Na afloop zei hij er iets over tegen Berend.

'O toch. Rietje zei ook al zoiets. Als dat zo is, moeten we daar wel een beetje mee oppassen. Is Gerben trouwens al bij je geweest?'

'Nee. Waarvoor?'

'Hij heeft weer een ander plan. Net was hij hier nog.' Zoekend keek Beer om zich heen.

'Wat dan?'

'O, daar staat hij.'

Gerben stond bij de deur te praten. Toen hij Wolter zag aankomen, maakte hij zich uit het groepje los. 'Hé,' zei hij, 'jou moet ik net hebben. Ik heb nog een veel beter idee voor van-avond. Wil jij niet als getuige optreden?'

'Ik ben toch al de rechter?'

Gerben legde zijn hand op zijn schouder en liep met hem naar het raam. 'Ik heb een kroongetuige nodig. Iemand wiens verklaring de genadeslag kan betekenen voor de beschuldigde. Daar kun je een prachtige rol van maken, veel meer dan van zo'n statische rechter.'

'Ben ik ergens getuige van geweest of moet ik het bij elkaar fantaseren?' vroeg hij. 'Om wie gaat het eigenlijk?'

Gerben keek langs hem heen. 'Dat wordt vanavond aan tafel bekendgemaakt. Dat is vroeg genoeg, joh. Doe je het?'

'En wie is er dan rechter?'

'Peter Hellema. Die wil wel, maar alleen als jij de getuige speelt.'

Hij wist niet eens wie dat was. 'Dus die heb je al gevraagd?' Zijn keel zat een beetje dicht. In de deuropening stond Beer naar hen te kijken. Het beviel hem niet.

'*Just in case*', zei Gerben. 'Nou, doe je het?'

Wolter schudde zijn hoofd. 'Nee. Toch maar niet. En ik hoef ook geen rechter te zijn. Het spijt me.' Hij liep weg voor de ander nog iets kon zeggen.

Met tegenzin begon hij 's middags aan de fietsrally. Hij was ingedeeld bij het blauw-witte meisjestweetal van de heenweg, van wie hij zelfs na drie dagen de namen nog niet wist, en Gerard van Arkel, die steeds herhaalde dat Wolter zijn bovenslaper was en dan als enige lachte. De nog steeds klittende meisjes bleven op veilige afstand. Tot ieders tevredenheid voerde Gerard de opdrachten vrijwel in zijn eentje uit. Af en toe riep hij hulp in, bij voorkeur van het meisje Vera, voor wie hij duidelijk een zwak had. Wolter fietste in moeizame conversatie op met Petra, het andere meisje. Toen ze zich liet ontvallen dat zij het was die zondagmiddag piano had gespeeld, leefde hij op. Ze had al les vanaf haar achtste en dacht erover om naar het conservatorium te gaan.

Terwijl ze vertelde, keek hij naar het spitse gezichtje en benijdde haar heftig.

'Scarlatti', antwoordde ze op zijn vraag naar haar lievelings-componist. Hij zweeg tot de eerstvolgende paddenstoel, want dit was een van de weinige componisten waar hij niets van wist. Toen vroeg hij voorzichtig naar het stuk dat zijn landerige zondagmiddag had verlicht. Was dat misschien van Grieg? Een van de *Lyrische Stücke*? Hij groeide onder haar waarderende reactie. Speelde hij zelf ook? Nauwelijks. Hij leidde meer een luisterend bestaan, legde hij uit.

Midden in een sparrenbos kwam hun een groep tegemoet waarin hij Yvonne ontdekte.

Terwijl de aanvoerders de routebeschrijvingen vergeleken om te zien wie er verkeerd gereden was, zette ze haar voorwiel tegen dat van Wolter. 'Hebben jullie niet iemand die je kwijt wilt?' siste ze. 'Ik wil wel ruilen. Saaie troep!'

Hij lachte. 'Ik ben de enige. Schiet je niets mee op.'

'Jammer. Hé, weet je dat ik ook meedoe vanavond? Gerben heeft me daarstraks gevraagd als hulprechter. Leuk, hè?'

'Ja, leuk.' Hij hoopte dat het niet lauw klonk. Ze zou het vanavond wel merken.

Toen Gerard tegen het eind van de speurtocht ontdekte dat hij een opdracht overgeslagen had en in zijn eentje terug wilde rijden, wilde niemand daarvan weten. De plagerige opmerkingen van een achteropkomende groep negerend, reden ze samen de route in spiegelbeeld terug, tot ze een eind van de zandweg onder hoge sparren met zwaar afhangende takken de contouren van een huis zagen. Was dit het huis dat in de opdracht bedoeld werd? *Hoe luidt de vroegere naam van het verborgen huis?* Het had de kleuren van de omgeving aangenomen: groen, bruinzwart, vaalrood.

'Ik ga wel even kijken', zei Wolter.

Hij zette zijn fiets tegen een boom en liep het brede pad van steengruis en naalden op dat van de zandweg in een boog in de richting van het huis liep. Dichterbij komend zag hij de verwaarlozing. Een bemost en aangevreten rieten dak, uitgebeten gevelbetimmering, overgroeide terrassen. Het grasveld had het afgelegd tegen het bos. Een huis dat te weinig zon kreeg. Over de veranda aan de zijkant woekerde een schrale klimplant met bleekroze bloemen. Een oude damesfiets stond naast de regenton tegen de muur. Onder een van de ramen van de verdieping ontdekte hij een naam. *Cheribon*. Rode letters op een bruin vlak. En nu? Ze konden toch niet van hem verwachten dat hij ging aanbellen. Of hadden de andere groepjes dat ook gedaan? Hij keek om naar de weg. De meisjes zaten in de berm, Gerard stond bij zijn fiets en keek zijn kant uit. Hij aarzelde.

Een beweging trok zijn aandacht. Naast een houtopslag aan de andere kant van het pad stond een meisje naar hem te kijken.

'Hallo', zei hij, terwijl hij naar haar toe liep. 'Mag ik je even iets vragen?'

'Dit is particulier terrein, dat weet je, hè?'

Hij bleef staan. 'Ik wil alleen iets vragen.'

'Wacht daar maar.' Ze duwde zich met een loom gebaar af tegen het hout. Toen ze voor hem stond, bekeek ze zijn gezicht aandachtig en zei toen: 'Je bent niet de eerste vandaag. Als mijn oom hier was, zou hij de honden losgelaten hebben.' Ze keek om naar het huis. 'Daar dreigde hij altijd mee. Ook toen hij geen honden meer had. Hij had een bloedhekel aan toeristen.' Haar donkere ogen daagden hem uit. Ze had iets exotisch, steil donker haar dat haar gezicht omsloot, hoge jukbeenderen. Een witte bloes met vuile vegen slobberde om haar schouders, een mannenoverhemd misschien, de mouwen waren opgerold tot haar ellebogen. Haar leeftijd was moeilijk te schatten.

'Dat komt goed uit, want ik zou mezelf geen toerist noemen'

'Aan AJC'ers ook.'

'Hoe kom je erbij dat ik bij de AJC ben?'

'Jullie zitten toch in die vakantiekolonie daar? De Zilverberk? Dat hoorde ik van die lui die hier vanmiddag met hun lompe voeten op het gazon stonden.'

'Vroeger,' zei hij, 'heel lang geleden, was het een AJC-vakantie-oord, heb ik gelezen. In de tijd van je oom, denk ik. Nu houden er heel normale mensen vakantie.'

'Oké', zei ze luchthartig. 'Maar ze hebben wel met hun normale voeten van het gazon te blijven. Typisch vakantiegangers. Als je er geen hek omheen zet, banjeren ze dwars door alles heen.'

'Maak jij er een gewoonte van om mensen af te katten?'

Haar mond trilde. Lachte ze? 'Soms. Er komen alleen niet zo veel mensen langs hier.'

'Ja, vind je het vreemd? Ik denk dat ik ook maar weer eens ga.'

'Wacht.' Het meisje draaide een pirouette en stond nu tussen hem en de weg. 'Wat wilde je vragen? Hoe dit huis vroeger heette? Schrijf maar op: Jachtlust. Dat heb ik tegen de eerste club bleekneusjes gezegd. En tegen de volgende Boslust, geloof ik, en toen nog Vredeoord en daarna weet ik niet meer.'

Onwillekeurig moest hij lachen. 'Dat kan leuk worden vanavond. Woon jij hier of ben je ook met vakantie?'

Ze keek hem aan en draaide toen langzaam haar hoofd weg. 'Vakantie kun je het niet noemen. En wonen eigenlijk ook niet. Iets ertussenin.'

'Zijn je ouders hier ook?'

'Mijn ouders …' Ze bukte zich en raapte een stok op. 'Nee. Mijn moeder zit in Den Haag en mijn vader woont op Java.'

'Wie woont er hier dan?'

'Waarom wil je dat allemaal weten?'

'Nergens om.'

'Wat zijn jullie eigenlijk? Geen socialisten dus, maar wat wel?'

'Een jeugdvereniging uit Heemstede.'

'Zomaar een jeugdvereniging?'

'Een gereformeerde jeugdvereniging.'

'Poeh. Dat klinkt net zo erg als socialistisch. Is dat leuk?'

'Meestal wel, hoor. Had je oom soms ook een hekel aan de gereformeerden?'

'Mijn oom zit in Veldwijk. Helemaal mataglap volgens mijn

tante. Hé, je vriendjes roepen je.' Toen ze het zei, drong pas tot hem door dat iemand op zijn vingers floot. Gerard stond op een boomstronk en wenkte hem.

'Ga maar gauw naar ze toe', zei ze met iets plagerigs in haar stem.

'Ja, dat ga ik ook doen. Cheribon is toch een stad op Java?'

Ze knikte.

'Dan heeft het huis dus altijd zo geheten.'

'Waarom dus?'

'Zomaar', zei hij. 'Dag.'

Ze schoot langs hem heen naar het pad en bleef daar staan. 'In de greppel langs de weg liggen de stenen nog. Jullie kunnen gewoon niet kijken. Die anderen ook niet. Allemaal poep in je ogen!'

Hij begreep niet wat ze bedoelde, maar had geen zin om het nog te vragen. Terwijl hij doorliep, hoorde hij haar stem. 'Hé!' Hij draaide zich om.

'Kom je nog een keer langs?'

Het was Vera die de eerste kei vond. Toen ze hem omrolden, zagen ze vier verbleekte kalkletters. BENE. Ze staarden ernaar. Aarzelend zei Petra: '*Ubi bene* misschien.' De tweede kei, die een paar meter verderop lag, bewees haar gelijk. Wolter was opgelucht dat Gerard vroeg wat het betekende. 'Waar het goed is', vertaalde ze. Ubi bene, ibi patria. Waar het goed is, daar is mijn vaderland. Aan elke kant van het pad had een woord gelegen.

'Je bleef wel lang weg', zei Petra, toen ze weer opstapten.

Hij knikte en dacht aan het meisje van Cheribon. Of hij nog een keer langskwam. Waarvoor?

Aan het begin van de avondmaaltijd werd duidelijk dat de gerechtelijke aandacht zich concentreerde op Govert Bakhuis. Vergeleken bij hem waren de andere overtreders slechts kruimelboefjes. Zijn misdragingen waren van dien aard dat inmiddels een aanklacht in voorbereiding was. Vóór Gerben Korteweg, die al was gaan staan om een toelichting te geven, een woord kon uitbrengen, sprong Goof op. Met zijn handen in elkaar boven zijn hoofd draaide hij zich knikkend naar alle kanten als een triomfator in een sportwedstrijd. Toen de toejuichingen eindelijk verstomden, deed Gerben met een geïrriteerd gezicht een nieuwe poging.

Bij het invallen van de schemering begon de openluchtzitting van het Hof van Beroerte, zoals de voorzitter de rechtbank aanduidde. Het was vooralsnog diens enige vondst, constateerde Wolter na enige tijd met voldoening. Want in het vervolg van de zitting verbleekte de hem onbekende Peter Hellema tot iemand die uitsluitend leek te weten hoe je een hamer moest vasthouden. Vriendje van Gerben, had Beer gezegd, toen hij hem nog even kwam vertellen dat hij het niet eens was met hoe het gegaan was. Gisteravond gearriveerd, sliep ook op zolder, meteen ingeschakeld. 'Je weet hoe dat gaat.' Hij vond wel dat Wolter te snel had bedankt. 'Gemiste kans. Van zo'n rol als getuige is best iets te maken.'

Zijn belofte om Gerben te grazen te nemen, klonk een beetje loos, maar was wel goedbedoeld.

Wat gemelijk had Wolter vanaf de rand van het terras de intocht van het hof gevolgd. De omstreden rechter met een inderhaast opgeroepen hulprechter in de persoon van Yvonne van den Brink, beiden gehuld in slaapzaalgordijnen. Zij werden voorafgegaan door Hangman Hans en zijn immer tegenstribbelende verdachte Goof. Het was Beer die in het begin de show stal. Terwijl Gerben al snel verkrampte in zijn rol van onverbiddelijke aanklager, ondermijnde Beer het protocol en de positie van zijn tegenstrever met een imitatie van een sluwe advocaat met hartkwaal uit een film die Wolter niet kende maar Oubaas wel. '*Getuige à charge*. Gave film, man. Aan het eind ...'

'Straks', siste hij.

Met demonstratieve omhaal schudde Beer tabletten uit een buisje, maakte daar geconcentreerd tellend rijtjes van, waarbij hij zichzelf hoorbaar corrigeerde, riep luid 'Nonsens!' dwars door

Gerbens betoog heen, vroeg aan een onzichtbare bode om een glaasje water, bespeelde het publiek en bestreed hooghartig elk protest van de aanklager. Gerbens presentatie van de aanklacht was er niet tegen bestand. De feiten op zich, alledaagse smerigheden en onaangepast gedrag bij nacht, konden in het begin nog op vreugdevolle herkenning rekenen van het publiek, maar in Gerbens humorloze aanpak verloren ze gaandeweg elke smeuïgheid. De getuigen die hij opriep, werden door de advocaat genegeerd of zelf verdacht gemaakt, maar na een tijdje begon Beer in herhaling te vallen en raakte het effect van zijn optreden uitgewerkt. Bovendien waren op de vloer voor de tafel de verdachte en zijn cipier annex beul aan een eigen pantomime begonnen die steeds dwazer werd en alle aandacht opzoog. Vooral Goof was een subversief natuurtalent, vond Wolter. Hij wist zijn bewaker, verkleed als bultenaar uit weer een andere film, steeds verder uit zijn rol te lokken, en ergerde de aanklager door als antwoord stelselmatig te verwijzen naar diens eigen gedrag. Eikel, zei hij er ook vaak lachend achteraan. De rechter hamerde wat hij kon, maar ook de hulprechter had vaak moeite haar gezicht in de plooi te houden. Als je het goed bekeek, vond Wolter, deed Goof gewoon wat hij altijd deed, alleen was het nu leuk.

Rietje zat schuin voor hem. Als er om Beer weer iets te lachen viel, lachte ze zelden mee. Met haar hand onder haar kin volgde ze zijn optreden, een trekje om haar lippen dat naar spot neigde. Toen ze een keer opzijkeek, zag Wolter het plezier in haar ogen. Ze is trots op hem, dacht hij, ze geniet van wat hij daar doet, maar ze laat het niet merken. Het was geweldig als je bewondering kon afdwingen. Dat was de stof waarvan zijn eigen dagdromen gemaakt waren. Dat iemand met andere ogen naar hem ging kijken door wat hij presteerde. Dat hij een meisje dat hij ver buiten zijn bereik achtte, of ze nou Rietje heette of Cheribon, zó in vervoering kon brengen dat ze overrompeld door haar gevoelens hulpeloos voor hem stond. Niemand wist dat hij over dat talent beschikte, die virtuositeit bezat, die snelheid, die moed. Het meisje in kwestie nog het minst. Het werkterrein wisselde nog weleens in zijn dromen. De redding uit de branding sprak op den duur nog het minst tot de verbeelding. Die was niet alleen erg bewerkelijk, maar gaf bovendien eerder reden tot dankbaarheid dan tot bewondering. Het ging meer om iets wat niemand zó kon, op dat unieke moment. De volslagen outsider Greve, die vanuit kansloze positie in grandioze stijl de schaatswedstrijd weet te winnen. De tot dan toe onbekende Wolter Greve die naar voren komt als de organist aan het begin van de dienst onwel wordt, diens plaats inneemt en een briljante improvisatie neerzet als voorspel tot de openingspsalm. De gemeenteleden kijken elkaar verrast aan, het meisje op de achterste rij van het balkon rekt haar hals, haar ogen laten hem niet los, haar blik verdiept zich. Is dát Wolter Greve? Niet slecht voor iemand die zijn orgellessen na één jaar eraan gegeven had. Blijkbaar een natuurtalent …

Oubaas porde hem in zijn zij. 'Hé, je moet komen. Ze hebben je nodig.'

Verward keek hij op. 'Het hof roept Wolter Greve op als getuige voor de aanklager. Is Wolter Greve aanwezig?' De stem van hulprechter Yvonne werd nu overstemd door het keldergeluid van het gebochelde factotum. 'Greve! Aantreden!' Het publiek nam de kreet over.

Hij worstelde zich naar voren. De stormlantaarns op de tafel vervormden de gezichten van de rechters tot maskers.

'Uw naam is Wolter Greve?' vroeg de eerste rechter.

'Jawel, edelachtbare.'

'Kan iemand dat bevestigen?'

'Vast wel', zei hij, maar de vraag was niet voor hem bedoeld.

Goof sprong op. 'Ik.'

'Jou wordt niets gevraagd', zei de rechter. De hulprechter sprong bij. 'De getuige is mij bekend. Meneer de officier, gaat uw gang.'

'Zeg dat er dan bij', mopperde de beklaagde, terwijl de cipier hem omlaagtrok.

Gerben schraapte zijn keel. 'Wolter Greve. Ik stel het op prijs dat u bereid bent geweest om hier als getuige te verschijnen. Het gaat om een voorval gedurende de heenreis op zaterdag, en wel tijdens de eerste rust in een café te Mijdrecht.'

O, dat dus, dacht Wolter. Hij had het kunnen weten, maar daar werkte hij dus niet aan mee.

'Een moment', zei hij tegen de aanklager en hij wendde zich tot de rechter. 'Edelachtbare, wilt u de officier vragen waarom hij denkt dat ik bereid ben om hier te getuigen?' Hij voelde dat zijn stem beefde. Was dat ook hoorbaar? Achter zich hoorde hij Beer instemmend grommen.

De rechter keek Wolter even verbaasd aan en wendde zich daarna tot Gerben. 'Meneer de officier?'

'Vanwege het simpele feit dat de heer Greve hier voor mij staat', antwoordde Gerben.

De rechter knikte naar Wolter. 'Neemt u genoegen met het antwoord, meneer Greve?'

'Nee, edelachtbare. Niemand heeft mij gevraagd of ik wilde getuigen. Ik ben ook niet gedagvaard of zoiets. Ik sta hier alleen omdat ik een stem hoorde die riep dat ik moest aantreden.'

Gerben wilde iets zeggen, maar hulprechter Yvonne ontnam hem met een handgebaar het woord. 'Dat gebeurde namens het hof, meneer Greve. De stem gaf op eigen wijze vorm aan de op-roep van het hof om te getuigen. Begrijpt u?'

'Zo is het', zei de cipier vanuit de diepte.

'Volkomen', antwoordde Wolter.

Yvonne leunde over de tafel. 'Mag ik, nu u hier toch bent, dan alsnog vragen of u bereid bent als getuige op te treden?'

Met haar liefste stem, dacht Wolter. Kijk, heren, zo doen we dat dus. Hij glimlachte breed. 'Maar natuurlijk, mevrouw de rechter. Met genoegen.'

'Als het mij op deze charmante wijze gevraagd zou worden, zou ik ook niet kunnen weigeren, mevrouw.' Beer maakte zich groot achter zijn tafel. 'Maar procedureel deugt hier natuurlijk

geen fluit van en dat valt in de eerste plaats de officier te verwijten. Het hof mag zich gelukkig prijzen met zo'n goedwillende
getuige. Ik wil dit even gezegd hebben.'

'Dat hebt u nu dan ook', zei de eerste rechter. 'Meneer de officier, probeert u het nog eens.'

'Meneer Greve! Mijdrecht, zaterdagmorgen, de eerste rustplaats op de heenreis.' Met volume en staccato zinnetjes her-
overde Gerben zijn gezag. 'Het sein tot opbreken is gegeven en
iedereen zoekt zijn fiets weer op. Buiten het café stuit u op de
beklaagde. Kunt u deze ontmoeting beschrijven?'

Wordt dit leuk of gênant, dacht hij. Aan mij zal het niet liggen, maar ik vertrouw die arrogante kwal niet. Langzaam schudde hij zijn hoofd. 'Het staat me niet meer helder voor de geest. Ik
ben de heer Bakhuis de afgelopen dagen zo vaak tegengekomen,
ik kan de ontmoetingen niet meer uit elkaar houden.'

Enigszins meewarig keek Gerben hem aan. 'Ik kom u een
beetje tegemoet. De beklaagde stond bij een heg en sprak u aan.'

'Ik maak bezwaar tegen deze manier van ondervragen, edelachtbare.' Beer duwde zich steunend overeind, heilige veront-
waardiging op zijn gezicht. 'De officier vertelt de getuige wat hij
zich moet herinneren. Zo lusten wij er nog wel een paar.'

'Bezwaar toegewezen', zei de rechter. Wolter groeide. Beer en
hij samen. Gaaf.

Maar Gerben gaf geen krimp. 'Dan ga ik over tot de vraag-
vorm. Nogmaals Mijdrecht, meneer Greve, net buiten het café.
Herinnert u zich waarmee de beklaagde Bakhuis bezig was toen
hij u aansprak?'

Wolter knikte. 'Ik herinner het mij. Hij bracht zijn kleding in
orde.' Er klonk gegniffel achter hem.

'Kunt u iets concreter zijn?'

'Tja.' Wolter keek alsof het beantwoorden van de vraag hem
tegenstond. 'Afgaand op het weinige dat ik kon waarnemen,
want hij stond met zijn rug naar mij toe, trok de beklaagde de
ritssluiting van zijn broek dicht en gespte hij zijn riem vast. Ik

denk dat dat zo'n beetje de handelingen waren.'

Gerben knikte. 'Bent u het met mij eens als ik uit uw beschrijving concludeer dat voordat de beklaagde u aansprak zijn broek open was en zijn broekriem los?'

'Dat is een mogelijkheid.'

'Zijn er nog andere mogelijkheden?'

'Dat laat ik graag aan uw verbeelding over.'

'Waar stond de beklaagde toen hij u onder het uitvoeren van voornoemde handelingen aansprak?'

'Voor een heg.'

'Met zijn rug naar het pad dus, heb ik begrepen. Met andere woorden, toen hij u aansprak, keek hij over zijn schouder?'

'Inderdaad.'

'Goed, meneer Greve. Resumerend, iemand staat voor een heg met zijn rug naar u toe, kijkt over zijn schouder als hij u aanspreekt, en brengt intussen zijn kleding in orde. Wat leidt u dan hieruit af omtrent het voorafgaande?'

'Dat toen zijn kleding niet in orde was.' Het keelgeluid van Beer betekende vermoedelijk goedkeuring.

'Dat is heel juist. En wat kan daar weer de oorzaak van zijn?'

'Dat is moeilijk te zeggen. De inspannende fietstocht, het overhaaste vertrek, om er twee te noemen.'

'En verder?'

'Niets.'

'Helemaal niets?'

'Helemaal niets.'

'Als iemand van het mannelijk geslacht, en ik herhaal dat met nadruk, het mannelijk geslacht, voor een heg staande met zijn rug naar de openbare weg zijn broek dichtmaakt, komt er bij u geen gedachte op over wat hij daar heeft gedaan?'

'Protest edelachtbare!' Met een loeiende kreun kwam Berend overeind. 'Het komt mij voor dat mijn geachte confrère bezig is zijn genitale fixatie te projecteren op de getuige. Ik vind dat een onbetamelijke handelwijze. De getuige heeft verklaard wat hij heeft waargenomen. Daar houdt zijn getuigenis op. Het gaat niet aan om hem te dwingen tot participatie in de ranzige veronderstellingen van de aanklager.'

Gerben haalde zijn schouders op. 'Ik vraag me in gemoede af wat de advocaat hiermee wil winnen, edelachtbare. De demonstratieve geheugenzwakte van de getuige staat voor mij gelijk aan een bevestiging van het gevraagde. Voor het overige heb ik voor deze getuige geen vragen meer.'

'Maar ik wel.' Beer kwam achter zijn tafel vandaan. 'Meneer Greve, de aanklager heeft de belangrijkste vraag niet gesteld. Namelijk: waarover sprak de beklaagde u aan?'

'Hij vroeg hoe het met mij ging.'

'Vanwaar die belangstelling? Kende u elkaar?'

'Zeker. Wij hebben een jaar bij elkaar in de klas gezeten.'

Beers gezicht drukte blijde verrassing uit. 'Klasgenoten! Wat aardig. Dan heb je inderdaad wat te bepraten.' Hij trok zijn gewaad om zich heen en boog zich naar Wolter. 'U kent de beklaagde dus goed?'

Wolter knikte. 'Kende, zou ik willen zeggen. Het is vier jaar geleden.'

'Natuurlijk, natuurlijk. Maar … een jaar bij elkaar in een klas, dan weet je wel het een en ander van elkaar. Hoe zou u de beklaagde, uw vroegere klasgenoot Govert Bakhuis, willen kenschetsen?'

Onwillekeurig keek Wolter in Goofs richting. De onverschillige bravoure op diens gezicht was verdwenen. Gespannen keek hij van de een naar de ander. Was hij bang voor wat er zou komen? Daar had hij natuurlijk wel redenen voor. Met Goof was er altijd iets aan de hand geweest, destijds. Een rare kwibus, die niet populair was in de klas, om heel andere redenen overigens dan hijzelf. Goof was een beetje geschift, vond iedereen, maar dat kon hij hier toch niet gaan vertellen? Dit was gewoon een spelletje. Alleen Gerben vatte het nogal serieus op.

'Meneer Greve?' Beers gezicht bevond zich vlak voor het zijne. Terwijl hij hem indringend aankeek, sloot zijn linkeroog zich langzaam en nadrukkelijk. Natuurlijk. Het was ook Beers spelletje. Het was alsof hij hem uitnodigde om mee te spelen. Samen tegen Gerben. Was dit optreden de revanche waarop hij had gezinspeeld?

Wolter haalde diep adem. 'Ik zou Goof Bakhuis een originele persoonlijkheid willen noemen. Een vrije geest, ook in sociaal opzicht creatief, die een geheel eigen positie in een groep inneemt.' Tot nu toe, dacht hij, is er geen woord gelogen. Het hangt ervan af hoe je het verder invult. Berend knikte waarderend. 'Dat is een mooie karakteristiek, meneer Greve. Ik weet zeker dat menig aanwezige hier diep in zijn of haar hart de wens koestert om ooit bij u in de klas te mogen zitten. Denkt u dat het mogelijk is om deze kenschets samen met mij nog wat uit te werken?'

Geleid door Beers suggestieve vragen kleurde hij zijn schets van Goof in tot een kruising van Pietje Bell en Dik Trom met een vleugje Swiebertje. Belhamel met een gouden hart, geliefd bij vriend en vijand, met uitzondering van gezagsdragers zoals leraren, veldwachters en openbare aanklagers. Die laatste toevoeging was van Berend.

Met de loftuiting van Beer nog in zijn oren – 'U hebt een waardevolle en menselijke getuigenis afgelegd, meneer Greve' – ging hij terug naar zijn plaats.

'Slijmerd', zei Oubaas. 'Maar je deed het wel goed.'

Rietje keek om. 'Dat wordt wel vrijspraak, Wolter, al zal dat vast niet de bedoeling zijn!'

Hij voelde zich gestreeld. Toch zeurde van binnen de twijfel dat hij het te zwaar had opgevat.

'Eigenlijk ben je nog niet klaar', zei Oubaas. 'In die film wordt aan het eind de beklaagde vermoord door de getuige. Dus misschien moet je nog even teruggaan.'

Hij draaide zich om omdat iemand op zijn schouder tikte. Else Boerma. 'Leuk gedaan, Wolter. Als ik ooit nog eens een getuige nodig heb ... Hé, luister eens, een kwartier geleden was er telefoon voor je. Of je even wilt terugbellen.' Met luide hamerslagen eiste de rechter stilte in de zaal.

Hij pakte het briefje aan. Een Haarlems nummer, zag hij, maar gelukkig niet van thuis. Wie kon hem hier nou bellen? Hij wachtte tot de theepauze werd afgekondigd en haalde toen de sleutel van de telefoon bij de toog. Pas onder het draaien herkende hij het nummer.

'*Old fart*', zei hij toen Abel opnam. 'Jullie zijn dus weer thuis. Hoe was het?'

'Hé, Wolter! Ik had niet verwacht dat je nog terug zou bellen. Die boerendeerne deed nogal moeilijk, of het dringend was en zo. Ik heb maar ja gezegd. Waar zit jij? In een bijbelkamp of zoiets? Ik dacht dat je thuis aan het blokken was?'

'Een bíjbelkamp! Vind je mij daar een type voor?'

'Nu je het zo vraagt …'

Terwijl hij vertelde hoe zijn zomer verlopen was en in wat voor kamp hij zich bevond, voelde hij een vage gêne. Vergeleken bij het Gardameer was dit een braaf surrogaat.

'Dus toch een bijbelkamp, maar dan anders.' Abel gaf je nooit veel kans op nuancering. 'Het is vast niet gemengd, denk ik. Lijkt het een beetje op dat zelfbevlekkingskamp waar we destijds aan meededen?'

Wolter schoot in de lach. 'Nee. Helemaal niet. En de verhouding vrouwen:mannen is twee staat tot één. Het zou dus ook wel wat voor jou zijn, maar nu jullie vakantie. Vertel.'

Luisterend naar het bonte relaas bekroop hem weer de spijt dat hij dit niet had kunnen meemaken. 'Je had erbij moeten zijn', zei Abel. 'Echt, dat meen ik. Je werd gemist. Twee is toch anders dan drie. En dit was ook de laatste keer dat ik bij mijn ouders op de camping ga staan. Allemaal leuk en aardig en heel gemakkelijk ook, maar je kunt niet echt je eigen gang gaan. Over ouders gesproken, wat náár van je moeder. Is het waar dat ze zes weken moet liggen?'

Hij was er even niet helemaal bij. 'Wat bedoel je? Wat is er met mijn moeder?'

'Weet je dat niet?' Hij hoorde de verwarring in Abels stem. 'O tering, ik geloof dat ik mijn mond voorbij heb gepraat. Lida zei dat ze jou niet gebeld hadden omdat ze je vakantie niet wilden bederven. Rund dat ik ben.'

'Abel, kom op, wat is er met mijn moeder?'

Zijn stem klonk ongewoon bedremmeld. 'Ze heeft haar heup gebroken. Gevallen in huis.'

'Wanneer is dat gebeurd?'

'Ik geloof vandaag. Of anders gisteren. Weet ik niet precies. In ieder geval kort geleden.'

Wolter was even stil. 'Hé, Wol,' zei Abel, 'sorry hoor. Ontzettend stom van me.'

'Hou op. Ik neem jou niks kwalijk. Het is natuurlijk veel stommer dat ze mij niet even gebeld hebben.'

'Ik heb je toch al …'

'Ja, dat kan wel zijn. En het is misschien goedbedoeld van ze, maar het blijft natuurlijk idioot. Typisch weer zo'n overweging van de familie Greve.'

'Wat ga je nou doen?'

'Ik verzin wel wat.'

'Dat vind ik gelul. Je kunt rustig zeggen dat je het van mij hebt. Zit ik echt niet mee.'

'Dat weet ik. Ik zie gewoon wel.'

Ze spraken af dat ze een avond foto's gingen kijken zodra hij met zijn taken klaar was.

Terwijl hij de sleutel inleverde, liep de zaal opeens vol. Van Albert, die met een blad met mokken langsliep, hoorde hij dat iedereen het beter had gevonden om de uitspraak vóór de thee te laten vallen, anders duurde het veel te lang. 'Eventjes is zo'n vertoning natuurlijk wel leuk, maar je moet niet te lang willen doorgaan.'

'En wat heeft Goof gekregen?'

'Al sla je me dood', zei hij. 'Ik was net met de thee bezig.'

'Een publieke badbeurt', zei Beer, die hij buiten tegenkwam.

'Na de jamproef. Morgen tussen twaalf en half een.' Sloeg natuurlijk nergens op, die straf, maar je moest blijkbaar toch wát als rechtbank. Eigenlijk was ook dat een beetje de traditie. 'Jij deed het goed, Wolter! We moeten meer optreden samen!' Hij sloeg zijn arm om Wolters schouder alsof ze op de foto gingen. 'Hé, Red, hoe vond je ons?' vroeg hij aan Rietje.

'Groots', zei ze. 'Onweerstaanbaar. De aanbiedingen stromen binnen.'

'Precies, dat hebben we nodig', zei hij. 'Vind je niet dat Wolter talent heeft? Gerben kreeg geen vat op hem.'

Zag hij iets van ergernis in haar ogen of vergiste hij zich? 'Nou ja,' zei hij, 'zo bijzonder was het ook weer niet.'

'Onzin, Wolter. Je was hartstikke goed. Geloof me.' Ze roste met haar hand door zijn haar. 'Jij kunt je heel goed van de domme houden. In maître Beers optreden is een zekere sleet merkbaar. Dat zullen de jaren zijn.'

'Zo oud ben ik nog niet, liefste.'

'Ik bedoelde eigenlijk meer de jaren dat die grollen al meegaan.' Ze dook weg voor zijn grijpende handen. 'Maar Wolter, één ding nog. Waarom nam je Goof zo in bescherming? Uit medelijden?'

'Een beetje wel', antwoordde hij. Het klonk zwak, vond hij.

'En om Gerben een hak te zetten', zei Beer.

'Dat ook.'

'Jullie zijn eigenlijk allemaal hetzelfde, weet je dat?' zei Rietje.

Hij voelde zich groeien, maar liet niets merken. Wat zou ze gezegd hebben als hij die andere reden had genoemd? Dat hij het deed om bij Berend te horen? Dat soort dingen zei je niet hardop.

Maar echt genieten van zijn succes lukte even niet. Durfde hij ook niet. Nu mama in de Mariastichting lag, kwam er ook niets terecht van de dagjes die ze met pa gepland had. Nou had ze helemaal niets aan de zomer. Toen het jujubelen op gang kwam, bromde hij eerst maar wat, tot hij zich liet meeslepen. Het ging vanzelf. Dat deed zingen nou met je, dacht hij.

Het was mooi om te merken hoe sterk de eenheid was geworden in een paar dagen. Iedereen hoorde er nu bij, ze hadden één stem, één ritme. Ze roffelden mee in de breaks, stapelden stemmen op elkaar als het zo uitkwam en haalden uit waar uithalen geboden waren. Aan de overkant, met haar rug tegen Beers schouder, zat Rietje, haar hoofd wiegde mee op de cadans. Gretig werden steeds weer nieuwe nummers geroepen en toen ze de favorieten en de oldtimers en de afdeling sentimenteel en het mengelwerk gehad hadden en aarzelden bij het deeltje geestelijk, omdat je dan beter maar meteen met de avondsluiting kon beginnen, tokkelde de gitaar de eerste tonen van een lied dat niet in het boekje voorkwam. Maar iedereen kende de eerste regel en nog wel meer ook: *Hoog op de gele wagen rijd ik door berg en dal.*

Daarna begonnen sommigen te broddelen, maar bij het refrein was iedereen weer bij, met slepende stemmen. *Ik kan van uw schoon haast niet scheiden, maar 't gaat voorbij, voorbij ...*

Onder het zingen zag Wolter opeens Yvonne pal achter de gitarist zitten. Had zij hem het lied ingefluisterd? Het kon niet anders. Op afstand leek ze een beetje op het meisje van Cheribon, het donkere haar dat haar gezicht inlijstte, de witte opstaande kraag van haar bloes. Hij wachtte tot ze zijn kant uit keek en stak toen zijn duim op. Ze lachte. Nee, toch niet. Ze leken helemaal niet op elkaar. Er werd gevraagd om de tekst en iemand beloofde morgen te gaan zoeken. En toen zongen ze, misschien vanwege dat voorbijgaan en de weemoed die als avondnevel opkroop en van ieder bezit nam, 'Kein schöner Land in dieser Zeit'.

Na afloop vertelde hij aan Yvonne en een paar anderen wat zijn moeder was overkomen en ze leefden met hem mee, wat wel een fijn gevoel was.

Toen hij als een van de laatsten uit de wasruimte kwam, stond Goof op hem te wachten.

'Hé, Greve', zei hij. 'Je was wel in vorm. Bedankt. Niet dat het geholpen heeft, maar toch.'

Verlegen met de situatie zei Wolter: 'Gewoon, klasgenoten onder elkaar, hè?'

'Zo is het, maar we zijn nog niet klaar. Wil je me straks nog even een handje helpen?'

'Waarmee?'

Goof dempte zijn stem. 'Die brandslang moet omhoog.' Hij wees naar de haspel aan de muur. 'Ik wil die Gerben even laten weten dat ik ook 's nachts aan hem denk.'

'En dan?'

'Dan niks. Jij helpt de slang afrollen, ik zorg voor de afwerking, die klootzak spoelt zijn bed uit en dat is dat.'

'Nou nee', zei hij. 'Dat lijkt me minder geslaagd.'

'Hé, nou dacht ik dat ik een beetje op je kon rekenen.'

'Niet met dit soort geintjes. Daar krijg je een hoop gedonder mee, ook met de beheerder.'

'Nou, dan niet', zei Goof. Terwijl Wolter doorliep, hoorde hij hem 'lafbek' mompelen.

's Nachts werd hij wakker van stemmen onder het raam van de slaapzaal. In de verte klonk geschreeuw, iemand holde over de gang en hij hoorde geroffel van voeten op de trap. Een lichtkring danste over het plafond en verdween toen de deur naar de gang gesloten werd. Voor hij had besloten of hij ook moest gaan kijken wat er aan de hand was, vielen zijn ogen weer dicht. Het schreeuwen kwam terug. Iemand riep iets over een mes. Wolter ging overeind zitten en liet zich van zijn bed glijden. De lichten op de gang en in het trappenhuis brandden, maar hij zag niemand. Beneden voor de buitendeur stonden een paar jongens.

'Wat gebeurt er?' vroeg hij.

Ze gingen net opzij omdat er iemand naar binnen werd geduwd. Goof. De hand op zijn schouder was van Kars, achter hen waren meer gezichten te zien, lichtbundels van zaklantaarns schenen alle kanten op. Herman kwam binnen, met een gezicht alsof hij had gehuild, Gerben was er ook bij, hij had bloed op zijn wang, en tot Wolters verbazing dook als laatste dominee

Linthorst uit het duister op. In kamerjas.

'Hè toe, jongens', zei Kars. 'Gaan jullie alsjeblieft naar bed. Er valt hier niets te zien.'

Tegelijk met Oubaas kwam Wolter terug op de slaapzaal. Een paar jongens zaten bij het licht van een zaklantaarn op een van de bovenbedden. 'Wie hebben er gevochten?' vroeg iemand.

Hij liet het antwoord over aan Oubaas, die net zo weinig gezien had als hij, en klom in bed. In het donker zag hij Goofs spierwitte gezicht voor zich en de lepe knipoog toen hij hem passeerde, meer een zenuwtrek dan een teken dat hij de situatie meester was.

De volgende morgen stond hij al om half acht onder de douche. Om tien over acht, het tijdstip waarop zijn vader naar kantoor ging, haalde hij de sleutel van de telefoon en daarna wachtte hij nog tien minuten voor hij het nummer draaide. Zekerheid voor alles. Lida lag vast nog in bed. Zaterdag was ze thuisgekomen uit Valkenburg en haar vakantiebaantje had ze er al op zitten. Hij luisterde hoe het signaal overging, drie keer, zes keer. Natuurlijk had Yvonne de vraag gesteld die hij tot dan toe voor zichzelf niet beantwoord had. Waarom hij zijn moeder niet ging opzoeken. Even op en neer naar Haarlem, kon gemakkelijk in een middag. Dat dééd je toch gewoon? Dat was toch fijn voor haar? Ze wilde best het geld voorschieten als dat het probleem was. Vijftien keer. Zou die stomme griet het gewoon niet horen, lag zeker weer met haar hoofd onder het kussen, dat deed ze als klein meisje al. Lief aangeboden, Yvonne, maar dat was het probleem niet. Wist ze ook wel trouwens.

'Met Lida Greve.'

'Hoi zus. Sliep je nog?'

'Ja. Hoe laat is het dan? Nog niet eens half negen. Ik heb nog vakantie, hoor.'

'Ik ook. Hoe gaat het?'

'Nou goed. Bel je voor mama?'

'Hoe is het met haar?'

'Heeft Abel het toch verklapt?'

'Wees maar blij. Waarom moet je geheimzinnig doen over zoiets? Het zou veel idioter geweest zijn als hij tegen mij niets gezegd had. Moet je je voorstellen …' Hij had geen zin om het uit te leggen. 'Vertel eens over mama. Wanneer is het gebeurd?'

'Het ging helemaal niet om geheimzinnig doen. Het was gewoon … Wacht even, ik zie hier een briefje van pa liggen. Even kijken. Mama heeft een goede nacht gehad. Haar heup is al minder gevoelig, alleen begint nu haar rug op te spelen. Vanmorgen komt de masseuse.'

'Wanneer is het gebeurd?'

'O ja. Maandag begin van de middag. Gevallen in de slaapkamer, ze weet zelf niet waardoor, maar je weet van die evenwichtsstoornissen. Het vervelende was dat ze een paar uur daar gelegen heeft. Ik was weg, pa kwam om zes uur thuis. Ze is dezelfde avond nog geopereerd. De specialist zegt dat het een mooie breuk is, maar ze moet wel zes weken liggen.'

Een mooie breuk, dacht hij. Mama vond altijd wel iets om troost uit te putten. En natuurlijk lag ze in de Mariastichting. Geen betere geneesheren dan die welke onder patronaat van de moeder Gods hun werk deden, en geen betere verpleegsters dan de nonnetjes. In tijden van ziekte bleek de gapende kloof tussen hun dagelijkse gereformeerde bestaan en de rooms-katholieke wereld steeds op wonderbaarlijke wijze overbrugd te kunnen worden.

Hij prentte zich het kamernummer in. Zuidvleugel eerste verdieping, kamer 43. Lida was al twee keer op bezoek geweest. De officiële bezoekuren waren van half drie tot vier en van half zeven tot half acht, maar ze waren tot nu toe niet erg streng. 'De hoofdzuster is een heel lieve non. Toen Gerdien gisteravond pas laat kwam, mocht ze gewoon blijven.'

Natuurlijk. Hij hoorde het mama zeggen. 'Ach zuster, mijn dochter komt helemaal uit Utrecht. Mag ze nog heel even blijven?' De toon, de buiging in haar stem. Mama kon ontzettend goed met medisch personeel omgaan. De macht van de hulpeloze. Gerdien dus wel. En Wim?

'Wie gaat er vanmiddag?'

'Weet ik niet. Ik kan niet en papa gaat vanavond. Wou jij dan komen?'

'Misschien, maar zeg het tegen niemand, dan valt het ook niet tegen als ik niet kom. En hoe gaat het thuis? Moet jij nu koken?'

'Ja.'

'Arme pa.'

'Leuk hoor.'

'Wie …' begon hij, maar hij slikte de vraag nog net in. Natuurlijk was het mama geweest die gevonden had dat hij niet gebeld moest worden.

Toen hij opgehangen had en zich omdraaide, stond Kars achter hem. Wolter hield hem de sleutel voor. 'Goeiemorgen. Wilt u ook bellen?'

'Nee, dank je. Luister eens, Wolter, heb jij Goof al gezien vanmorgen?'

Hij schudde zijn hoofd. 'Hoezo?'

'Hij is er niet. Hij is weg, misschien al wel sinds vannacht.'

Om twaalf uur sloop hij weg uit de discussie over christen-zijn en politiek om de stoptrein naar Amersfoort van vijf voor half een te kunnen halen. Als hij drie kwartier rekende voor het bezoek aan mama, kon hij aan het begin van de avond terug zijn. Om half negen begon de filmcriticus met zijn inleiding en hij wilde niets missen. Kars had een lunchpakket geregeld en zwaaide hem persoonlijk uit. Zijn gezicht stond onveranderlijk bezorgd, want Goof was nog steeds niet terug. Volgens de politie van Ermelo, die de kampcommandant uit voorzorg gebeld had, was het nog te vroeg om tot actie over te gaan. Twee keer had hij Wolter die morgen opgezocht om te vragen of Goof familie of vrienden in de buurt had wonen, waar hij zou kunnen zitten, en of hij zijn ouders kende. Sinds bekend was dat ze vroegere klasgenoten waren, gold hij bij Kars blijkbaar als Bakhuisexpert. Hij had Kars uitgelegd waarom hij niet meer wist van Goof dan ieder ander.

'Jammer. Ik zou best zijn ouders willen bellen, maar omdat ik ze niet ken, weet ik ook niet hoe ze op zo'n bericht reageren. De kans bestaat natuurlijk dat hij straks fluitend komt aanzetten en dan heb ik ze voor niets ongerust gemaakt.'

Wolter kon niets beters bedenken dan dat te bevestigen. Met Goof was alles mogelijk, dat had hij vannacht weer bewezen. Het was hem blijkbaar toch gelukt om de brandslang de trap naar de zolder op te slepen. In het donker had hij het mondstuk tussen de spijlen aan Gerbens voeteneind geklemd. De kraan was niet langer dan een paar seconden open geweest, maar in het donker had de krachtige straal volgens Beer het effect gekregen van een vloedgolf. Bij de achtervolging en de vechtpartij had Gerben hulp gekregen van kamergenoten, waarna de in het nauw gedreven Goof iets had geschreeuwd over een mes. Meer niet. Alle verhalen over blikkerend staal en bloedgeulen waren totaal uit de lucht gegrepen. Daarna was elke poging tot verzoening mislukt. Gerben eiste excuses, Goof lachte hem vierkant uit, herinnerde hem aan alle kleineringen van de afgelopen dagen en pestte hem met het blauwe oog dat zich bij Gerben steeds duidelijker begon af te tekenen. Gerben had daarna aangekondigd dat hij direct bij de eerste de beste gelegenheid terug zou gaan naar zijn kamer in Amsterdam en eraan toegevoegd dat het wat hem betreft zijn laatste zomerkamp was, zolang er niet enige selectie plaatsvond bij de aanmelding. Van Goof wist men niet beter of hij was teruggegaan naar bed. Zijn spullen waren er nog, alleen zijn fiets was weg.

In de volle coupé vond Wolter nog net een plaats met zijn rug in de rijrichting. Zodra de trein begon te rijden kreeg hij het gevoel dat hij werd losgetrokken uit de grond waar hij een halve week geworteld had. Bossen en heidevelden weken terug, verdwenen uit het zicht en maakten plaats voor weiland, steeds meer weiland, nuchter gras dat overal kon liggen. In Putten was er nog weinig aan de hand, maar nog voor Nijkerk, waarvan hij niet eens het torentje kon zien, was het helemaal over. Het is maar voor even, zei hij tegen zichzelf, voor een paar uur. Hij liep alleen het volleybaltoernooi mis, wat niet echt een ramp was. Wel dat hij het gedoe eromheen ook niet zou meemaken, de sfeer, het aanstekelijke plezier om niks. En nu kon hij ook niet terug naar het meisje van Cheribon, wat hij stiekem van plan was geweest. Morgen misschien.

Berend was kwaad geworden op de kampcommandant omdat die aan de ontbijttafel het rechtbankspel in strijd had genoemd met de ware kampgeest. Daardoor was het tussen Gerben en Goof uit de hand gelopen. 'Slap ethisch gelul. Ze konden elkaar gewoon niet luchten of zien. Het is míjn onnozelheid dat ik te laat in de gaten had dat Gerben koste wat kost Goof te grazen wilde nemen.' Toen Rietje zei dat zoiets toch wel een beetje voor de hand lag bij zo'n raar spelletje met een zwart schaap, had Wolter niet geweten wie hij gelijk moest geven.

Terwijl hij in Amersfoort wachtte op aansluiting, zag hij op het andere perron iemand die sprekend op Goof leek, maar de sneltrein uit Zwolle schoof ertussen en in de drukte dacht hij er niet meer aan. Tussen Amersfoort en Amsterdam was het alsof er schermen neergelaten werden in zijn hoofd. Ergens was het kamp, ergens anders was thuis, daartussen lag het tijdelijke niemandsland waarin hij zich voortbewoog. Op het Stationsplein in Haarlem liep hij zonder aarzeling de halte van de bus naar huis voorbij. Hij was terug in de stad zonder dat iemand op de hoogte was en hij zou straks weer vertrekken zonder dat iemand het te weten was gekomen. Behalve mama. Pas in de bus vroeg hij zich af of ze het wel leuk zou vinden dat hij op bezoek kwam.

De receptienon van de Mariastichting wees hem de weg naar de Zuidvleugel. Met het bosje stationsanemonen in de hand liep hij door de hoge gangen van geglazuurde baksteen en hij hoopte dat er geen ander bezoek zou zijn. De deur van kamer 43 stond aan. Door de kier hoorde hij stemmen: zijn moeder, licht, vrolijk zelfs, dan een andere vrouwenstem. Hij luisterde even. Tante Janna. Het kón slechter. Voorzichtig duwde hij de deur open.

Zijn moeder lag onder een halfrond dek, een witte tunnel waarachter haar hoofd schuilging.

Tante Janna zat naast het hoofdeinde en lachte naar hem. 'Nee maar! Dat is een verrassing!'

'Dag mam', zei hij. 'Dag tante.'

'Is dat Wim?' Hij liep naar het bed. 'O, Woltje! Wat lijken jullie stemmen toch op elkaar. Maar ... hoe kom jij hier?'

Hij boog zich voorzichtig over het hoofdeinde en gaf haar een kus op haar wang. 'Gewoon met de trein, mam. Hoe gaat het met u?'

'Gaat wel, hoor. Maar jongen, jij bent toch met vakantie?'

'Ermelo is niet het andere eind van de wereld, mam.'

Tante Janna had zich meester gemaakt van zijn hand en trok hem naar zich toe. 'Die jongen heeft gelijk, Alida. Een echte zoon komt toch kijken hoe het met z'n moeder is.' Haar soppige zoen landde vlak naast zijn oor. 'Neem jij mijn stoel maar, Wolter. Ik laat jullie alleen, want ik moet nog een boodschapje doen. Misschien kom ik vanavond nog even langs.'

Tante Janna was de beste van alle tantes. Geen familie, maar een oudere vriendin van mama. Haar veertiendaagse bezoekjes aan huize Greve voor gezelschap en wat verstelwerk vormden voor hem altijd een rustpunt. Alle wrevel en spanning leken door haar blijmoedige aanwezigheid geneutraliseerd te worden. Als ze aan tafel de zaligsprekingen lazen, had Gerdien een keer gezegd, moest ze bij de zachtmoedigen die de aarde zullen beërven altijd aan tante Janna denken.

Toen ze vertrokken was, naar haar donkere huisje met de bloemenhof en de giechelende tortelduif in een kooi, schoof Wolter de stoel dichter naast het hoofdeinde.

'Zo, mam. En vertel nu eens hoe het echt gaat.'

'Er valt niet zo veel te vertellen, jongen. De breuk moet helen en dat duurt een paar weken. Van het gips heb ik nu al veel minder last dan de eerste dag. Ik word alleen vreselijk stijf, over mijn hele lichaam. De masseuse is al geweest en ze gaat om de dag terugkomen.'

Pijn had ze nauwelijks, alleen was de wond van de operatie nog een beetje trekkerig. En ze was hier in zulke goede handen. Een prachtige kamer voor haar alleen, schatten van zusters en uiterst bekwame doktoren, het zou allemaal goed komen.

Bij een vorige opname, voor een buikoperatie waarvan hem als pubertje het fijne onthouden werd, was het hem voor het eerst opgevallen hoe blijmoedig zijn moeder haar situatie verdroeg. Op het opgewekte af. Ze was veel vrolijker dan thuis. Ook nu weer. Volgens het wandbordje van oma Woudstra gaf God kracht naar kruis, maar dit was niet alleen haar veelgeprezen mentale kracht. Het leek of ze opgelucht was. Misschien omdat ze eindelijk mocht gaan liggen. Of omdat ze nu het middelpunt mocht zijn van aandacht en verzorging, waar ze thuis volgens een ander wandbordje onderworpen was aan het gebod 'Niet klagen, maar dragen en bidden om kracht'. Of, dacht hij nu, misschien simpelweg omdat ze even weg was van huis.

'Toch had je echt niet hoeven komen, Woltje', zei ze. 'Van wie hoorde je het?'

'Ik belde toevallig', zei hij vaag. 'Maar als ik dat niet had gedaan … Waarom ben ik niet even gebeld?'

'Ik heb tegen je vader gezegd dat ik het niet nodig vond. Om nou hierdoor je enige vakantieweek te bederven, je had de hele zomer zo hard zitten werken boven …'

Hij keek naar haar mond met de fijne rimpeltjes. Ze weten nog altijd van niets, dacht hij. Ze weten niets en ze begrijpen niets. Moet ik het nou eens zeggen? Dat ik bijna vier weken lang naar het behang heb liggen staren? Dat elk goed voornemen vastliep in het onvermogen om ook maar één vinger uit te steken naar mijn werk? Dat aansporingen en blijken van interesse averechts werken en alleen aangewend worden om de barrière nog hoger te maken? Dat met het verstrijken van de dag het gevoel van walging, wanhoop, zelfverwijt en schuld, om niet te zeggen zondebesef verstikkende vormen aanneemt. Behang, plafond, raam. Binnenste en buitenste duisternis. Dat dit eigenlijk al jaren zo is, maar dat niemand daarvan iets merkt, omdat bij het naar beneden gaan er altijd een decorstuk omgeklapt wordt met een zodanig overtuigende wisseling van rol dat niemand argwaan koestert, twijfel voelt, vragen stelt. Er was echter geen enkele reden om daar nou juist vanmiddag mee aan te komen.

'Ik vind dit belangrijker dan een weekje Veluwe, mam. En ik ga straks gewoon weer terug.'

'Heb je het naar je zin?'

'Heel erg.'

'Zijn het aardige jongelui?'

'Heel aardig.'

'Dus je hebt er geen spijt van dat je gegaan bent?'

'Geen moment.'

'Is Geertje nog gekomen?'

Hij overwoog een leugentje om haar een plezier te doen, maar vertelde toen toch over haar wegblijven.

'Wat jammer voor je. 't Is een lief meisje.'

Hij bromde instemmend en vertelde wat over het kamp. Aan mama's gezicht merkte hij dat ze niet goed luisterde. Dat hij het naar zijn zin had, was voor haar voldoende. Hij keek naar de afzender van de ansichtkaart die op haar kastje stond en vroeg of ze veel bezoek kreeg. De dominee was vanmorgen al geweest, dat was heel bijzonder als je naging dat ze hier pas twee dagen lag, want er waren natuurlijk meer zieken te bezoeken. Hij begreep het. Die anemoontjes hoefde hij niet in het water te zetten, dat deed de zuster zo meteen wel. Zo'n zacht meisje, ze was nog novice, maar dat zou je niet zeggen als je haar bezig zag, zo zelfstandig en bekwaam al. De bomen in de tuin wierpen hun schaduw tot ver in de kamer. Hij staarde naar het steeds wisselende patroon van licht en donker op de sprei en voelde zijn ogen zwaar worden.

Om tien over vier nam hij afscheid. 'Als ik zaterdag op tijd thuis ben, kom ik nog even langs', zei hij. 'Anders wordt het zondag.' Mama's wang was koel en glad, net als altijd. 'Nog veel plezier!' zei ze toen hij bij de deur stond. 'Ga je nog langs huis?'

Hij schudde zijn hoofd. 'Ik moet op tijd terug zijn voor het avondprogramma. Houd u goed! Dag mam!'

Op weg naar het station rekende hij uit hoeveel tijd hij in Ermelo zou overhebben. Ook als het in Amersfoort tegenzat, was er meer dan genoeg tijd voor de omweg langs Cheribon. En ze zouden in het kamp vast wel wat eten voor hem bewaren. In de trein las hij de voorpagina van de krant die de man tegenover hem vasthield. De spanning in Berlijn was verder opgelopen. Voor hij met de eerste kolom klaar was, vouwde de man het blad dubbel. Terwijl voor zijn halfgesloten ogen de polderslootjes langs wentelden als spaken in een wagenwiel, zag hij zich over de zandweg naar het donkere huis in het bos rijden. Ze stond in de deuropening, in dezelfde wijde witte bloes als eerst. Hé, ben je toch gekomen, zou ze zeggen. Kom even binnen. Er is niemand thuis. Hij moest iets zeggen wat meteen indruk op haar zou maken. Iets als 'Ik moest steeds aan je denken' maar dan een beetje origineler, een beetje minder stijf gereformeerd, anders liet haar grootvader de honden weer los.

Voorbij station Nijkerk was de trein net weer op snelheid toen hij plotseling onder luid getoeter hevig remde. Wolter wist zich nog net schrap te zetten tegen de bank tegenover hem, er schampte iets langs zijn hoofd, tassen bonkten tussen de banken. Er ontstond chaos in de coupé, mensen verloren hun evenwicht en vielen over de banken heen en in het gangpad. Boven het schrille knarsen van de remmen uit klonk geschreeuw en een kind huilde hard. Toen stond de trein stil. Een paar militairen die in de coupé zaten, renden naar de deur en verdwenen.

'Heeft er iemand aan de noodrem getrokken?' riep een vrouw. 'Wat is er gebeurd?'

Wolter draaide het raampje open en stak zijn hoofd naar buiten. De trein stond in een flauwe bocht naar links, zodat hij de kop niet kon zien. Hier en daar gingen deuren open, er sprong iemand naar buiten, ook twee van de militairen stonden inmiddels naast de trein. Toen een herhaald snerpend gefluit klonk, draaiden alle hoofden één kant uit. Een van de conducteurs stond op de rand van de baan en gebaarde heftig. 'Iedereen instappen!' Daarna liep hij langs de trein naar achteren en sloot de deuren die opengebleven waren, de vragen die door de ramen geroepen werden negeerd. Wolter liet zich terugzakken op zijn plaats. Hij ving de blik op van een vrouw aan de overkant van het gangpad. Ze schudde haar hoofd.

'Dat is de zoveelste al dit jaar.'

'Wat bedoelt u?' vroeg hij.

'Weer eentje die voor de trein gesprongen is.'

Er ging een schok door hem heen. 'Gebeurt dat vaker?'

Ze bewoog haar hoofd langzaam op en neer terwijl ze diep zuchtte. 'Je hebt hier een stuk of wat onbewaakte overwegen. Meestal gebeurt het daar. 't Is vreselijk, maar wat kun je eraan doen? Voor de machinist is het helemaal afschuwelijk, want die ziet het aankomen.'

Wolter moest iets wegslikken. Vreemd dat die mogelijkheid niet bij hem opgekomen was. Een onveilig sein, verder was hij niet gekomen. Hij herinnerde zich opeens weer de scène uit een film van een paar jaar geleden. *De machinist.* De gestalte in een lichte jas die naast de spoorbaan lijkt te wachten tot de trein gepasseerd is en dan plotseling naar voren stapt, zijn armen gespreid … Het beeld was hem lang bijgebleven. Nu was het in werkelijkheid gebeurd.

'Denk er maar niet te veel aan', zei de vrouw. Ze zat rechtop met haar tas op schoot, haar handen in elkaar. Grijs haar piekte onder haar hoedje vandaan. 'Het zijn stumpers die er geen gat meer in zien.' Ze leek een beetje op tante Janna.

'Of het is er eentje van Veldwijk', zei de man tegenover haar. 'Dat gebeurt ook nogal eens.'

De vrouw schudde haar hoofd. 'Dat is meestal achter Putten. Dit is te ver weg voor ze.'

Hun bedaarde stemmen klonken alsof ze de nieuwtjes van de streek uitwisselden. Naar buiten starend probeerde hij zich ervoor af te sluiten, de woorden te filteren tot er een monotone litanie overbleef. Voortdurend drong zich het beeld op van een gestalte die een stap naar voren doet op het moment dat de trein vlakbij is, deze trein, die hij in Amersfoort het station had zien binnenkomen met de ronde neus en achter de voorruit klein het hoofd van de bestuurder. En dan … iets onbeschrijflijks. Hij huiverde. Was het een man, zoals in de film, of een vrouw? Een stumper? Wat was dat? Iemand die zielig was. Iemand met wie je medelijden had. Wás hij al meelijwekkend of werd hij dat omdat hij zich voor de trein gooide? Iemand die ten einde raad was. Geen uitweg. Van God en mensen verlaten. Iemand die al dood was voor hij voor de trein stapte. Hij probeerde zich een gezicht voor te stellen. Een dodenmasker.

De deur van de coupé ging open en een conducteur deelde mee dat vanwege een ongeval de trein voorlopig zou blijven staan. Zijn stem haperde een keer. Er was een autobusverbinding in de maak naar Putten, Ermelo en Harderwijk. Pas als de bussen gearriveerd waren, mochten de passagiers naar buiten, niet eerder. 'Ik hoop dat u begrijpt waarom we dat zo doen', zei hij, terwijl hij naar de volgende coupé liep. Er werd geknikt. Hoelang dat ging duren, kon hij niet zeggen. De autobussen moesten uit Amersfoort komen.

'Reken maar op anderhalf uur', zei iemand.

Wolter keek op zijn horloge. Anderhalf uur. En dan nog de busreis en een stuk op de fiets? Dan kon hij Cheribon wel vergeten. Hij mocht al blij zijn als hij de filmavond haalde. Zou Goof al terug zijn? Vast wel.

Hij had niets te lezen bij zich, zelfs geen krant. Buiten was iets gaande waar zijn uitzicht niets van verraadde. Weiland, een wegje dat met een bocht in het niets verdween, heel in de verte auto's. De Zuiderzeestraatweg waarschijnlijk. En de lichten van twee auto's die met hoge snelheid over het wegje naderden. Ambulances? Hij ging staan en stak zijn hoofd weer uit het raam. Voor de trein langs verdwenen ze uit het zicht. Was daar die onbewaakte overweg? Hij kon even aan de andere kant gaan kijken, alleen zou dat een beetje op ongezonde nieuwsgierigheid lijken.

Het kon natuurlijk ook iemand zijn die geen stumper was, maar die er weloverwogen een eind aan maakte. Die het genoeg vond. Hij nam een besluit en voerde het uit. Alleen zou zo iemand misschien een ander middel kiezen, iets wat meer bij zijn koele besluit paste. Iets innemen. Een kogel door zijn hoofd. Geen trein. En al helemaal geen boemeltje. Degene die hier een eind aan zijn leven gemaakt had, had geen plan gevolgd. Geen spoorboekje geraadpleegd. Er was alleen een blinde drang. Onstuitbaar. Niemand kon hem meer bereiken, verstard als hij was in dat ene voornemen. Of een impuls. Wraak. Een allesvernietigende daad om wat hem was aangedaan. Dan zullen jullie het weten ook. Fatale bravoure. Een beetje zoals Goof Bakhuis kon reageren.

Iemand als Goof. Er zette zich een onmogelijke gedachte vast in zijn hoofd.

Toen de bussen na drie kwartier arriveerden, was hij een van de eersten die instapten, maar het duurde nog lang voor ze vertrokken. Al die tijd keek hij naar het zeildoek waarmee de spoordijk om het voorste deel van de trein was afgezet. Het was krankzinnig wat hij zich in zijn hoofd had gehaald. Toch raakte hij het niet kwijt. Niemand wist waar Goof sinds vannacht gebleven was. Alles was mogelijk. Had hij besloten iedereen eens flink ongerust te maken door een dag weg te blijven? Of was hij razend geweest om alles wat er gebeurd was? Had hij rondgezworven in de omgeving of een bestemming verder weg gekozen? Wat was er dan verder gedurende deze lange dag gebeurd? En toen, tot overmaat van ramp, was hem te binnen geschoten dat hij op de heenreis in Amersfoort iemand had gezien die hem aan Goof deed denken.

De busreis duurde eindeloos doordat overal gestopt werd voor mensen die tussendoor wilden uitstappen. In het begin wond hij zich erover op, schold in stilte op die stomme boeren die pas overeind kwamen als de bus al stilstond en dan op het trapje nog een gesprek begonnen met de chauffeur, maar hij kon toch niets doen. Hij vertelde zichzelf dat de kans dat het Goof betrof zo goed als nul was. Klampte zich vast aan Beers slotsom over de nasleep van het rechtbankspel. 'Arrogante corpsbal versus jongen van de vlakte. Geen partij voor Gerben, zou je zeggen, alleen had Goof daar heel anders over gedacht. Dat zag je al tijdens de rechtzitting. Resultaat: een gekwetst ego en een pesterige verdwijning. Want let op mijn woorden, straks is Goof gewoon weer terug en doet alsof er niets aan de hand is.'

Het hielp niet. Steeds weer vertrok er in zijn hoofd een trein uit Nijkerk op het moment dat iemand in een beige jack zijn fiets tegen een hek langs het landwegje zette en te voet begon aan de laatste vijftig meter naar de overweg. Goof had zo'n jack. Hij voelde steken in zijn maag, al uren had hij niets meer gegeten of gedronken en de spanning sloeg toe op de zwakke plek. Toen hij bij station Ermelo zijn fiets uit de stalling haalde, was het tien voor negen. Onderweg ging de straatverlichting aan. Te laat voor ongeveer alles. Toch fietste hij zo hard als hij kon. Op de maat van zijn versnelling maalden syncopische bezweringen door zijn hoofd waarin Goof, God en goedertierenheid elkaar opjoegen. Tot hij uit alle macht moest remmen voor een auto en zijn schietgebeden inzakten tot monotoon gedrens. Goe-dertieren goe-dertieren goe-dertieren.

Bij de straatweg versperde een jeep de doorgang voor het verkeer en moest hij wachten voor een eindeloze militaire colonne. Wanhopig keek hij de weg af, probeerde nog iets met 'als deze truck de laatste is, zal Goof …' Maar steeds doken er in de bocht nieuwe blauwe lichten op. Hij voelde zich opeens leeg.

Kijk, zei hij in zichzelf. God. Het gaat niet om mij, begrijp me goed. Ik verdien het niet om verhoord te worden, maar ik vraag het ook niet voor mijzelf. Het gaat om Goof Bakhuis, die we nogal in de kou gezet hebben, achteraf gezien. Een eikel, dat wel, en een rare snijboon. Maar toch. Laat hem in leven zijn, God. Laat hem niet aan zijn eind gekomen zijn tussen Nijkerk en Putten. Als Goof leeft, weet ik dat u mij gehoord hebt. Hij wilde ook iets zeggen over belijdenis doen, maar toen was de laatste wagen gepasseerd en werd het kruispunt weer vrijgegeven. Na het oversteken van de straatweg was het moment voorbij.

De Zilverberk was verduisterd. Alleen op de gang en in de keuken brandde licht. Hij zette zijn fiets weg en liep naar binnen. Er was niemand te zien. Was dat een goed teken? Zachtjes drukte hij de deurknop omlaag en keek door de kier. Schimmen, achterhoofden. Iemand keek om. Hij glipte naar binnen. 'Ga hier maar zitten', fluisterde een stem. 'Hij is net begonnen.'

Uit de snorrende projector halverwege de zaal kwam een lichtbundel vol dwarrelende stofjes. Op het doek tegen de verste muur was een schaakspel zichtbaar. Een hand maakte zich vrij uit een wijde mouw, nam een van de witte stukken op en zette een zwart stuk ervoor in de plaats. Op de achtergrond de zee. Hij herkende de scène, maar kon nog niet op de naam van de film komen. De ridder schaakte met de dood. Uitstel van executie. *Het zevende zegel.* Een gevoel van onheil bekroop hem. Hij keek opzij en herkende Harm de Wit.

'Is Goof al terug?' fluisterde hij.

'Wat?' vroeg Harm.

In de rij voor hem keek iemand om. 'Hé, Greve, ik weet niet of je het weet, maar we zitten hier naar een film te kijken', siste hij. Het was niet te zien in het duister, maar Wolter wist bijna zeker dat Goofs terechtwijzing vergezeld ging van een luie knipoog.

Die nacht lag hij voor zijn gevoel uren wakker. Het spookte in zijn hoofd. Soms leek het, door de manier waarop hij omhoog- schoot uit de onstuitbare stroom van beelden en gedachten, alsof hij toch droomde, Steeds was hij zich echter bewust van het war- me smalle bed, de slapende kamergenoten, de druk op zijn blaas. Hij had een zwakke poging tot dankgebed gedaan, maar vond dat te veel eer voor zichzelf. Halfslachtige schietgebedjes vanaf een Engelse sportfiets vermochten niets, zeker niet met terug- werkende kracht. Opwekkingen als van Lazarus waren niet van deze tijd. Bovendien had verhoring de vreemde consequentie dat het in leven blijven van Goof voor iemand anders de dood bete- kend had. Want er was nou eenmaal een slachtoffer gevallen. De trein vertrok op tijd en iemand moest toch op de overweg die fa- tale stap voorwaarts doen. Dat dit allebei volgens Gods wil kon plaatsvinden, ging zijn verstand te boven. Dank daar dan maar eens voor.

Eigenlijk deed hij er zelf dus niet toe, het gebeurde zoals het gebeurde, hoe vaak hij ook 'goedertieren goedertieren' had gepre- veld. Goof, kolossale eikel, dacht hij. Je bent geen schietgebedje waard. Hij was aan het begin van de middag weer opgedoken. Op de legerplaats bij Stroe had hij een vriend opgezocht en daar- na waren ze paling gaan eten in Harderwijk. Gelul, zei Herman in de pauze van de film. Als burger kwam je niet zomaar een legerplaats binnen en tijdens de dienst kwam je er als soldaat niet zomaar uit. Mijn vriend wel, had Goof achteloos gezegd. Die is ordonnans. Het was gelukkig weer helemaal de oude Goof. Kars en de dominee hadden hem apart genomen en over wat daar besproken was, zwegen de betrokkenen. Onder de thee had Wolter het volle zicht gehad op zijn klasgenoot en bevreemd had hij teruggedacht aan zijn angst van eerder op de avond. Was de spoorbaan weer vrij? Hoe ging dat met zo'n trein? Terug naar de remise, verder schoonmaken en dan een tijdje laten staan tot nie- mand er meer aan dacht? En met de bestuurder? Die maakte nu een vreselijke nacht door. Blijf maar een paar dagen thuis. Alsof dat genoeg was. Elke keer gebeurde het opnieuw, hij naderde de overweg, zag de figuur in de lichte jas wachten, blijf staan, blijf staan. Toeteren, uit alle macht remmen.

De flagellanten uit de film krijsten om erbarmen, leren riemen ranselden hun rug, ze wankelden onder het kruis op hun schouders. Dag der wrake. *Stumpers.* Liet God zich vermurwen? *De Heer is ver, maar de Satan kom je op alle hoeken tegen,* zong de cynische schildknaap.

Of er volgens Ingmar Bergman geen hoger plan was, had dominee Linthorst gevraagd in de discussie. Soms is het onmogelijk om het te zien, had de filmcriticus geantwoord. Godsonmogelijk. Mijn gelovige buurman is in Dachau God kwijtgeraakt. En de gelovige kruisridder heeft onderweg zijn ideaal verloren. Nu ziet hij de pest rondgaan en kan daar zelfs niet meer de gesel Gods in zien. Bergman filmt zich in zijn oeuvre naar antwoorden toe, maar of die komen is de vraag.

Misschien is er wel niemand, had de Dood gezegd toen de kruisridder klaagde dat hij vergeefs tot God riep. *In dat geval is het leven een ramp. Geen mens kan leven met de Dood als alle dingen zonder zin zijn.*

De eerste keer dat hij *Het zevende zegel* had gezien, een jaar of twee terug, had Wolter zich door de beelden laten meeslepen en weinig vastgehouden. Nu voelde hij zich verpletterd. *Mijn hart is leeg,* had de ridder gebiecht. *Geloof. Alsof je van iemand houdt in het donker die nooit verschijnt als je schreeuwt.* Zoiets ja. Ze hadden nog een tijd in een kleine kring met de criticus zitten napraten, waarbij Wolter alleen geluisterd had.

Toen Yvonne vroeg hoe het in Haarlem was gegaan, had hij even niet geweten waar ze op doelde. Er was zo veel gebeurd intussen. Ze waren naar buiten gelopen en nadat hij iets geruststellends gezegd had over zijn moeder, had hij in een opwelling verteld over de vertraging op de terugreis en over zijn bange vermoedens. Hij wist niet of ze hem wel begrepen had, toen ze daarna haar armen om zijn hals sloeg en met haar wang tegen de zijne 'lief van je' zei. Hij had gereageerd als een plank. Had zelfs niets gezegd, behalve 'slaap lekker' toen ze onhandig uiteen gingen bij de deur. Het had de avond nog verwarrender gemaakt en nu in bed bedacht hij dat hij misschien met Yvonne te snel vertrouwelijk was geworden. Als hij aan haar dacht, voelde hij niets. Nou ja, bijna niets. Het leek een beetje op zoals het met Geertje was geweest.

De volgende morgen verzwikte hij zijn enkel bij het vérspringen. Het leek ernstiger dan het was, maar Jenny, die erbij geroepen werd, raadde een koud kompres aan tegen de zwelling en een dag rust. Onder protest liet hij zich door Harm achter op de fiets terugbrengen naar De Zilverberk, waar hij in de recreatiezaal op de bank ging liggen met een boek. De beheerder bracht hem een beker koffie en een handdoek met ijsklontjes.

Het was jammer van de sportdag, zei hij braaf tegen zichzelf voor hij de mogelijkheden overdacht van deze onverwachte vrijheid. Hij besloot de voorgeschreven rust in te korten tot een uur en dan alsnog te doen wat gisteren niet gelukt was. Een dag rust, kom nou. En ze hadden nog maar twee dagen! Vanavond was de bonte avond, morgenochtend de laatste lezing en daarna begonnen de voorbereidingen voor de slotavond met het kampvuur. Het was voorbij voor je het wist. Na een kwartier kwam Ester de zaal binnen.

'Hé, moet je niet sporten?' zei hij ter begroeting.

Ze trok haar neus op. 'Sport? Dat is voor andere mensen. Hoe gaat het eigenlijk met je?'

'Het is alleen een beetje dik en pijnlijk. Niets ernstigs.'

'Nee, die enkel dat geloof ik wel. Ik bedoel met jou. Ik zie je nooit meer.'

Hij zei dat ze zwaar overdreef en somde op waar en wanneer ze gelijktijdig aanwezig geweest waren. Ook noemde hij zijn afwezigheid van de vorige dag.

'Ja ja. Koffie?'

'Ik heb net koffie gehad. Dank je.'

Ongevraagd tilde ze het kompres op en keek naar zijn enkel. Ze floot zacht. 'Dat ziet er niet best uit.'

Bezorgd keek hij mee. 'Vind je?'

Ze haalde haar schouders op en legde het kompres terug. 'Beste jongen, daar heb ik helemaal geen verstand van. Voor mij is het een gewone enkel. Hoe gaat het met Yvonne?'

Te achteloos. Hij was direct op zijn hoede. 'Ik geloof wel goed.'

Ze keek hem meewarig aan. 'Moet je zo'n antwoord nou horen. Je gelóóft wel goed? Dat klinkt niet erg geïnteresseerd voor iemand die de laatste dagen serieus werk van haar maakt.'

Hij schrok. 'Overdrijf je niet een beetje? Volgens mij is er nog niets …' Hij zag haar spottende ogen op zich gevestigd. 'Het gaat je niets aan ook.'

Ze zuchtte. 'Ja. Iets dergelijks had ik wel verwacht. Je doet maar wat, leve de vakantie en daarna zie je wel weer.' Ze stond nu vlak voor hem en priemde met een vinger tegen zijn borst. 'Luister goed, jongeheer Greve. Laat Yvonne met rust. Ze is te goed voor een spelletje, maar ze is er vooral ook te kwetsbaar voor. Ze heeft net een rotrelatie met een of andere zakkenwasser achter de rug en ik wil niet dat ze zich halsoverkop in de volgende stort.'

'O, je wordt bedankt', zei hij. 'Maar ik kan je geruststellen: er is niks. Ik vind Yvonne aardig en dat is alles.'

'Alles', zei ze. 'Oké.' Toen trilden haar mondhoeken. 'Je moet iemand nemen die meer jouw partij is', zei ze. 'Iemand die wel tegen een stootje kan.'

Hij keek haar aan zonder iets te zeggen.

'Het beste met je enkel', zei Ester en ze liep weg.

Tegen elf uur probeerde hij of hij kon staan. Daarna liep hij een klein stukje. Het viel mee. Zolang hij zijn enkel maar niet boog. Een sok en een schoen aantrekken gaf meer problemen, merkte hij. Voorzichtig scharrelde hij naar buiten.

Zou hij kunnen fietsen? Het was verstandig om wat te oefenen, anders kon hij zaterdag nooit dat hele eind terug. Hij haalde zijn fiets uit de schuur en reed een rondje om het huis. Zolang hij weinig kracht zette, ging het goed. Hij reed nog een rondje, zwaaide naar Albert, die door het keukenraam naar hem keek, en sloeg toen het pad in naar de bossen van Drie.

Villa Cheribon lag te ver het bos in om te kunnen zien of er iemand thuis was. Langzaam fietste hij voorbij over de zandweg, keerde na tweehonderd meter om en reed nog langzamer terug. Hij was zich ervan bewust dat hij vanuit het huis wél gezien kon worden. Tegenover het toegangspad hield hij zich vast aan een boom. Het huis had meer kleur dan twee dagen geleden. Het ving zelfs wat zon midden op de dag. Alleen de kleine ramen lieten het licht niet toe. Er was niemand te zien.

Met een nadrukkelijk gebaar keek hij op zijn horloge, duwde zich toen af en reed door. Een plan had hij niet en de droompjes van de vorige dag waren geheel verbleekt, zoals dat met dromen gaat bij daglicht. Hij floot zachtjes voor zich uit, teleurgesteld, opgelucht. Wat moest hij daar ook? Maar jammer was het wel. Weer keerde hij, terwijl hij zijn aandacht verdeelde tussen het fietspad en het huis dat weer in zicht kwam. Uitgestorven? Dan kon hij net zo goed even dichtbij gaan kijken. Ter hoogte van de houtstapel remde hij en steunde met zijn gezonde voet op de grond. Nog steeds geen enkel teken van leven. Want een zinken gieter naast de regenton kon je toch niet zo noemen. Terwijl hij ernaar staarde, herinnerde hij zich de damesfiets die daar dinsdag had gestaan. Er was dus iets veranderd. Niet onbelangrijk. Voor zo'n observatie reed hij graag een paar kilometer om. Betekende dit dat meisje weg was en tante thuis? Aanbellen was het enige wat er op zat. En dan? Had hij nou maar gevraagd hoe ze heette. Tante vragen of haar nichtje thuis was? Noemden ze vroeger in Indië elkaar niet allemaal oom en tante? Het meisje woonde hier niet eens. Had ze het allemaal bedacht? Van die planter in ruste, die vanaf de veranda de honden ophitste tegen de schimmen uit de kampong, gereformeerde, socialistische, maakte niet uit. Oom. Gek geworden in het Veluwse achterland, zei tante zei nichtje. Exotische repatriantensprookjes. Kom je nog een keer langs? had ze geroepen, het meisje in het shirt dat drie maten te groot was. Waar, langs? Toen had hij iets moeten zeggen, vragen. Hoe heet je. Hoe moet ik je noemen. *Sarina*. Mooi was ze, of niet mooi, hij wist het niet meer maar hij herinnerde zich de losse manier waarop ze zich bewoog, de matbleke huid, het donkere haar als een bloemblad om haar gezicht. Haar ogen. Een geheel kon hij er nog niet van maken, maar dat had hij wel vaker. Meer een som der delen. *Sarina, het kind uit de dessa.*

Hij zette zijn fiets weg en hinkte naar de deur. Geen naambord, geen raampje, wel een trekbel. Hij strekte zijn hand uit, bedacht zich toen en liep behoedzaam om de veranda heen naar de achterkant van het huis. Midden op het rommelige erf zat een cyperse kat. Wolter zakte door zijn knieën en stak zijn hand uit. De kat blies naar hem en verdween. Hij keek omhoog naar de blinde ramen, ging toen weer staan. Een pijnscheut flitste door zijn enkel. Wat deed hij hier nog.

Op de toegangsweg kwam hem een auto tegemoet. Volkswagen Kever. Het spoor was te smal voor beiden, dus ging hij aan de kant staan. De auto stopte naast hem.

'Zoek je wat?' vroeg de bestuurder door het open raampje. Jong nog. Glad achterovergekamd haar, zonnebril, vaag Indische trekken. Zijn behaarde arm rustte nonchalant in het raam, alsof hij voor de besturing van zoiets simpels als een Kever wel even gemist kon worden. Wolter boog een beetje voorover om beter te kunnen zien. Haar, wilde hij zeggen. Zij die tegen je aan geleund zit, met haar hoofd op je schouder, haar zonnebril op mij gericht, zo donker dat ik niet kan zien of ze me wil herkennen. Ze heeft een matbleke huid en haar haren ...

Hij schudde zijn hoofd. 'Ik heb me in het huis vergist.'

De man gaf een rukje met zijn hoofd. 'Oké. Smeer 'm dan.'

Met brullende motor sprong de auto naar voren en verdween om de bocht achter de houtstapel.

Nog net op tijd schoof hij aan. Áls ze hem al gemist hadden, liet niemand het merken. 'Hé, Wolter, wat had zuster nou gezegd?' zei Jenny, die tegenover hem ging zitten. 'Je bent toch alweer aan het rondlopen, zie ik. Gaat het?'

Hij knikte. 'Ik moet 'm alleen niet buigen.'

'Ik vind het ook niet verstandig wat je doet. Je moet uitkijken dat je er niet een tijd last van blijft houden. Zal ik zo meteen een drukverband aanleggen? Dat geeft steun.'

'Graag', zei hij. 'Ik hoef ook niet zo nodig veel te lopen, maar ik wil het liefst wel alles mee kunnen maken.'

Aan de andere tafel zaten Yvonne en Ester naast elkaar. Ze keken niet één keer zijn kant uit.

Na het eten wachtte Kars hem op bij de deur. 'Moeten we dankbaar zijn voor een medisch wonder of had je even geen zin in sport?'

Halverwege zijn uitleg zei de kampcommandant: 'Alles bij elkaar genomen heb je nogal wat gemist, Wolter. Van het weekprogramma bedoel ik. Toch heb ik de indruk dat je het wel naar je zin hebt.'

'Ik heb het ontzettend naar mijn zin. Echt waar. Het is alleen een beetje gek gelopen steeds. Gisteren kon …'

Hij hoefde het niet verder uit te leggen, zei Kars, hij geloofde hem zo ook wel. Maar intussen, dacht Wolter. Jenny nam hem mee naar de bank en wond een zwachtel om de enkel. 'Hij is nog wel een beetje dik', zei ze. 'Je kunt er beter niet op steunen, maar ja, je luistert toch niet naar me.'

Gelukkig bleek Herman voor het grote hindernissenparcours van die middag nog iemand te zoeken die een post kon bemannen. 'Kinderen en invaliden gaan voor', zei hij toen Wolter zich aanmeldde. Zodoende zat hij een paar uur lang met zijn been omhoog naast de zandafgraving, wachtend op de deelnemers, die in groepjes met behulp van touwen binnen tien minuten de kloof moesten zien over te steken. Halverwege de middag was het nog maar één ploeg gelukt.

'Dat je het volhoudt', zei Oubaas, wiens ploeg zojuist ook jammerlijk had gefaald. 'Zo'n zware en verantwoordelijke taak. Als ik je soms even moet vervangen ...'

Beer mopperde op het hoge padvinderijgehalte van de opdrachten. 'Op ons niveau heb je behoefte aan meer intellectuele uitdaging', zei hij tegen Herman, die juist langskwam voor de controle. 'Dit is toch meer iets voor welpjes?'

Herman mompelde iets over ongezonde geesten in een verweekt lichaam en gaf Wolter de eindtijd van het spel door. 'Anders zit je hier misschien vanavond nog.'

Kars' suggestie dat hij zich onttrok aan de kampactiviteiten als het hem uitkwam, zat hem dwars. Hij wist dat hij zichzelf soms kon kwellen door eigenhandig onmogelijk te maken wat hij juist graag wilde. Dingen tegen zijn zin voor zichzelf bederven. Geertje was zijn getuige. Zijn slachtoffer ook. Hij kon verlammende tegenkrachten oproepen die het tegenovergestelde bewerkten van wat hij moest of wilde of diep in zijn hart wenste. Die alles kapotmaakten en hem achterlieten in een moeras van verongelijkt zelfmedelijden, maar hier, in dit kamp, had hij voor het eerst zichzelf níét dwarsgezeten. Hij wilde erbij horen en hij wás erbij gaan horen, dat had hij aan alles gemerkt. Ook aan zichzelf. Het was overdreven om te zeggen dat hij elke morgen lachend wakker werd, maar toch had het daar iets van weg. Onbekommerd beginnen aan een nieuwe dag, zonder de laatdunkende afstand die hij zo vaak bewaarde. Zich onderdompelen in de bruisende sfeer van het zomerkamp. Straks zou hij Kars opzoeken en het hem nog eens duidelijk maken.

Op zijn rug liggend keek hij langs de rode stammen omhoog naar de lucht en probeerde voor dat gevoel een naam te vinden. Was dit nou geluk? Bij geluk dacht hij doorgaans aan hogere dingen, buiten zijn bereik. De volmaakte eenwording met een ander wezen, om maar eens wat te noemen. Op dat vlak zat het hem deze week niet erg mee, concludeerde hij. Dit was iets heel anders. Dit was *vrij zijn*. Hij voelde zich bevrijd. Er was méér, maar dit was voorlopig genoeg.

Om half zes verzamelde hij zijn spullen. Er was niemand meer langsgekomen. Toen hij een eind voor De Zilverberk nog even het bos in liep om te plassen, ontdekte hij niet ver daarvandaan Rietje en Beer tussen de bomen. Hand in hand, elkaar trekkend en duwend over de ongelijke bosgrond, liepen ze in een slinger-beweging de heuveltjes op en af. Toen Beer struikelde, liet Rietje zich voor hem op haar knieën vallen en vouwde haar handen achter zijn rug. Hun bovenlichamen naderden elkaar en namen weer afstand, ze streelden elkaar met hun gezicht, vogels leken het, zwanen, kraanvogels in een trage dans. Hun handen raakten zoek, woelden onder shirts, trokken ze omhoog over hun hoofd. Rietjes haar waaierde uit toen ze zich achterover liet vallen. Wol-ter voelde een klem om zijn ogen. Het gevoel als je betrapt wordt op verboden terrein. Uiterst voorzichtig kroop hij achteruit naar de plaats waar zijn fiets lag. Zijn hart klopte heftig. In het kamp aangekomen leverde hij de map met opdrachten bij Herman in en liep daarna met een flesje cola het terras op. Ester zat in een hoek te lezen en hij ging naast haar zitten op het muurtje. Ze keek niet op.

'Wat lees je?' vroeg hij.

Ze sloeg haar ogen op. 'Wil je dat echt weten of probeer je iets goed te maken?'

Hij hield zijn hoofd schuin. 'Ik kan het zo ook wel zien.'

Ze drukte het boek plat in haar schoot. 'Geen sprake van. Geef eens antwoord.'

'Ik heb niets goed te maken. Dat maak jij ervan.'

'Het gaat niet om mij.'

'Nou dan. Wat lees je?'

'Oké.' Ze tilde het boek op. 'Ik lees *Un certain sourire*. De tweede roman van Françoise Sagan. Ken je haar?'

'Van naam. Nooit iets van haar gelezen.'

'Moet je eens doen.' En met een vals lachje: 'Als je wat ouder bent.'

'Ik zal nóg eens een keer je zadel hoger zetten!'

'Graag', zei Ester. 'En nu ga ik weer verder met lezen, als je het niet erg vindt.'

Met Kars was hij in een halve minuut klaar, of beter gezegd, Kars met hem. 'Dan heb je mij verkeerd begrepen, beste Wolter. Jij hebt hier je draai helemaal gevonden, dat zie ik toch. Prima zo. *Don't worry*.' Hij had zijn hand op Wolters schouder gelegd, alsof hij iets wilde bezegelen.

Ze zaten naast elkaar toen de bonte avond begon, de Grote Allesovertreffende Bonte Avond, zoals spreekstalmeester Hans aankondigde. '*The Greatest Show You Ever Saw*', openend met een babydolldansje van het prillere deel van de meidenzaal en vervolgend met beproefde huiskamersuccessen. Sketches die iedereen al kende, imitaties, een goochelact die zo hilarisch mislukte dat niemand wist of het opzet was of niet, want het was Goof die hem uitvoerde en bij Goof, dacht Wolter, wist je nooit waar je aan toe was. Petra kreeg het publiek muisstil met een prelude van Gershwin en bij Oubaas' eenmans declamatiewedstrijd schoten ze onder de stoelen van het lachen.

Aangestoken door de enthousiaste sfeer bedacht hij met een beetje spijt dat hij ook best iets had kunnen doen, maar het was ook fijn om gewoon daar te zitten, onbekommerd alles te ondergaan, banaal of hooggestemd, het deed er niet toe want niemand verbeeldde zich iets. Rietje zat een paar stoelen bij hem vandaan en als zijn oog op haar viel, keek hij vanzelf ook even naar Beer aan de overkant van het toneelvloertje.

Het gebeurde toen hij er geen erg in had, na de thee, het programma liep al op zijn eind en zijn belangstelling eveneens. Hij werd volkomen overrompeld en had geen weerstand. De lichten gingen uit, op de lampen bij de piano na. Rietje verscheen in de kleine lichtkring in een witte bloes en een lange geruite rok. Ze stond roerloos te wachten tot Bernards zachte voorspel verklonken was en begon toen te zingen. Een Ierse ballad, waarvan hij de titel niet verstond, daarna een andere, ook zo'n zacht schrijnend liedje, toen 'Scarborough Fair'. Daar kende hij de tekst van uit zijn Engelse boek van vorig jaar. *Parsley, sage, rosemary and thyme.* Misschien kruiden tegen de geur van de pest, had Mrs. Bosmans uitgelegd. Of anders een liefdesdrank, dat kon ook. Ze had de klas zelfs nog aan het zingen gekregen.

Rietjes stem was vlak, dromerig, een beetje hees. Ze keek over de hoofden heen in de verte, haar handen ineen, zonder beweging. Alsof ze aan een verre geliefde dacht, op hem wachtte, misschien vergeefs. Haar wijde bloes was van haar rechterschouder gegleden zonder dat ze het leek te merken. Ze was adembenemend. Hij kon zijn ogen niet van haar afhouden, dronk de muziek in alsof die alleen voor hem bestemd was en hij de enige was die ze kon horen. *She once was a true love of mine.* Toen het voorbij was, kon hij wel huilen van verlangen. Van alle kanten werd om een toegift geroepen. Hij bleef ineengedoken zitten, met zijn armen om zijn borst. Hij zocht voor zichzelf naar woorden die konden weergeven wat er door hem heen ging, maar hij durfde ze niet aan.

Na het laatste optreden bleef de hele club hangen. Niemand had zin om naar bed te gaan. In de zoele nacht hingen ze rond in de buurt van het huis, waar alleen een paar wandlampjes brandden, zaten in kringen op het grasveld. Bernard was achter de piano gekropen en stuurde kabbelende improvisaties de nacht in. Soms dook er een themaatje op uit het jubelrepertoire, maar gezongen werd er niet meer, dat was ook niet de bedoeling. Met zijn handen onder zijn hoofd lag Wolter op het gras. Eigenlijk was het al te vochtig, alleen was hij te lui om op te staan. Na afloop had hij een paar minuten om Rietje heen gedraaid om iets tegen haar apart te zeggen, maar hij liet het goede moment voorbijgaan en toen zag hij haar niet meer. Het voelde alsof hij een laatste kans gemist had.

Hij luisterde naar de geluiden om hem heen, terwijl hij naar de sterrenlucht keek. Nog twee nachten. 'Vierendertig uur geleden zat ik in de trein naar Amsterdam', zei hij voor zich uit.

'Is het werkelijk?' zei Oubaas. 'Wat ben je toch een bereisd man.'

'Weet jij nog wat je toen deed?'

Oubaas gaapte. 'O, vast wel, als ik mijn best doe, maar waarom zou ik mijn best doen?'

'Over vierendertig uur gaan we al naar huis.'

'O, bedoel je dat. Goede Wolter, wil je het daar niet over hebben? Denk liever aan wat je in die tijd allemaal nog zult meemaken! Vierendertig lange uren! Tel je zegeningen!' Hij kwam overeind en steunde op een elleboog. 'Luister', zei hij op gedempte toon. 'Ik voel het ook knagen. Laten we vergetelheid zoeken in de drank. Ik trommel de anderen wel op.'

Met een fles Zoete Spaanse van de plaatselijke kruidenier zaten ze op het voeteneind van de middelste bedden bij elkaar. Het was bocht, daar waren ze het over eens, zelfs in het donker, maar voor Ermelo ging het nog best. Met zeven man kon de fles net twee keer rond, net als het zakje pinda's dat Gerard bleek te bezitten. Toen alles op was, probeerde Oubaas een mop, maar het lachen klonk onecht, de stemming kwam er niet goed in.

'Ik denk dat ik ga slapen', zei Wolter.

'Nog één dag', zei iemand.

'Uren, dagen, maanden, jaren, vliegen als een schaduw heen', declameerde Oubaas.

'Gelijk het gras is ons kortstondig leven', zei Wolter terwijl hij op zijn bed klom.

'Gelijk wát, broeder Greve?' vroeg Oubaas.

'Gelijk het gras.'

'Amen', zei Oubaas. 'Amen, ja amen.'

Iedereen had er last van, merkte hij al aan het ontbijt, het laatste-dag-gevoel. Er heerste een sfeer van wanhopige gretigheid om alles leuk te laten zijn en leuk te vinden. Ze waren lotgenoten met een gemeenschappelijk repertoire van zes dagen en elke grap en elke yell bevatte de herinnering aan al die keren dat ze er samen om gelachen hadden. Voor het eerst werd er direct na de corvee al gejubeld en het kostte Kars en de dominee moeite om iedereen tijdig in de conferentieopstelling te krijgen.

Wolter was schuin achter Rietje gaan zitten met één rij ertussen. Tijdens het drie kwartier durende referaat van de gastspreker keek hij voortdurend naar haar. Niemand viel het op, want ze zat precies langs de weg die zijn oog moest afleggen naar de spreker. Het was een kwestie van instellen, als bij een eenzame boom in een landschap. Zij gaf diepte. Van wat er gezegd werd door de emeritus theoloog uit Nunspeet, wiens korte broek en populaire toontje hem bij voorbaat al verdacht gemaakt hadden, drong vrijwel niets tot hem door.

Na enige tijd pakte Oubaas zijn blocnote en hield het voor zijn ogen. Toen tekende hij op het blanke papier een galg met een vet vraagteken. Ze speelden het spelletje tot Herman voor de tweede keer waarschuwend omkeek. Met zware oogleden zat Wolter het verhaal uit. Ondanks manmoedige pogingen van dominee Linthorst was de discussie na afloop lauw.

De middag was vrij. Wolter sloot zich bij een groepje aan en fietste naar Ermelo. Het was druk in het dorp. Overal kwam hij JCH'ers tegen, er werd geroepen, ze floten de eerste maten van het kamplied om elkaars aandacht te trekken en de groep werd steeds groter. Rietje zag hij niet. Hij kocht twee ansichtkaarten en schreef er een voor zijn moeder op het terras waar ze na een tijdje met z'n allen neerstreken. Het briefje met de afdeling en het kamernummer zat niet meer in zijn portemonnee. Hij hoopte dat het adres van het ziekenhuis genoeg was, want de kaart móést vanmiddag nog met de post mee. Ze wisten daar vast wel waar mevrouw Greve lag. Op de andere kaart had hij net hun huisadres geschreven, toen de groep opbrak. Op de terugweg kwam Yvonne naast hem fietsen.

'Ik heb een beetje ruzie met Ester', zei ze. 'Zij denkt dat ik tegen mezelf beschermd moet worden.'

'O ja?' zei hij.

'Ik vind van niet. Al schrok ik eergisteren wel even van mezelf. En jij ook, merkte ik.'

Hij zocht naar een antwoord. 'Ach, schrikken. Het kwam wat onverwacht.'

'Echt waar?'

Ze vroeg het rustig, maar hij voelde het verwijt. Hij moest zich natuurlijk niet onschuldiger voordoen dan hij was. Even raakten ze elkaar kwijt door een opstopping en toen de stoet weer in beweging kwam en zijn voorwiel naast het hare schoof, zei Yvonne: 'Misschien heb ik me dan toch vergist.'

Hij wilde iets aardigs tegen haar zeggen waaruit zou blijken dat er wel degelijk iets was geweest of misschien nog steeds was, maar voor hij wat bedacht had, schoof Yvonne door in de rij naast iemand anders.

Later in de middag sleepte hij hout aan voor de brandstapel die Herman aan het opbouwen was. Ze moesten er ver voor het bos in, want tussen de bomen rondom de kampeerboerderij was geen dood hout meer te vinden. Hij zorgde dat hij bij Beer in de buurt bleef. Toen hij samen met hem en Jenny een forse stam naar de vuurplaats droeg, zei Jenny: 'Ik loop nog steeds na te denken over wat je vanmorgen zei, Wolter.'

'Ik?' vroeg hij. 'Wat dan?'

'In de discussie, weet je nog? Het ging over goden en afgoden, wereldse rijkdom en geestelijke armoede, en toen zei jij iets over "hebben" en "zijn", dat die woorden het verschil uitdrukten tussen de dwalende mens en de zoekende mens. Ik vond dat zo mooi, dat ik …'

Beer trok een gezicht naar hem. 'Kom op, Jen, vasthouden, anders flikkert dit ding op de grond.'

'Ja, ja.' Ze kwam bijna adem tekort. 'Weet je nog wat ik bedoel, Wolter?'

'Dat was ik niet', zei hij. 'Je moet je vergissen.'

'Echt? Ik weet het haast zeker.' Het leek alsof ze hem kwalijk nam dat hij het ontkende.

'Nee, het was iemand anders, Jen', zei Beer. 'Alleen weet ik zo gauw niet wie. Misschien wel Albert, want het was excusez le mot complete onzin. Taalkundig gezien ook.'

Op dat moment ging Wolter weer door zijn enkel. Jenny's blik verschoot van gekwetst naar geschokt toen zijn godslastering haar oren bereikte. Toen won de verpleegster het van de gelovige. 'Dat is je straf. Ik had je nog zo gezegd dat je rust moest houden.'

Beer knipoogde naar Wolter. 'Straf van wie?' vroeg hij.

Om half negen ontstak Kars plechtig het vuur. Grote woorden zou hij vanavond vermijden, kondigde hij aan, als ze maar van hem wilden aannemen dat dit vuur deze avond voor hen meer betekende dan een simpele warmtebron. Waarover later op de avond meer. In een dubbele rij zaten ze schouder aan schouder op de rand van de kuil en keken naar de vlammen die langzaam hun weg naar boven zochten in de piramide van stammen en takken. Zo'n vuur kon alleen voortrekker Herman aanleggen, zei iemand. Bernard tokkelde op zijn gitaar, zo zacht en ongrijpbaar dat niemand behoefte had om in te vallen, dit was mooi zoals het was.

Beers spookverhaal, overgebleven van de afgelaste nachtwandeling, viel op deze avond uit de toon. Dit was geen avond voor griezelvermaak en de voorlezer leek dat als eerste te beseffen, want op tweederde draaide hij zijn hoofdpersoon in diens lugubere kasteel eigenhandig de nek om, liet de overgebleven pagina's met een sierlijk gebaar in het vuur vallen en improviseerde een dolzinnige afloop waar iedereen vrede mee had. Wolter keek naar Rietje toen Beer weer naast haar ging zitten. Ze streek over zijn haar en fluisterde iets in zijn oor. Beer schoot in de lach en liet zich tegen haar aan vallen. Wolter pakte een stok en duwde een brandend eind hout terug dat uit het vuur was gevallen. Hij dacht even na over de parallel tussen een stuk hout dat in zijn eentje ligt te verkolen en zijn eigen lot, maar vond dat het nergens op sloeg.

Het duurde even voor de stemmen weer loskwamen. Iemand begon zacht 'Hoog laait het vuur' te zingen en er groeide een canon uit, die uitstierf toen er warme chocolademelk rondgedeeld werd. Het was daarna Kars die 'Kein schöner Land' inzette, en het was opvallend hoe anders er gezongen werd, het had niets meer van het gretige gejubel van de afgelopen week. Ieder staarde in de vlammen, het vuur zoog de aandacht op en het zingen klonk afwezig, maar tegelijk intens.

Steunend op zijn onderarmen, de hitte van de gloeiende stammen op zijn gezicht, probeerde Wolter elke gedachte aan de volgende dag uit te bannen. Dit was nu. Hier zat hij, geklemd tussen Oubaas en Petra, daar waren de anderen, hun gezichten steeds veranderend in het flakkerende licht, boven hen de koepel van de nachthemel, waarin vonken opstegen en doofden. Daar was de kampcommandant, die nu was gaan staan en vertelde over dingen die voorbijgingen, een zomerkamp, een vuur, en dingen die bleven, zoals vriendschap, gelijkgezindheid, een duurzaam heilsperspectief. Hij dankte de schepper van hemel en aarde voor deze prachtige week, voor hun bestaan, voor het leven onder zijn bescherming. En ze zongen weer, dat Duitse avondlied met het dansende refrein *Menschen wachen kann nichts nützen, Gott muss wachen, Gott muss schützen …* Wolter voelde zijn ogen prikken en wist dat het niet alleen de rook was. *Herr, durch Deine Güt' und Macht, Gib uns eine gute Nacht.* Op een moment als dit, voelde hij, zou hij onvoorwaardelijk kunnen geloven. Zich overgeven. Hij klampte zich aan de gedachte vast en probeerde het gevoel te bewaren.

Het vertrek op zaterdagmorgen onderging hij. Aan de wat geforceerde pogingen om het tot het laatst gezellig te houden, deed hij niet mee. Hij had een vage hoofdpijn, die alleen maar erger leek te worden door de yells aan tafel, de liedjes waarin sommigen op elk onbewaakt moment uitbarstten, de nadrukkelijke vrolijkheid van zijn kamergenoten. Vol verwondering keek hij naar Gerard toen die zich liet ontvallen dat hij het best weer prettig vond om naar huis te gaan.

De bootploeg vertrok al vroeg. Kars kwam hem speciaal even groeten. 'Dank u wel voor de prachtige week', zei Wolter.

'Het was een goed kamp, vond je niet? Tot ziens op de reünie!' zei de kampcommandant.

Beer kwam afscheid nemen. Rietje en hij gingen door naar Friesland, nog een paar dagen zeilen met vrienden. En dan was het echt schluss met de vakantie. 'En jij?' vroeg hij. 'Ga je ook nog iets leuks doen?'

'Iets leuks?' Hij kon het niet eens opbrengen om er een grap over te maken. 'Twee taken, eind van de maand. Leuk is anders.'

'O ja, dat is waar. Lullig. Maar hoor nou, even ertegenaan en dan is het gebeurd. Toch? Laat ik niet horen dat je het verknolt!'

Ja, dacht hij. Zo kun je het ook bekijken. Even ertegenaan.

Rietje hield zijn hand even vast. 'Het was leuk om je erbij te hebben, Wolter. We zien je toch nog weleens in Heemstede? Kom een keer naar de verenigingsavond!' Haar turquoise ogen keken hem uitnodigend aan. Hij vroeg zich af of hij haar een zoen zou kunnen geven.

Hij stamelde wat loze beloften. Toen ze zich al omgedraaid had, zei hij: 'Je hebt prachtig gezongen. Dat wilde ik nog zeggen. Ik ben …' Het hoge woord zwol in zijn keel, verlamde zijn tong.

Rietje keek hem aan. 'Zeg het maar.'

'Ik was ontroerd', zei hij.

Ze lachte niet. Ze boog zich naar hem toe en gaf hem een kus op zijn wang. 'Dat is een groot compliment, Wolter. Dank je wel.'

Hij had het niet gezegd. Zij vertrok nu naar het oosten, hij naar het westen. Het was niet anders.

De terugreis was een lange, tot mislukken gedoemde poging om de kampsfeer vast te houden. Op de fiets jujubelden ze zich buiten adem, bij elke stop klampten ze zich aan elkaar vast in de herkenning van wat leuk geweest was, lachten om alles, joelden hun yells. Voor Wolters gevoel werd het steeds krampachtiger, maar niemand gaf het toe. Tot op het laatste stuk, in de polders, de vermoeidheid de overhand kreeg. Daarna leek het alsof langzaam iedereen veranderde in degene die hij voor het kamp was.

Aan de rand van Heemstede namen de eersten bellend en zwaaiend afscheid, onder wie Goof. Daarna sloeg de een na de ander af, tot ze met een kleine groep ten slotte aankwamen bij het jeugdhonk. Wolter bedankte Else apart, maakte een vage zwaai naar de anderen en stapte weer op zijn fiets. Toen hij achter zich hoorde roepen, draaide hij zich op zijn zadel om.

Daar stonden ze, Harm, Petra, Yvonne, Ester en de rest, en ze zwaaiden en riepen hem na tot hij de hoek om was. Daarna moest hij zich bedwingen om niet om te keren om nog één keer, voor het laatst, bij hen te zijn. Maar het was voorbij.

Langzaam fietste hij door een soort niemandsland naar huis. Van het kamp voelde hij alleen nog een tinteling, een resonans. Met zijn gedachten kon hij er niet meer bij. Hij reed binnendoor, de Hout, de Wagenweg, het Wilhelminapark. Op de Koninginneweg rezen voor hem de torens van de Bavo op. Tien voor zes. Ruim op tijd voor het avondbezoek aan mama. Dat zou de avond in ieder geval een beetje breken.

Hij zette zijn fiets tegen het hek. Door het raam zag hij zijn vader van tafel opstaan.

'Ik zag je al aankomen', zei pa toen hij opendeed. 'Zo. Daar ben je dan.' Zijn gezicht stond blij en bezorgd tegelijk. 'Moet je niet even je fiets achteromrijden?'

In de tuin gespte Wolter zijn fietstas los en daarna zette hij zijn fiets in de schuur.

'Hoe heb je het gehad?' vroeg pa in de keuken. Hij had de fluitketel in zijn hand.

'Heel fijn', zei hij. 'Het was een fijn kamp.'

'Ben je toe aan een kopje thee?'

'Graag. Hoe gaat het met mama?'

'Elke dag een stukje beter. Ga je straks soms mee naar het ziekenhuis?'

Hij knikte. 'Tuurlijk.'

De kamervloer voelde vreemd aan onder zijn voeten. Hij ging in de voorkamer zitten en pakte de krant. Langzaam voelde hij zich zwaar worden. Toen zijn vader de thee voor hem neergezet en hem een koekje gepresenteerd had, ging hij in de achterkamer achter het orgel zitten. Hij schoof de klep omhoog en vouwde het groene lopertje bedachtzaam op. Hij sloeg het boek open dat op de standaard stond en bladerde erin. Wolter keek naar hem van achter zijn krant. Hij weet allang wat hij gaat spelen, dacht hij. Daar heeft hij de hele dag over nagedacht. De handen van zijn vader drukten de rug van het muziekboek plat, gingen terug naar het klavier, trokken links en rechts een paar registers uit. Toen volgde de stilte. Zijn vader keek naar de bladmuziek, zijn handen roerloos naast zich.

Dit is voor mij, dacht Wolter toen de eerste akkoorden klonken. Omdat ik thuisgekomen ben. Dan hoeft hij het zelf niet te zeggen. Franck kan dat beter dan hij, of Boëllman, ergens in die buurt zal het wel zijn. Dit moet mij het gevoel geven dat ik thuis ben en dat mijn vader het fijn vindt dat ik thuis ben en dat doet het ook. Wolter slikte. Hij bedoelt het zo goed, dacht hij, dat ik bijna stik.

De thee was nog te warm. Hij stopte het koekje in zijn mond en keek naar de rechte rug van zijn vader. Als het straks afgelopen is, dacht hij, valt er een stilte en daarin moet ik iets zeggen. Daar hoopt pa op. Denk ik. Iets over het gespeelde en als het kan ook hoe ik het vond. En daarna zal hij er iets over terugzeggen. Niet veel, want zo is hij niet. Ik zal maar vast iets bedenken.

IV

Twaalf

Stille week

Dit heeft hij allemaal niet voorzien. Van zaterdagmiddag tot maandagmorgen zou hem niets kunnen overkomen, had hij gerekend. Alles stond stil. In zijn opluchting had de dreiging van het onontkoombare onheil even geen greep meer op hem. Wel bleef er iets hangen, als een loodgrijze wolkenstreep aan de horizon. Hoewel het gisteravond aan tafel onder de vijfminuten-spelletjes niet echt gezellig was geworden door iets tussen pa en Wim, had hij overdreven leuk zitten doen, roekeloos blij met het uitstel van executie dat het weekend hem bood. Later, in bed, was de wolk weer komen opzetten, groter en donkerder dan overdag. Maar vóór maandag zou die zich niet ontladen, dat was zeker.

Alleen heeft hij nu op zondagmorgen bijvoorbeeld geen rekening gehouden met de nabijheid van zijn wiskundeleraar Galama, die bij het uitgaan van de kerk na een zuinig knikje naar Wolter tot zijn grote schrik nadrukkelijk in pa's richting kijkt alsof hij overweegt hem aan te spreken. Hij loopt nu aan de overkant van de straat in de richting van de Prinsessekade, waar hij woont, maar nog is het gevaar niet geweken. Vlak daarachter loopt inmiddels de tweeling van Veerman, van wie Mieke vrijdag bij de rapportuitreiking nog een pluimpje kreeg. Zoals altijd hebben ze naar hem gegiecheld, of óm hem, dat weet hij nooit precies, want ze zeggen ook weleens iets over Eefje Smit en dat blijkt dan achteraf helemaal niet waar. Vandaag heeft hij maar gedaan of hij ze niet zag. Zijn ouders en meneer en mevrouw Hofman zijn nu aan het eind van de straat gekomen, nog steeds druk in gesprek. Zo meteen zal de beslissing vallen of de Hofmannetjes meegaan voor een zondags kopje koffie bij de Greves of dat het om wat voor reden dan ook andersom zal zijn. De keus tussen een kleine en een grote ramp.

'Wij zijn aan de beurt', had pa aan het ontbijt gezegd. 'In januari zijn we daar geweest, langer ermee wachten zou niet beleefd zijn.'

Vanaf dat moment had de onheilspellende wolk zich weer nadrukkelijk aangediend. Meneer Hofman stelt vragen waar hij niet van houdt en ze hebben een heilige als zoon. Die heeft hij overigens vandaag nog niet gezien. Hofmans kleine stekende oogjes hebben hem in het voorbijgaan al opgemerkt. Hij heeft lachrimpeltjes in zijn gezicht, maar hij lacht voornamelijk om zijn eigen grapjes. Als ze de uitnodiging aannemen, kan hij hen thuis nog een beetje ontlopen. Als ze naar Hofman gaan, is er geen ontkomen aan. En net als Lida zal hij meemoeten, maar niets is nog zeker, misschien krijgen ze zelf visite of hebben ze andere plannen, wat hij vurig hoopt. En nu verschijnt in zijn ooghoek tot overmaat van ramp zijn klasgenoot Eelco Dijkstra, die 'Heui' zegt en hem dan het zakkompas laat zien dat hij voor zijn rapport gekregen heeft, een zwaar koperen geval dat van zijn grootvader geweest is. Eelco's ouders kijken in het voorbijgaan naar hem en hij laat zich direct van alles over het kompas vertellen om te voorkomen dat hém iets gevraagd zal worden. Zijn vader, ter hoogte van de snoepkiosk voor de Schouwtjesbrug, kijkt achterom waar hij blijft en loopt dan met Hofman naast zich en de beide dames in hun kielzog de brug over. Het wordt dus de kleine ramp. Dat scheelt in ieder geval. Meneer Galama neemt met een kleine buiging zijn hoed af en loopt met afgemeten passen de Prinsessekade op.

Het lijkt soms op een droom van niet zo lang geleden. Over een vliesdunne laag ijs loopt hij door een glazen bos. Overal loert gevaar. Er is niets waarachter hij zich kan verbergen en niets wat hij verborgen kan houden. Hij is zelf van glas. 'Hartstikke mooi', zegt hij tegen Eelco als hij het kompas teruggeeft. Hoewel ze dezelfde kant op moeten, laat hij zijn klasgenoot langzaam op hem uitlopen, tot die omkijkt.

'Even kijken waar m'n broer is', zegt Wolter. Hij draait zich om en kijkt overdreven zoekend langs de kerkgangers tot Eelco is doorgelopen. Wim staat bij zijn vrienden van de jeugdvereniging te roken, die gaat toch niet mee. Voor alle zekerheid wacht hij nog even voor hij zelf de Leidsevaart oversteekt. Het is vijf voor half elf op de klok van de Bavo. Concordia speelt om half twee of half drie, heeft Wim gezegd.

Hij hoort het sportveld voor het in zicht is. Stemmen, het doffe geluid van de bal, gejuich. Of kan dat nog niet? De wind zit wel in het noordwesten. Veertig meter voor hem uit onderbreken zijn vader en meneer Hofman de nabetrachting van de preek en staan stil op de hoek van de Karel van Manderstraat tot hun vrouwen hen ingehaald hebben. Gaat er iets gebeuren of doen ze het om het gezelschap? Rechtdoor, denkt hij, niet afslaan. Alstublieft. Twee aan twee steken ze over naar de Van Oosten de Bruynstraat. Gebed verhoord. Pa neemt zijn hoed af voor de mevrouw met het vossenbontje die altijd twee banken voor hen zit, en meneer Hofman doet hetzelfde. Dan legt Hofman zijn hand op pa's arm en het gesprek gaat door. Wolter loopt een beetje op hen in, dan kan hij er straks weer wat langer over doen. Meneer Hofman komt met zijn hoofd net tot pa's schouder, maar hij kijkt niet omhoog als ze praten, het is pa die zich af en toe een beetje naar hém toe buigt, vooral als meneer Hofman zijn arm pakt. Hij heeft een gebiedende manier van praten, waarbij hij zijn buik naar voren duwt. Gerdien heeft ook een hekel aan hem. Ze is een tijdje met Antons oudere broer gegaan. 'Die eigenwijze poepiedik en zijn vrouw', zei ze vanmorgen, 'en hun voortreffelijke slijmballen van zonen.'

'Ik wil niet dat je zo over onze kennissen praat', zei mama, maar Wolter vond dat haar strengheid niet echt klonk. Gerdien zegt ook weleens 'de Hofmannetjes dzbgw', dat heeft ze uit een boek en het betekent 'die zo bijzonder godvruchtig waren'.

Meneer Hofman is de collega-ouderling met wie pa samen op huisbezoek gaat. Op die avonden spreken ze elkaar aan met broeder en daarbuiten gewoon met hun achternaam. Eén keer in de drie maanden drinken ze na kerktijd koffie bij elkaar. Meneer Hofman zit in de textielhandel. Hij heeft een groene Hudson, maar hij mag van zijn vrouw niet harder rijden dan zestig. Gerdien kan echt vals zijn, als ze wil. Het is maar goed dat ze vandaag bij haar vriend is. Wolter weet overigens haast zeker dat mama het ook niet echt goed met hen kan vinden. Ze vindt het nu ook vast niet prettig dat mevrouw Hofman haar een arm heeft gegeven, dat kun je aan haar rug zien. Beschaving kun je niet kopen, heeft hij haar een keer horen zeggen. En smaak ook niet. Meneer Hofman zingt graag uit Johannes de Heer en dweept met Jan Zwart, terwijl pa de eerste verfoeit en tegen de tweede bedenkingen heeft, maar dat zegt hij niet hardop tegen zijn broeder in de Heer.

Zodra Wolter op de helft van de lange bocht de sportvelden kan overzien, gaat hij langzamer lopen. Op het voorste voetbalt Geel-Wit tegen een ploeg in blauwgestreepte shirts en op het veld daarachter spelen twee onbekende clubs. Handballers zijn er nog niet, die wedstrijden beginnen meestal na elf of twaalf uur. Langs de lijn aan de kant van het spoor en naast de doelen staan een paar mensen, verder is er nog geen publiek. Hij zou graag aan de overkant van de straat langs het hek willen lopen, maar daar kan hij beter nog mee wachten. Aan het eind misschien. Als Wim erbij is, doen ze het gewoon. Pa kijkt dan wel, alleen zegt hij er niets van. Met Wim erbij is alles makkelijker.

Voetbal klinkt anders dan handbal. Harder, ruwer, met veel gehijg, vloeken, geschreeuw van namen. En steeds het doffe geluid van de bal, leer tegen leer, schoten die trillend geblokkeerd worden. Handbal is stiller. Hij zou het liefst op handbal willen, maar daar is geen zaterdagcompetitie van. Van korfbal wel.

Alles wat hij over de handballers weet, heeft hij van Wim. Het gezicht van zijn broer wordt altijd een beetje dromerig als hij over Concordia en Rapiditas vertelt, de twee clubs die zondags op deze velden spelen. Concordia is hun lievelingsclub. Met hun rode shirts lijken de spelers groter en sterker dan de mannen van

Rapiditas, die in witte shirts en zwarte broeken spelen. Sommige wonen bij hen in de buurt. Door de week fietsen ze langs uit hun werk. Nog voor hij ze had zien spelen, wist hij van Wim al hoe ze heetten en nu herkent hij ze ook op het veld. Nederpelt, Hormann, Kaasjager. Grote mannen, die de bal met één hand kunnen vastpakken en met kracht dwars over het veld naar een medespeler gooien. Die in een zweefsprong op het doel schieten. In de tuin spelen Wim en hij het na. Afzetten, stilstaan in de lucht, gooien, neerkomen. Om beurten zijn ze dan Ed Hormann, de rechtsbuiten die zich zo mooi langs een tegenstander kan werken, en Korstiaan van Anker. Van Anker, de lange donkere doelman die de moeilijkste ballen houdt en die een beetje op De Munck lijkt, de keeper van het Nederlands voetbalelftal. De zwarte panter. Van Anker is hun grootste held.

Zijn ouders en hun koffievisite zijn nu op de helft van het volgende blok. Wolter probeert nog langzamer te lopen zonder dat het opvalt. Als hij ongeveer één huizenblok afstand houdt, heeft hij aan het eind van de straat even tijd om naar de wedstrijden te kijken zonder dat ze direct argwaan krijgen. Een jongen die hij wel kent zonder dat hij zijn naam weet, hangt uit een dakraam en roept iets naar het veld. Als je daar woont, kun je de hele dag kijken. Hun blikken kruisen elkaar en de jongen knipoogt naar hem.

'Hoi', zegt hij tam. Die zal ook wel denken: daar gaat dat brave knulletje dat van zijn pappie en mammie de dag des Heren niet mag ontheiligen met sport. De stof van zijn plusfour kriebelt weer. Soms zijn 's avonds zijn bovenbenen vlekkerig rood. Hij bukt zich, maakt het riempje onder zijn knie los en wrijft over zijn been. Lida kijkt om en laat de hand van haar moeder los. Hij wil gebaren dat ze moet doorlopen, maar bedenkt zich dan.

'Wat is er?' vraagt hij als hij haar ingehaald heeft.

'Gewoon, niets. Zullen we straks sjoelen?'

'Ik zie nog wel.' Meestal spelen Wim en hij na kerktijd, hun competitielijst hangt aan een balk op zolder, maar de laatste maanden komt het er niet zo van.

'Eén potje', bedelt ze.

'Kun jij dan sjoelen?'

Ze kan zo hulpeloos kijken, zijn jongste zusje, dat hij altijd weer medelijden krijgt, maar het komt vooral door haar dikke brillenglazen. 'Haha. Doe nou niet zo flauw.'

'Goed dan. Eén potje.' Dan hoeft hij tenminste niet in de achterkamer te zitten wachten tot in de voorkamer het gesprek op hem komt. Hofman vraagt altijd hoe het op school gaat, om vervolgens over zijn eigen zoon te beginnen. Nog een geluk dat die er vandaag niet bij is.

In de verste hoek van het volgende veld zijn een paar korfballers zich aan het inspelen. Hij blijft even staan. Uit de zijdeur van de bruine keet, waar de kleedkamers zijn, komt een man in een rood sportshirt en een trainingsbroek. Is dat een speler van Concordia? Er komen meer mannen in rode shirts naar buiten, ze maken kniebuigingen, een van de spelers bukt en schuift zijn scheenbeschermer dieper in zijn kous. Het is vast een voetbalploeg, handballers dragen die dingen niet. Hij heeft ook nog niemand gezien die hij kent.

'Kom je?' roept Lida. Ze staat aan het begin van de Jan Stuytstraat. Achter haar verdwijnen mama en mevrouw Hofman juist om de hoek van hun straat. Hij gebaart dat ze door moet lopen en steekt over naar het hek om te zien of hij spelers herkennen kan. Ze zijn nog te ver weg.

'Wolter!' Fons de Raet duikt op aan de andere kant van het hek.

'Hoi', zegt hij.

Het veld ligt iets lager dan de straat, waardoor Fons nog meer naar hem op moet kijken dan anders. Fons woont om de hoek op de Westergracht. Ze hebben elkaar vanmorgen al gezien vanuit het raam van hun zolderkamer.

'Ga je mee kijken naar Geel-Wit?' vraagt hij. 'Het tweede speelt nu.' Hij maakt een schijnbeweging met zijn rechtervoet en tikt met links tegen een steentje. Fonsje het pingelaartje.

'Heb ik net al gezien toen ik erlangs liep. Ik ga zo naar huis. We krijgen bezoek, vrienden van mijn ouders die we al een tijd niet gezien hebben, heel gezellig.'

Fons kijkt hem aan met zijn hoofd scheef, maar daar bedoelt hij niets mee. Voor hem is het sportveld op zondag geen verboden terrein. Fons is rooms, Geel-Wit ook.

'Moet je zelf ook spelen?' vraagt Wolter.

Hij schudt zijn hoofd. ''t Is Palmpasen. Ik moet straks zingen in de kerk.'

Fons zit op de koorschool. Als hij op straat met watervlugge bewegingen de bal langs alle benen goochelt, kost het moeite om je hem voor te stellen als koorknaap. Jongenssopraan, zegt mama, maar dat is als het koor optreedt. Koorknapen zijn jongens in witte jurkachtige hemden die horen in de geheimzinnige wereld van mannen in fladderende rokken die kruisbeelden omhooghouden bij de rondgang door de kerktuin en van muffe, prikkelende geuren uit de deuropening van de Bavo, waarvoor hij zijn adem inhoudt. Van ijle, zwevende melodieën die nergens de grond raken.

'Heb jij je nieuwe bal al gekregen?'

Wolter wrijft over zijn kriebelende broekspijp. 'Nog niet. Ik denk volgende week.'

'Okido.'

Wolter kijkt hem na als hij het veld op loopt, met zijn handen in de zakken van zijn jopper.

Toen hij vorig jaar voor het eerst mee mocht naar de *Matthäuspassion* in de concertzaal, de generale repetitie met publiek, had hij Fons zien staan in de dubbele rij jongens in koorhemden, wit en klein tussen de donkere jurken en pakken van het grote koor. Als hij zijn ogen half dichtkneep, leken het twee lijnen vol witte was. 'Net engeltjes', zei mama in de pauze tegen tante Gonnie, terwijl die de speld op mama's avondjurk beter vastmaakte. Vanaf haar plaats tussen de sopranen, 'twééde sopraan' zei ze altijd met nadruk, had ze het volle zicht op het jongenskoor. Die aandachtige gezichtjes, hun monden zo gaaf en gelijk. En dan die heldere stemmen, vooral in het slotkoor van het eerste deel, zó zuiver. *Den Toten er das Leben gab.* Als mama zo hoog zong, met haar kin tegen haar borst, anders kwam ze niet bij de toon, had ze uitgelegd, kwamen er fijne rimpeltjes in haar ooghoeken. Dit jaar gaat hij niet naar de *Matthäus*, het hoeft niet elk jaar, zei mama en bovendien heeft ze kaarten gereserveerd voor juffrouw Greet en haar man, die anders nooit uit zichzelf gaan. Over drie dagen zijn de uitvoeringen en al wekenlang hoort hij overdag in huis flardjes *Matthäus*, hoog en schril, vaak nauwelijks herkenbaar. De partituur komt hij overal tegen.

Hij had best jaloers kunnen worden op Fons, ook door wat mama later zei. Meestal als ze zo over andere kinderen praatte, ging er iets in hem broeien en was het alsof er bij hem van binnen een scherm neergelaten werd. Maar die avond was het anders. Hij had zich klein gevoeld en tegelijk trots, omdat het Fonsje was die daar hoog boven die donkere vloed van stemmen en instrumenten zijn stralende stem uit de hemel liet neerdalen. Als een bundel zonlicht boven zee op een foto in de Elisabethsbode. Zo ver buiten zijn bereik was dat figuurtje in het wit, dat hij alleen maar ademloos had kunnen kijken en luisteren. Na het naspel voelde hij zich leeg.

In de foyer had hij aan het eind van de pauze een tik tegen zijn schouder gevoeld, een bekende stem zei 'Tabee, Wollie' en daar ging Fons met de rest van het koor, terug op aarde en naar huis. Hij bleef, maar het magische van eerst was weg. Naast Wim op de derde rij had hij met kramp in zijn nek van het omhoogkijken het hele tweede deel uitgezeten. Tot kwart over elf. Veel te laat voor een doordeweekse dag, had zijn vader gezegd. Wat moest dat morgen op school worden.

'Mogen we er even door, jongens?' vraagt een stem, en een fietser met een sporttas op de bagagedrager loodst zijn fiets het hek binnen. Pas op het laatst ziet Wolter wie het is. Hormann, van Concordia. En daar is ook die achterspeler met het kale hoofd. Spelen ze dan toch eerder? Hij hoort Hormann iets zeggen over opschieten en dan doet hij een stap naar voren, nog net buiten het hek, en vraagt aan de kalende achterspeler hoe laat Concordia moet spelen.

'Om twaalf uur speelt het tweede elftal, als je dat bedoelt. Het eerste om half drie pas, want alles is opgeschoven. Toch, Gerrit?' Hormann draait zich om. 'Half drie toch?' De ander knikt.

'Dank u wel', zegt Wolter. Zijn hart bonkt.

Lida zit op het paaltje voor de melkwinkel. 'Je had best naar huis mogen gaan, hoor', zegt hij terwijl hij doorloopt.

'Geen zin.' Ze huppelt achter hem aan. 'Hoeveel potjes zullen we doen? Drie?'

'Ik had toch gezegd één?'

Aan de overkant stapt de familie Steeman net in de Borgward. Hij ziet het gezicht van Pim achter het raampje en steekt zijn hand op. Blauwe rook waait de straat door als de auto langzaam wegrijdt. Wolter kijkt hem na. Ze hebben hem pas een paar weken, hij is tweedehands, maar zit nog prima in de lak, zegt Pim. Het is al de tweede auto in de straat, na de Vauxhall van nummer 21. 'Waar doen ze het van?' had zijn vader gemompeld.

'Zo, konden jullie het niet bijhouden?' zegt pa als hij de deur opendoet. Hij heeft een onaangestoken sigaar in zijn hand. Als ze de tussendeur door zijn komt een geur van koffie en sigaren hun tegemoet. Mama staat met haar hoed nog op in de keuken. 'Zijn jullie daar? Lida, wil jij even het gebakstel uit het dressoir pakken? En de vorkjes.'

'We gaan boven sjoelen', zegt Lida. Mama kijkt naar hem of ze iets zeggen wil. Dan loopt ze naar de gang en zet voor de spiegel haar hoed af.

'Nee, we gaan geen ruzie maken', zegt hij snel.

'Ga je eerst wel even een hand geven binnen? Je krijgt zo koffie.'

'Zo, Wolter', zegt meneer Hofman als hij de voorkamer binnengaat. Hij geeft de sigaar door naar zijn linkerhand waar de zegelring aan zit en leunt met uitgestoken hand naar achteren in de diepe crapaud. 'Hoe gaat het met je?'

'Dag meneer.' Mama vindt zegelringen een beetje opzichtig. Als hij mevrouw Hofman een hand geeft, bekijkt ze hem van hoofd tot voeten. 'Tjonge, je bent alweer gegroeid, geloof ik! Hij is al bijna net zo groot als onze Anton, denk je niet, Cor?'

'Enakskinderen zijn het', zegt haar man. 'Mannen van grote lengte.'

'De Enakieten', zegt pa terwijl hij naar het blauwe kringeltje rook kijkt boven de punt van zijn sigaar. 'Daar liep het niet goed mee af.'

'Dat is waar. Die is voor jou, Greve, die is voor jou.' Meneer Hofman lacht met een vettig keelgeluid. Meer voor de gezelligheid. 'En, Wolter, hoe gaat het op school?'

'Goed, meneer', zegt hij en hij draait zich om naar Lida, die de schaal met de tulband op de salontafel zet. 'Pas op,' zegt hij, 'niet op de rand zetten.'

'Dat doe ik helemaal niet', sist ze terug.

'O nee, prima, ik heb niets gezegd', zegt hij lachend terwijl hij zijn handen in een aanstellerig gebaar optilt. 'Ik zal de vorkjes even pakken.' Hij haast zich naar de achterkamer. Achter zijn rug hoort hij Lida's protest smoren in een vraag van mevrouw Hofman. Gedienstig houdt hij de kamerdeur open als mama binnenkomt met het blad met koffie. 'Ziezo', zegt ze. 'Lida, de koffie voor oma staat klaar.'

Wolter trekt de kamerdeur dicht en pakt in de keuken het blaadje met het metalen kannetje en het schoteltje met een stuk tulband. Voorzichtig loopt hij de trap op. Uit de voorkamer boven klinkt psalmgezang. Hij klopt op de deur en doet deze meteen open. Weggedoken in haar omslagdoek zit oma Woudstra in haar armstoel naast de radio. Met gesloten ogen prevelt ze mee met het zingen in de radiodienst, de mondhoeken omlaag en haar onderlip naar voren, zodat het lijkt alsof haar kin los tegen haar gezicht zit. Haar dunne haren zijn strak naar achteren gekamd en vastgespeld onder de knot op haar achterhoofd, die geen echte knot is, maar een losse, opgerolde vlecht. Hij heeft het zijn oma toen ze nog op zichzelf woonde vaak zien doen voor de spiegel, de haarspelden tussen haar lippen geklemd, haar vingers die op het gevoel de vlecht ronddraaien tot iets wat lijkt op de tepelhoorn uit zijn schelpenboek, waarna ze een voor een de spelden erin steekt. Maar de laatste tijd doet mama het. Van oma's gezicht kijkt hij naar het meisje op de trouwfoto op het theekastje en weer terug. Het is benauwd en warm in de kamer, de onderklep van het salamandertje staat wijd open en hij voelt de hitte helemaal aan de andere kant. Als hij het blaadje neerzet, doet oma haar ogen open.

'Hier is uw koffie, oma', zegt hij. 'Zal ik een kopje inschenken?'

'Dank je wel, hoor, lieve jongen. Wat zorg je toch goed voor me.'

Ze zegt haast altijd hetzelfde, maar de toffee uit het trommeltje schiet er vandaag bij in, want ze kijkt van hem weg, haar aandacht weer bij de radio. Zonder het te vragen zet hij de klep van de kachel op een kier en gooit daarna wat kolen bovenin. De kit is halfvol, hij heeft voor kerktijd nog kolen geschept. Achter hem klinkt de stem van de radiodominee: 'Hosanna voor de zoon van David, roept het volk. Gezegend hij die komt in de naam des Heren. Maar Jezus weent.' Als hij de trap hoort kraken, loopt hij vlug naar de gang.

'Dat mocht ik doen, hoor', zegt Lida. Hij trekt de deur achter zich dicht. 'Mama had het mij gevraagd.'

Hij bauwt haar na. 'Doe toch niet zo kinderachtig', zegt hij. 'Ezelsveulen. Kom mee, dan gaan we sjoelen.'

'Nee, ik wil niet meer.' Haar gezicht staat op huilen.

Dit kan hij niet gebruiken. 'Waarom niet?'

'Als je me uitscheldt zeker. En ik had nog wel koffie voor je meegenomen.'

Wim zou zeggen 'Je zus weent', denkt hij en hij schiet in de lach. 'Dat is geen schelden suffie. Het is Palmzondag. Wie reed er op een ezelsveulen Jeruzalem binnen?'

'De Here Jezus.'

'Nou dan. Kom op, naar boven.'

'Even mijn vest pakken.'

Op de achterzolder is het koud. Hij gaat op de rand van zijn bed zitten met zijn ellebogen op zijn knieën. Sinds oma bij hen inwoont, slaapt Wim bij hem op zolder. Het is maar voor even, in juni gaat Gerdien op kamers. Hij reikt naar achteren en trekt de matras naar zich toe tot hij een punt van de bruine envelop kan zien tussen het bed en de muur. Als hij Lida de trap op hoort komen, duwt hij alles terug en springt haastig op.

'Waar is de sjoelbak dan?' vraagt ze.

'Komt eraan. Is het gezellig beneden?'

Ze zet een kopje koffie op zijn nachtkastje. 'Gaat wel. Dit is jouw koffie. Mama dacht dat je het eerste kopje beneden zou drinken. Ik heb wel een voetbad gemaakt.'

'Geeft niet', zegt hij. 'Bedankt.'

'Niet op de uiteinden steunen', zegt hij als de sjoelbak op tafel ligt. 'Dan gaat hij dompen. Jij mag vandaag beginnen.'

Hij is aardig tegen haar omdat hij haar nodig heeft, daar is hij zich van bewust en hij vraagt zich af of Lida dat zelf ook doorheeft. Als hij haar spontaan prijst omdat ze in de eerste beurt meer punten gooit dan hij verwachtte, straalt ze zó, dat hij zich een beetje schaamt. Als het zijn beurt is en hij met een stapeltje stenen in de hand vooroverbuigt, vraagt hij terloops: 'Hebben ze het nog over mij gehad?'

'Wie?'

'Ja, wie nou', zegt hij. 'Beneden natuurlijk. Pa, mama, Hofpik.'

Zijn eerste stenen glijden over het spiegelende oppervlak van de sjoelbak zonder weerstand de poortjes door. Zo. Kwestie van jarenlang intensief trainen. En van aanleg natuurlijk. Op het moment dat hij de vierde steen loslaat, zegt Lida: 'Ja, maar ik heb niet zo goed geluisterd.'

De steen ketst tegen een tussenschot. 'Bedankt', zegt hij. 'Nu ben ik uit mijn concentratie. Weet je echt niet wat ze zeiden? Was het over school?'

Ze knikt. 'Over je rapport. Anton heeft het zijne allang, zei meneer Hofman.'

Hij voelt iets zwaars in zijn maag. 'Die Anton. Die heeft zeker geen zieke leraar.'

'Dat zei mama ook. Of zoiets.'

Hij weet nog steeds niet of ze hem echt geloven, of dat ze nu tegenover de Hofmans met hun brave zoon alleen de schijn op-houden. Vooral pa kijkt soms zo wantrouwig naar hem dat het meer lijkt alsof hij zijn zoon dóórheeft, maar alleen wacht tot die uit zichzelf met de waarheid voor de dag zal komen. Een soort proef. Dat maakt het allemaal nog erger. Hij maakt zijn beurt af zonder er met zijn gedachten bij te zijn.

'Ik sta voor', zegt Lida. Ze kijkt voorzichtig opzij.

'Nou, gefeliciteerd.' En als hij haar ziet kijken. 'Jij bent weer.'

Na het derde potje loopt hij naar de voorzolder. De klok van de Bavo wijst tien over half twaalf. Hoelang zouden ze blijven? Aan de overkant van het landje zit Deef op de bagagedrager van zijn fiets. Naast hem is Fons bezig een bal hoog te houden, vast en zeker op weg naar huis even opgehouden door iets wat stuitert en rolt. En door Hassie misschien, die net achter het muurtje vandaan komt, maar niet om te voetballen, want de witte rok die onder haar jasje uit komt en haar witte kousen wijzen op iets anders – kerkgang, Palmpasen. Hij is gelukkig eens een keer niet de enige die op zondag niks mag.

Net als hij bij de trap luistert, hoort hij iemand naar boven komen. De deur van oma's kamer gaat open en hij hoort mama's stem. 'Moeder, ik heb even …' De deur gaat dicht.

'Kom op', zegt hij tegen Lida als hij terug is. 'De vierde ronde. Jij bent aan de beurt.' Hij vindt er geen bal meer aan, maar laat dat niet merken. Ze moeten blijven sjoelen tot het bezoek vertrokken is. Dan roept zijn moeder onder aan de trap.

Lida loopt naar de overloop. 'Wat is er, mam?'

Ze wil weten of het goed gaat daar boven, of het niet te koud is, of ze soms beneden iets willen komen drinken, er is nog chocolademelk die ze kan warmen en meneer en mevrouw Hofman blijven niet zo lang meer.

'Nog één potje, goed?' hoort hij zijn zusje zeggen. Als ze maar weten dat hij boven blijft.

'Of zullen we naar beneden gaan, Wolt?' vraagt ze als ze terug is. 'Wat wil je het liefst?'

'Ik dacht dat je zo graag wilde sjoelen?'

'Dat wil ik ook. Oké, één potje dan nog.'

'Nee, nou hoeft het niet meer. Ga maar naar beneden, naar mammie toe.'

'Hè, doe nou niet zo flauw. Ik zei toch dat ik …'

'Schiet op. Weg. Smeer 'm.' En als ze met hangende schouders naar de trap loopt: 'Brave trut.'

Ze begrijpt niet wat haar overkomt, ziet hij. Medelijden verscheurt hem, medelijden met zijn zusje en met zichzelf; ze is nog geen tien en ook nog onhandig en bijziend en hij is haar grote broer en een rotzak. Pijn doet het van binnen, hij voelt zich ellendig om wat hij doet, maar hij kan het niet tegenhouden. Elk volgend woord maakt het erger voor haar, voor hemzelf, alles maakt hij stuk, nog even en hij staat weer op de rand van de zwarte trechter van onmacht en zieligheid zoals zo vaak de laatste tijd. Hij haat zichzelf erom en hij haat zich ook om wat hij het volgende ogenblik doet, de trap af rennen, de overloop over en met een sprong – geluidloos neerkomend, dat wel – voor haar belanden op de derde tree van de volgende trap. Ze duikt voor hem weg, haar armen beschermend voor haar hoofd.

'Spijt!!!' zegt hij met grappig opengesperde ogen, zijn handen met gespreide vingers voor haar wapperend. 'Grapje!!! Niet zo bedoeld!!! Ik wil nog een potje sjoelen!!!'

Ze laat zich ompraten, ze is ook pas negen jaar, en hij trekt haar mee weer de trap op, terwijl hij haar aan het lachen maakt en terug op zolder probeert te doen alsof er niets gebeurd is. Maar het is over, hij voelt het, hij ziet het. Ze durft niet meer. Wat ze doet, is voor hem, de overdreven gebaren, de uitroepen, voortdurend kijken of hij wel kijkt, onzeker en een beetje bang, ze weet niet meer wat ze aan hem heeft.

'Stoppen?' vraagt hij als ze allebei geweest zijn.

'Zeg jij het maar', zegt ze.

Als ze nu naar beneden gaan, moeten ze erbij gaan zitten in de voorkamer en dan weet hij wel wat er gaat gebeuren.

'Stoppen. Ga jij maar vast naar beneden, ik ruim wel op.'

Lida protesteert niet. Ze vraagt zelfs niet hoe de eindstand is. Als ze verdwenen is, ruimt hij snel op en loopt dan op zijn tenen tot halverwege de tweede trap. De deur van de voorkamer staat op een kier en hij hoort de stem van mevrouw Hofman en daarna Lida die iets terugzegt. 'Knap, hoor, dat doe ik je niet na', zegt meneer Hofman en zijn keellachje gaat één keer over.

Dan weer de stem van zijn vrouw: 'Wat denk je, man, zullen we niet eens opstappen?'

'Hoe laat leven we? Vijf over twaalf? Ja, dan moeten we weer eens op huis aan. Anton zal niet weten waar we blijven. Maar terugkomend op ons onderwerp, vind je ook niet, Greve, in alle nederigheid, dat we hierin toch wel leiding van de allerhoogste mogen zien?'

Zijn vader schraapt zijn keel. 'Je bedoelt dat God deze kandidaat op onze weg heeft gebracht?'

Dominee Wiersma gaat weg en nu ze zijn bezig om een nieuwe te beroepen. Pa is al twee keer met de hoorcommissie op pad geweest.

Wolter sluipt terug naar de overloop en roffelt dan de trap af. Met grote stappen loopt hij door naar de keuken om zijn kopje weg te zetten en als hij daarna de achterkamer binnenkomt, is het bezoek in de voorkamer juist gaan staan.

'Gelukkig heb ik het vlees gisteren al gebraden,' hoort hij mevrouw Hofman zeggen, 'we kunnen in een half uur aan tafel. O kijk, daar hebben we Wolter ook.'

Hij speelt het zo goed mogelijk, de verslaafde sjoeler die de tijd vergeten is en na een blik op zijn zusje grootmoedig de schuld op zich neemt. Als hij meneer Hofman een hand geeft, zegt deze: 'Succes met je rapport. Wanneer krijg je het nou eigenlijk?'

'Ze hebben gezegd morgen', antwoordt hij. Voor hij 'uiterlijk dinsdag' heeft kunnen toevoegen, onderbreekt meneer Hofman hem met de opmerking dat hij nog nooit zoiets meegemaakt heeft, en daarmee is zijn vonnis getekend, uitstel is niet meer mogelijk.

Na het vertrek van het bezoek blijft het hem te lang stil. Waar zijn ze? Heeft de opmerking van Hofman zijn ouders aan het denken gezet en weten ze nu zeker dat ze aan het lijntje worden gehouden? Hij hoort Lida's stem, vestibule, keuken? Klikt ze over wat er op zolder gebeurde? Dan hoort hij de wc-deur en daarna voetstappen in de gang. Haastig buigt hij zich over de salontafel en als de deur opengaat, staat hij met kopjes en schotels in zijn handen klaar om ze naar de keuken te brengen. Pa kijkt niet eens naar hem, hij is op weg naar de radio. Niets zeggen, denkt hij, even niet de aandacht trekken. Er lijkt niets aan de hand, ook in de keuken niet, waar mama juist haar schort voordoet terwijl Lida wacht met een schaal in haar handen. Of hij de koffieboel in een teiltje wil zetten, het aanrecht moet even vrij blijven. Best, prima, hij is tot alles bereid. En of hij straks de tafel wil dekken. Ze zijn met z'n vijven vandaag. Platte borden én diepe. Komt in orde. Als zijn moeder vraagt wat dat voor herrie was daarstraks op de trap, kijkt hij waarschuwend naar zijn zusje.

'O niks', zegt ze.

De radio staat aan en het duurt even voor de muziek tot hem doordringt. Als mama de kamer binnenkomt, zegt ze: 'Ach ja, natuurlijk, Palmzondag, de uitvoering in het Concertgebouw. Ga je luisteren?'

'Dat was ik wel van plan.' Pa gaat juist in de rookstoel zitten, met het kerkblad in zijn hand.

'Maar we gaan straks wel aan tafel', zegt ze in de deuropening.

Wolter kijkt van de een naar de ander. Zijn vader fronst zijn wenkbrauwen en haalt zijn horloge tevoorschijn. 'Misschien valt dat net samen met de pauze. En anders zet ik 'm wel wat zachter.' Het lijkt alsof mama iets wil terugzeggen.

'Niet goed?' vraagt pa.

Het is nauwelijks zichtbaar, het tuiten van haar lippen en de beweging van haar schouders als ze de kamer uit gaat, maar het kerkblad verfrommelt krakend als pa de armleuningen grijpt alsof hij gaat opstaan. Dan laat hij zich terugzakken. Wolter loopt op zijn tenen naar de kast.

Voor hij de borden pakt, kijkt hij omhoog. Rechts op de bovenste plank ligt de bruine zak van de sportwinkel, waarvan de ronding ondanks de kreukels de inhoud verraadt. Als hij zijn ogen dichtdoet, ziet hij de bal voor zich met alle details die hem zo bijzonder maken. Hij kan het geluid horen dat de bal maakt als hij opstuit, een trillend zingen, zoals alleen ballen van dik rubber dat doen. Hij had er niet over moeten beginnen op straat, Fons vroeg er ook weer naar vanmorgen. Ze zullen hem uitlachen als hij vertelt dat het niet doorgaat, Deef natuurlijk het hardst. Die Greve met z'n bal, opschepper. 'De mooiste bal van de wereld. Een echte Hevea'. Nou, laat dan eens zien! Deef is een gluiperd eerste klas, zegt Wim. Hij brengt zelf nooit een bal mee, maar niemand durft dat tegen hem te zeggen, lijkt het wel. Misschien ook omdat hij veel ouder is dan de rest.

Als Wolter de tafel gedekt heeft, staat hij een tijdje in de erker naar buiten te kijken. De regenbui, waarvan hij de eerste druppels hoorde vallen toen hij op zolder was, is gelukkig overgedreven. Als het te hard regent, gelasten ze weleens een wedstrijd af. In de verte lopen kinderen met palmpaasstokken, ze komen over de Westerbrug en nu ook van links uit de Leidsebuurt, moeders ernaast met ingeklapte paraplu's in de hand, op weg naar de ingang van de Bavo. De linten wapperen in de wind. Ook Ietje van Hooijdonk doet mee, ziet hij, ze is net naar buiten gekomen en kijkt gespannen naar de Palmpaas, die ze met twee handen omhooghoudt. Haar moeder verschikt iets aan de versiering en duwt dan het broodvogeltje vast. Ietje is een popje, zegt mama weleens, zoals haar moeder haar aankleedt. Je kunt wel zien dat ze enig kind is. Vandaag is ze een palmpaaspopje met zwarte lakschoentjes en fijne witte kousen onder een roze wollen manteltje. Ietjietietje zeggen ze op straat. Sinds Henk Harinck met glinsterende ogen meldde dat Ietje al buste heeft, kijkt Wolter naar haar met andere ogen. Ietje is jonger dan hij.

Als zijn moeder tegen kwart over een komt vragen of ze nog langer op Wim zullen wachten of nu direct aan tafel gaan, wordt Wolter ongerust. De handbalwedstrijd begint om half drie. Op zondag zitten ze altijd lang aan tafel, dan moet er nog afgewassen worden en opgeruimd, reken maar een half uur extra en dan moet hij nog het moment afwachten waarop hij ongemerkt even de deur uit kan. Dit wordt niks. Om zijn ongeduld niet te laten merken kruipt hij met zijn boek op de bank.

'Laten we nog maar wachten', zegt pa. 'Ze zijn bijna aan het slotkoor toe.'

Mama staat even te luisteren. 'Wel een snellere uitvoering dan die van ons', zegt ze. 'Een beetje gejaagd, vind je niet?'

Pa wacht even voor hij antwoordt. 'Gejaagd is niet het goede woord. Ik vind het meer …' Weer wacht hij. Mama loopt de kamer uit. Wolter hoort haar stem in de gang. 'Lida, wil jij alvast oma halen? Zeg maar dat haar servet hier al ligt.'

Over zijn boek heen kijkt Wolter naar zijn vader.

Je kunt nergens aan zien dat hij het mooi vindt, denkt hij. Alleen zijn stem, na afloop, verraadt soms iets. Een barstje, een trilling, net als wanneer hij een verhaal voorleest. Hij probeert dat zelf ook weleens, onbewogen te blijven als hij iets mooi vindt, alsof hij erboven staat. Alsof niets hem kan bewegen. Dat is stoer. Lang houdt hij dat nooit vol, er schiet altijd wel iets los en dan gebeurt het tegenovergestelde, meebewegen, zijn hoofd, zijn vingers, tot zijn omgeving zegt dat hij stil moet zitten.

De zware koormuziek resoneert in zijn hoofd, dit is het deel waarin Fons meegezongen heeft, met de heldere stemmen die van omhoog komen. Sinds hij ontdekt heeft dat het dezelfde melodie is als psalm 68, schuiven in zijn hoofd de teksten soms over elkaar heen, hoewel ze niets met elkaar te maken hebben. De psalm gaat over overwinning, *Gods zegetocht* staat erboven in zijn zakbijbeltje, terwijl Bachs slotkoor over de zonde gaat, maar de muziek geeft hem meer het gevoel dat hij wordt opgetild dan neergedrukt. Hij wiegt zijn hoofd mee met de beweging van de melodie. *Bereidt de weg, in Hem verblijd, die door de vlakke velden rijdt: zijn naam is Heer der heren.*

Oma Woudstra schuifelt naar binnen. 'Goeiemiddag samen', zegt ze dwars door de muziek heen. 'Alida zei dat ik vast een plaatsje mocht zoeken.'

De blik van zijn vader verduistert en zijn kaakspieren spannen zich. Wolter schiet overeind en pakt haar bij de arm, terwijl hij zijn vinger tegen zijn lippen legt. 'Komt u maar, oma', fluistert hij en hij schuift haar stoel naar achteren.

'Dank je wel, lieve jongen.' Dan keert ze zich naar zijn vader. 'Zo, Henk, dat is mooie muziek die je daar aan hebt. Opa hield daar ook zo van, weet je dat? Muziek verlicht het hart, zei hij altijd.'

Zijn vader schraapt zijn keel. Voor hij iets kan zeggen, komt mama binnen en zet een dekschaal op tafel. 'Ik geloof dat ik Wim hoor. Zijn jullie zover? Wolter, de onderzettertjes nog. Ik kom nu met de soep.'

Als ze even later de kamer weer binnenkomen, vangt hij net de laatste woorden van oma Woudstra op. 'Dat is niet vriendelijk van je.' Ze pakt een zakdoekje uit haar jurk en veegt ermee langs haar neus. Pa staat bij de radio, zijn kaakspieren bewegen alsof hij zich moet inhouden. Mama kijkt van de een naar de ander. Ze pakt Wolter en Lida bij hun schouder.

'Gaan jullie eens even plassen en handen wassen.'

Hoewel hij dat allang gedaan heeft, gaat hij zonder protest de kamer uit. Lida loopt achter hem aan. De boze ingehouden stemmen dringen door tot in de keuken, via de doorgeefkast zou hij alles kunnen verstaan, maar hij wil het niet.

Wim komt binnen. 'Zo', zegt hij met een grijns. 'Mooi op tijd.' Dan ziet hij hun gezichten. 'Is er wat?'

Wolter haalt zijn schouders op. 'Ik weet niet. Iets met oma.'

'Alweer? Ouderwets gezellig dus.'

Sinds oma bij hen inwoont, is er nog vaker ruzie dan anders. Oma kan niets meer onthouden, zelfs de eenvoudigste dingen niet. Ze heeft aderverkalking, heeft mama gezegd, veel oude mensen krijgen dat. Daardoor is ze vaak in de war, ze vergeet waar ze is, haalt vroeger en nu door elkaar, staat soms midden in de nacht op. En aan tafel kan ze drie keer hetzelfde vragen. Ze kan ook in alle ernst uitleggen waarom ze die dag haar onderjurk over haar bovenkleding draagt, Wim en hij moeten er af en toe vreselijk om lachen, maar ze weten tegelijk dat als mama niet snel ingrijpt, er weer narigheid van komt. Want pa kan er niet tegen. Hij ergert zich aan alles. Pa's ergernis is als een gevaarlijke hond die op de loer ligt. Ergeren is kijken, staren, is kortaf doen, bitse opmerkingen maken. Het lijkt, heeft Wolter mama een keer tegen hem horen zeggen, of je niet wílt begrijpen dat mijn moeder ziek is in haar hoofd. Dat is slecht. Dat is de duivel. Mama was ziedend, maar haar stem klonk kil, met iets van minachting. Daarna hing er in huis dagenlang een drukkende stilte, zoals zo vaak na een uitbarsting. De enige die er niet onder leed, was oma. Aderverkalking. Onder haar schedel lopen kronkelige witte lijntjes, zoals je ook in het aangroeisel op schelpen ziet, kalkresten van een parasiet, versteende wormgangen. Oma staat ingeschreven voor een inrichting, maar ze is nog niet aan de beurt.

Als de kamerdeur weer opengaat, schuiven ze zonder iets te zeggen aan tafel. Snel kijkt Wolter naar de gezichten. Nadat de soep onder drukkende stilte is opgeschept, waarbij mama zijn vader niet aankijkt als ze zijn bord aangeeft, wachten ze tot pa gaat bidden. Het blijft lang stil. Tussen zijn oogharen door ziet Wolter dat zijn vader schuin naar de tafel staart, zijn handen naast zijn bord. Wim kijkt recht voor zich uit en ontwijkt zijn blik. Lida zit als een beeldje, haar hoofd in een knik en haar samengeknepen handen tegen haar kin. Net het plaatje met het knielende meisje dat boven haar bed hangt. Aanstelster. Mama heeft haar hoofd gebogen, hij ziet de frons tussen haar wenkbrauwen, de samengeknepen lippen. Het is weer helemaal mis. Wolter voelt zich opeens zo ontmoedigd dat hij wel zou kunnen huilen. Pa schraapt zijn keel. Dan, tot Wolters grote opluchting, begint hij. 'Here …' Toonloos, bijna dreigend. Dan is het weer stil. Wolter knijpt zijn ogen stijf dicht als om te helpen. Dit is niet gewoon. *Onze vader* is gewoon, of *O vader, die al het leven voedt …* en anders wel *Getrouwe God en vader …* al is dat meer voor het vrije dankgebed na de maaltijd. Zijn hart klopt hoog in zijn borst. 'Here, zegen deze spijze, amen', zegt pa met een stem als onweer in de verte.

Komt er nog meer? Hij durft niet op te kijken. Dit is het kindergebed. *HzzPzzAme.* Raffelgebedje voor wie haast heeft, nu gebruikt als teken van een bedorven zondagsstemming. Ze moeten voelen dat er iets ernstig verstoord is, maar niet zó ernstig dat het gebed overgeslagen wordt. Dan weten ze dat boven ook meteen. Het kan nog goed komen vandaag.

Er tinkelt een lepel in een bord. 'Smakelijk eten allemaal', zegt oma. Met haar onderlip naar voren en haar tongpunt buiten haar mond giet ze met een zacht slurpje de soep uit de lepel in haar mond. Haar vriendelijke oogjes die de tafel rondkijken laten zien dat alles wat er zojuist gebeurd is, al in haar schemering is opgelost. Met opeengeklemde kaken stopt pa zijn servet in zijn boord.

'Eet smakelijk, oma', zegt Wim. 'Eet smakelijk allemaal.' Het klinkt opstandig. Wolter mompelt iets en Lida kijkt tersluiks naar haar vader. Met een flauwe glimlach werpt mama voor ze de lepel in haar mond steekt een blik op Wim. 'Ik hoop dat het jou ook smaakt, jongen', zegt ze dan. 'Dan heb ik tenminste niet voor niets uren in de keuken gestaan. En vertel dan gelijk nog even waar je zo laat vandaan kwam.'

Wolter herademt. Langzaam neemt de spanning af, de druk achter zijn ogen wordt minder en hij durft zelfs even te lachen om wat zijn broer vertelt. In tegenstelling tot Lida praat hij niet mee. Komt dat doordat pa niets zegt? Of is het omdat hij niet de aandacht op zichzelf wil vestigen?

Toch klinkt het elke keer als iemand iets zegt alsof dat vooral gebeurt om de stilte te breken die steeds weer als een wolk neerdaalt vanaf het hoofd van de tafel, waar pa zich heeft verschanst in granieten zwijgen. Daarbij past ook dat er vandaag niet uit de Bijbel gelezen wordt en ieder voor zichzelf in stilte dankt.

'Ben je vergeten dat vanmiddag Concordia tegen Rapiditas speelt?' vraagt hij Wim onder de afwas.

'Nee, dat weet ik wel.'

'Moet je dan niet kijken?'

Zijn broer schudt zijn hoofd. 'Ik ga straks naar Peter en daarna meteen door naar de kerk.' Hij kijkt op zijn horloge.

'Ga je nou alweer weg?'

Wim antwoordt niet. Dan vraagt hij: 'Wat is er eigenlijk aan de hand met je paasrapport?'

Wolter voelt zijn knieën knikken. 'Niks. Waarom?'

'Omdat heel Nederland zijn rapport al gekregen heeft. Is het zó slecht?'

'Ik krijg het morgen', zegt hij. 'Ze hadden nog niet alle cijfers omdat er een leraar ziek was.'

'Onzin.' Wim roert met de borstel in de gootsteen en vist er een bord uit. 'Dat doen ze toch nooit?'

'Ik kan het ook niet helpen', zegt Wolter.

Zijn broer kijkt hem niet aan. 'Die tweeling van Veerman zit toch bij jou in de klas?'

Wim doet ánders de laatste tijd, eigenlijk sinds hij op de kweekschool zit. Net alsof hij een paar jaar ouder is geworden.

'Ja, nou én?' Het kan hem toch allemaal niets meer schelen.

'Hoe kan het dan dat die hun rapport al wél hebben?'

'Hoe weet jij dat?'

'Omdat ik vanmorgen bij Bert Veerman koffiegedronken heb. Wat heb jij ermee gedaan? Weggegooid?'

'Ben je gek.'

'Wat dan?'

Hij geeft geen antwoord. Die stomme grieten van Veerman moeten het natuurlijk weer voor hem verpesten. 'Hé, Wollie', zegt Wim. 'Zeg eens wat.'

'Ik ben het kwijt.' Hij voelt zijn ogen vochtig worden terwijl hij het zegt.

'Kwijt? Verloren, bedoel je?'

'Ja.'

Wim kijkt hem aan met een lachje om zijn mond. 'Daar geloof ik geen barst van.'

Hij heeft meteen al geen zin meer om zijn nieuwste verzinsel vol te houden. 'Nou dan geloof je het niet.'

Lida steekt haar hoofd om de deur. 'Kan ik al beginnen met opruimen?'

'Ja, doe maar', zegt Wim.

Het is kwart voor drie als Wolter de voordeur zacht achter zich dichttrekt. Dit zondagse rustuur is zijn kans. Hij moet terug zijn voor mama weer beneden is en voor pa wakker wordt in zijn stoel naast de kachel en als hem dat niet mocht lukken, heeft hij nog iets achter de hand. Aan de overkant van het landje zijn een paar kinderen uit de straat aan het spelen en zonder te kijken gaat hij linksaf in de richting van de gracht. Zodra hij de hoek om komt, ziet hij in de verte de rode en de witte shirts en het hele stuk langs de volkstuinen tot voorbij de ingang van het sportterrein doet hij in looppas. Tegenover de winkel van Pannekeet steekt hij over.

Overal langs de lijnen staan toeschouwers. Omdat de straat

iets hoger ligt dan het veld, kan hij net over ze heen kijken. Schuin voor hem staat een jongen uit de Allanstraat.

'Hoeveel staat het, Jaap?' roept hij. De jongen kijkt om, maar geeft geen antwoord.

'12-9 voor Concordia', zegt een man naast hem.

'Mooi zo.'

'Ja, maar Rapiditas loopt in. Bij de rust was het nog 11-6.'

Dus toch al de tweede helft, denkt hij. Heeft hij het daarstraks dan verkeerd begrepen?

De mannen in de witte shirts hebben de bal. Terwijl de voorhoede uitwaaiert, brengt de rechtshalf in rustig tempo de bal op. 'Kom op, Simon!' schreeuwt iemand uit het publiek. Van gezicht kent Wolter hem, een pokdalige man met lang, grof gekamd haar dat met een elastiekje op zijn plaats gehouden wordt. Simon gooit de bal naar de buitenspeler, krijgt hem op een andere plek terug en opeens versnelt het spel, de bal gaat in hoog tempo rond tot de middenvoor zich met een schijnbeweging losmaakt van de rode verdediger en in de sprong de bal in de uiterste rechterhoek van het doel mikt. Onhoudbaar. Langs de lijn wordt gejuicht terwijl de witte spelers bedaard teruglopen naar hun helft. Wolter kijkt naar de lange keeper in zijn zwarte trui, die met een vloeiende beweging de bal uit het net schept en in een boog naar de middenlijn gooit. Je kunt zien dat hij nijdig is. 12-10. Als dat zo doorgaat, verliest Concordia. Zelfs een superdoelman als Van Anker staat machteloos als zijn medespelers fouten maken. 'Bij je man blijven!' roept Hormann.

Het is de rode spelers aan te zien dat het niet goed gaat. Het plaatsen gebeurt niet zuiver, de soepele passeerbewegingen mislukken, ze lopen elkaar zelfs in de weg en er wordt gescholden. De machine hapert, zegt de man naast Wolter. Ze staan nog voor, maar niet lang meer. Mooi spel dat steeds mislukt, is naar om te zien. De bonkige spelers van Rapiditas in hun bemodderde shirts onderscheppen de bal met gemak, lopen de roden voorbij alsof ze er niet staan, hoog gaat de bal, van hand tot hand, en als Van

Anker niet in een flits zijn been uitgestoken had, was het wéér een doelpunt geweest. Hoelang moeten ze nog? Het is op slag van drieën. Een kwartier misschien. Daarna moet hij ook direct naar huis.

Concordia leeft op. Voor één keer loopt de aanval weer gesmeerd, geen Rapiditasspeler die ertussen kan komen en het doelpunt is een logische bekroning. Langs de lijn wordt weer gejuicht, maar de witte spelers straffen de opluchting direct af, ze maken twee doelpunten achter elkaar zonder dat de rode club er iets aan kan doen en dan is het dus 13-12. Nu gaat het erom spannen. Van de andere velden komen mensen aanlopen, er staan er nu zo veel dat hij niet alles meer kan zien. Naast hem klimmen twee jongens over het hek. Dat zou hij ook willen, maar hij durft niet. Hij mag hier helemaal niet zijn. De bal gaat hoog door de lucht, hij hoort Van Anker aanwijzingen schreeuwen, dan gaat er een golf van geluid door het publiek. De snerpende fluit en de gebiedende hand van de scheidsrechter maken duidelijk dat het ernstig is, zeer ernstig. Een strafworp. De rode spelers protesteren, van naast het doel loopt een man het veld in, maar Van Anker stuurt hem weg, duwt zijn spelers de cirkel uit en maakt een kalmerend gebaar naar de scheidsrechter. De klok van de Bavo staat op veertien over drie. Vóór Wolter rennen mensen weg om achter het doel de strafworp mee te maken.

De witte spelers staan op een kluitje bij elkaar te overleggen, dan lopen ze allemaal weg op één na. De midvoor. De razendsnelle blonde man, twee van de drie doelpunten in het laatste kwartier kwamen van hem. Een strafworp is altijd raak. Bijna altijd. 'Tijd', zegt de man naast Wolter. Nu gaat het er om. Als hij erin gaat is het gelijkspel. En anders heeft Concordia gewonnen.

Iedereen gaat achteruit, zodat ze nu tegenover elkaar staan, de blonde midvoor op de rand van het doelgebied, een beetje voorover, de bal aan de vingers van zijn omgekeerde rechterhand die naast zijn heup hangt, achteloos, alsof de bal er niet toe doet. En de lange keeper in de zwarte trui, wijdbeens met gebogen knieën op de doellijn, die nu zijn armen spreidt. Wolter trilt van spanning. Kon Wim dit maar zien. Het fluitsignaal klinkt. Een heel lange seconde gebeurt er niets. Dan zwiept de arm van de midvoor naar achteren en vooruit, het lijkt op een zweepslag, de bal is nauwelijks met het oog te volgen. Een strafworp is altijd raak. Behalve wanneer een keeper schuin in de doelmond zwevend de bal uit de rechterbovenhoek plukt. Met één hand. De onmogelijke redding. Terwijl Van Anker overeind komt en de bal onder luide toejuichingen boven zijn hoofd houdt, staat de midvoor van Rapiditas hoofdschuddend naar het doel te kijken. Boven alles uit snerpt de fluit van de scheidsrechter. Afgelopen. Concordia heeft het gered.

De rode spelers rennen op hun doelman af, ook de toeschouwers drommen in de richting van het doel, er wordt gezwaaid met rood-witte dassen en gezongen en daar verschijnt Van Anker boven iedereen uit, hij is op de schouders van zijn medespelers gehesen die nu met hem over het veld lopen, nee, hollen, het is een zegetocht. Langs het hek loopt Wolter gelijk op met de hossende groep. Van Anker houdt zich met één hand vast aan een schouder en steekt de andere hoog in de lucht, de hand waarmee hij de bal gestopt heeft in de vlucht. Het gebaar van de overwinnaar op de zegewagen. Over het veld gaat het, waar iedereen opzijvliegt om de stoet door te laten, Wolter rent nu mee, buiten adem van inspanning en opwinding, er is een gevoel in hem dat groter is dan hijzelf, het breekt naar buiten in een hoge, steeds luidere schreeuw tot er woorden in hem opwellen, zomaar, omdat ze er toch al waren, omdat de zegetocht van Van Anker maar doorgaat en alles op zijn plaats valt. *Bereidt de weg, in Hem verblijd, die door de vlakke velden rijdt.* Maar hij is de enige die ze kan horen, omdat het te mallotig is om psalmzingend langs een sportveld te rennen, al is het muziek die Fonsje het pingelaartje wel zou herkennen, zij het met andere woorden. De groep met Van Anker valt uiteen aan de rand van het grindvlak voor de kleedkamers. Juist als Wolter door het toegangshek naar hen toe holt, laat de doelman zich op de grond glijden. Een jongetje van een jaar of zes grijpt zijn broekspijp vast en kijkt glunderend naar hem op. Alsof het een handbal is, schept Van Anker hem met één hand op. Hij houdt hem voor zijn gezicht voor een stevige knuffel en zet hem dan op zijn schouder. Samen lopen ze weg.

Dat Wolter op dat ogenblik, op verboden terrein, in gestolen tijd, hem achternaloopt en om een handtekening vraagt, is iets wat zich aan zijn controle onttrekt. Het gebeurt.

'Natuurlijk', zegt de Concordiadoelman. 'Heb je iets bij je?'

Wolter voelt in de zakken van zijn jas en denkt dan aan het meetkundeschrift dat hij achter zijn broekriem heeft gestopt. Kan dat? Het moet maar. Hij slaat het open op de laatste bladzij en vouwt het dubbel.

'Nu nog een pen.'

Van Anker moet aan zijn gezicht gezien hebben dat ook op dit punt de voorbereiding te wensen overlaat, want hij ontfutselt de eerste de beste die in de buurt is een ballpoint, laat zijn zoontje op de grond zakken en zet met forse halen zijn handtekening in het schrift.

'Zo goed?'

Hij wil iets zeggen over de strafworp, dat het geweldig is dat hij die gestopt heeft, maar voor hij hem zelfs maar heeft kunnen bedanken, heeft Van Anker zich al omgedraaid.

Het is acht voor half vier. Snel naar huis nu. Bij het hek komt hij Deef tegen.

'Wat doe jij hier?'

'Gewoon. Kijken.'

Deefs ogen worden spleetjes. 'Mag jij dat op zondag?'

Bij Deef moet je altijd uitkijken wat je zegt. Hij haalt zijn schouders op, alsof hij zo'n vraag niet de moeite waard vindt. Hij haalt het schrift tevoorschijn. 'Kijk.'

Deef kijkt vanuit zijn ooghoeken naar de handtekening. 'Wie is dat?'

'Weet je dat niet?'

'Tuurlijk wel, maar ik geef niet om handbal. Meidensport.'

'Huh', zegt Wolter en hij loopt door.

'Heb je die bal al?' roept Deef hem na. Hij doet alsof hij het niet hoort.

Pa staat voor het raam, ziet hij als hij de hoek om komt. Wolter duikt de poort in en loopt achterom. De grendel van de poortdeur gaat stroef en als hij zijn arm terugtrekt, zit er een groene smeerveeg op zijn mouw. In de keuken doet hij zijn coat uit en loopt ermee over zijn arm naar de vestibule.

De kamerdeur gaat open. 'Waar was jij?' Pa's stem brengt hem aan het schrikken.

'Bij Eelco', zegt hij en terwijl hij het tegen zijn borst geklemd houdt, vertelt hij het verhaal van het uitgeleende schrift dat hij heeft teruggehaald voor zijn huiswerk. Nu kan hij dat smoesje bij een volgende gelegenheid niet meer gebruiken.

'Moet jij dan nog huiswerk maken?'

'Een beetje.'

'Je weet dat we liever niet hebben dat er op zondag huiswerk gemaakt wordt. Mag ik dat schrift eens zien?'

Hij kan niet kijken terwijl het schrift doorgebladerd wordt, zijn ogen prikken een beetje en hij zet zijn voet alvast op de onderste tree alsof hij haast heeft.

'Er staat niet veel in', zegt zijn vader. Hij steekt hem het schrift toe, maar laat het nog niet los. De laatste bladzij is gelukkig aan zijn aandacht ontsnapt. 'Morgen krijg jij dus je rapport?'

Hij knikt.

'Wordt het een goed rapport deze keer?'

Hij haalt zijn schouders op. 'Misschien. Ik weet niet. Nog niet heel erg goed, denk ik.'

'Je weet toch wel wat je voor elk vak gemiddeld staat?'

Pa's ogen staan niet boos. Juist niet. Hij zou het nu kunnen zeggen, dan is hij er vanaf. Dan hoeft hij niet meer bang te zijn voor wat er komt, want dan ís het er, het wordt toch alleen maar narigheid daarna, ook als hij nóg een dag wacht. Maar hij hoort zichzelf iets verzinnen over enkel en dubbel tellende cijfers en hij laat het moment voorbijgaan. Hij is halverwege de trap naar boven als zijn vader zijn naam noemt. Hij kijkt naar beneden. 'Als jij morgen niet met je rapport thuiskomt, denk ik erover om de rector op te bellen.'

Waarom zegt hij dat, vraagt Wolter zich af. Is het omdat pa hem gelooft of juist omdat hij hem níét gelooft? Hij weet niet wat erger is. Op zolder gaat hij achter de tafel zitten en legt het schrift open voor zich. Daarna kijkt hij in zijn agenda. Een schriftelijke overhoring van Frans. En drie bladzijden voor aardrijkskunde, maar dat wordt toch niet overhoord. Hij bladert in het Franse boek tot hij de paragrafen gevonden heeft en kijkt er een tijd naar zonder dat het doordringt wat er staat. Als Lida roept, loopt hij naar de trap.

'Papa vraagt of je nog mee gaat wandelen voor kerktijd.'

'Ik moet mijn huiswerk nog afmaken. Dat heb ik net tegen hem gezegd.'

'Je hoeft niet zo te snauwen', sputtert ze.

'Ik snauw niet.'

Na een tijdje hoort hij de voordeur. Zijn wekker geeft tien over vier aan. Dat kan dus hoogstens de Westerhout worden of anders de Lorentzkade. Op de voorzolder wacht hij tot hij ze de straat uit ziet lopen. Toen Wim nog meeging was het niet erg, maar samen met Lida naast pa voelt hij zich altijd ongemakkelijk. Hij is dan degene die iets zal moeten terugzeggen als zijn vader iets vertelt of vraagt, zo voelt hij dat tenminste. Al moet hij er eerst een brok in zijn keel voor wegslikken, hij voelt zich verplicht om een tegenvraagje te stellen of desnoods alleen een geïnteresseerd keelgeluid te maken, omdat hij het anders zielig vindt voor zijn vader. Waarom weet hij niet precies.

Hij gaat weer achter zijn tafel zitten en slaat het schrift op de laatste bladzij open. De naam spat van het papier. KORSTIAAN VAN ANKER. Meer losse, grove letters dan een handtekening. Die van pa is bijna onleesbaar, drie hoofdletters door elkaar en dan twee golfjes en een lus. Hij is aan het oefenen voor de zijne, een beetje zoals die van pa, maar het resultaat is steeds nogal harkerig. Die van Van Anker is wel stoer, net zoals de doelman zelf is. Met zulke handen teken je geen krulletjes, je krast je naam op het papier dat je voorgehouden wordt, zoals je het op een muur of een schutting zou doen. *Korstiaan van Anker was here.* Zoals dat kleine jongetje naar zijn vader keek, hij begreep niet alles, maar het was wel *zíjn* vader voor wie de mensen zo juichten. En dan word je opgetild en ook op een schouder gezet. Hij vouwt de bladzij om en scheurt hem zo af dat de touwtjes in het midden van het schrift de eerste bladzij blijven vasthouden. Vanavond zal hij de handtekening aan Wim laten zien.

Hij laat zijn stoel op twee poten balanceren, terwijl hij met zijn hoofd achterover naar de diepzeefoto's uit LIFE kijkt die tussen de dakbalken hangen. Eigenlijk moet hij de hoekjes verstevigen, want ze scheuren bij de punaises steeds verder in. Bij de buren klinkt de piano. Hoewel het toonladders zijn, hoort hij meteen dat het Clarie niet is, want deze tonen zijn licht en vlug als muizenvoetjes in een molentje, heeft hij mama een keer horen zeggen, omhoog, omlaag naar de diepste diepte, dan een sprongetje en in een andere ladder terug. Dit is Claries moeder. En die van Roddy natuurlijk. Toen ze net in het huis naast hen getrokken waren, was mevrouw Tigchelaar komen vragen of ze er geen last van hadden als ze pianospeelde. 'Integendeel', had mama gezegd. 'Ik luister er graag naar. U speelt erg mooi.'

Maar wel altijd hetzelfde, had pa later gezegd. Een impromptu van Schubert, een arabesque van Debussy, en steeds die ene wals van Chopin. Wat mama toen had gezegd over César Franck had bij pa rimpels op zijn voorhoofd gebracht en hij had een tijdje uit het raam gestaard. Mevrouw Tigchelaar kwam uit Indië en had wenkbrauwen als potloodstreepjes en parelmoeren nagels. Ze had haar prachtige vleugel achter moeten laten en hier in Nederland een kleine piano gekocht. Want zonder piano kon ze niet leven, had ze verteld. Waar meneer Tigchelaar was, werd niet over gepraat. Ook achtergelaten, had Gerdien geopperd, maar dat had haar een pets van pa opgeleverd, want er waren dingen waar je niet mee spotte.

Als mama roept dat ze over vijf minuten naar de kerk gaat, is hij nog steeds niet aan zijn Frans begonnen. Het kan vanavond ook nog, stelt hij zichzelf gerust. En anders staat hij gewoon morgen vroeg op. Maar 's avonds op de bank, verdiept in zijn boek, zegt hij dat hij al klaar is als mama ernaar vraagt. Tot zijn geruststelling is zijn vader na het eten achter het orgel gaan zitten, een teken dat de vrede bezig is terug te keren, zoals hij het voor zichzelf noemt, zodat onder het lezen het enige wat nog knaagt de gedachte aan morgen is. In bed kijkt hij vluchtig de Franse thema door en vertrouwt erop dat dit genoeg zal zijn. Voor hij het licht uitdoet, raakt hij even de punt van de bruine envelop achter zijn matras aan en bij de gedachte aan wat er de volgende dag mee gaat gebeuren, krijgt hij pijn in zijn buik. Hij luistert naar de puffende rangeerlocomotief op het goederenstation en de andere vertrouwde geluiden van de nacht, maar ze kunnen hem niet geruststellen. Als Wim om half elf naar bed gaat, slaapt hij nog niet.

Maandag valt Frans uit wegens ziekte van mademoiselle Van der Geest, wat hij als een gunstig voorteken beschouwt. Driekwart van het uur dat ze onder toezicht voor zichzelf mogen werken gebruikt hij om weggedoken achter de tafel van de leraar de *Buck Danny* te lezen die zijn buurman bij zich heeft, waarna hij nog net tijd heeft om zijn aardrijkskunde door te vliegen, dat volgens zijn klasgenoten wél overhoord gaat worden. Daarna voelt hij zich merkwaardig gerust. Het ene uitgesteld, het andere geleerd, soms vallen de dingen echt mee. Dat gevoel verdwijnt als aan het begin van het volgende lesuur meneer Gerbrandts van aardrijkskunde de rapporten gaat innemen. Hij had erop gerekend dat hun eigen klasseleraar dat zou doen en die hebben ze pas op dinsdag. Net als de anderen duikt hij naar zijn tas en als hij na wat tussen zijn boeken gerommeld te hebben weer bovenkomt, speelt hij zijn verbazing zo goed mogelijk. Het ligt nog thuis, vergeten, ik dacht echt dat ik het in mijn tas had gedaan. Gelukkig is hij niet de enige, maar het zijn wel altijd dezelfden, zegt de leraar. Wolter probeert samenzweerderige lachjes uit te wisselen met de jongens die het aangaat, maar alleen Goof Bakhuis grijnst terug. De anderen zijn niet onder de indruk, ze kijken niet eens naar hem. Flip Doorman en Karel van Egmond, de zittenblijvers van vorig jaar, en Gert Langeveld, met zijn abonnement op de strafmiddag, die hebben dat al zo vaak gehoord. Het zijn wel de jongens tegen wie hij opkijkt, maar nu hij met hen in één adem genoemd wordt, maakt hem dat ook ongerust. *Altijd dezelfden.* Want Flip en Karel, onder en boven de wet zegt hun klasseleraar soms, gaan dit jaar heus wel over, Gert haalt ondanks alles het ene hoge cijfer na het andere. En Goof is gewoon gek, hij weet al dat hij naar een andere school gaat en gedraagt zich daar ook naar. En hij? Hoort hij daarbij? *Altijd dezelfden?* Dat hij allang niet meer tot de brave scholieren gerekend wordt, weet hij wel, dat was alleen in het begin van het jaar, toen hij nog kon teren op zijn roem van de lagere school. Sinds zijn slechte kerstrapport zit hij vooraan, dat was beter voor iedereen, werd erbij gezegd, maar nu voelt hij zich op een verontrustende manier apart gezet. Alsof ze hem opgegeven hebben. Vanuit zijn ooghoeken kijkt hij naar Eefje Smit. Ze heeft vandaag nog niet één keer zijn kant uit gekeken.

Hij schrikt op als Gerbrandts vraagt waar hij woont. Kan hij in de middagpauze naar huis gaan om zijn rapport en het invulstrookje voor het oudergesprek van donderdag op te halen? De indeling voor ouders van leerlingen van de eerste klas wordt vandaag gemaakt en morgen meegedeeld. In paniek gooit hij allerlei redenen door elkaar om duidelijk te maken dat het onmogelijk is. Hij probeert de ongeduldige blik van de leraar te weerstaan. Dan haalt deze zijn schouders op. 'Overtuigend vind ik het niet, maar je moet het zelf weten. De gevolgen zijn voor jou. En voor je ouders dus.'

Wanneer hij tijdens de mondelinge overhoring als enige het antwoord weet op een inzichtsvraag, kijkt de leraar weer oplettend naar hem, maar nu met andere ogen. Als de bel voor de pauze gaat, zegt hij: 'Wolter Greve blijft even na.'

Als verstard blijft hij zitten. Achter hem valt het rumoer van de gangen plotseling weg als de deur gesloten wordt. Voetstappen naderen, houden vlak achter hem stil. Meneer Gerbrandts kucht.

'Hoelang duurt een lesuur?'

Niet-begrijpend kijkt hij op. 'Vijftig minuten, meneer.'

Gerbrandts knikt. 'Binnen het bestek van vijftig minuten zag ik twee Wolter Greves. De eerste zette ik in de hoek van "altijd dezelfden", de tweede krijgt een ereplaats in de categorie "tien-met-een-griffel en een bank vooruit". De eerste zit stompzinnig mee te giebelen met vermeende soortgenoten over een nog stompzinniger nalatigheid, de tweede laat zien dat hij z'n hersens kan gebruiken, maar niet alleen dát, ook dat hij de stof bestudeerd heeft, anders zou hij die vraag niet hebben kunnen beantwoorden. En dat laatste is nieuw, want hij staat niet bekend om zijn werklust. Help me in mijn onwetendheid, Wolter: wie van de twee is de echte Wolter Greve?'

Wolter buigt zijn hoofd. Gerbrandts is wel geschikt, vindt iedereen. Hij doet geen moeite om populair te zijn en is het toch. Wim, die twee jaar les van hem had, vindt dat hij koude ogen heeft, maar hij vindt zelf van niet. Lichte ogen zijn het, ze kijken een beetje door je heen en daarom vindt hij dat hij nu niet het voor de hand liggende brave antwoord kan geven. Dat is te gemakkelijk en ook niet helemaal waar, als hij eerlijk is. Hij is het allebei, er is zo veel aan hem dat anders gaat dan hij wil, en soms ook wil hij helemaal niets, dan gebeurt het gewoon.

Gerbrandts gaat op een tafeltje in de andere rij zitten en vouwt zijn armen om een opgetrokken knie. Hij heeft zijn motorlaarzen aan, gewoon onder zijn lange corduroy broek. Ze staan weleens te kijken als hij helemaal ingepakt zijn zware Norton aantrapt naast het fietsenhok. Het mooiste is altijd als Gerbrandts ten slotte de motorbril van zijn helm voor zijn ogen plaatst en dan, terwijl hij zijn gehandschoende linkerhand in een trage groet opheft, onder diep geronk langzaam het plein af rijdt.

'Beschouw het maar als een retorische vraag. Je weet toch wat dat is?'

Hij knikt. Hij gelooft tenminste van wel.

'In de rapportvergadering van vorige week kwam ik voornamelijk de eerste Wolter Greve tegen. Het loog er niet om wat er over je gezegd werd. Dat je lastig bent, ongeconcentreerd, dat je andere leerlingen afleidt en alleen iets doet voor de vakken die je leuk vindt. En dat je, als je zo doorgaat, blijft zitten.' Gerbrandts is even stil. 'Klopt dat beeld, Wolter? Ben jij dat?'

Hij haalt zijn schouders op. Achter zijn ogen wordt het schemerig, dat gebeurt vaker als iemand hem op een persoonlijke manier aanspreekt. Dan lijkt het alsof in zijn hoofd een gordijn wordt neergelaten waardoor hij niet meer goed kan denken en niets meer onthoudt. Vaak kan hij zich achteraf alleen zijn tegenzin herinneren. En een soort opstandigheid.

'Bedoel je dat je het niet weet? Of kan het je niet schelen?'

Hij tilt zijn hoofd op. 'Het kan mij wel schelen', zegt hij moeilijk.

Gerbrandts knikt langzaam. 'Wat zeiden je ouders van je rapport?'

Een gevoel alsof hij naar de wc moet, zijn armen en benen worden slap en zijn kont trekt zich samen in een kramp. Hij ziet de ogen van de leraar op zich gevestigd, afwachtend, niet koud, niet eens streng. Wat zou er gebeuren als hij vertelde dat hij zijn rapport nog niet heeft gegeven? Zou het helpen? Zou hij hem helpen? Gerbrandts kijkt op zijn horloge. 'Nou?'

'Dat het niet best was.'

'Komen ze naar de gespreksavond?'

'Ik denk het wel.'

Gerbrandts zwaait zijn benen op de grond. 'En wat ga jij zelf doen?'

Hij kijkt hem niet-begrijpend aan.

'De leraren houden zich met je bezig, je ouders komen praten, aan hen ligt het niet. Maar als jij niet in beweging komt, kunnen we praten tot we een ons wegen, het helpt geen snars. Het moet allereerst van jou komen, Wolter. Wat ga jij zelf doen? Ga je op de oude voet voort? Of beter je je leven? Wolter Greve de Tweede?' Hij lacht kort. 'Het lijken de graven van Holland wel. Nou, zeg eens wat!'

Weer zoekt hij naar een antwoord dat niet zo braaf klinkt dat hij zich er bij voorbaat al verdacht mee maakt. 'Ik wil graag dat het beter gaat, maar het lukt soms niet.'

Gerbrandts kijkt hem aan. 'Ja, natuurlijk.' Hij pakt zijn tas en duwt Wolter voor zich uit naar de deur. 'Maar dat alleen is ook niet genoeg, hè, graag willen. Je moet er wat voor dóén, zeg ik net. Snap je?'

De rest van de schooldag voelt hij zich anders. Hij houdt zich rustig, let voor zijn doen goed op en sluit zich af voor alles wat hem zou kunnen afleiden. Als hij om half vier naar huis gaat, heeft hij zich voorgenomen om schoon schip te maken. Straks gaat hij zijn rapport laten zien en de boosheid en de verwijten incasseren, dat heeft hij verdiend. Daar moet hij doorheen, maar als dat achter de rug is – en hij heeft het gevoel dat dit al bijna het geval is – maakt hij een nieuw begin.

In de Jos Cuypersstraat zijn een paar kinderen aan het voetballen. 'Kom je straks ook buiten, Wolter?' vraagt Hassie.

'Misschien', zegt hij. 'Eerst huiswerk maken.'

Roddy schopt de bal tegen zijn been, een slappe afgesleten bal die haast niet stuit. 'Wij hebben allang geen huiswerk meer. 't Is bijna vakantie.'

Als hij doorloopt, roept Hassie: 'Breng je je nieuwe bal mee als je komt?'

Lida doet open. 'Hoi', zegt hij. Ze kijkt met grote ogen naar hem als hij zijn jack uitdoet.

'Ik kom zo', zegt hij en op zijn tenen loopt hij de trap op. Nu komt het erop aan, niet nadenken verder, gewoon zo meteen de kamer binnenlopen en zijn rapport op tafel leggen. Misschien iets zeggen van dat het toch een beetje tegenvalt, dan is de schrik wat minder. Dat pa nog niet thuis is maakt het wel gemakkelijker, alleen moet hij dan straks nóg een keer de storm doorstaan.

Op zolder kan hij nog niet terecht. Zijn bed is afgehaald en de dekens en de tijk, nog fris van de buitenlucht, hangen over zijn stoel en tafel. Alles is gewassen en gelucht. Maandag wasdag, zegt oma dan, maar dat zegt ze ook als er op andere dagen was aan de lijn hangt. Verlammende schrik schiet door hem heen als hij de matras op zijn kant ziet staan, schuin tegen de muur. Tegen beter weten in voelt hij met zijn hand achter de bedrand, daarna gaat hij op zijn buik liggen en kijkt onder het bed. De bruine envelop met het rapport is er niet meer. Verslagen blijft hij op de grond zitten. Heeft mama hem zelf gevonden? Of juffrouw Greet, die elke maandag en vrijdag komt schoonmaken? Is die ermee naar beneden gelopen? 'Kijk eens wat ik nu vind, mevrouw Greve. Wolters rapport! Was hij dat soms kwijt?' Of iets anders stompzinnigs. Vast niet. Het was een gewone, bruine envelop, waar je niets aan kon zien, alleen zijn naam stond in de rechterbovenhoek. Juffrouw Greet zou hem gewoon op zijn tafeltje gelegd hebben zonder erin te kijken. Mama heeft hem zelf gevonden. En nu wacht ze tot hij binnenkomt.

Maar misschien heeft hij niet goed gekeken en is er niets aan de hand. Hij kruipt helemaal onder het bed en strijkt over de vloer, ook voorbij het hoofdeind en het voeteneind, hij tilt de matras op en kijkt eronder, gaat zelfs met zijn handen tussen het beddengoed. Niets. Zou juffrouw Greet er nog zijn? Als er iemand, een vreemde, bij is als hij op zijn donder moet krijgen, scheelt dat altijd wel. Hij loopt naar de voorzolder en kijkt even naar buiten. Ze zijn nu echt een partijtje begonnen, drie tegen vier, Henk en Deef zijn erbij gekomen en een jongen uit de straat hierachter. Hij zou zo mee kunnen doen, maar dat kan hij voorlopig wel vergeten. Nu helemaal. Net als de bal. Hij moet naar beneden, mama heeft hem horen thuiskomen en zit natuurlijk te wachten.

Langzaam loopt hij de trap af, luistert even op de overloop en loopt dan verder. Uit de keuken komen geluiden en als hij door het glas-in-loodraampje kijkt, ziet hij een schim. Hij gaat de kamer binnen. Oma zit aan tafel met het aardappelmandje op schoot.

'Dag lieve jongen', zegt ze. 'Is de school nu al uit? Hoe laat leven we dan?' Ze kijkt om naar de klok en haar lippen prevelen. Hij kijkt naar de aardappel die ronddraait tussen haar vingers en het rondgeslepen mesje, en de schil die eronder vandaan krult, hij volgt haar hand naar de pan met water. Ze leunt voorover en kijkt over de rand.

'Nog drie, zou ik zeggen. Drie in de pan.'

Dan ziet hij het rapport. Het is uit de envelop gehaald en staat tegen de vaas op het dressoir. Hij weet niet wat hij moet doen. Wachten tot mama binnenkomt is niet goed, maar naar haar toe gaan in de keuken is nog moeilijker, dan moet hij als eerste iets zeggen.

'Ziezo', zegt oma. Ze schudt haar schort uit boven het mandje en zet het op tafel.

'Zal ik de pan even voor u naar de keuken brengen, oma?' vraagt hij.

'Graag, jongen. Jij hebt nog jonge benen.'

Voor de keukendeur wacht hij nog even, maar hij hoort niets, juffrouw Greet is vast al naar huis. Dan duwt hij met zijn elleboog de kruk naar beneden. Zijn moeder staat voor het aanrecht.

'Dag mam', zegt hij. 'Hier zijn de aardappels van oma.'

Ze kijkt niet om en zegt ook niets, zodat hij de pan, waarmee hij een beetje demonstratief stond te wachten, maar in een hoekje van het aanrecht zet. Hij is ook wel een lul-de-behanger. Alsof ze later zullen zeggen: ja, z'n paasrapport was erbarmelijk maar hij bracht wel de aardappels naar de keuken. Hij moet er bijna om lachen.

Het blijft stil. Een van de schortbanden die elkaar midden op mama's gebogen rug kruisen zit gedraaid, vlak boven de plek waar ze met een vertrokken gezicht haar hand op kan leggen. Ze heeft vaak pijn, maar ze klaagt zelden. Haar rug, de moeilijke benen in de elastieken kousen, die in een dikke plooi over haar schoenen hangen. Evenwichtsstoornissen, heeft hij horen zeggen, maar er zit iets anders achter. Haar handen in de roze handschoenen liggen bewegingloos naast de snijplank met een doormidden gesneden rode kool – ha, rode kool met gebakken bloedworst, flitst het door hem heen zonder dat dit van invloed is op zijn besef van de ernst van deze situatie. Het lijkt alsof mama uit het raam kijkt, maar het is geen kijken want er is niets te zien, het is niet hóéven kijken, naar hem, ze heeft zich afgewend. Want nu ze wel kijkt – even, en dan draait haar hoofd alweer terug – ziet hij twee dingen: haar blik als van een vreemde en haar gezicht als van iemand die gehuild heeft. Hij vraagt zich af of hij dan maar moet beginnen, zoals hij dat ook van plan was geweest toen hij thuiskwam, gewoon zeggen dat het ook slechter is dan hij zelf verwachtte. Dan zou hij er meteen achteraan iets kunnen vertellen over het gesprek met Gerbrandts. Hij moet in ieder geval mama aan zijn kant zien te krijgen voordat pa thuiskomt, ze moet er vertrouwen in krijgen dat het vanaf nu goed kan gaan.

'Wat ben jij een naar jongetje.'

Dit is het begin. Hij staart nu naar de vloer, want hij kan hier niets op terugzeggen. Wat ze zegt, laat hem al weinig ruimte, hoogstens voor berouwvolle instemming, wat hij een beetje van plan was geweest, maar de toon sluit alles uit. Bitter. Minachtend. Haar stem duwt hem weg. En dat ze nu weer zwijgt, maakt het nog definitiever. Hij is geen woorden waard. Als hij dan, omdat dit bijna nog erger is dan boze verwijten, ten slotte toch iets wil zeggen, kapt ze hem bij het eerste woord af.

'Nee, hou je mond maar. Een jongen die ons drie maanden lang voor de gek houdt over zijn cijfers en dan ook nog waar iedereen bij is allerlei leugens vertelt over de rapportuitreiking, daar luister ik niet meer naar. Je gaat nu naar je kamer en je blijft daar. Als het aan mij ligt kom je daar de rest van de week niet van af, behalve voor school. Straks komt je vader thuis en dan bespreken we wat er verder moet gebeuren. Ga weg, ik wil je niet meer zien.'

Ze heeft hem niet aangekeken en ze heeft zich niet bewogen. Haar handen, die al die tijd naast de snijplank lagen, komen nu in beweging, de linker pakt de halve kool, de rechter het mes, verder gebeurt er nog niets. Ze haalt haar neus op, legt dan het mes neer en zoekt in de zak van haar schort. Wolter draait zich om en gaat zachtjes de keuken uit. Hij vist zijn tas uit de vestibule en sjokt de trap op. Hij probeert in zijn stappen hoorbaar te maken dat hij gebukt gaat onder zijn lot, een droevig lot, en dat hij vindt dat hij zijn straf verdiend heeft, behalve als die inderdaad de hele week gaat duren, maar dat moet hij eerst nog zien. Doffe, trage stappen, nederig, erg, erg, erg, maar op de zoldertrap gaat hij per ongeluk al wat sneller en veert hij een beetje door zijn knieën, want dit viel nog best mee. Als pa straks thuiskomt, zal het anders toegaan, daar krijgt hij nu al buikpijn van. Hij weet trouwens niet wanneer ze zijn rapport ontdekt hebben. Als dat na de middag was, ziet pa het straks voor het eerst en dat zal veel uitmaken. Op zolder begint hij met zijn bed op te maken en daarna gaat hij op de rand zitten. Hij heeft medelijden met zijn moeder omdat ze verdrietig is om hem, hij zou haar het liefst willen troosten, maar hij weet niet goed hoe. Naar beneden rennen en zijn armen om haar heen slaan, zeggen dat het hem spijt, zeggen dat hij het nooit meer zal doen, en dan wachten tot ze hem tegen zich aan trekt, hem over zijn haar strijkt. Zo gebeurt dat wel in zijn boeken, jongens die berouw hebben en dat het dan weer goed komt. Hij zou het niet durven. Niet zo. Hij zou halverwege de trap gaan zitten, twijfelen en later zachtjes teruggaan. Omdat mama het niet zou begrijpen, omdat ze hem zou afhouden, omdat ze dat niet zo gewend zijn, maar vooral omdat hij zelf voelt hoe onecht het is, hoe gemakkelijk het is om

341

berouw te tonen terwijl dat niet is wat je voelt, je wilt alleen maar dat ze niet meer boos of verdrietig is, dat alles weer wordt zoals het was, zonder ruzie, zonder harde woorden. Het is nu bijna kwart voor vijf. Over een uur komt pa thuis.

Na een tijdje krijgt hij het koud. Hij slaat de sprei om zijn schouders en leunt achteruit tegen de muur. Een hele week op zijn kamer. Langer dan een middag en een avond heeft hij er nooit voor straf gezeten. Af en toe zal hij toch naar beneden moeten, voor de wc, om te eten, om zich te wassen, als hij naar school moet. Als Wim straks thuiskomt, zal hij hem vragen of hij zijn bibliotheekboeken wil brengen. Dat hij de bal niet krijgt is erg, maar daar had hij al niet meer op gerekend sinds mama er de voorwaarde van een goed rapport aan verbonden had.

Als er aan de deur gekrabbeld wordt, staat hij op. 'Kom dan', zegt hij als de poes voor de drempel blijft staan. 'Je wilde er toch in?'

Hij luistert even bij de trap en loopt dan naar het raam van de voorzolder. Ze staan met z'n allen voor het hek van de kerktuin te kijken, terwijl Henk Harinck aan de andere kant ervan met een stok tussen het gras en de onkruidresten poert. De bal is eroverheen en natuurlijk is Henk weer de pineut. Hij maait altijd maar een beetje in het rond met zijn dikke benen en als hij de bal een keer raakt, gaat die alle kanten op. Henk is goed met zijn mond, maar niet op een vervelende manier. Elke mistrap voorziet hij van een verklaring, bij de moeizame klimpartijen práát hij zich over het hek en onder het zoeken houdt hij voortdurend contact met de anderen over de vorderingen en wat hij onderweg zoal tegenkomt. Hij weet veel en dat moet je de hele dag horen. Sterrenkunde is zijn hobby, en ook over muziek weet hij veel, meer nog dan hijzelf. 'Dát is een leuk vriendje voor je', zei mama toen de familie Harinck vier jaar geleden hier kwam wonen. 'Twee wijsneuzen, dat past goed bij elkaar.' Maar hun onderlinge schaakcompetitie verliep al na een paar weken en eigenlijk is voetballen op straat het enige wat ze samen doen, terwijl ze daar

– als hij eerlijk is – geen van beiden erg goed in zijn. Het verschil is dat hij elke keer oefent om beter te worden, terwijl het Henk geen fluit kan schelen. Er zijn belangrijker dingen in het leven. Op het stedelijk gymnasium zit hij als enige tweedeklasser in de debatingclub. Als Wolter nu het raam opendoet, zou hij hem vast kunnen horen, maar dan zien de anderen hem misschien.

Hij kijkt de kamer rond. Sinds oma bij hen inwoont, is de kans dat hij deze kamer krijgt voorlopig verkeken. Wim bivakkeert hier nu en 's avonds als hij in bed ligt, hoort hij zijn broer achter zijn bureautje aan het werk. Geritsel, getik, gesteun, de stoel die over het zeil krast. Wim is een harde werker, zegt pa. Wim weet wat hij wil. Wim woekert met zijn talenten. Hij niet. Hij verlummelt zijn tijd. Wolter gaat met zijn vinger langs de boeken in het kastje dat tegen de tussenwand staat. Het zwarte boek met de titel *Hebt uw naasten lief* in goudkleurige letters op de rug staat weer op de goede plaats. Toen hij de vorige week iemand de trap op hoorde komen, heeft hij het in de haast lukraak teruggezet. Wim heeft het vast niet gezien. Terwijl hij naar het boek kijkt, gaat zijn hart bonken. Zijn keel wordt droog en hij slikt om het gevoel kwijt te raken. Hij draait zich om, loopt terug naar zijn kamer en gaat op de rand van zijn bed zitten. Dan bedenkt hij dat hij natuurlijk huiswerk heeft. Nu kan hij laten zien dat er vanaf vandaag iets verandert. Hij tilt de poes van zijn stoel en zet haar op de punt van het tafeltje. Daarna pakt hij zijn agenda. Hij valt open bij de foto's die hij er laatst in geplakt heeft. De Dutch Swing College Band Orchestra op de ene kant en Gene Krupa met het orkest van Benny Goodman op de andere, losgebedeld bij Wim uit een oude grammofoonplatengids. Het onderschrift houdt op bij *Arie Ligthart, banjo*, de rest is omgevouwen naar de vorige bladzij. Er zijn jongens in zijn klas met agenda's die al dubbel zo dik zijn, zelfs met foto's en tekeningen op de omslag. Het mag niet, maar de meeste leraren zeggen er niets van. Een tijdje zit hij boven de opgegeven Engelse idioomoefening zonder dat hij iets opschrijft. Het woordenboek dat hij nodig heeft staat op Wims kamer en hij kan zich er niet toe zetten om het te halen. Misschien is het beter om er pas vanavond aan te beginnen nadat pa met hem gepraat heeft, nu is hij er met zijn gedachten toch niet bij. Hij heeft nog tijd genoeg.

Hij hoort alles. Zijn zintuigen lijken scherper dan anders. Op slag van zessen is er de klik van het voordeurslot. Voeten die op een bepaalde manier over de mat schrapen. De haak van de kleerhanger die tegen de kapstok tikt. Pa. Zijn maag trekt zich samen. De tussendeur zoeft met dun gerammel van de glas-in-loodruitjes, dan klinkt de stem van Lida en pa's korte antwoord. Hoogstwaarschijnlijk heeft zijn zusje zoiets als 'Dag papsie' gezegd, dat doet ze de laatste tijd vaker hoewel het nergens op slaat, want je zegt alleen papsie tegen een vader die je hoog optilt en door de lucht laat zweven en 'Ha mijn kleine robbedoes' zegt, zoals in dat boek waar ze het uit heeft. Hij is gespitst op het geluid van een binnendeur, van de kamer of van de keuken, maar het komt niet, hij kan alleen raden wat er nu beneden gebeurt. Óf zijn ouders staan in de keuken te overleggen, óf zijn vader is nu alleen in de achterkamer en kijkt zijn rapport in, maar ook dit hangt weer af van de vraag of het rapport voor of na de middag gevonden is. Hij weet het niet meer, hij geeft het op. Het maakt toch niets uit, straks komt zijn vader naar boven, zo zal het gaan.

Maar als hij ten slotte iemand de trap op hoort komen, is het Gerdien, met zijn avondeten op een blad, net als wanneer hij ziek is. Ze zegt 'Zo, broertje' en wacht tot hij ruimte heeft gemaakt op zijn tafel. Ze heeft die blik in haar ogen die hij van haar kent, spottend en bezorgd tegelijk, ze kan pa er hels mee krijgen als ze naar hem zo kijkt.

'Dat heb je knap gedaan, moet ik zeggen! Na je kerstrapport dacht ik: nou, slechter kan het niet in ieder geval. Maar het is je toch gelukt. Drie vieren en drie vijven. Gefeliciteerd.'

Hij schokt met zijn schouders. Hiertegen staat hij machteloos.

'En de sfeer in huis is er dankzij jou ook erg op vooruitgegaan.'

'Is pa erg kwaad?'

344

'Kwaad? Dat weet ik niet. Hij zegt niets. Bijna niemand zegt iets, behalve oma. Mama is echt boos, dat heeft ze tegen me gezegd in de keuken, en dat kun je ook merken aan tafel. Boos en verdrietig. Pa kijkt alsof hij iets probeert te begrijpen. En iedereen zorgt dus dat hij niet de aandacht op zich vestigt. Kortom, gezellig als vanouds.'

Het ligt op zijn lippen om te zeggen dat hij er ook niets aan kan doen, maar hij slikt het nog net in.

'Wat is er toch met je aan de hand? Vorig jaar om deze tijd kwam je nog thuis met een geschiedenisopstel waar uitmuntend onder stond, dat weet ik nog goed. En op de afscheidsavond van school declameerde jij dat gedicht van Huygens, hoe heet het. Toen was ik trots op je. Mijn broertje. Er is wel wat veranderd, hè, Wollie?'

Hij zegt niets. Hij heeft ook nog niets gehoord wat hij niet allang zelf gedacht heeft en dat maakt dat hij zich nog ellendiger voelt. Het wordt nog erger als ze vraagt of ze hem ergens mee kan helpen, dat wil ze best, desnoods elke dag. Hij voelt zich verstarren van binnen. Alles sluit zich. Hij verstaat niet eens meer wat ze verder nog zegt.

'Nou?'

Hij schudt zijn hoofd.

'Moet je vooral niet doen, hoor, hulp aannemen. Blijf jezelf maar lekker zielig vinden. Stommerd!'

Kan mij het schelen, denkt hij. Hoepel op. En ze hoeft zijn bibliotheekboek straks ook niet te brengen.

Hij trekt het bord naar zich toe. Rode kool met bloedworst en appelmoes. Hij neemt een hap, dan nog een, en begint dan aan de bloedworst. Echt trek heeft hij niet. Slobbie is rechtop gaan zitten. Haar neus trilt. Ze rekt zich uit en komt een paar stapjes dichterbij. Dan gaat ze weer zitten, slaat haar staart om haar pootjes en kijkt schijnheilig de andere kant op. 'Ja ja', zegt hij. Onder het eten snijdt hij kleine driehoekjes van de worst en legt die op de rand van het bord. Met haar klauw haalt de poes het eerste stukje naar zich toe, daarna schuift ze gewoon aan. Hij kijkt hoe ze met samengeknepen oogjes de worst schokkerig kauwend naar binnen werkt. 'Lekker?' vraagt hij. Om het ruwe tongetje te kunnen voelen, doopt hij zijn vinger in de jus en houdt hem voor haar neus. 'Niet bijten, hè!'

Als hij zijn bord leeg heeft, moet hij naar de wc. Hij zit te wiebelen tot hij het niet meer uithoudt en gaat dan zo zachtjes mogelijk de trap af. Op de overloop haalt de poes hem in. Beneden in de gang loopt hij op zijn tenen naar de kamerdeur en legt zijn oor ertegen. Getik van messen en vorken op de borden, verder niets. Dan toch een stem. Oma. En daarna Gerdien. 'Groot gelijk, oma.' Als hij een stoel hoort schuiven, gaat hij snel de wc binnen en doet de deur op het haakje. De kamerdeur gaat open, hij hoort iemand in de keuken bezig, vast mama of Gerdien die het toetje haalt. Het zijne staat al boven, karnemelkse gort, gatver. Hij wacht met doortrekken tot de kust weer veilig is en glipt dan de trap op. Raar dat hij dat denkt, vindt hij onderweg, *tot de kust weer veilig is*, maar toch voelde het zo. Hij bevond zich op verboden terrein en wilde niet betrapt worden.

Met dichtgeknepen neus lepelt hij zijn gort naar binnen en vraagt zich daarna af hoe het nu verder zal gaan. Het is kwart over zeven en al bijna donker. Wanneer zou pa nou komen? Omdat zijn bureaulamp stuk is, moet hij het met het valse licht van het peertje boven zijn hoofd stellen. Van beneden komen geluiden. Hij loopt naar de deur en zet hem op een kier. Er klinken stemmen in de gang, even later valt de buitendeur in het slot. Wie gaat daar weg? Waar is iedereen nu? Dit is het gevoel dat hij kent van als hij ziek is, de dingen gaan door zonder hem, het heeft te maken met tijd die voorbijgaat zonder dat je er deel aan hebt. Ook met bepaalde geuren, met lichtval die hoort bij het einde van de dag, met alleen-zijn. Maar nu is het donker, avond, ieders dag is voorbij en hem zijn ze vergeten. Hij zet het blad met vuile vaat naast de trap, haalt het woordenboek van Wims kamer en begint koortsachtig aan zijn huiswerk. Dit kan een proef zijn.

Om te zien of hij zijn leven al betert. Dan hoort hij Lida's stem. *Op bergen en in dalen.* Lida zingt altijd als ze naar boven gaat, vaak hetzelfde en altijd met horten en stoten, twee treden omhoog, één tree omlaag. Hij wacht op de jonge raven. De regel die hem altijd een bijzonder gevoel geeft. Niet door haar stem, want die is een beetje schel en ze hijgt nu ook. Het is omdat ze weerloos zijn. Als niemand voor ze zorgt, gaan ze dood. Daar komt hij. ... *Hij voedt de jonge ra-a-ven, bekleedt met gras het dal ...*

Even later klinken mama's voetstappen op de trap als ze haar gaat toedekken. Kwart voor acht. Komt zij dan naar hem toe in plaats van pa? Met zijn oren gespitst op wat er een verdieping lager gebeurt, werkt hij door tot het ritueel van voorlezen, gebedje en instoppen klaar is, niet dat hij alles kan horen, maar hij kent het uit zijn hoofd, van nu en van vroeger toen hij klein was. Twee keer 'slaap lekker' tot besluit, eerst binnen en daarna duidelijk verstaanbaar vanuit de deuropening. Dan gaat de deur dicht. Nu zal zijn moeder haar voet op de onderste tree van de zoldertrap zetten en langzaam, moeizaam naar boven komen, hij kent haar manier van lopen, lang, kort, door de voet die bijgeplaatst wordt. Hij buigt zich over zijn werk, pen op het papier, vinger bij zomaar een woord in het boek, maar haar voetstappen verwijderen zich over de benedentrap, tot het doffe geluid van de gangvloer beneden klinkt, daarna de kamerdeur die gesloten wordt. Stilte. Hij duwt zijn borst tegen de tafelrand en wiegt naar voren en naar achteren, steeds weer, heen en terug. Hij begrijpt niet meer wat er gebeurt, maar zolang er niemand naar boven komt, is het ook goed, al kunnen ze nu dus niet zien dat er vandaag iets veranderd is. Zijn ogen glijden over zijn schrift en de tafel heen naar het donker van de zolder zonder iets te zien, hij moet aan het werk maar hij kan het niet, er trekt iets aan hem, maar hij geeft niet toe. Zijn armen kan hij niet meer optillen, zijn benen zijn krachteloos geworden, wiegen is het enige nog, wiegen en staren, dromen, loslaten, ook de tijd, straks is het te laat, weer te laat. Met een ruk werkt hij zich los van het verslavende gevoel van onmacht en buigt zich weer over het boek, met prikkende ogen door het valse licht. Dit kan een proef zijn, daar moet hij op bedacht blijven. Als de oefening af is, gaat hij door met de rest van zijn huiswerk, alleen meetkunde slaat hij over omdat hij de opdracht niet begrijpt. Misschien kan Wim hem straks helpen. Zijn broer is de enige aan wie hij weleens wat vraagt. Bij de buren slaat iemand een toon aan op de piano, een tweede komt erbij, ze groeien tot een akkoord, dat abrupt ophoudt.

Het is tien over half negen als Wim zijn kamer binnenkomt met de mededeling dat hij moet gaan slapen. 'Orders van mama.'

'Nu al?' zegt hij. 'Ik zit te wachten …' Hij maakt de zin niet af. 'Is pa nog beneden?'

Wim schudt zijn hoofd. 'Die heeft kerkenraad. Je hebt zeker al flink op je flikker gekregen? Een beetje lullig van je trouwens om mij gisteren wijs te maken dat je het kwijt was, je rapport.'

Voor hij iets kan uitleggen, is zijn broer al verdwenen naar de voorzolder, maar even later steekt hij zijn hoofd om de hoek van de deur. 'O ja, je moet morgen je ontbijt en brood voor tussen de middag zelf in de keuken klaarmaken. En je kunt dan tegelijk je rapport meenemen. Het briefje voor de ouderavond zit erbij.' Met een gezicht alsof hij het ook niet kan helpen, trekt hij de deur dicht.

Als Wolter in bed ligt, weet hij niet of hij opgelucht moet zijn of juist bezorgd. Mama heeft na die twee zinnen niets meer tegen hem gezegd en pa heeft hij zelfs nog niet gezíén. Is dit nu de straf? Zou hij inderdaad de hele week boven moeten blijven? Omdat woorden toch niet helpen? Als hij heel eerlijk is, heeft hij dit liever dan boosheid of bittere verwijten, en nog veel liever dan verdriet. Honderd keer liever stilte dan boze woorden en dagenlang verwijtende blikken, maar het zal hier vast niet bij blijven. Achter de tussenwand schuift Wim met zijn stoel. Nou heeft hij hem nog niet over Van Anker verteld, over de strafworp en dat hij een handtekening van hem heeft.

De volgende morgen kleedt hij zich eerst aan voor hij naar

beneden gaat. Als hij van de wc af komt, gaat zijn vader juist de kamer binnen, één tel ziet Wolter zijn ogen, dan kijkt pa voor zich en doet de kamerdeur dicht. Zo zal het dus gaan, denkt hij, terwijl hij zich wast. Ze doen alsof hij er niet is. Maar toch is dat niet waar, want Gerdien en Lida doen heel gewoon tegen hem als ze binnenkomen terwijl hij aan de keukentafel zijn brood klaarmaakt. En als hij boven aan de trap zijn moeder tegenkomt, zegt ze nog eerder dan hij goedemorgen. Zijn naam noemt ze niet, dat is dan wel anders. In de vestibule doet hij extra lang over het aantrekken van zijn jack voor hij de deur uit gaat, maar omdat hij niemand meer ziet en ook niet zijn hoofd om de hoek van de kamerdeur wil steken, gaat hij zonder groeten weg. De torenklok wijst vijf voor acht. Zo vroeg is hij nog nooit naar school gegaan.

Als bij het begin van het tweede uur de leraar Engels de nog niet ingeleverde rapporten laat ophalen en de jongen vóór hem opzij duikt naar zijn tas om het te pakken, blijft Wolter stokstijf zitten. Hij weet precies waar het rapport staat, tegen de melkfles op de keukentafel. Nu had hij er voor één keer niet omheen hoeven draaien. Niet meer met dat rare gevoel in zijn maag, omdat hij altijd moet doen alsof, zogenaamd in zijn tas zoeken. Hij kan het woord 'vergeten' ook haast niet meer uit zijn mond krijgen, al is het deze keer dan wel waar.

'Dan ga je het nú halen', zegt de leraar nadat hij gevraagd heeft waar hij woont. 'Inleveren bij de administratie. Voor het eind van het uur ben je terug. Laat je spullen maar liggen.'

Het eerste stuk van de weg naar huis holt hij. Steeds ziet hij de blik van de leraar, geërgerd, maar ook met iets van minachting erin. Alsof het er met hem eigenlijk niet meer toe doet. Als mama opendoet, heeft ze het rapport al in haar hand.

'Jongetje, jongetje', zegt ze.

Zijn ogen gaan opeens prikken en het liefst zou hij even bij haar willen wegkruipen, maar hij zegt iets van 'niets aan de hand, het is nog op tijd' en keert meteen om. Als hij de klas binnenkomt, zijn ze net klaar met de bespreking van de oefening.

349

's Middags op weg naar huis rekent hij er een beetje op dat hij niet meer naar boven hoeft. Mama deed vanmorgen heel gewoon tegen hem, maar ze is even weg, boodschappen doen zegt Lida, en hij durft niet zomaar uit zichzelf te doen alsof alles weer bij het oude is. Voor hij de kamer uit gaat, kijkt hij even in de kast naar de bovenste plank. Daar ligt de bal. Halverwege de zolder-trap zet hij zijn tas neer en gaat terug. Met een stoel kan hij er net bij. Op zolder doet hij de zak open en hij snuift de geur op, de geur van een echte rubberen bal met bruine vakjes en zwarte glimmende lijnen ertussen, net als een leren voetbal maar dan kleiner. Meer een handbal. De sportwinkel had er een mand vol van in de etalage staan en hij had weken moeten zeuren voor hij geld kreeg om hem te kopen. Toen mama zei dat hij hem pas echt mocht hebben als hij met een behoorlijk rapport thuis-kwam, had hij gedacht dat het niet zo'n vaart zou lopen. Hij was er niet meer over begonnen, dat leek hem het verstandigst. Het zou wel slijten, dacht hij. Hij had er alleen op straat niets over moeten zeggen. Dat was stom geweest.

Hij voelt stroef aan, een bal die aan je hand blijft kleven als je er een schijnbeweging mee maakt en waar je schoen niet langs-glijdt als je probeert met effect te schoppen. Als je hem hoog laat stuiten, zingt hij, maar hij durft het hier op zolder niet te doen. Hij gooit hem op en vangt hem weer. Klemvast. Korstiaan van Anker houdt de bal klemvast tegen zijn borst. Plukt de bal uit de lucht. Hij doet de bewegingen na, de sprong, de safe, zonder van zijn plaats te komen. Als hij beneden een geluid hoort, stopt hij de bal haastig terug in de zak en loopt ermee de trappen af. Lida is met oma in de keuken bezig. Als ze vraagt wat hij daar achter zijn rug houdt, zegt hij dat ze zich er niet mee moet bemoeien.

'Ik heb het heus wel gezien', zegt ze als hij de kamer uit komt.

Hij doet dreigend een stap in haar richting. 'Wat heb jij ge-zien?'

'Kijk eens wie we daar hebben', zegt oma opgewekt.

'Als je je mond maar houdt', roept hij vanaf de trap.

Ze zijn er alweer, ziet hij vanuit het zolderraam. Ze staan in een kringetje, Henk heeft de bal vast, zijn bal, dus hij mag poten en kiezen vandaag, dat gebeurt niet vaak. Na een tijdje gekeken te hebben, pakt Wolter zijn agenda. Nu komt het erop aan, ook vandaag moet hij laten zien dat er echt iets veranderd is, maar hij ziet meteen dat er iets niet klopt, er staat bij biologie en algebra niets in zijn agenda, terwijl ze daar altijd huiswerk voor hebben. Weer niet opgelet toen het opgegeven werd. Met andere dingen bezig natuurlijk, dat krijgt hij zo vaak te horen. Nu zal hij naar een klasgenoot moeten die in de buurt woont, kijken wat die heeft. Eelco, maar hij heeft geen zin in al die moeite. Stom dat ze nog geen telefoon hebben. Hij zakt onderuit op zijn stoel. Bij de buren begint iemand toonladders te spelen, niet houterig maar vloeiend, steeds sneller, steeds een trapje hoger. Mevrouw Tigchelaar heet Renée, heeft Roddy verteld. Met dubbel e. Renée Clementine. Toen ze in Indië een keer een concert gaf, niet in een grote zaal maar wel voor aardig wat mensen, stond er op de aanplakbiljetten PIANO-OPTREDEN DOOR RENÉE CLEMENTINE TIGCHELAAR.

Hij luistert even bij de trap en gaat dan voor Wims boekenkastje staan. Door de muur klinkt gedempt een parelende stroom van tonen, maar hij is vergeten of dit de arabesque is of het andere stuk. De goudkleurige letters van *Hebt uw naasten lief* dansen voor zijn ogen. Zijn hart bonst als hij het boek uit de kast pakt en meeneemt naar zijn kamer. Hij bladert erin, zomaar wat, maakt hij zichzelf wijs. Hij leest hier en daar een stukje, eigenlijk net zo lukraak als de eerste keer toen hij dit boek pakte, in de hoop dat hij vanzelf dat stuk weer tegenkomt. Ergens staat het, je ziet het niet aan het boek maar het is er, als een verborgen bron in de woestijn. Het was ermee begonnen dat hij een boek uit pa's kast pakte, *Van het westelijk front geen nieuws*, om de titel eigenlijk, en dat pa zei dat hij dat beter kon lezen als hij een paar jaar ouder was. Toen hij vroeg waarom, kreeg hij te horen dat hij daar nog niet aan toe was. Het was vooral de manier waarop zijn vader dat zei. Vanaf de dag dat hij na Wims verhuizing naar de voorzolder in diens kast ook een boek van de schrijver Remarque ontdekte, werd hij ernaartoe getrokken.

Hij wist niet wat hij zocht toen hij het boek opensloeg, behalve dat hij er nog niet aan toe was. Het was verboden, dus hij zou het wel herkennen als hij het tegenkwam, maar het overviel hem, zoet en verwarrend. Hoewel hij het boek daarna niet meer had aangeraakt, had hij er steeds aan moeten denken.

Hij bladert terug. Het was ergens in het midden onder aan een rechterpagina, dat weet hij nog, daar begon het. De bladzijden glijden door zijn vingers, zijn ogen zwerven over de regels en opeens is er die naam, Elvira. Ze is naakt, ze draait in de rondte voor de ogen van de vrouw die de kamer verhuurt en van de man die met haar meegekomen is en die iets bij zichzelf moet overwinnen. Er zijn toespelingen op wat er gaat komen, haren die losgemaakt worden, warmte, geuren. Het is een beetje alsof hij koorts heeft, wat hij leest brengt zijn bloed aan het jagen en net als de eerste keer zit hij met zijn benen over elkaar en voelt hij zich tegelijk zwaar en licht worden. *Zij kwam, als een veld vol rijp koren, donker, onherkenbaar, met de geur en de huid van duizend en één vrouw.* Als de vrouw van Castellazeep met de bloem tussen haar vuurrode lippen, verleidelijk, bedwelmend, duizend-en-een, een arabesque, hij ademt zwaar door zijn neus en dan, tussen zijn opeengeklemde benen, begint het zacht kloppende vloeien dat door zijn hele lichaam trekt en dan verdwijnt, als een golf in het zand.

Hij heeft het koud. Met zijn armen over elkaar zit hij achter zijn tafel, het branderige gevoel tussen zijn benen maakt dat hij zich onrustig voelt, schuldig, als hij nu zijn huiswerk zou kunnen maken, zou het misschien overgaan, maar dat kan niet, zijn agenda is leeg, hij zal eerst naar Eelco moeten en daar heeft hij geen zin in. Op de wc voelt hij dat zijn onderbroek plakkerig is en hij rommelt wat met een papiertje voor hij doortrekt. Mama komt uit de keuken.

'Hoelang ben jij al thuis?' vraagt ze.

'Een tijdje.' Haar stemming is anders dan vanmorgen. 'Ik ben meteen naar boven gegaan.'

Hij wacht even of ze zal zeggen dat dat niet meer hoeft, maar als er niets komt, zegt hij dat hij even langs Eelco gaat. Ze vraagt waarom dat nooit in orde is bij hem, zondag had hij Eelco ook al nodig. 'Heeft papa al met je gepraat?'

'Nee.'

'Je komt wel meteen terug, hè?'

Eelco is naar zwemmen, zegt mevrouw Dijkstra, maar als dat kan helpen wil ze wel even in zijn agenda kijken. Ze heeft haar schort afgedaan toen de bel ging en pakt hem nu weer van het handschoenenkastje. Het is vriendelijk bedoeld, maar haar onderzoekende blik maakt hem onzeker. Dat hoeft echt niet, verzekert hij haar, hij redt zich wel.

'Het is anders geen moeite, hoor', zegt ze. 'Is alles goed met vader en moeder? Wil je de groeten doen?'

Hij rijdt voor de kerktuin en de Jos Cuypersstraat langs, maar kijkt op het laatste moment toch even opzij, omdat hij hun stemmen hoort. Ze zijn nog steeds aan het voetballen.

Op zolder, met de boeken van de vakken voor de volgende dag in huiswerkopstelling, wacht hij af wat er gebeuren gaat. Hij hoort ze een voor een thuiskomen, Wim, Gerdien, en ver na zessen ook zijn vader. Hij kan op het gehoor zeggen wie er binnenkomt, ieder heeft zijn eigen geluiden, ook al doen ze allemaal ongeveer hetzelfde. Fiets neerzetten, deur sluiten, voeten vegen, jas ophangen, keel schrapen, neus snuiten, haren kammen. En wat daar verder volgt, zou de dominee zeggen. Alleen Wim komt door de keuken binnen, omdat hij net als hijzelf met zijn fiets achterom moet. Wim maakt de meeste herrie.

Waar blijft pa nou? Vier dagen lang heeft hij rondgelopen met pijn in zijn buik omdat hij zijn rapport niet durfde te geven. Als een berg zag hij tegen het moment op dat hij tegenover zijn vader zou staan, hem in de ogen kijken, zijn schrik en verbijstering zien, zijn onbegrip, zijn boosheid daarna, zijn hand die dreigend geheven zou worden. En dan vooral dat moeilijke moment waarop hij zelf iets moet gaan zeggen. Een uitleg, een verklaring, verontschuldigingen, schuldbekentenis, al dat soort reacties die al bij voorbaat als graten in zijn keel zouden blijven steken, omdat voor zoiets toch geen woorden waren, het was duidelijk toch? Een wanhopig makend rommeltje, zwaar onder de maat, waaraan je verder geen woord vuilmaakte, je zou je toch schamen om je uit te putten in goede voornemens, te goedkoop, te gemakkelijk, iedereen kon dat. Eerst laten zien. Precies, maar als er weer niets gebeurt, kruipt hij met zijn boek in een hoek van zijn bed en leest tot zijn eten gebracht wordt.

Het is Lida's beurt vandaag.

'Hoe is het beneden?' vraagt hij.

'Gewoon', zegt ze.

'Gewoon gezellig of gewoon ruzie?'

Ze zegt niets terug. Bij de deur draait ze zich om. 'Doe niet zo raar.' Ze klinkt onzeker.

Als het donker begint te worden, voelt hij zich heel vreemd. Het is erger dan alleen-zijn. Hij voelt zich alleen gelaten.

Om half negen komt Wim zijn kamer binnen met zijn armen vol spullen die hij op het andere bed gooit. 'De boodschap luidt: Zeg tegen Wolter dat hij naar bed moet', zegt hij.

Op slag is Wolters sombere stemming over. Hij was vergeten dat Wim bij hem op de kamer slaapt. Opa en oma Greve komen met Pasen logeren en vandaag heeft mama het bed op de voorzolder al voor hen opgemaakt.

'Komt pa dan niet meer?' Weer weet hij niet of hij opgelucht moet zijn of bezorgd.

'Weet ik veel. Waarvoor?'

Hij antwoordt niet en zoekt snel zijn meetkundeschrift. 'Wil je zien wat ik heb?'

'Hoe kom je daaraan?' vraagt Wim terwijl hij de handtekening bekijkt.

354

Als hij vertelt over de doelman die op de schouders gehesen werd nadat hij een strafworp gestopt had, kijkt Wim hem ongelovig aan. 'Verzin je dat nou weer of was het echt zo?'

Hij bezweert hem dat het waar is, echt gebeurd, maar hij voelt dat hij niet sterk staat, want hij heeft weleens eerder wat verzonnen om ook mee te kunnen doen. En als hij dan ook nog begint te lachen als Wim hem blijft aankijken, omdat hij dat nou eenmaal niet kan helpen, haalt zijn broer zijn schouders op. 'Hou je zuster voor de gek, fantast. Wat heb je daar nou aan?'

'Het was écht zo,' zegt hij krachteloos, 'erewoord.' Maar Wim is al met zijn tas naar de voorzolder vertrokken, hij gaat pas later naar bed. Ze geloven hem niet. Niemand gelooft hem. Nou dan niet.

Hij ligt net in bed als de poes op zijn kussen springt. 'Hé, ben jij er ook?' vraagt hij. 'Motortje aan?' Met zijn wang tegen de vacht luistert hij naar het zachte gespin. Het poesje van Lisa Peters had net zo'n wit neusje en befje als Slobbie. Alleen had Mimi ook nog een wit puntje aan haar staart. Dat was het laatste wat hij zag bewegen toen ze met een bebloed kopje op haar zij viel in de goot. Terwijl Lisa en haar moeder de tuin uit renden en zich met de chauffeur van de vrachtauto over het dode poesje bogen, was hij aan de overkant vlug doorgelopen. Ze hadden hem niet gezien en hij had het aan niemand verteld. Dat hij Mimi geroepen had van de overkant van de straat toen ze de tuin uit glipte. Ze zat vaak op het muurtje en als hij langskwam, speelde hij even met haar. Dat ze met haar staartje rechtovereind juist aan de oversteek begonnen was toen de Bedford van wasserij Bosch en Vaart de hoek om kwam. Hoe hij ongelovig had toegekeken toen het rechterwiel over haar heen reed. Wat er daarna gebeurde, de waanzinnige stuip waarin Mimi naar de wegkant stuiterde voor ze dood neerviel, ziet hij nog steeds voor zich. September was het, al heel wat maanden geleden, maar elke keer als hij langs Lisa's huis komt, moet hij eraan denken. Hij kon het niet helpen en toch was het zijn schuld.

Hij strijkt met zijn vinger onder het kinnetje van de kat. 'Je mag nóóit de straat oversteken als ze je roepen, Slob', fluistert hij. 'Beloof je dat?'

Woensdagmiddag, als zijn moeder naar bed is gegaan omdat 's avonds de eerste uitvoering is van de *Matthäuspassion*, gaat hij op zijn tenen de trap af om de bal te halen. Het is doodstil in huis, oma rust ook en Lida speelt bij een vriendinnetje. Hij schopt de bal zachtjes voor zich uit over het kleed en pingelt hem met schijnbewegingen langs de tafelpoten, onhoorbaar juichend als hij tegen de muur scoort, tot hij er genoeg van krijgt. Met de bal onder zijn arm staat hij een tijd voor het raam. De zon schijnt nu op deze kant van de kerktorens. Het is het licht van stenen en lege straten dat hoort bij de late middag en waar hij vaak een naar gevoel van krijgt. Een gevoel dat er niets meer komt.

Als het zo doorgaat, krijgt hij de bal nooit. Een één voor biologie was wel het slechtste begin voor het eindrapport dat je kon bedenken. Áls je spiekt, moet je het zo doen dat ik het niet zie, had de leraar gezegd. Er werd gelachen in de klas, maar hij voelde zich uitgestoten. Hij had zich zó voorgenomen om vanaf nu zijn best te doen. Echt helpen kon hij het niet, vond hij, er had niets in zijn agenda gestaan en Eelco was niet thuis. De leraar had hem niet eens aangekeken toen hij zijn blaadje inleverde.

Als hij boven gestommel hoort, sluipt hij terug naar zolder. Later roept mama hem. Ze vraagt hem om de knoopjes van haar lange jurk op haar rug vast te maken, haar schoenen aan te geven – kleine helpdingetjes die ze de meisjes meestal vraagt, maar nu is hij de enige die thuis is. En of hij straks even thee wil zetten. Hij is op zijn hoede. Het ruikt zoet in de slaapkamer, zijn moeder heeft iets opgedaan uit het flesje met het slangetje, geen eau de cologne maar iets anders. Dat doet ze alleen bij bijzondere gelegenheden. De gladde stof van haar jurk schuurt onder zijn vingertoppen, een vreemd gevoel waar hij kippenvel van krijgt.

Hij wacht tot het komt, tot ze begint, maar mama is in gedachten bij het concert, ze wiegt haar hoofd op muziek die alleen zij hoort, nu en dan komt er een stukje aan de oppervlakte en dan zoemt het in haar keel. Pas nadat ze voor de spiegel is gaan staan en zichzelf bekeken heeft, haar haren licht heeft opgeduwd, haar jurk met twee handen heeft strakgetrokken, vraagt ze zonder om te kijken hoe hij het vindt om dagen achter elkaar boven te moeten blijven.

'Vervelend', zegt hij braaf.

'Weet je waaróm je dat moet?'

'Voor straf.'

'Maar weet je ook waarom déze straf?'

Hij draait met zijn ogen, tot hij opeens ziet dat ze wél naar hem kijkt, in de spiegel. Snel trekt hij zijn gezicht in de plooi. 'Nee.' Hoewel hij wel wat kan bedenken, lijkt het hem beter om het mama te laten zeggen.

'Echt niet? Daar moet je dan nog maar eens over nadenken.' Ze heeft haar avondtasje opgeknipt en doet daar nu de dingen in die ze op het bed heeft klaargelegd: het zilveren doosje met wybertjes, haar brillenkoker, een kanten zakdoekje, een toiletetuitje. 'En verder wil ik even een paar dingen met je afspreken voor vandaag en morgen.'

Het komt erop neer dat ze voor oma moeten zorgen en oppassen dat ze geen gevaarlijke dingen doet. Om kwart over zes komt de taxi voor. Hij moet met oma en Lida alvast gaan eten. Daarna gaat hij gewoon weer naar boven. Gerdien en haar verloofde gaan rechtstreeks naar de concertzaal en met Wim hoeven ze ook geen rekening te houden.

'Hoe kan ik nou op oma letten als ik boven moet blijven?' vraagt hij.

'Het gaat erom dat je in de buurt bent. En later is papa gewoon weer thuis. O ja, die eet ook later. Je hoeft niet af te ruimen.'

'Gaat pa dan niet naar de uitvoering?'

'Pa gaat morgen. Vanavond heeft hij een gesprek op jouw

school, hij heeft het kunnen omzetten.' Ze kijkt naar hem. 'Wat is er? Wat doe je nou weer gek?'

'Ik moet naar de wc', steunt hij.

'Ga dan maar gauw.'

Als hij zit, is de pijn in zijn buik al bijna weer verdwenen. Voor alle zekerheid blijft hij nog even zitten. Vanavond zal het dan gebeuren. Wát precies, weet hij niet, maar leuk wordt het niet.

Hij wacht tot hij de taxi heeft zien wegrijden en gaat dan naar beneden. Oma is na het eten een beetje in de war, ze begrijpt niet dat mama er niet is en wil niet naar haar kamer. Ze wacht liever hier, zegt ze, ze moet toch opblijven tot haar dochter thuiskomt, wie weet wat er allemaal kan gebeuren met zo'n kind. Maar als Wolter zegt dat er een kerkdienst gaat beginnen op radio Bloe-mendaal, gaat ze direct gewillig mee en laat zich in haar stoel bij het raam blij maken met een kussen in haar rug en een bankje onder haar voeten. Ze is toch wel gezegend met zulke lieve klein-kinderen, zegt ze innig tevreden. Wolter blijft bij haar tot Lida de thee heeft gebracht.

'Er ís helemaal geen kerkdienst!' sist Lida op de gang.

'Nee, dat weet ik ook wel.'

'Maar dat is toch liegen?'

'Nou en? Het hielp toch? Ze vergeet het toch altijd meteen.'

'Dat is een zonde.'

'Ach, welnee.' Bij het woord 'zonde' denkt hij aan heel andere dingen. Duistere, verborgen daden. Aan *begeerte*, aan *verleiding*. De duizend-en-een-vrouw. En vooral de dingen die nooit meer goed komen omdat het nou eenmaal in je zit. Onherstelbaar. Misvormd door duizend zonden. Liegen hoort daar niet bij, maar wel dat wat je met dat liegen wilt verbergen. 'Weet je wát zonde is?'

'Ja, huh huh', zegt Lida. 'Flauw.'

Oma zegt het soms. 'Boter op je billen smeren en droog brood eten.' Oma zit vol rare gezegdes. Aan het bezorgde gezicht van zijn zusje te zien zal ze hem straks in haar gebedje apart noemen.

358

Ze werkt vaak hele lijsten af, boze dingen die vergeven moeten worden, mensen die Gods hulp wel kunnen gebruiken, dieren die ziek zijn of weggelopen, zoals Kroelie, hun vorige kat. Voor Kroelie had hij stiekem ook gebeden, al had hij Lida erom uitgelachen. Hij was toen tien. Maar geholpen had het niet.

Tegen half negen komt zijn vader thuis. Wolter staat bij de deur te luisteren naar de geluiden die van beneden doordringen en wacht op de eerste stappen op de trap. Zijn algebraboek ligt open op tafel, het schrift met de uitgewerkte som ernaast, hij kan zo gaan zitten en doen alsof hij nog aan het werk is. Hij heeft zich afgevraagd met wie pa gesproken kan hebben en wat er over hem gezegd is, maar als hij daaraan denkt, wordt het een beetje mistig in zijn hoofd.

Het duurt lang. Zo lang, dat hij ten slotte maar gaat zitten, zijn hoofd vol rare cirkeltjes van wel en niet, net als vlak voor het slapengaan. Tot hij de klok van de Bavo hoort en meetelt, hoewel zijn wekker voor zijn neus staat. Negen uur. Op zijn tenen loopt hij de trap af naar de wc. Nadat hij geplast heeft, wacht hij met het opendoen van de deur tot het geruis van de stortbak opgehouden is. Vanaf de gang kijkt hij voorzichtig door het witte glaasje van het glas-in-loodraam. Een lichte vlek onder de leeslamp naast de haard, geritsel van papier. Zit pa de krant te lezen? Hoe kan dat? Dat klopt toch niet? Al drie dagen wacht hij op de uitbarsting, de boze stappen op de trap, twee treden tegelijk, het verbeten, teleurgestelde gezicht, de vragen, de verwijten. En nu pa op school is geweest en gehoord heeft hoe ze over zijn zoon denken, gebeurt er nog niets. Hij leest de krant. Wolter voelt het zwijgen achter de deur op hem inhameren, veel harder dan driftige, onhandige vuisten. Pa kan niet slaan, zegt Wim. Gelukkig niet. Hij maait maar wat. Het is bijna zielig om te zien, maar dát hij je slaat, dát doet pijn.

Het is donker op de gang, donker en koud. Hij staart naar de deur en ziet zijn hand naar de knop gaan, boven de greep zweven. Tegenhouden kan hij hem niet.

Dan gaat de deur open. Zijn vader staat voor hem. 'Wat sta jij hier te doen?'

Hij laat zijn hand zakken.

'Nou?'

'Ik moest naar de wc.' Hij hoort het janktoontje in zijn stem. Ook dat kan hij niet tegenhouden.

Stilte. Hij kijkt naar de grond en wacht. Als pa terugloopt naar zijn stoel, kijkt Wolter even op. Er is een ongeduldig handgebaar. 'Doe de deur eens dicht.' Het gebaar is van hem af, maar toch begrijpt hij dat hij zich aan déze kant van de deur mag bevinden. De ogen van zijn vader zijn op hem gericht, maar het is niet echt kijken, het is alsof pa wat hij ziet vergelijkt met wat hij al wist of net vanavond gehoord heeft.

'Wat wil jij eigenlijk doen met je leven?'

De vraag overvalt hem. Met zijn leven? Daar heeft hij weinig gedachten over. Kun je daar iets mee willen? Is dat hetzelfde als wat je later wilt worden? Vorig jaar, toen hij na een storm over het strand zwierf op zoek naar bijzondere schelpen, wilde hij wel bioloog worden, maar de natuurlijke historie die hij nu op school krijgt, gaat over het menselijk lichaam en daar vindt hij geen bal aan.

'Nou?'

Hij haalt zijn schouders op.

'Betekent dat dat je het niet weet? Moet ik je een handje helpen? Wil je op deze voet doorgaan of pak je het vanaf nu anders aan?'

Hij trekt zijn schouders op. Uit de sigaar die op de rand van de asbak ligt kringelt een blauw sliertje rook omhoog.

'Sta daar niet zo lamlendig, jongen.'

Pa pakt de blocnote die naast zijn stoel ligt en slaat een vel terug. 'Weet je wat de leraren zeggen?'

Hij knikt, maar zijn vader ziet het niet. Die begint het hele rijtje op te dreunen dat hij van Gerbrandts al kent, zijn stem wordt luider en bozer en bij elk punt slaat hij met de rug van zijn hand op het papier. 'Als dit zo doorgaat, moet je de eerste klas overdoen, zegt de rector. Maar hij zei er ook bij dat de leraren er bar weinig vertrouwen in hebben dat het dan beter zal gaan. Weet je wat dat kan betekenen? Dat je misschien naar een andere school moet.'

In de stilte die valt, hoort hij dat de klok op de schoorsteen weer ongelijk tikt. Moet hij nu iets terugzeggen? Hij zou er best iets tegenin willen brengen, ook omdat hij al begonnen is zijn leven te beteren. Hij zou kunnen zeggen dat het echt wel goed komt, dat ze niet langer boos hoeven te zijn. Dat geruststellen is alleen te gemakkelijk, ze zouden meteen denken dat hij het niet meent, terwijl het juist zijn bedoeling is om te laten zien dat er nu echt iets verandert. Maar nu heeft pa het weer over zijn kerstrapport, waar ze toen al zo van geschrokken waren, en over langer geleden, toen ze veel van hem verwachtten, en hij raakt nu de draad een beetje kwijt, weet niet waar hij moet beginnen, en de mist in zijn hoofd begint dichter te worden. Pa's stem komt van ver, het gaat nu over vroeger toen hij zelf jong was en naar de hbs mocht en hoe dankbaar hij daarvoor was want ze hadden het niet breed, hoe vaak heeft hij dat al niet verteld, en hij stelt andere jongens ten voorbeeld, van wie hun ouders niets dan plezier hebben, die slijmbal van een Anton Hofman natuurlijk weer als eerste en intussen springt Slobbie op tafel. Ze gaat op het uiterste puntje zitten, staart keurig om de voetjes, en ontdekt dan een vlekje op haar vacht, roze tongetje, pootje, klaar. Mooi doet ze dat toch. Hij vangt iets op over maatregelen, elke dag huiswerk overhoren tot hij het kan dromen, de klasseleraar die het doorgeeft als zijn gedrag niet verbetert en langzaam voelt hij zich van binnen verstarren, zoals altijd wanneer ze hem vertellen wat hij moet doen en moet laten. Is dat het nou wat ze bedoelen als ze zeggen dat ze niet van hem opaan kunnen? Aan de buitenkant is er berouw, tot snotterens toe, maar daaronder zit iets waar hij zelf niet eens bij kan. Iets hards, iets wat zich blijft verzetten en wacht tot alles weer gesleten is, vergeten zelfs, en hem dan op de oude voet laat doorgaan. Dat is het boze, denkt hij, de zonde, de duivel, zelf kun je er niets tegen doen.

Als pa ten slotte klaar is en hij naar bed gestuurd wordt, heeft hij vooral onthouden dat hij de rest van de week nog op zijn kamer moet blijven. Dat valt tegen. Hij durfde niet te protesteren, hij moet blij zijn dat het nu voorbij is, dat ook aan deze narigheid een einde is gekomen en eigenlijk zou hij daarvoor moeten danken, maar als hij in bed zijn handen vouwt, weet hij niet goed wat hij moet zeggen. Dat het meeviel zeker. Daar ga je toch niet voor danken. Het is nu woensdag. Drie dagen zit hij al boven, twee en een half om precies te zijn. Morgen is het donderdag, Witte Donderdag, dan krijgen ze vakantie. Dan komt Goede Vrijdag, dan Stille Zaterdag. Ook drie dagen. Met Pasen mag hij eruit. Nou leuk. Prettige Lijdenstijd! zei Wim gisteravond. Erg grappig.

Als de anderen thuiskomen, slaapt hij nog steeds niet. Hij luistert naar de stemmen beneden, de gedempte drukte, en voelt zich ondanks alles gerust. Als hij Wim naar boven hoort komen, gaat hij met zijn gezicht naar de muur liggen en doet of hij slaapt.

De volgende dag is hij al om twaalf uur thuis uit school. De middag duurt eindeloos. Hij hangt voor het raam, ligt een tijd te lezen en sluipt ten slotte, omdat zijn moeder toch rust voor haar tweede *Matthäus*, naar beneden, waar hij met de bal een Van Ankerpantomime speelt, die luidruchtiger uitvalt dan hij in de gaten heeft. Mama komt op het gebonk af, ze kon toch al niet slapen en is nu moe en boos. Razend zelfs. Haar woorden, nadat ze de bal heeft afgepakt en hem naar boven heeft gestuurd, zeuren na in zijn hoofd.

'Jij denkt dat wij alles net zo snel vergeten zijn als jij. Daar vergis je je lelijk in en dat zul je nog wel merken.' Wat bedoelt ze?

Die avond is Gerdien thuis om op oma te letten. Ze komt even bij hem zitten en begint gelukkig niet over hem of over school, maar geeft met scheve mond een idiote imitatie van een van de solisten van gisteravond. Ze zat helemaal vooraan en maar net buiten het bereik van de klodders spuug die uit zijn mond vlogen. Zolang haar verloofde niet in de buurt is, kun je met Gerdien wel lachen. Als ze later het boek boven brengt dat ze beloofd heeft, vraagt ze: 'Heb je al gehoord dat de heer Koolhoven overleden is?'

'Nee.'

Ze lacht een beetje vanwege dat 'de heer', dat zegt pa altijd, maar daarna is ze ernstig. 'Gisteravond hoorden we het in de pauze. Een attaque.'

Attaque is een van de gevaarlijke woorden. Hij kan aan zijn zus vragen wat het precies is, maar hij doet het niet. Meneer Koolhoven is een oudere collega van pa, die een paar jaar geleden met pensioen is gegaan. Pa praat altijd met veel ontzag over hem. Twee keer per jaar drinken ze samen een kopje koffie bij Brinkmann. Hij heeft meneer Koolhoven één keer gezien. Een statige man met een kortgeknipte snor, die door zijn neus praatte. Gerdien kan hem goed nadoen, maar alleen als pa het niet hoort.

Goede Vrijdag is nog somberder en saaier dan anders. Ze hoeven gelukkig nooit hun zondagse kleren aan, maar verder gedragen ze zich toch een beetje zondags. Zijn vader hoeft niet naar kantoor, veel winkels zijn open, maar ze kopen alleen iets als het echt nodig is. De hele dag hangt er een duistere wolk boven hun hoofd en 's avonds moeten ze naar de kerk. Gelukkig wordt hij om half twaalf naar beneden geroepen om een boodschap te doen in het centrum. Hij rekt de tocht zo veel mogelijk, want alles is beter dan op zolder rondhangen. Op de terugweg haalt hij bij de Westerbrug Hassie in. Hij steekt zijn hand op in het voorbijgaan en als ze iets naar hem roept, stopt hij. Ze vraagt of hij ziek is geweest, ze hebben hem de hele week niet gezien.

'Nou ...' Het is wel verleidelijk om iets in die richting te bedenken, dan is hij er in één keer vanaf, maar waarom zou hij eigenlijk. Hassie is best aardig. 'Ik had straf. Huisarrest', zegt hij erachteraan. Dat heeft hij uit een boek.

Hassie strijkt met haar wijsvinger over zijn stuur. 'Stout geweest dus. Jouw ouders lijken me best wel streng.'

'Och … Soms wel. Waar ben jij geweest?'

Een voorwiel schuift tussen hen in. 'Hé, Greve. Waar zit je steeds?' Deef. De laatste die hij had willen tegenkomen. 'Je mag zeker niet buiten spelen met je zogenaamde nieuwe bal, hè?'

Hij weet nooit precies wat hij tegen Deef moet zeggen. Hij kan niet tegen hem op. Hassie wel. Die zegt doodleuk: 'Heb jij al eens een bal meegebracht, lange? Je hebt altijd praatjes over andere kinderen, maar zelf iets doen, ho maar.'

Deef rukt aan zijn stuur. 'Ik heb een leren bal. Als je met een leren knikker op straat gaat voetballen, kun je hem daarna weggooien, dat weet je net zo goed als ik. Hij slijt tien keer harder dan op gras.'

'Wat heb je er dan aan?'

'Hartstikke veel, maar niet hier. We voetballen altijd op het zandje bij de Wagenweg.'

'Met wie dan?' vraagt Wolter. Hij weet niet of hij Deef kan geloven.

'Met wie dan? Niet met jullie. Met mijn vrienden van school natuurlijk. Die zitten bijna allemaal op RCH.'

'Mijn broer speelt bij HFC', zegt Hassie. Ze springt op en neer op de stoeprand. 'Junioren B.'

'RCH is beter', zegt Deef. 'Kampioen van Nederland geweest.'

'Ik moet weg', zegt Wolter.

'Kom je nog buiten vanmiddag?' vraagt Hassie.

Hij wipt op zijn zadel en houdt zich in evenwicht tegen de brugleuning. 'Ik zal het proberen.'

'Alleen wel met je bal, hè?' grijnst Deef. 'Anders doe je niet mee.'

'Jij bleef lang weg', zegt mama als hij de boodschappen op de keukentafel zet. 'Er is chocolademelk. Neem maar een beker mee naar boven.' Als hij een lang gezicht trekt, zegt ze: 'Ja, wat had je dan gedacht?'

Zijn vader komt de keuken binnen. 'Hé, wat doe jij hier?' vraagt hij.

'Wolter gaat net weer naar boven', zegt mama. 'Hij is even voor mij naar Taeckema geweest.'

Pa kijkt even naar haar. Dan knikt hij. 'Hoe laat gaan we weg vanmiddag?' vraagt hij.

'Zeg jij het maar.'

'Mevrouw kan ons na vieren ontvangen. Het is vijfentwintig minuten met de bus en dan nog een minuut of zeven lopen. Tegen half vier?'

''t Is wel een geren en een gevlieg', zegt mama. 'Begint de kerk om zeven uur of om half acht?'

'Volgens mij half acht, dat moet ik nog even nakijken.' Hij loopt terug naar de kamer.

'We gaan over twintig minuten eten', roept mama hem na.

's Middags gaan zijn ouders met lijn 3 op rouwbezoek bij mevrouw Koolhoven in Bloemendaal. Mama een beetje onder protest, maar het was dit óf dinsdag naar Winterswijk voor de begrafenis, zei pa. Wolter kijkt hen na. Hij wacht precies een kwartier en gaat dan naar beneden. Zoals hij al verwacht had ligt de bal niet meer op de bovenste plank van de kast. Op de slaap- kamer van zijn ouders voelt hij in de linnenkast achter de stapels lakens en handdoeken. Hebbes. Zou mama nou echt denken dat hij hem hier niet kan vinden? Hier verstopt ze ook altijd de sinterklaascadeautjes. Even staat hij met de bal in zijn handen. Het is riskant wat hij doet. Deef heeft gelijk, een bal slijt snel op straatstenen, ook aan deze zul je straks kunnen zien dat ermee gevoetbald is, maar misschien valt het mama niet op als ze hem ooit uit de zak haalt. Onder aan de trap komt hij Wim tegen.

'Wat ben jij van plan?' vraagt zijn broer. 'Je gaat toch geen stommiteiten uithalen, hoop ik?'

Wolter klemt de bal tegen zich aan. 'Dat moet ik toch weten.'

'Dat had je gedacht. Als ze hierachter komen, hebben we wéér dagenlang een verpeste sfeer in huis. Ik heb geen zin meer in dat gedoe met jou. Geef op die bal.'

Wolter schiet langs hem heen en grist zijn jack van de kapstok, maar Wim is sneller en staat nu voor de buitendeur. 'Geef op, lul.'

Wolter kijkt om. Oma komt net de keuken uit, met haar schort in de hand. 'Kijk eens wie we daar hebben', zegt ze.

'Oma, help', roept hij. 'Wim pest me.' Hij glipt langs haar heen naar de achterdeur, rent de tuin door en rukt aan de grendel van de poort. Open. Hij werpt een blik over zijn schouder. Wim staat voor het keukenraam. Hij wijst met zijn vinger naar zijn voorhoofd.

Op de Bavo is het tien over half vier. Hij heeft uitgerekend dat zijn ouders op zijn vroegst om kwart over vijf terug zijn. Als hij ervoor zorgt om vijf uur weer binnen te zijn, is er niets aan de hand. Behalve als Wim zijn mond niet kan houden.

In de Jos Cuypersstraat zitten ze midden in een potje. Hij heeft vanuit het zolderraam gezien dat ze met dat gladde spikkelballetje van Pim spelen. Onder het lopen houdt hij zijn bal achter zijn rug. Zijn benen kriebelen van de spanning. Aan de rand van het landje dat grenst aan de doodlopende straat blijft hij staan. Alleen Henk Harinck laat met een grimas merken dat hij hem gezien heeft, de anderen gaan voorlopig helemaal op in het spel, tot Fons met de bal aan zijn voeten doet alsof hij tegen hem op loopt. 'O pardon.' Lachend speelt hij door.

'Hé, Wollie', roept Hassie. Sinds wanneer noemt ze hem Wollie?

'Mag ik meedoen?' roept hij terug.

'Wachten tot we bij de vijf zijn', schreeuwt Deef van naast het doel. 'Dan gaan we wel opnieuw kiezen.'

Roddy houdt zijn voet op de bal. 'We zijn toch met ongelijke ploegen? Hij kan bij jullie meedoen, dan is het vier tegen vier.'

Terwijl Henk iets ingewikkelds begint te vertellen over krachtsverhoudingen, haalt Wolter zijn bal achter zijn rug vandaan en laat hem een paar keer stuiten. Daar heb je het, het zingende bromgeluid, hij hoeft niet eens kracht te zetten om hem boven zijn hoofd te laten opspringen.

'Sodeju, Wolter', zegt Fons. 'Goeie bal. Laat eens voelen.'

Ze komen om hem heen staan. De bal gaat van hand tot hand, waarna Fons hem hooghoudt op zijn rechtervoet en doortikt naar Henk. 'Lekker balletje', zegt hij.

'Geef eens', zegt Deef. Hij laat hem van zijn voet naar zijn knie springen, tikt de bal dan hoog en laat hem op zijn voorhoofd stuiteren. Dan maakt hij hem met een dribbelend geluid dood. 'Mij te springerig', zegt hij. 'Die stuitert straks overal heen.'

Roddy pakt de bal van hem af. 'Ach man, dat is de kift. Wat doen we, poten of gaan we door?'

'Ik wil op het doel', zegt Wolter.

'We doen alleen vliegende kiep', roept Deef.

Hoeft niet meer, zeggen de anderen, nu zijn ze met genoeg spelers en als Wolter dat graag wil, mag dat, het is zijn bal. Die van Pim wordt afgedankt en met een gevoel van bange trots ziet Wolter hoe ze met zijn gloednieuwe bal aftrappen. Springerig is hij wel en ze moeten er allemaal een beetje aan wennen. Het blijft voorlopig bij een afzwaaier over het hek van de speeltuin en een doorgeschoten bal in de richting van de gracht. Wolter houdt zijn adem in, maar Pim is er nog net op tijd bij. De gracht is gevaarlijk voor de bal, maar het prikkeldraad boven aan het hek van de kerktuin nog veel meer. Veel heeft hij niet te doen als keeper en het meeste kan hij met zijn voeten af. Als het rustig is, gaat hij wijdbeens in het doel staan, met zijn handen op zijn knieën, net als Van Anker, tot bij de volgende aanval Fons de bal gewoon tussen zijn benen door tikt.

'Niet staan te pitten, Greve! Laat Henk anders op het doel.' Deefs pesterige lachje jaagt hem het bloed naar zijn hoofd. Iedereen weet dat Henk helemaal niet kan keepen. Gelukkig heeft hij het volgende schot klemvast, meer geluk dan wijsheid, doordat de bal recht op hem afkomt. Af en toe kijkt hij om naar de klok. Na vijf doelpunten, 3-2 voor de tegenpartij, ruilen ze volgens afspraak van doel, dat is eerlijker. Nu staat hij met zijn rug naar de Westergracht en zijn gezicht naar de kerktuin. Keepen op straat is moeilijk omdat je eigenlijk niet kan duiken. Eén keer knalt hij met zijn knie tegen de stoeprand en hij wordt bijna misselijk van de pijn, maar hij laat niets merken en wrijft alleen over de blauwe vlekken om de schaafwond heen als niemand kijkt.

Hij heeft net op de klok gezien dat hij over acht minuten echt moet stoppen, als Fons de bal afpakt van Hassie, om Pim heen pingelt en hem over Deefs voet heen doortikt naar Roddy. Een mooie voorzet, precies op de goeie plek, Roddy gaat uithalen zoals alleen hij dat kan en dus doet Wolter zijn ogen dicht terwijl hij zich met uitgestoken handen laat vallen. De bal ketst van zijn been met een boog over hem heen en stuitert door in de richting van de gracht.

'Nou, keeper …!' schreeuwt Deef.

Vol ongeloof kijkt hij de bal na die met een vaartje de straat uit huppelt, dan schiet Roddy hem voorbij, zijn stevige schoenen roffelen over de klinkers en hij kan niet anders dan meerennen, maar hij weet al dat ze te laat komen. Meters voor hen rolt de bal het wegdek van de Westergracht over, krijgt nog een vrolijk wippertje mee van de volgende stoeprand en verdwijnt stuiterend uit het zicht.

Dan gebeurt het allemaal tegelijk en toch na elkaar. Roddy die de straat over vliegt, het gierende geluid van banden, een claxon die loeiend blijft hangen, de blauwe Bedford van Bosch en Vaart die opeens pal voor hem dwars op de weg staat, hij loopt er zo tegenaan maar steekt nog net zijn handen naar voren. Met trillende knieën staat hij daar en even kan hij zich niet bewegen. Een boze stem dringt tot hem door, een man, hij vloekt en scheldt, dan komt de vrachtauto langzaam weer in beweging. Roddy staat aan de andere kant op de stoep, wiebelt van het ene been op het andere, zoals hij dat kan doen, en blaast zijn wangen bol.

'Gossiemijne', zegt hij. 'Wat was die vent boos, zeg.' Hij lacht een beetje bibberend.

Dan lopen ze de grashelling af naar het water. Twee meter uit de kant drijft de bal. Roddy gaat op zijn buik op de houten rand liggen, maar hij stroopt niet eens zijn mouw op, hij kan er toch niet meer bij.

'Kloten, Wolt', zegt hij. 'Ik had 'm bijna. Laat Fons even een stok halen thuis, of een hark.'

De hark waar Fons even later mee aankomt, is al te kort, ze proberen nog het water ermee naar zich toe te halen, want volgens Henk krijg je dan zuiging en kun je de bal zó pakken, maar het werkt niet, de bal drijft juist verder bij hen vandaan. Dan maar stenen. Ze pikken grind uit de tuin van Bergsma, die toch nooit thuis is, en proberen net óver de bal in het water te mikken. Iemand komt met een halve klinker aan, die als een bom een waterzuil veroorzaakt waardoor de bal precies in de verkeerde richting voortgestuwd wordt. Hij drijft nu bijna in het midden van de gracht, waar de stroming of de wind vat op hem krijgt en hem heel langzaam in de richting van de Leidsevaart duwt.

'We moeten omlopen', zegt Hassie tegen Wolter. 'Als we genoeg kiezels meenemen, kunnen we vanaf de overkant hem hiernaartoe laten gaan.'

Ze is de enige die met hem meegaat, de anderen blijven staan. Deef staat alweer met Henks oude bal tegen een muurtje te trappen en Fons zegt dat hij zo naar huis moet om te eten, want vanavond is er kerk. Het is vijf voor vijf, ziet Wolter tot zijn schrik. Hij haalt zijn jack op en dan hollen ze over het kippenbruggetje naar de andere kant. Omdat deze stenen walkant meer dan een meter boven het water uitsteekt, is het mikken veel lastiger. Toch raakt Hassie twee keer de bal en beide keren beweegt die met een schokje van hen af, maar niet genoeg. Zijn stenen maken alleen golfjes, soms de goede kant op, soms helemaal verkeerd. Roddy loopt mee aan de overkant en roept af en toe een aanwijzing. De anderen ziet hij niet meer.

'Zo schiet het niet op', zegt Hassie. Ze steunt met een voet op een steen die uit de walkant steekt en pakt een tak uit het water.

Ze slingert hem naar de bal, maar de tak schiet uit haar hand en raakt het water veel te vroeg. 'Zo ook niet', lacht ze naar hem.

Ze vindt het best vervelend, maar het is haar bal niet, denkt hij. Hoe langer het duurt, hoe beroerder hij zich voelt. Het is in zijn buik begonnen en zit nu in zijn knieën, zijn kont, een naar, slap gevoel, een beetje alsof hij moet poepen. Toen hij met Hassie over de brug holde, had hij even hoop dat het goed ging komen. De bal zou naar de overkant drijven, daar viste Roddy of een ander hem uit het water, stak hem omhoog. Wat een opluchting! Zijn prachtige bal. Thuis zou hij hem afdrogen, met een zachte doek opwrijven zodat die matte glans weer terug was en dan snel in de kast bergen.

Hassie is op haar hurken gaan zitten. 'Drijft hij nou weer terug of lijkt het alleen zo?' vraagt ze.

Hij tuurt naar de bal, die in het midden van de gracht als een dobber op en neer beweegt boven zijn spiegeling. Het lijkt alleen maar zo. Het komt doordat de waterrimpels eronderdoor glijden, want als hij er recht overheen kijkt naar de speeltuin, ligt de bal nu gelijk met de trap van de glijbaan en zojuist nog niet. Heel langzaam drijft hij verder, naar de Westerbrug. En voorbij de Westerbrug loopt de Leidsevaart. Roddy roept weer. Hij wijst naar de klok en steekt zijn hand op. Dan loopt hij weg. Het is half zes.

Als Hassie zegt dat ze nu ook echt naar huis moet, knikt hij alleen. 'Oké.'

'Waarom blijft dat stomme ding ook zo in het midden drijven, hè?'

Hij knikt. 'Tja.'

Ze wijst naar de Westerbrug. 'Daar hangt die reddinghaak, weet je wel? Misschien kun je die straks gebruiken.'

Hij knikt weer. 'Ja. Bedankt.'

Nu moet hij het alleen doen. Hassie gaat ook naar de kerk straks, naar de Bavo, net als Fons. En Pim. Deef ook. Die zijn allemaal rooms. Roddy is niks. En Henk ook. 'Wij doen niet aan

God', had hij een van de eerste keren dat hij bij hen kwam spelen gezegd. Zijn dikke neus stak hij eigenwijs in de lucht. Pa had zich er 's avonds over opgewonden toen hij het hoorde. 'Maak je niet druk', had mama gezegd. 'God doet wel aan hen, moet je maar denken.'

Half zes geweest. Hij moet ook naar de kerk, niet naar de Bavo, maar naar de aula. Goede Vrijdag. Een sombere dienst, Jezus is aan het kruis gestorven voor onze zonden, maar dat maakt het gevoel van schuld alleen nog maar drukkender. Overmorgen staat hij op uit de dood, nu weten ze nog van niets. Uit de doôn. Roddy was bijna dood geweest, met die vrachtwagen. Als hij daaraan denkt, gaat hij even op de stenen walkant zitten. Net als het poesje van Lisa. Het bloed kwam uit haar bek, hij heeft het allemaal gezien want hij stond er met zijn neus bovenop. Het kopje werd platgedrukt door de autoband. Vier maanden was het.

Hij kijkt strak naar de bal en probeert niet aan thuis te denken. Misschien is die haak niet zo'n slecht idee. Het mag niet, er hangt een bord bij dat misbruik gestraft wordt, maar als hij hem meteen weer terughangt is er niets aan de hand. Want als de bal eenmaal onder de brug door is en in de Leidsevaart komt, is hij hem kwijt. Echt voorgoed. Daar staat echte stroming, heel iets anders dan hier. Hij doet weer een paar stappen tot hij op gelijke hoogte is met de bal en zoekt in de goot naar iets waarmee hij kan gooien. Een vrachtwagen rammelt voorbij over de kinderhoofdjes en automatisch kijkt hij om welke het is. De Chevrolet van Spithoven. Hij kijkt hem na tot hij in de verte met een boog achteruit de poort in draait. Nu zal Tinus ook wel naar binnen gaan. Die hangt daar de hele dag rond en vraagt aan iedereen of die niet kwaad op hem is. Als je ja zegt, hobbelt hij schichtig weg, zijn handen om het touw geklemd waarmee hij zijn jas dichthoudt. Tinus is al zestig, zeggen ze, maar dat gelooft hij niet.

Dan hoort hij zijn naam roepen. Lida staat aan de overkant.

Ze wenkt en wijst naar huis. Van wat ze roept, verstaat hij alleen 'komen'. Hij schudt zijn hoofd en gebaart naar de bal. Ze blijft even staan kijken en wenkt dan nog een keer. Als hij blijft staan waar hij staat, loopt ze weg.

Langzaam schuift hij met de bal mee. Twee jongens uit de Leidsebuurt vragen wat hij aan het doen is. Eerst gaat hij er nog op in, maar als ze hem gaan uitlachen en jennen, probeert hij te doen alsof ze er niet zijn. Hij staart naar de bal en de trillende en slingerende spiegeling van de bomen en iets van de Bavo daarbovenuit, alles trilt behalve de bal. Pa en mama zullen heel erg boos zijn. Er hangt hem iets heel ergs boven het hoofd, dat staat wel vast, maar toch kan hem dat op het ogenblik minder schelen dan zijn bal. Die mag hij niet kwijtraken. Die mag niet zomaar verdwijnen, wegdrijven, daar heeft hij weken, maanden naar uitgekeken. Ze mogen hem afpakken, opbergen, kan hem niet schelen wat, als hij maar in de buurt kan blijven. 'Lieve Heer', zegt hij zacht. Kun je ook voor een bal bidden? De jongens zijn doorgelopen. Het lijkt alsof de bal nu weer een beetje naar de overkant drijft. Hij holt terug over de brug en dan de grashelling af. Het maakt niets uit. Moet hij al gaan proberen of hij die haak kan pakken? De bal ligt weer helemaal stil.

'Wolter!'

Hij draait zich om. Wim zet zijn fiets tegen een boom boven aan de helling. Ja natuurlijk. Als het Lida niet lukt, wordt zijn broer op hem afgestuurd. Hij staat klaar om weg te rennen.

'Je moet thuiskomen. Direct.'

Hij zegt niets.

'Weet je wel hoe laat het is? Om zeven uur gaan we naar de kerk.' Wim kijkt van de bal naar de brug en loopt dan de helling af. 'Je denkt toch niet dat je die nog te pakken krijgt?'

'Met de brughaak.'

'Dat ding is veel te zwaar. Red je nooit in je eentje. Bovendien is die om mensen uit het water te halen, geen ballen.'

'Maar ik moet mijn bal hebben.'

Zijn broer kijkt weer van de bal naar de brug, alsof hij de kansen schat. 'Jongen, wat wil je nou toch. Met z'n tweeën zou het misschien lukken, maar daar hebben we nu geen tijd voor. Snap dat nou. Kom mee naar huis, anders grijp ik je en sleur ik je mee.'

Wolter springt achteruit. 'Ik kom heus wel. Eerst moet ik mijn bal terug.' Hij voelt dat hij gaat huilen.

'Dan koop je toch een nieuwe? Wat kost dat ding nou?' Hij blaast zijn wangen bol. 'Tjemig, jongen, wat doe jij toch altijd moeilijk. Je moet het zelf ook maar weten, hoor. Zullen ze erg leuk vinden thuis. Weer een hoop gedonder om jou. Nou, kom je mee of niet?'

'Nee.'

'Dan moet je het zelf maar weten.' Wim draait zich om en doet alsof hij wegloopt. Dan duikt hij opeens op hem af. Wolter kan hem nog net ontwijken en rent terug over de brug.

'Lul! Bekijk het maar.' Kwaad fietst zijn broer weg.

Bijna een half uur later, om tien voor zeven op de Bavo, verdwijnt de bal langzaam onder de Westerbrug. Wolter hangt met zijn buik over de leuning en kijkt hoe hij opgeslokt wordt door het donkere gewelf. Omstreeks de zevende ure, denkt hij. Duisternis. Als hij zijn arm strekt kan hij net bij de reddinghaak. Hij heeft het niet aangedurfd om hem te pakken. Snel steekt hij de weg over en gaat over de andere brugleuning hangen. De golfjes in de Leidsevaart zijn feller dan in de gracht en ze bewegen naar rechts, naar het zuiden. De kans dat hij zijn bal hieruit zal kunnen halen, is heel klein. De stenen walkanten aan weerszijden van de brug zijn hoog en steil. De meeste kans maakt hij aan de overkant, de Emmakade, waar ook een stenen wal is, maar een stuk lager. Als hij de bal nou eens daarheen zou kunnen laten drijven. De vraag is alleen hoe. Hij trekt de capuchon van zijn jack over zijn hoofd, want het is gaan regenen.

Via de Emmabrug loopt hij om naar de andere kant, maar de hoogte valt hem tegen, zeker een meter. Hij tuurt onder de boog van de Westerbrug door en het duurt even voor hij in het donkere water de bolle vorm ziet. Hij is bijna onder de brug door. Maar dan. Met een stok die hij bij een van de tuinen achter hem heeft opgeraapt poert Wolter in het water langs de kant. Hij zou er net bij kunnen, als hij deze kant op drijft. Als. Als dit de Rode Zee was en hij was Mozes, dan wist hij het ook wel. Makkie.

Ergens klapt iemand in zijn handen. De tram uit Zandvoort dendert over de brug en draait met snerpende wielen de Emmastraat in. Over de Leidsevaart raast een auto voorbij. Weer hoort hij het klappen. Als hij opkijkt, ziet hij aan de overkant in de hoogte zijn vader staan, die langzaam zijn handen laat zakken. Hij kijkt naar Wolter. Hij wenkt niet, hij roept niet, hij kijkt alleen. Dat moet voldoende zijn. Achter zijn kaarsrechte gestalte met de hoed midden op het hoofd rijst de koepel van de Bavo.

Wolter kijkt terug. Het knijpt in zijn achterste en zijn knieën knikken. Dit is heel erg. Hij houdt het niet vol, zijn ogen gaan tranen en hij kijkt omlaag, over het water. Pa wil dat hij onmiddellijk naar huis komt en meegaat naar de kerk, meteen, maar het kan niet. De bal dobbert nu naast de meerpaal, een meter uit de brugkant, bijna binnen het bereik van de dwarse golfjes van de Leidsevaart. Als die hem een beetje de goede kant uit duwen, hoeft het echt niet zo lang meer te duren. Hij kijkt omhoog en wijst naar de bal. Dáár. Daarom moet ik hier nog blijven. Begrijpt u wel? Papa?

Door het tegenlicht ziet hij van zijn vader alleen een omtrek, maar zonder moeite stelt hij zich de opeengeklemde kaken voor, de verbeten woede, de machteloze boosheid op dat zoontje dat alle geboden overtreden heeft en nu buiten zijn bereik zijn gezag tart. Op deze Goede Vrijdagavond, waarop alle mensen die zij kennen met hun kinderen in de kerk zitten, voor Gods aangezicht, om de dood des Heren te verkondigen. Of zoiets. Zijn vader is dat niet vergund. Zijn vader moet zijn verloren zoon zoeken omdat die zijn verloren bal moet zoeken. De tranen springen nu echt in zijn ogen. Pa wil dat er iets van hem wordt, maar hij werkt niet mee. Hij is een weerspannige rotzak. Hoe ging dat ook alweer met de verloren zoon? Met ontferming bewogen. Zoiets, alleen dan andersom. Zo voelt hij zich nu. Van verre ziet hij hem, van de overkant van de Leidsevaart, en straks zwaait er wat, dan barst de toorn los boven zijn hoofd, maar nu wordt hij zelf heel erg met ontferming bewogen om wat hij die kaarsrechte man aandoet. Als hij weer omhoogkijkt, is de kade leeg. Hij zoekt met zijn ogen de vaart af in beide richtingen, maar hij ziet zijn vader niet meer.

'Trouwe hemelse vader', zegt hij. 'Mag ik mijn bal terug?' Hij heeft zijn handen niet gevouwen, het kan ook best zonder. 'Uit genade, amen', zegt hij er nog gauw achteraan.

Als de verlichte wijzers van de Bavo op half acht staan, is de bal nog niet halverwege de breedte van de vaart gekomen. Wolter is op de stenen rand gaan zitten, zijn benen boven het water. In het donker kan hij hem haast niet meer onderscheiden. Hij geeft het op. Vóór de anderen uit de kerk komen, moet hij zorgen thuis te zijn. Hij moet dus de bal, zijn prachtige rubberen bal, opofferen. Dat is zijn straf. De eerste van vele straffen, waarschijnlijk, maar de ergste. Tranen springen in zijn ogen.

Er komt een schuit door de Leidsevaart. Een rood lichtje glijdt onder de Emmabrug door en even klinkt het dokkeren van de motor hard en hol. Onder het licht van de straatlantaarns komt een platte schuit vol groentekisten langzaam dichterbij, die een tweede schuit sleept. Hij vaart dicht onder de andere wal, straks gaat hij de bocht naar de Raamsingel inzetten, dat doen ze meestal. Aan het roer staat een donkere gestalte met een pet, maar op de voorplecht zit een meisje, ze is de plek waar hij zit nu op tien meter genaderd en hij ziet dat ze hem ook opgemerkt heeft. Hij springt overeind.

'Hé!' roept hij, terwijl hij met beide armen zwaait. 'Hallo!'

Het meisje zwaait terug. Natte blonde haren waaien in de wind.

Hij gebaart en wijst. 'Mijn bal! De bal ligt in het water!'

Het meisje is nu ook gaan staan en ze roept iets naar de man aan het roer. Het geluid van de motor verstomt. 'Wat is er?' roept ze.

'Mijn bal ligt ...' Koortsachtig tuurt hij in het donkere water. 'Dáár. Vlak bij de boot. Zie je hem? Wil jij hem pakken alsjeblieft?'

Maar de schuit heeft nog veel vaart, zodat ze er al voorbij is als ze de bal ziet. Ze roept iets naar achteren en loopt terug langs het gangboord, maar de man aan het roer is al opgestaan en haalt met een bootshaak in één haal de bal naar de schuit toe. Liggend op haar buik vist het meisje hem uit het water. Vóór Wolter iets kan uitbrengen, draait de motor weer op volle kracht en wordt de schuit weer op koers gebracht. Rechtop staand in het gangboord, met de bal in haar linkerhand, wijst het meisje lachend in de richting van de Raamsingel. Daar leggen ze aan, begrijpt hij.

Het is als wakker worden terwijl de droom nog doorgaat. Nu pas merkt hij hoe nat en stijf hij is. Regent het al zo lang?

Droom is: over het donkere water met de trillende lichtcirkels waarop hij zijn ogen blind heeft gestaard, glijdt een schuit geluidloos naar een aanlegplaats waar een blond meisje touwen om bolders slaat terwijl de schroef even tot leven komt en schuim opwerpt. 'Voor en achter vast', roept ze, alsof ze dat al haar hele leven doet, wat ook zo is, zegt haar vader, die ook op de wal klimt, ze varen voor de veiling en Mineke is de bootsman, voor en na schooltijd dan, maar jij moet uitkijken, broer, dat je geen kou opdoet, drijfnat als je bent, stond je daar al lang? En al die tijd kijkt ze naar hem met een lachje om haar lippen, haar haren plakken tegen haar hoofd want als er iemand nat is, is zij het wel, maar het staat leuk, geen verzopen kat maar iemand die in haar element is, rode wangen, lichte ogen, sproeten en haar tanden staan een beetje uit elkaar; dat ziet hij allemaal in die lange seconde dat hij haar aankijkt voor ze hem de bal geeft, overhandigt, niet plechtig maar wel met nadruk.

'Alsjeblieft.'

En als hij naar huis loopt, is het gevoel van de rubberen bal in zijn handen nog niet voldoende, hij moet af en toe de geur opsnuiven om te weten dat hij wakker is. En verder droomt hij ervan om bij Mineke langs te gaan, ze woont aan het Wijde Geldelozepad heeft ze verteld, in een bovenhuis, weet je waar dat is. Hij kent het. Hij moet alleen even afwachten wat er na aftrek van alle straffen overblijft van de paasvakantie. En hij zou ook graag een keer willen meevaren, maar alleen als zij het vraagt. Hij gelooft niet dat ze gereformeerd is, maar dat ziet hij dan wel weer.

Zoals hij wel had verwacht, zit de sleutel niet in de plantenbak. Beneden en boven zijn de gordijnen dicht, maar bij oma is een streep licht te zien. Aanbellen is niet aan te raden, zijn moeder heeft al vaak gewaarschuwd. Áls oma de bel al hoort, weet ze niet wat ze moet doen. Soms weet ze niet eens waar ze is. Klimmen is het enige wat er op zit. Hij laat de bal achter in de bloembak en klemt zijn vingertoppen en de zijrand van zijn schoenen in de diepe voegen van de hoekmuur. Hij heeft het vaker gedaan, maar nog nooit met vingers die krom staan van de kou. En hij is hartstikke moe, hij heeft haast geen kracht meer in zijn armen. Als hij zich eindelijk omhoog heeft geduwd op de luifel, kijkt hij eerst of Gerdien haar raam soms op het haakje heeft staan. Daarna schuifelt hij langs de muur tot hij voor oma's raam staat. Zachtjes tikt hij met zijn knokkels tegen het glas. Er wordt gezongen binnen, oma heeft een kerkdienst aanstaan en omdat ze altijd meezingt heeft kloppen weinig zin. Toch probeert hij het, eerst voorzichtig, daarna wat harder. Tot zijn opluchting schuift een hand het gordijn opzij. Oma tuurt door het glas, maar net naar de kant waar hij niet staat. Het gordijn valt weer terug. De tweede keer heeft hij meer succes, maar hij ziet dat ze schrikt als hij uit het donker opduikt. Ze begrijpt in één keer dat ze het raam moet opendoen en ze doet het zingend. ... *recht betrachten, in deze zee verzinken mijn gedachten. O liefde die om zondaars te bevrijden zó zwaar woudt lijden.* 'Hoe later op de avond, hoe schoner volk', zegt ze als hij naar binnen klimt.

Op weg naar beneden dringt het tot hem door dat ze oma alleen hebben gelaten. Dat is nog nooit gebeurd. Met de bal, die hij buiten heeft opgehaald, in de hand staat hij in de vestibule even na te denken wat hij ermee zal doen. Terugleggen in de kast beneden lijkt het beste. Daar heeft hij al die tijd gelegen. Hij houdt hem omhoog onder het plafondlicht en wrijft erover met zijn mouw, maar de krassen die er vanmiddag op gekomen zijn, gaan niet weg. Geeft ook niets, vindt hij. Hij zal hem voorlopig niet kunnen vasthouden, maar hij heeft hem terug en dat is het belangrijkste.

Op de drempel van de kamer blijft hij met een schok staan. In de stoel naast de kachel zit zijn vader. Hij slaapt. De krant is van zijn schoot op de grond gegleden, zijn mond is half open en hij snurkt zacht. Is pa voor hem thuisgebleven? Het moet wel. Niet voor oma, dat is er hoogstens bij gekomen. Nadat hij hem geroepen had bij de Leidsevaart is pa helemaal niet doorgelopen naar de kerk.

Op zijn tenen loopt hij de kamer in en legt de bal op tafel. Bij de deur kijkt hij nog een keer om. Zijn vader heeft op hem gewacht, maar de slaap heeft hem overmand. Zo heet dat. Voor één keer zit het hem een beetje mee. Er is reden tot grote dankbaarheid, zou meneer Hofman zeggen. Maar wat zal pa denken als hij straks wakker wordt en de bal ziet?

Met de deurknop al in zijn hand blijft hij staan. Dit is niet goed, denkt hij. Dit kan alles nog veel erger maken. Hij loopt terug naar de tafel, pakt de bal en gaat zo zacht als hij kan de kamer weer uit. Met zijn jack los over zijn schouders en de bal onder zijn arm trekt hij de buitendeur zachtjes in het slot. Hij legt zijn wijsvinger op de bel. Een beetje gebogen staat hij, alsof hij tegen de wind in leunt, zijn ogen op gelijke hoogte met het naambordje. *H.W. Greve.* Here Jezus, help. Hij denkt het alleen. Koud heeft hij het, steenkoud. Hij voelt niet dat hij drukt, hij voelt niets, maar opeens klinkt het tingeltje achter de deur. Niets meer aan te doen.

Als de deur opengaat, tilt hij zijn hoofd langzaam op. De vestibule is leeg. Aan de beweging van de tochtdeur ziet hij dat zijn vader weer naar binnen is gegaan. Zachtjes doet hij de voordeur dicht. Hij legt de bal op de bagagedrager van Gerdiens fiets en hangt zijn natte jack over het stuur. Hij duwt de tochtdeur open en kijkt de gang in. Pa is in de keuken. Zal hij direct naar boven gaan of moet hij eerst iets zeggen? Aarzelend zet hij zijn voet op de onderste tree. In de keuken schraapt pa zijn keel. Wolter wacht.

'Kom eens hier.'

Hij loopt naar de keuken en blijft voor de drempel staan. Pa staat voor het gasstel en wijst achter zich. Op de keukentafel staat een bordje met twee boterhammen. Wolter gaat zitten en neemt een hap.

'Moet je niet bidden?'

Verlegen slikt hij het brood door en vouwt zijn handen. Zijn keel is rauw en dik, het slikken kost hem moeite. Pa draait het gas uit en zet een beker voor hem neer. Warme melk. Hij staat nu naast de tafel, vanuit zijn ooghoeken ziet Wolter zijn broekspijpen en het vest met de horlogeketting. Hij durft niet op te kijken. Warme melk met een vel is vreselijk. Bij zijn volgende hap begint het overal pijn te doen. Zijn keel, zijn kaken, zijn schouders, zijn arm die de boterham vasthoudt. Hij rilt van de kou, maar zijn hoofd gloeit.

'Wat is er. Ben je niet lekker?'

Hij schudt zijn hoofd en pakt de melkbeker. Bij de tweede slok komt zijn eten onstuitbaar omhoog en hij braakt alles uit over de tafel. Pa duwt hem naar de wc, maar voor hij die bereikt heeft, trekt zijn maag zich weer samen en nu gaat het over de gangloper en zijn schoenen. Als hij eenmaal boven de pot hangt, komt er niets meer. Hij hoort pa bezig met een emmer water en een dweil. Dan gaat de deur open. 'Gaat het?'

Hij knikt.

'Ga maar naar bed. Laat het eten maar staan.'

Als hij overeind komt, zakt hij opzij tegen de muur, hij heeft geen kracht in zijn benen.

Hij voelt een arm om zijn middel en half lopend, half hangend bereikt hij de trap. Pa vraagt of hij zelf boven kan komen. Hij denkt van wel, maar na twee treden komt pa achter hem aan.

'Sla je arm om mijn hals.'

Hij voelt dat hij opgetild wordt. Even wankelen ze, dan loopt pa tree voor tree met hem naar boven. Wolter probeert mee te helpen met zijn vrije arm, omdat hij zich een beetje schaamt, maar dat maakt het alleen maar moeilijker. Zijn wang glijdt langs de ruwe huid van pa, hij ruikt sigaren, iets van zeep en hij voelt zich vreselijk opgelaten. Hij kan zich niet herinneren wanneer zijn vader hem voor het laatst gedragen heeft.

Op de overloop zet pa hem even op zijn voeten. 'Gaat het nog?' vraagt hij. Uit de voorkamer klinkt gezang. Met hem wel. Misselijk is hij al niet meer, alleen rilt hij nu onophoudelijk.

'De volgende dan', zegt pa hijgend. 'Pak me eens met twee armen vast.'

Nu gaat het een stuk gemakkelijker. Pa heeft nog best veel kracht in zijn armen, vindt hij.

Achter hen gaat de deur van de voorkamer open. 'Goeienavond samen', zegt oma. 'Ik dacht al, hóór ik wat?' In de kamer gaat het zingen intussen door. ... *en Hij hangt er mijnentwegen, mij ten zegen ...*

'U kunt beter naar binnen gaan, moeder', zegt pa. Hij hijgt, maar het klinkt niet kortaf of onvriendelijk. De deur gaat weer dicht.

Wolter is zich ervan bewust dat alles heel anders gaat dan hij van tevoren gedacht had. Het lijkt alsof de droom van de schuit in de Leidsevaart en het meisje dat hem de bal teruggeeft, gewoon doorgaat. Dat hij daarin op een toch wel bijzondere manier is thuisgekomen en nu omhoogzweeft in het trapgat, de overloop over en de donkere achterzolder op tot bij zijn bed, waar hij voorzichtig landt. Het licht gaat vanzelf aan en zijn kleren belanden op de stoel en hij ligt opeens in zijn bed, dat nog kouder is dan hijzelf. Zijn vaders stem is voortdurend om hem heen, vraagt of hij goed ligt, zegt dat hij zo een kruik zal maken, dat mama straks wel bij hem komt kijken en dat zij maar moet zeggen of hij een aspirientje mag. Alles gebeurt buiten hem om, hij hoeft alleen maar te knikken, diep onder de dekens, nog steeds rillend, steeds erger eigenlijk. Toch heeft dat ook wel iets prettigs, iets heel erg prettigs, want hij hoeft nu eens niet te doen alsof, hij is écht ziek, en daardoor komt alles toch nog goed in deze droom. Die misschien zelfs geen droom is, maar een verhoord gebed, dat valt moeilijk uit te maken, net zo goed als je dat hebt bij een bal die uit het water gevist werd of een weggelopen kat die terugkwam. Of juist niet, hoe was het ook alweer?

Dankwoord

Hier gebeurt niets kwam tot stand op twee plaatsen, zuidelijk La Beauzetie en noordelijk Almere, tussen 2006 en 2011. Echter niet zonder de onschatbare hulp van Ineke Roosma, mijn lief, die het schrijven vanaf het begin kritisch op de voet volgde, Fred Spek, met wie het plan en de aanzet besproken werden, Ad van den Kieboom, die het schrijfproces begeleidde, en Willemien de Vries-Schenkeveld, Sipko Melissen en Daan Rippen, die de conceptversie van deskundig en stimulerend commentaar voorzagen.

Chris Rippen bij De Geus

Een enkel woord

Eeuwige stranden

Nachtboot

Misdaad in triplo
Drie romans in één band: *Sporen, Playback* en *Baltische con-necties.*